HEYNE
BÜCHER

Miriam Blaylock, eine schöne, geheimnisvolle Frau, lebt mit ihrem Mann in einem luxuriösen Appartement in Manhattan. Als ihr Mann plötzlich stirbt, offenbart sich ihr schreckliches Geheimnis: Sie ist die letzte Angehörige einer uralten, mythischen Rasse, die – um leben zu können – Menschenblut braucht.

Von Whitley Strieber
sind als Heyne-Taschenbücher erschienen:

Katzenmagie · Band 01/7666
Der Kuß des Todes · Band 01/7828
Die Kirche der Nacht · Band 01/7888
Die Besucher · Band 01/7789

HEYNE ALLGEMEINE REIHE
Nr. 01/7828

Titel der amerikanischen Originalausgabe
THE HUNGER
Deutsche Übersetzung von Ralph Tegtmeier

4. Auflage

Printed in Germany 1993
Umschlagfoto: Palma Kolansky
Perücke: Jacques Darcel/International Corp. © 1988
Umschlaggestaltung: Atelier Ingrid Schütz, München
Satz: IBV Satz- und Datentechnik GmbH, Berlin
Druck und Bindung: Presse-Druck Augsburg

ISBN 3-453-03236-5

WHITLEY STRIEBER

DER KUSS DES TODES

Roman

Deutsche Erstausgabe

WILHELM HEYNE VERLAG
MÜNCHEN

Der Mensch kommt und pflügt das Feld und legt sich darin nieder,
nach manchem Sommer stirbt der Schwan.
Mich aber verzehret nur
grausame Unsterblichkeit . . .

Alfred Lord Tennyson, *Tithonus*

Es war ein schrecklich Regenbogen einst am Himmel:
Wir kannten sein Gespinst und sein Gewebe;
aufgelistet ist er im tumben Katalog gewöhnlicher Dinge.

John Keats, *Lamia*

Prolog

John Blaylock sah wieder auf die Uhr. Es war genau drei Uhr morgens – Zeit zu gehen. Die kleine Stadt auf Long Island war so ruhig, daß er mit anhören konnte, wie am Ende der baumumsäumten Straße die Ampelanzeige wechselte. John steckte seine Uhr wieder in die Tasche und trat leise aus seinem Versteck im Gebüsch hervor. Einen Augenblick blieb er in der kühlen, intimen Luft der leeren Straße stehen.

Sein Ziel wohnte in der Mitte des Blocks. Johns gut trainierte Sinne konzentrierten sich auf die schwarze Masse des Hauses und suchten sie nach dem geringsten Lebensflackern ab. Was die Wagners anging, würde Kaye einfach nur plötzlich verschwinden. Nach einem Monat würde sie dann nur noch eine Ziffer in der Statistik sein, einer von Tausenden von Teenagern, die jährlich von zu Hause wegliefen. Kaye hatte guten Grund davonzulaufen. Sie stand im Begriff, von der Emerson High School geworfen zu werden, und gemeinsam mit ihrem Freund Tommy sollte sie in wenigen Tagen wegen eines Kokaindelikts vor dem Jugendgericht erscheinen.

Beide würden heute abend verschwinden. Miriam kümmerte sich um den Freund. Während er in seinem schwarzen Jogginganzug dahinschritt, schweigend und unsichtbar, dachte er kurz über seine Partnerin nach. Er begehrte sie, wie er es immer in Augenblicken großer Spannung tat. Ihre gemeinsame Liebe war alt, vertraut und beruhigend.

Um zwei Minuten nach drei ging der Mond unter. Nun wurde alles nur noch von der einzelnen Straßenlaterne am Ende des Blocks erhellt. So war es auch geplant. John setzte sich in Trab, vorbei am Zielgebäude, um am anderen Ende innezuhalten. Kein Licht, aus keiner Richtung. Er schritt die Auffahrt empor.

Für John besaßen Häuser eine Aura, fast so etwas wie einen emotionalen Geruch. Als er sich der erdrückenden Stille näherte, gelangte er zu dem Schluß, daß ihm dieses Haus nicht sonderlich gefiel. Trotz seiner gutgepflegten Rosensträucher, seiner Beete voller Dahlien und Stiefmütterchen war es ein zorniger Ort.

Diese Bestätigung des Leids der Wagners bekräftigte seine Entschlossenheit. Mit noch größerer Klarheit konzentrierte sein Geist sich auf die anstehende Aufgabe. Jede Phase war sekundengenau geplant. Auf dieser Konzentrationsstufe konnte er Mr. und Mrs. Wagner in ihrem Schlafzimmer im Parterre atmen hören. Er hielt inne, bündelte seine Aufmerksamkeit mit heftiger Anstrengung. Jetzt vernahm er auch das Rascheln von Bettlaken, als sich der Arm eines der Schlafenden bewegte, ebenso das matte Scharren einer Kakerlake, die an der Schlafzimmerwand emporkroch. Es fiel ihm schwer, eine solch intensive Konzentration längere Zeit aufrechtzuerhalten. In diesem Punkt waren er und Miriam sehr verschieden. Sie lebte häufig auf dieser Stufe, John dagegen fast nie.

Nachdem er sich davon überzeugt hatte, daß alles im Haus schlief, machte er sich daran, einzudringen. Trotz der Dunkelheit hatte er schnell die Kellertür ausfindig gemacht. Ein Heizungskeller. Dahinter lag ein renoviertes Spielzimmer und Kayes Schlafzimmer. Aus einer Tasche, die er unter seiner Joggingbluse verborgen hielt, holte er etwas Klavierdraht hervor und öffnete damit das Schloß, um den starren Bolzen schließlich mit der Kante einer Kreditkarte zurückzuschieben.

Als die Tür aufging, wehte ihm warme, muffige Luft entgegen. Die Nacht war kaum frostig, und die Heizung lief auf niedriger Stufe; ihr Feuer verbreitete ein mattes, orangefarbenes Licht. John schritt durch den Raum und begab sich in den dahinterliegenden Gang.

Plötzlich erstarrte er. Vor sich hörte er rasselndes Atmen, nichtmenschliches. Sein Geist analysierte das Geräusch und gelangte zu dem Schluß, daß ein Hund von etwa dreißig Kilo Körpergewicht am Ende des Ganges schlief, ungefähr zwei Meter von ihm entfernt.

Dagegen konnte man nun nichts mehr tun. Er war gezwungen, sein Chloroform zu benutzen. John holte einen Plastikbeutel aus der Brusttasche und nahm ein Tuch heraus. Es fühlte sich kalt an in seiner Hand, und es troff von der Flüssigkeit. Er war nicht so schnell wie Miriam, deshalb brauchte er Chloroform, um seine Opfer gefügig zu machen. Der Gedanke an die Gefahr, der er sich nun aussetzen würde, schnürte ihm die Kehle zusammen.

Seine Verbündete, die Dunkelheit, begann nun gegen ihn zu arbeiten; er trat vor, die Entfernung so gut abschätzend, wie er nur konnte. Ein Schritt. Die Atmung des Hundes veränderte sich. Zwei Schritte. Ein scharrendes Geräusch, der Beginn eines Knurrens. Drei Schritte. Wie eine Explosion ertönte plötzlich Hundegebell.

Dann hatte er ihn auch schon, hatte die Finger im Fell verkrallt und den Chloroformlumpen über die Schnauze gepreßt.

Ein wütender Kampf, nicht gänzlich stumm.

»Alf?«

Kayes Stimme war glockenklar und von Angst durchsetzt. John wußte, wie sehr sich seine Chancen verschlechterten. Das Mädchen war hellwach. Er spürte es, wie sie in die Dunkelheit hinausstarrte. Normalerweise hätte er sich nun zurückgezogen, doch das konnte er heute nacht nicht. Miriam war eine absolut unaufhaltsame Killerin; ihr würde der Freund nicht entgehen. Kernstück der Täuschung war es aber, daß beide zusammen verschwanden. War dies geschehen, würde die Polizei an ein Ausreißen der beiden glauben und den Fall unter den Vermißtmeldungen einordnen. Verschwand aber nur einer von beiden, würde dies viel mehr Verdacht erregen.

Sobald der Hund sich nicht mehr wehrte, ging John weiter. Er hatte wahrscheinlich zehn Minuten der Sicherheit; solange war der Hund bewußtlos. Jetzt durfte es keine Verzögerungen mehr geben, maximale Effizienz war gefordert.

Plötzlich flammte in Kayes Schlafzimmer das Licht auf. Sie war ein schönes Mädchen, wie sie in einem Nachthemd auf dem Bett saß, die Hand noch immer an der rüschenverzierten Lampe.

John spürte das Licht wie Feuer. Er sprang sie an, um den Schrei zu ersticken, der, das wußte er, soeben in ihrer Kehle emporstieg. Dann hatte er auch schon die Hand über ihre Lippen gelegt und drückte sie mit dem Arm gegen das Bett.

Kaye duftete schwach nach Kölnisch Wasser und Zigaretten. John kämpfte sie nieder, sein Körper erzitterte unter der hoffnungslosen Wut ihres Ansturms. Die Heftigkeit ihres Widerstands weckte seinen Zorn. Mit beiden Händen bedeckte er Mund und Nase, ihre Ellenbogen mit den Knien niederpressend.

Im Zimmer war es völlig still, das einzige Geräusch rührte von Kayes Beinen her, die gegen die Matratze trommelten. John versuchte abzuschätzen, wie lange sie noch am Leben bleiben würde. Er spürte die Zunge des Mädchens gegen seine Handfläche zucken. Vorsichtig, sie darf dich nicht beißen.

Die fünf Minuten, die es dauerte, um sie zu ersticken, zogen sich immer mehr in die Länge. John mußte sich mit großer Mühe zur Konzentration auf seine Arbeit zwingen. Wenn sie ihm entkommen sollte... doch das würde er nicht zulassen. Schließlich hatte er jahrelange Übung. Man durfte nur nicht den Geist abschweifen lassen, der Griff durfte nicht lokker werden – nicht einmal für einen winzigen Augenblick. Er blickte in die Augen, hielt Ausschau nach den Blutgerinseln im Weiß, die den Tod anzeigen würden. Kaye reagierte völlig typisch. Sie flehte mit ihrem Gesichtsausdruck, blickte ihm verzweifelt entgegen.

Schließlich verdrehten sich ihre Augen, als das Bewußtsein aufgab. Eine Reihe heftiger Krämpfe – das Unbewußte, das dem zu entfliehen versuchte, dem das Bewußtsein nicht entkommen war. Nach einem Moment der Reglosigkeit öffneten sich die Augen wieder. Das Weiße hatte jetzt die richtige rosa Tönung angenommen. Langsam rollten die Augen nach rechts, als wollten sie nach dem Weg Ausschau halten. Um alles senkte sich noch tieferes Schweigen.

Sofort löste John seinen Griff und beugte sich dicht über ihren Brustkorb, preßte das Ohr zwischen die warme Weichheit ihrer Brüste, dem letzten Flattern ihres Herzens lauschend.

Perfekt. Sie war gerade richtig, am Rande des Todes schwebend.

Alle Hindernisse waren beseitigt. Nun konnte die stählerne Disziplin seinen wirklichen Gefühlen weichen, der rohen Wahrheit seines Hungers. Er stürzte sich auf sie, ohne seinen eigenen erregten Schrei zu vernehmen. Sein Geist wurde klar, als wäre er an einem stickigen Tag in köstlich kühles Wasser gesprungen. Der Schmerz, der ihn bedroht hatte, entwich aus seinen Muskeln. Sein Gehör und sein Augenlicht überfluteten ihn mit Eindrücken von beinahe übernatürlicher Intensität.

Er schwang sich von einer Höhe zur anderen hinauf. Wie stets in einem solchen Augenblick erschien auch diesmal vor seinem geistigen Auge das lebhafte Bild Miriams. Er konnte ihre Lippen schmecken, ihr Lachen in seinem Herzen fühlen. Er sehnte sich nach ihrem kühlen Fleisch, und die Liebe in seinem Inneren schwoll an von Begehren.

Dann war es vorbei. Er gönnte den Überresten von Kaye Wagner, einem dunklen, klumpigen Ding, das zwischen den Laken fast verschwand, nur noch einen flüchtigen Blick. Jetzt mußte er sich der Zeit widmen. Er zwang sich zurück zur schmutzigen Notwendigkeit, ließ den zerbrechlichen Körper des Mädchens in einen Plastiksack gleiten. Forsch blickte er wieder auf seine Uhr. In genau zwei Minuten mußte er an der Abholstelle sein.

In den Sack warf er auch Brieftasche und Haarbürste des Mädchens sowie einige Kosmetika, die über ihren Frisiertisch verteilt waren. Dazu noch Slips und Büstenhalter und einen Stapel Singles, die auf dem Boden lagen. Im Bad blieb er stehen, um Zahnbürste, Haarspray, weitere Kosmetikartikel, Shampoo und eine halbswegs saubere Bluse an sich zu nehmen, die er über der Stange des Duschvorhangs hängend fand.

In fünfzig Sekunden würde der Wagen die Straße entlang kommen. Miriam war immer pünktlich, deshalb eilte John auf demselben Weg zurück, den er gekommen war, nur kurz innehaltend, um die Kellertür hinter sich mit dem Draht zu verschließen. Dann schritt er schnell die Auffahrt hinunter und wartete in einem blühenden Hornstrauch.

Sein Körper prickelte; sein Bewußtsein schien sich in alle Einzelheiten der Welt um ihn herum auszudehnen. Nun bedurfte es keiner Anstrengung mehr, um seine Aufmerksamkeit zu konzentrieren. Er konnte die friedliche Anwesenheit des Strauchs spüren, vernahm sogar die leisesten Geräusche, das Rascheln eines Käfers, das *Pling* des langsam auskühlenden Motors eines Wagens auf der gegenüberliegenden Straßenseite. Über ihm hatten sich die Sterne in Zehntausende von Farben aufgelöst; grün und gelb und blau und rot. Die Brise schien jedes Blatt einzeln zu berühren und in Bewegung zu versetzen. John hatte ein geschärftes, gezieltes Empfinden für die Schönheit, die ihn umgab. Das Leben hätte nicht lieblicher sein können.

Als ihr Wagen erschien, mußte er lächeln. Miriam fuhr mit der Vorsicht eines blinden Achtzigjährigen. In ihrer wahnhaften Furcht vor Unfällen hatte sie den Volvo ausgewählt, sowohl seiner Sicherheitsstatistik als auch seiner Unauffälligkeit wegen. Trotz seiner Robustheit hatte sie ihn mit einem besonders widerstandsfähigen Benzintank ausgerüstet, mit Lastwagenbremsen, zusätzlich zu den Sitzgurten mit einem Luftsacksicherheitssystem und mit einem ›Sonnendach‹, das in Wirklichkeit ein zusätzlicher Fluchtweg war.

Pflichtschuldig trottete er zu dem langsam fahrenden Wagen hinüber, warf seine Last auf den Rücksitz und schlüpfte neben Miriam ins Innere. Natürlich stand es überhaupt nicht zur Debatte, daß er fuhr. Sie gab das Lenkrad niemals aus der Hand, außer wenn es sich absolut nicht anders einrichten ließ. Es war angenehm, wieder bei ihr zu sein. Ihre Lippen auf seiner Wange fühlten sich kühl und vertraut an, ihr Lächeln strahlte aus Freude über den Erfolg.

Ohne etwas zu sagen, konzentrierte sie sich auf die Straße.

Die Zufahrt zum Long Island Expressway war zwei Blocks entfernt, und John wußte, daß sie sich wegen der Möglichkeit sorgte, in eine Kontrolle der Ortspolizei zu geraten, bevor sie die Schnellstraße erreicht hatten. Sollte das passieren, würden sie einige peinliche Fragen zu beantworten haben.

Bevor sie die Auffahrt erreicht hatten, sagte keiner ein Wort. Doch als sie auf der Schnellstraße waren, spürte er, wie sie locker wurde. Das letzte bißchen Spannung löste sich auf.

»Es war einfach *schön*«, sagte sie. »Er war so stark.«

John lächelte. Er genoß sein eigenes Entzücken. Trotz seiner jahrelangen Übung machte ihm das Töten selbst niemals Freude. Der eigentliche Akt erregte ihn nicht so sehr wie Miriam.

»Bei dir ist es hoffentlich gut gelaufen?« Es war eine Frage.

»Wie üblich.«

Sie musterte ihn, ihre Augen funkelten wie die einer schönen Puppe. »Ich hatte soviel Spaß. Er glaubte, er würde von einem Mädchen vergewaltigt werden.« Sie kicherte. »Ich glaube, er ist in Ekstase gestorben.« Sie streckte sich wohlig mit jener typischen Entspanntheit, wie sie nach der Jagd auftrat. »Wie ist Kaye gestorben?«

Er vermutete, daß ihre Frage eine Bestätigung für ihn sein sollte, eine Interessebekundung, doch wäre es ihm lieber gewesen, die häßliche kleine Tat zu vergessen und sich statt dessen auf die Freude zu konzentrieren, die ihr Lohn war.

»Ich mußte einen Hund chloroformieren.«

Miriam beugte sich vor und küßte ihn auf die Wange, dann nahm sie seine Hand. Sie war so feinfühlig; aus dieser einzigen Bemerkung wußte sie, welche Schwierigkeiten er gehabt hatte.

»Früher oder später enden sie doch alle gleich. Ich bin sicher, daß du sehr human warst. Wahrscheinlich hat sie überhaupt nicht richtig begriffen, was ihr widerfuhr.«

»Ich hatte mich verschätzt. Ich hätte den Hund vorhersehen sollen. Das ist alles, was mir Sorgen macht.«

Doch das war es nicht, nicht ganz. Denn da war auch dieses Gefühl, seltsam und doch erinnert. Er war müde. Es war schon sehr lange her, seit er sich das letzte Mal so gefühlt hatte.

»Du kannst niemals einen vollkommenen Tod verabreichen. Es wird immer gelitten.«

Ja, das war wahr. Und selbst nach all diesen Jahren mochte er es immer noch nicht, Leid zu verursachen. Doch hätte die Sache ihn nicht so belasten dürfen. Nach der Nahrungsaufnahme sollte man sich vielmehr vital und lebendig fühlen.

Es konnte sich nur um eine vorübergehende Phase handeln, eine Folge davon, daß das Mädchen ihn aus dem Gleichgewicht gebracht hatte. Er beschloß, die Sache aus seinem Geist zu verbannen. Er drehte sich dem Fenster zu und starrte hinaus.

Die Nacht war wunderbar. In der Dunkelheit hatte er schon immer eine große Wahrheit erkannt, eine Art Freude, etwas, das derlei Gewalttätigkeit verzieh. Daran zu denken vermittelte ihm ein willkommenes Gefühl der Rechtfertigung.

Die Lichter von Städten kamen und gingen. John fühlte eine tiefe Liebe zu allem. Er gestattete sich ein wenig von der Freude des Tötens, dachte darüber nach, wie grundlegend glücklich sein Leben war.

Noch bevor er es richtig gemerkt hatte, hatten sich seine Augen geschlossen. Das Dröhnen des Wagens begann sich mit Stimmen der Erinnerung, der fernen Erinnerung zu vermengen.

Er riß die Augen auf. Das war nicht normal. Er öffnete das Schiebedach, um etwas kühlere Luft einzulassen. Ihr gemeinsames Leben folgte einem exakten regelmäßigen Ablauf. Sechs von vierundzwanzig Stunden *schlief* man; wenn man aß, folgte der *Schlaf* unweigerlich vier Stunden später.

Was war dann das jetzt?

Er driftete, halb *schlafend*, in ein äußerst angenehmes Gefühl hinein, sein Geist beherrscht von einem sanften Seufzen der Erinnerung, des Traums...

Einen blitzartigen Augenblick lang war es, als befände er sich in einem riesigen kalten Raum, der von Kerzen beleuchtet wurde, während ein Feuer im Kamin knisterte. Er war überrascht. Seit er England verlassen hatte, hatte er nicht mehr an das alte Heim der Blaylocks gedacht. Und doch erinnerte er sich jetzt so genau an sein eigenes Schlafgemach, an die ständige Feuchtigkeit, an die Grandezza, die Vertrautheit.

Miriam war jetzt ebenso schön wie damals. Er hätte sie berührt, hätte sie festgehalten, doch liebte sie es nicht, beim Fahren gestört zu werden.

John erinnerte sich an die hohen Fenster seines Zimmers mit ihrem Blick auf die Moore von Nord Yorkshire, wo nachts Zigeunerfeuer flackerten. Die Gesichter und die Stimmen der Vergangenheit strömten durch sein Bewußtsein. Schläfrig sah er zu, wie die fremdartige moderne Landschaft am Wagen vorbeizog, beobachtete er die endlosen Lichter, die gedrängten, schäbigen kleinen Häuser. Wie einsam er doch in dieser Welt war.

Er schloß die Augen und wurde sofort zurückbefördert, an einen feuchten, grauen Nachmittag in Hadley. Es war ein ganz besonderer Nachmittag – zumindest würde er es schon eine Stunde später werden. Er erinnerte sich daran, wie er damals gewesen war, ein modebewußter junger Lord, der soeben zwei Jahre am Balliol College absolviert hatte. Er war im Begriff gewesen, sich zum Abendessen anzuziehen, sein Kammerdiener umschwärmte ihn mit Strümpfen, Krawatte und Hemd. Er ging davon aus, daß es sich bei dem Gast um irgendeinen scheußlichen politischen Bekannten seines Vaters handeln und daß der Abend mit salbungsvollen Anekdoten über den verrückten alten König und den herumhurenden Regenten bestritten werden würde. John scherte sich keinen Deut um den Hof. Er interessierte sich sehr viel mehr für die Bärenhatz und dafür, seine Hunde über das Moor laufen zu lassen.

Während er sich anzog, fuhr klappernd ein Wagen die Auffahrt empor. Es war eine prachtvolle Equipe, von sechs Hengsten gezogen, von zwei Lakaien bewacht. Ihre Livree war ihm nicht vertraut. Als eine Dame in weißer Seide dem

Gefährt entstieg, schnippte John ungeduldig mit den Fingern nach seiner Perücke. Es war schon zu lange her gewesen, seit sein Vater eine Hure nach Hadley geholt hatte. Trotz seiner Gebrechen und seiner häufigen Verwirrtheit, trotz der Gicht und des schwachen Augenlichts hatte sich Johns Vater einen ausgezeichneten Geschmack erhalten, was die Weiblichkeit betraf. Wenn er die Gesellschaft einer Frau anstrebte, hielt er meistens an den schäbigeren Rändern der Aristokratie Ausschau nach einer körperlich anziehenden, charmanten Kreatur, die nicht genügend Besitz ihr eigen nannte, um auch seinen Sohn interessieren zu können.

Nur daß sie es meistens doch taten.

»Der Herr ist fort«, sang er leise, während Williams seine Krawatte richtete und etwas Duftwasser in seine Perücke gab, »es wird ein schöner Tag.«

»Der Herr ist hier, Sir.«

»Das weiß ich, Williams. Das war nur Wunschdenken.«

»Jawohl, Sir.«

»Die üblichen Vorbereitungen, Williams, wenn sie anziehend ist.«

Der Mann machte einfach kehrt und ging seinen Pflichten nach. Er war ein guter Kammerdiener und wußte, wann es sich nicht schickte, etwas zu erwidern. John aber konnte sicher sein, daß die Gänge zwischen seinem Wohnzimmer und seinem Schlafgemach frei von Dienern sein würden, wenn die rechte Zeit gekommen war, und daß die Kammerzofe der Dame ihrer Herrin nicht folgen würde.

Allerdings nur, sofern sein Vater mit genügend Branntwein abgefüllt werden konnte, um seine Pläne zu vergessen, sowie mit genügend Bezique, um sich in den Schlaf hineinzulangweilen.

Ja, es versprach in der Tat, ein interessanter Abend zu werden. John begab sich die Galerie hinab, die die beiden Flügel des Hauses miteinander verband, er spürte die feuchte Kühle des Abends jenseits der Fenster, als er unter dem Porträt seiner Mutter vorbeischritt, bei dem sein Vater darauf beharrt hatte, es müsse draußen vor ihrem alten Zimmer hängen bleiben.

Das Treppenhaus war beleuchtet wie für einen Ball, ebenso die Empfangshalle und der große Speisesaal. Diener arrangierten drei Gedecke auf dem massiven Tisch. John begriff nicht, weshalb sein Vater nicht den intimeren Gelben Speisesaal gewählt hatte. Die Stimme seines Vaters ließ sich durch den großen Saal hinweg vernehmen, aus dem offiziellen Salon herüberhallend. John schritt durch den Saal und blieb an der Tür stehen, als diese für ihn geöffnet wurde.

Dann begriff er den Grund für all den Pomp. Und er erkannte auch, daß keine noch so große Menge Branntwein seinen Vater heute nacht würde betören, kein Bezique ihn einschläfern würde.

Es gab keine Worte, um sie zu beschreiben.

Es konnte doch nicht wirklich eine Haut geben, die so weiß war, keine solch vollkommenen Züge! Ihre Augen, so fahl wie Delfter Porzellan, so durchsichtig wie das Meer, flackerten ihm entgegen. Er kämpfte um ein angemessenes Wort, konnte jedoch nur lächeln und sich verneigen, um dann vorzutreten.

»Dies ist mein Sohn John.«

Die Worte seines Vaters klangen wie ein fernes Echo. Nur die Frau zählte jetzt noch. »Ich bin entzückt, Madame«, sagte John leise.

Sie streckte die Hand vor.

»Die Lady Miriam«, sagte sein Vater, und sein Ton offenbarte nur eine leise Spur von Ironie.

John nahm die kühle Hand und preßte sie an seine Lippen, nur einen winzigen Augenblick zu lang, dann hob er den Kopf.

Sie sah ihn an, ohne zu lächeln.

Die Macht dieses Blicks traf ihn wie ein Hieb, traf ihn so heftig, daß er sich verwirrt abwandte.

Sein Herz klopfte, sein Gesicht war glühend heiß. Mit einer forschen Prise Schnupftabak überspielte er seine Aufgewühltheit. Als er es wieder wagte, sie anzusehen, waren ihre

Augen fröhlich und angenehm, wie es die Augen einer Frau zu sein hatten.

Dann, als wollte sie ihn necken, blickte sie ihn erneut auf diese schamlose, wilde Weise an. Noch nie war er solch frecher Direktheit begegnet, nicht einmal bei der primitivsten Küchenmagd oder Gassenhure.

Einen solchen Ausdruck in einer so ungewöhnlichen und offensichtlich hochkultivierten Schönheit zu erblicken, ließ ihn vor Erregung zittern. Die Augen begannen ihm zu tränen, unwillkürlich streckte er die Hände vor. Sie schien etwas sagen zu wollen, ließ ihre Zunge jedoch nur die Schneidekanten ihrer Zähne entlangfahren.

Es war, als hätte sein Vater aufgehört zu existieren. Johns Arme schlangen sich um sie, um Miriam, zum ersten Mal. Die Umarmung elektrisierte ihn, entzündete ihn. Mit geschlossenen Augen versank er in ihrer Weichheit, neigte seinen Kopf auf ihren alabasternen Hals, berührte ihr Salz-und-Milch-Fleisch mit geöffneten Lippen.

Wie eine verborgene Klinge sprang das Lachen aus ihr hervor. Er riß den Kopf hoch, ließ die Arme sinken. In ihrem Blick war etwas so Lüsternes, so Höhnendes und Triumphierendes, daß seine Leidenschaft sofort der Furcht wich. Einen solchen Blick hatte er einmal gesehen...

Ja, bei einem Panther, den einige Ostindier in den Vauxhall Gardens vorgeführt hatten.

Die hellen, zornigen Augen eines Panthers.

Wie konnten solche Augen so wunderschön sein?

All dies hatte nicht länger als eine Minute gedauert. Während dieser Zeitspanne hatte Johns Vater wie angewurzelt dagestanden, mit erhobenen Augenbrauen, und seine Miene wirkte immer überraschter. »Mein Herr!« platzte es schließlich aus ihm heraus. »Ich muß doch bitten, mein Herr!«

John mußte erst wieder zu sich finden. Ein Gentleman konnte sich auf solche Weise nicht vor seinem eigenen Vater entehren.

»Seid nicht zornig auf ihn, Lord Hadley«, sagte Miriam.

»Ihr könnt Euch gar nicht vorstellen, wie schmeichelhaft eine solch ungestüme Aufmerksamkeit doch sein kann.«

Ihre Stimme klang sanft und doch erfüllte sie den Raum mit pulsierender Intensität. Die Worte mochten Johns Vater vielleicht nicht erfreut haben, doch unterbanden sie jedwede weitere Mißbilligung. Der alte Lord verneigte sich anmutig und nahm die Lady bei der Hand. Gemeinsam schlenderten sie weiter in den großen Saal hinein, um vor dem Kamin stehenzubleiben. John folgte ihnen, nach außen hin gab er sich unterwürfig. In seinem Inneren jedoch kochte das Herz. Gebahren und Erscheinung der Frau waren das Wunderbarste, dem er je begegnet war, tausendmal wunderbarer, als er es in seinen kühnsten Träumen für möglich gehalten hätte. Sie ließ eine Spur von Rosenduft zurück. Das Kaminfeuer ließ ihre Haut leuchten. Ihre Schönheit ließ den feuchten alten Raum von Licht förmlich lodern.

Auf ein Zeichen seines Vaters hin begann ein Spieler auf dem Balkon zu musizieren. Es waren bewegende Töne, irgendeine schottische Weise, die zugleich schön und heftig war. Miriam drehte sich um und hob den Blick. »Welches Instrument ist das?«

»Ein Dudelsack«, sagte John, noch bevor sein Vater den Mund öffnen konnte. »Ein schottisches Gerät.«

»Auch bretonisch«, fauchte sein Vater. »Das dort ist ein bretonischer Spieler. Zu Hadley House gibt es keine Schotten.«

John wußte es zwar besser, widersprach aber nicht.

Sie aßen ein paar Waldhühner mit starkem Hautgoût, gefolgt von Lamm, Pudding und Trifle. John erinnerte sich besonders gut an diese Mahlzeit, weil er sehr überrascht gewesen war, als er feststellen mußte, daß Miriam nichts von dem Essen anrührte. Gang um Gang wurde serviert und, von ihr unberührt, wieder abgetragen. Es wäre unhöflich gewesen, danach zu fragen, weshalb ihr Gast sich nichts aus dem Essen machte, doch gegen Ende des Diners schien Johns Vater in Verzweiflung versunken zu sein. Als sie schließlich etwas Portwein zu sich nahm, erhellte sich seine Miene.

Zweifellos hatte er befürchtet, daß ihr sein körperliches Aussehen so unangenehm war, daß sie die Nacht nicht auf dem Schloß verbringen würde. John wäre fast in lautes Lachen ausgebrochen, als er bemerkte, wie sein Vater zu grinsen begann, als sie trank; seine losen Gebißplatten verliehen ihm ein Aussehen, als habe er den Mund voller Steine.

Im Laufe des Essens hatte Miriam John zweimal flüchtig angeblickt, und beide Male hatte sie dabei eine solche Wärme und ein solch einladendes Entgegenkommen vermittelt, daß er sich gewaltig ermutigt fühlte.

Als der Abend zu Ende war, begab er sich voll gespannter Erwartung in sein Gemach. Er entließ Williams sofort, ließ die Kleider von sich abfallen, schleuderte seine Perücke beiseite und stand schließlich nackt da. Dann ging er dichter an das Kaminfeuer heran, um erst die eine, dann die andere Körperseite zu wärmen und schließlich ins Bett zu springen. Die Laken waren mit einem Feuerziegel bestrichen worden, bis sie warm geworden waren, so daß das Bett recht gemütlich war. Ohne zu schlafen lag er da, überrascht von der Tatsache, daß er ohne seine Nachtkleider zu Bett gegangen war, auf köstlichste Weise aufgeregt. Auf dem Nachttisch glitzerten drei goldene Sovereigns.

So lag er da, lauschte dem Wind und dem Regen, warm und geborgen unter seinen Daunen, wartend. Stunden vergingen. Sein Körper, der in der Spannung übermäßiger Erregtheit befangen war, begann nun vor Verlangen zu schmerzen.

Ohne es zu merken, schlief er ein. Plötzlich wachte er auf, von ihr träumend. Der Raum war nicht mehr völlig dunkel. Er betastete den Nachttisch, bis er seine Uhr gefunden hatte, und öffnete sie. Fast fünf Uhr morgens.

Sie würde nicht kommen. Er setzte sich auf. Gewiß hätte doch jede vernünftige Hure die Bedeutung der Blicke verstehen müssen, die zwischen ihnen gewechselt worden waren. Die drei Sovereigns lagen unberührt auf dem Tisch. Die Närrin war nicht gekommen, um zu fordern, was ihr zustand.

Inzwischen mußte sein Vater schon lange mit ihr fertig

sein. Er rüstete sich innerlich gegen die Kälte, warf die Laken beiseite und erhob sich aus dem Bett. Da er die Stelle nicht fand, wo Williams seine Nachtkleider ausgebreitet hatte, mußte er die Kniehose und das Hemd vom Vorabend anlegen. Dann packte er die Goldmünzen und eilte den Gang entlang.

Das Bett war besetzt. John schritt zu ihm hinüber, legte seine Hand sanft auf ihre Wange.

Er spürte ihr Lächeln eher, als daß er es sah. Es gab keine Verwirrtheit, kein Durcheinander nach dem Erwachen. »Ich habe mich schon gefragt, ob Ihr zu mir kommen würdet«, sagte sie.

»Mein Gott... Ihr hättet doch zu mir kommen sollen!«

Sie lachte. »Das konnte ich wohl kaum tun. Aber jetzt, da Ihr schon hier seid, sollt Ihr Euch nicht erkälten.« Sie ließ ihn ins Bett. Er versuchte sein Beben zu beherrschen, doch es gelang ihm nicht. Das hier war, als würde er zu der Tochter des größten Herrschers im ganzen Reich ins Bett steigen. Es war nichts Hurenhaftes an ihr, nicht das geringste. Meistens waren sie mindestens ein wenig gewöhnlich, war ihr Augenausdruck hart vom Wissen um das wahre Wesen der Welt. Doch hier war alles Unschuld und flatternde Reinheit... und die offenherzigste Lust.

Sie gestattete es ihm, sie auszuziehen. Nackt drehte sie ihn zu sich herum und entfernte geschickt seine eigenen Kleider. »Komm«, sagte sie und erhob sich vom Bett.

»Komm?«

»Zum Kamin.« Die Arme einander um die Hüften gelegt, schritten sie zum Feuer hinüber. Der Raum war warm, weil ihre Zofe offensichtlich im Laufe der letzten Stunde dieses Feuer neu geschürt hatte. »Seid wahrhaftig«, sagte sie. »Bin ich nicht die erste?«

»In welchem Sinn?«

»Die erste, die Ihr wirklich geliebt habt?« Sie berührte ihn höchst schamlos, höchst wunderbar. Er blickte zu ihrer Hand hinab, erstaunt, daß eine solch schlichte Geste soviel Freude bereiten konnte. Kaum daß er sich genug beherrschen konnte, um noch auf den Beinen zu bleiben.

»Ja! Ich liebe dich!«

Ihr Körper war von vollkommener Gestalt, fest und doch üppig, und er überwältigte ihn mit seiner Schönheit. Sie blickte zu ihm auf, schlang die Arme um seinen Hals, öffnete die Lippen. Er küßte sie, küßte in ihren geöffneten Mund hinein – und schmeckte sauren, merkwürdig kalten Atem.

»Kommt zurück zum Bett«, sagte sie. Sie führte ihn an der Hand, blieb stehen und hielt ihn auf Armlänge von sich. »Laßt mich Euch erst einmal richtig betrachten«, fügte sie hinzu. Sie ließ ihre Hände seinen Brustkorb hinabstreifen, berührte seinen Bauch mit den harten Muskeln sanft und zögerte auch nicht, sein Geschlecht zu untersuchen. »Seid Ihr jemals krank?« fragte sie.

»Der weiße Fluß? Gewiß nicht!« Ihre Impertinenz erstaunte ihn. Was ging es sie an, ob er diese Krankheit hatte?

»Es ist eine Krankheit, die von einem Körper auf den anderen übertragen wird«, sagte sie geistesabwesend. Sie redete Unfug. »Doch es spielt keine Rolle. Ich war nur neugierig, was Euren allgemeinen Gesundheitszustand angeht.«

»Ich fühle mich recht wohl, Madame.« Er schritt an ihr vorbei, begab sich ins Bett. Sie blickte auf ihn herab, lachte leise und wirbelte durch den Raum, mit einem Körper voll Anmut und Schönheit der Jugend. John war bezaubert, wurde aber auch ungeduldig. Plötzlich sprang sie aufs Bett. Es war ein hohes Gestell mit vier Pfosten, und ihr Sprung war so hoch, daß es schon fast unheimlich wirkte. Er versuchte zu lachen, doch an ihren Bewegungen war etwas, das ihn davon abhielt. Sie wirkte fast wütend, wie sie zwischen die Laken schlüpfte. »Ihr wißt nichts von der Liebe«, sagte sie mit lauter Stimme. Dann war sie neben ihm, kauernd. In ihren Augen erschien ein koboldhaftes Lächeln. »Würdet Ihr es lernen wollen?«

»Ich würde sagen, ja. Ihr seid ohnehin schon in Verzug mit meiner Lektion.« Ohne Vorwarnung packte sie seine Wangen und küßte ihn heftig. Ihre Zunge preßte sich zwischen seine Zähne. Sie fühlte sich rauh an wie ein Reisigbesen, und er wich überrascht zurück. Wie konnte in einem Menschenmund ein solches Ding wohnen? Es war durch und durch entsetzlich. Er blickte zur Tür hinüber.

»Fürchtet mich nicht«, sagte sie. Dann lachte sie, so fröhlich, daß es durch die graue Vordämmerung hallte.

John war kein abergläubischer Mann, mußte aber in diesem Augenblick an die Zigeunerlager denken. Ob dies möglicherweise eine Zigeunerhexe war, die gekommen war, um Hadley für sich zu beanspruchen? Sie mußte seinen Gesichtsausdruck bemerkt haben, denn sie stürzte sich förmlich auf ihn. Ihre Hände fuhren über seinen Leib, ihr Fleisch berührte das seine, ihr Gesicht bot sich seinen Küssen dar.

Und er küßte sie. Er küßte sie, wie er noch niemals zuvor jemanden geküßt hatte. Er bedeckte ihre Lippen, ihre Wangen, ihren Hals mit Küssen. Dann nahm sie ihre Brüste in die Hände und bot sie ihm dar. Bis zu diesem Augenblick hatte John die Freude nicht gekannt, eine Frau an dieser Stelle zu küssen. Sein Herz schwoll an vor Glück. Die Zigeuner waren vergessen, er ging in den Freuden des Fleisches auf. Sanft, beharrlich preßte sie seinen Kopf in die Tiefe, bis er ihre Scham küßte.

Die Freude, die er dabei empfand, erstaunte ihn. Sie bewegte sich mit flinker Behendigkeit, und bevor er sich versah, wurde auch er auf diese Weise geküßt.

In wenigen Minuten hatte sie Gefühle in ihm geweckt, die er nie zuvor gekannt hatte.

Wogen der jubelnden Freude durchfluteten ihn. Er konnte es spüren, wie ihre Erregung wuchs, um es der seinen gleichzutun. Nie zuvor hatte eine Frau es vollbracht, daß er sich auf derart wunderbare Weise als Mann befähigt fühlte, daß er sich so *gut* fühlte. Dann veränderte sich ihre Stimmung. Sanft, unbeugsam drängte sie sich unter ihn, bis sie einander ins Gesicht blickten. Ihre Beine spreizten sich, ihr Augenausdruck wurde einladend. Ein leises Geräusch, halb Freude, halb Furcht entsprang ihren Lippen, als er in sie glitt. Dann hoben sich ihre Hände und packten sein Gesäß, und sie fingen an.

John kämpfte mannhaft, doch war seine Erregung so stark,

daß es nur wenige Momente dauerte, bevor er sich in sie ergoß, in sie ergoß und ihren schönen Namen rief, schreiend, ohne auf die Ohren der Diener zu achten, schreiend in großer und herrlicher, wunderbarer Liebe.

Er sank auf sie herab. »Heirate mich, Hure«, fauchte er. Ihre Finger kratzten langsam seinen Rücken hinab, die Nägel bohrten sich in seine Haut. Ihr Gesichtsausdruck blieb ungerührt. Die Nägel schmerzten ihn, doch er wollte nicht aufschreien. dazu war er viel zu glücklich, zu weit davongetragen. »Lady Miriam, Ihr müßt meine Frau werden.«

»Ich bin keine richtige Lady.«

Er lachte. »Ihr *müßt* eine sein!«

In diesem Augenblick hatte er sie geehelicht. Ihre Geister würden nie wieder getrennt werden.

Er erinnerte sich an all diese ersten wilden Jahre der Liebe, an ihre Herrlichkeit und an das Entsetzen, an das schiere Lodern der Lust. Soviel war gewonnen worden, soviel verloren.

Sie plünderten das Anwesen. Die Bauern liefen davon. Die Zigeunerfeuer erloschen. Der alte Lord welkte dahin und starb ebenfalls. John war in ihr verloren, verloren und noch nicht gefunden. Verloren in der Liebe zu ihr.

Miriam war besorgt. Johns Kopf hing schlaff zur Seite, sein Mund stand offen. Offensichtlich döste er. Für die beiden war so etwas anomal. Entweder sie waren wach oder sie *schliefen*, in jener tiefen und wiederbelebenden Trance, die für ihre Art typisch war.

Unruhig veränderte er seine Stellung. Es gab nur etwas, was nicht stimmen konnte. Sie schüttelte den Kopf, weigerte sich, es zu akzeptieren. Doch nicht so bald, bestimmt nicht!

Sie jagte den Wagen in den vierten Gang. Lichter blitzten vorbei, als sie New York entgegenbrausten.

»Du fährst zu schnell«, sagte er, das Brüllen des Windes übertönend.

»Wir sind der einzige Wagen auf der Straße.« Die Tachonadel schwebte über der 120er-Marke. Miriam warf den Kopf zurück und lachte, verbittert und zornig. Er konnte doch nicht schon so bald versagen. Sie liebte ihn doch so... seine Jugend, seine Frische. Sie ließ ihre Hand in seine gleiten und spürte, wie er den Druck erwiderte.

»Du hast gedöst, nicht wahr?«

Sie spürte seinen Blick, der auf ihr ruhte. »Ich hatte einen Traum.«

»Wie beim *Schlaf*?«

»Eine Art Tagtraum. Ich habe nur halb *geschlafen*. Ich habe davon geträumt, wie es war, als wir uns begegnet sind.«

Vor Erleichterung hätte sie fast einen Schrei ausgestoßen. Ein Tagtraum! Nun gewannen die herrlichen Gefühle, die auf die Fütterung folgten, in ihr wieder die Oberhand. Die holprige alte Schnellstraße, die zerbröckelnde Stadt, alle enthüllten ihre geheime Schönheit. In ihrem Herzen wechselte sich das Gefühl der Erleichterung mit der vertrauten Liebe ab, mit einer Art Dankbarkeit für die Existenz der Menschheit.

Sie ließ die Gedanken zu der kleinen Alice Cavender hinüberschweifen, die sie schon bald transformieren würde. Wenn Johns Winter tatsächlich einsetzte – in vielen Jahren –, würde Alice ihrem Sommer entgegenleben. Je mehr er welkte, um so mehr würde sie aufblühen, und Miriams Liebe würde vom einen zum anderen hinübergleiten, ohne die quälenden Jahre der Einsamkeit, die sie in der Vergangenheit hatte durchleben müssen. Um sich selbst zu beruhigen, suchte sie die *Berührung* mit Alice. Die kam prompt – Alices Wärme, ihr Geruch, das Ungestüm ihres Herzens. Dann war es schon wieder vorbei, war der helle kleine Sturm verflogen. Eine *Berührung* mit Alice... wie gut. Das Mädchen entwikkelte sich prächtig.

Als sie durch den Flushing Meadow Park mit dem gewaltigen Mount Hebron Friedhof zur Linken und dem Weltausstellungsgelände zur Rechten fuhren, behielt Miriam John so gut im Auge, wie es möglich war, ohne dabei die Straße zu vernachlässigen.

»Erinnerst du dich noch an den Terrace Club?« fragte er.

»Wie könnte ich das jemals vergessen?« Das war im Jahre 1939 gewesen; der Terrace Club hatte sich neben der alten Weltausstellung befunden. Vor ihrem geistigen Auge sah sie wieder die fröhliche Schönheit seiner gelbweißen Mauern und die grazile Anmut seines Edelstahlmobiliars.

»Dort haben wir getanzt.«

»Das ist nicht das einzige, was wir dort getan haben.« Sie konnte sich noch gut daran erinnern, wie John auf empörende Weise ein Mädchen aus dem Erfrischungsraum gekidnappt hatte, während sie selbst den Rendezvouspartner der kleinen Kreatur verzehrt hatte.

Vor ihnen begann Manhattan zu erscheinen und wieder zu verschwinden, während sie durch Queens fuhren. Wie jung Miriam doch alles erschien. Es hatte für sie den Anschein, als wäre die ganze Gegend erst vor einer Woche von Bauarbeitern übersät gewesen. Die Straße hier war einst gepflastert gewesen; die Luft hatte einen Duft von Teer und rohem Holz gehabt. Damals war der Long Island Expressway noch nicht gebaut worden, und eine elektrische Straßenbahn führte zum Ozone Park. Die Vorstädte existierten noch nicht. Sie waren oft mit der Straßenbahn gefahren, hatten auf den Rattansitzen gesessen, während sie vor sich hin geklappert und funkensprühend gezittert hatte, ein Lichtfloß auf einem großen dunklen Ozean.

Bald begann die Prozession der Friedhöfe: Mount Hebron, Calvary, Greenacers. Ein dumpfer, kühler Geruch erfüllte die Luft.

John schaltete das Radio ein, und ihre sanfte Stimmung wurde von der langen, traurigen Geschichte unterbrochen, die von einer alten Stimme aus dem Nirgendwo erzählt wurde, irgendein verbrauchter schlafloser Mensch, der seinem Talkshow-Moderator von seinen Niederlagen erzählte.

»Bitte.«

»Mir gefällt es.«

»Dann ist dein Geschmack noch bizarrer, als ich dachte.«

»Ich höre mir gerne die Alten an. Ich genieße ihre Gebrechen.«

Das konnte sie verstehen. Sie konnte sich gut vorstellen, wie John sich dabei fühlen mußte, den Fluch des Altwerdens besiegt zu haben. Was war er doch für ein vollkommener Mann! Nun begann auch sie die alte Stimme zu genießen, die über den Äther kam. Es war eine Art Kontrapunkt zu Johns Jugend und Vitalität, der ihn wie einen noch wunderbareren, noch gelungeneren Fang denn je erscheinen ließ.

Schnell fuhr sie durch den Midtown Tunnel, die Third Avenue empor und hinüber zum Sutton Place. Ihr Haus befand sich an der Ecke einer Sackgasse, ein kleines, aber elegantes Gebäude, das keinen Hinweis darauf gab, daß es sich bei ihm zugleich um eine Festung handelte. Miriam liebte das Gefühl des Schutzes und der Geborgenheit, welches es ihr verlieh. Sie hatte viel Zeit und Geld auf das Sicherungssystem verwendet. Mit zunehmender Entwicklung der Technik hatte sie sich auf jede Neuerung gestürzt und sie in das System integriert. Die Blumenkästen vor den Fenstern voller Petunien verbargen eine Mikrowellen-Alarmanlage. Jedes Fenster und jede Tür wurde von einer Lichtschranke geschützt, die stark genug war, um jeden Eindringling in die Bewußtlosigkeit zu befördern. Sogar Miriams Bett wurde von einem neuen System geschützt, das um jeden, der sich ihm näherte, Stahlgitter herabsenkte. Im Hintergarten zwischen den Rosen befanden sich hochempfindliche Bewegungssensoren, die den Tritt eines Menschen oder den Schritt eines Tieres ausmachen und unterscheiden konnten. Kameras mit lichtverstärkenden Linsen beobachteten die Straße und das Gebiet um die Garage; der Computer, der sie steuerte, hielt Ausschau nach menschlichen Gestalten, die sich innerhalb ihrer Reichweite bewegten.

Früher hatte es einmal einen Geheimtunnel gegeben, der unter der Straße und dem Garten hindurch zu einer privaten Anlegestelle am East River geführt hatte, doch mit dem Bau des FDR-Drive war alles anders geworden. Nun war der Schutz wichtiger – und leichter – als die Flucht.

Sie hielt den Wagen an, schaltete die Scheinwerfer aus und betätigte den Knopf am Armaturenbrett, mit dem die Garagentür hinter ihnen geschlossen wurde. John stieg sofort aus und machte sich auf den Weg zum Heizungsraum, um dort die Säcke mit den Überresten ihrer Opfer zu verbrennen. Er war in großer Eile, denn der Rauch mußte noch vor Einbruch der Dämmerung verflogen sein.

Miriam war verlegen. Sie hatte Alice gestattet, heute nacht allein hierzubleiben, hatte ihre eigenen strikten Regeln gebrochen. Nun mußte John es erfahren, damit er im Heizungsraum nicht zuviel Lärm machte. »Weck Alice nicht auf«, sagte sie.

»Das macht keinen Unterschied, ich bin schon auf.« Alice stand oben auf der Treppe, die aus dem Keller emporführte. Sie hatte die blaugrauen Augen auf John und seine beiden großen Plastiksäcke gerichtet.

»Bleib oben«, sagte Miriam schnell. Alice ignorierte sie und kam mit katzenhafter Anmut die Stufen herab.

»Ich habe von dir geträumt«, sagte sie zu Miriam. Ihre Augen heischten nach weiterer Information. Alice hatte etwas Ungewöhnliches in dem Traum bemerkt. Miriam lächelte sie an. Wenn Miriam Alice *berührte*, träumte sie. Auf solchen Anfängen gründeten große Lieben.

»Da sie schon hier ist, kann sie mir ebensogut helfen«, sagte John ätzend. »Was soll's, es ist schließlich nur Müll.« Sein Zorn war durchaus gerechtfertigt – und doch war Miriam so froh darüber, daß Alice hier war, daß es ihr, wie sie feststellen mußte, nichts ausmachte.

»Prima«, sagte Alice in das Schweigen hinein, das auf Johns Bemerkung folgte.

Miriam begab sich nach oben. Sich selbst zum Trotz spürte sie ein gewisses angenehmes Prickeln angesichts der Heftigkeit in Johns Stimme. Er war interessant, wenn er ein bißchen bösartig wurde. Manchmal provozierte sie es sogar bewußt. Das war wohl auch teilweise der Grund dafür, daß sie Alice in einer verbotenen Nacht eingeladen hatte. Das und die Liebe, die sie für das Mädchen empfand.

John sah zu, wie Alice die Stufen herabkam. Ihm mißfiel ihre verführerische Art, ihre kraftvolle Persönlichkeit und vor allem die Wirkung, die sie auf Miriam hatte. Es brachte ihn zur Weißglut, erkennen zu müssen, wie wenig Miriam ihm allein gehörte. All diese Gefühle erweckten in ihm den Wunsch, Alice zu verzehren, seinem Körper zu gestatten, ihr seinen Willen aufzuzwingen, um – keineswegs nebenbei – zugleich die Bedrohung zu beseitigen, die korrumpierende Eifersucht zu lindern. Wenigstens heute nacht würde es leichter zu ertragen sein, da der Hunger gestillt war.

»Warum laßt ihr euren Müll nicht einfach auf der Straße stehen, wie alle anderen auch?«

Eine typische lästige Frage. Miriam konnte wahrhaftig nicht behaupten, daß sie die Gesellschaft dieses Mädchens brauchte. John meinte, daß er selbst mehr als genug sei, und sie hatte ihm gesagt, daß er für immer bei ihr bleiben könne. Angeblich war das einzige, was ihnen schaden konnte, ein Unfall. Fast mußte er lachen bei dem Gedanken, der nun in ihm aufstieg. Diese mürrische kleine Kreatur sollte sein Ersatz sein für den Fall, daß er ums Leben kommen sollte.

»Warum tut ihr das nicht?« wiederholte sie. Alice ließ nie locker, wenn sie eine Frage gestellt hatte.

»Der Müll wird nicht oft genug abgeholt.« Er warf ihr die Säcke zu. »Halt die mal fest, während ich das Feuer in Gang bringe.« Es war nur noch wenig Zeit bis zur Dämmerung. Bei Tageslicht verbrannten sie niemals Beweisstücke.

»Die sind so leicht.«

»Was soll ich dazu sagen? Wir hatten eben Hunger.« Er betätigte den Hebel, mit dem die eigens installierte Hochdruckgasleitung kontrolliert wurde. Ein leiser Knall, ein Brüllen, und schon füllte sich der Brenner mit blauen Flammen.

»Was ist das überhaupt für ein Zeug? Papier?«

Er riß ihr die Säcke aus den Händen und stopfte sie in den Ofen. »Buch es doch unter der Rubrik unserer vielen kleinen Geheimnisse.«

»Ihr bringt im Wagen Müll zurück nach Hause?«

John musterte sie wütend. »Wir hatten ein Picknick. Wie dir das entgangen sein kann, ist mir ein Rätsel.«

Sie lächelte, viel zu lieblich. »Ihr habt mich nicht dazu eingeladen. Ich gehöre nicht zu den Leuten, die sich uneingeladen aufdrängen.«

»Das ist mir noch gar nicht aufgefallen.«

»Ich wette, daß Miriam mich dabeihaben wollte. Du hast es wahrscheinlich nicht zugelassen, daß sie mich darum bat.«

»Es tut mir zwar leid, daß ich dich enttäuschen muß, aber dein Name ist ihr nie über die Lippen gekommen.«

»Sie liebt mich.«

Sie sagte es mit solcher Schlichtheit und Kraft, daß John unfähig war, noch etwas zu erwidern. Voller Zorn ignorierte er das Mädchen und kümmerte sich um das Feuer.

Miriam schritt zu dem Frisiertisch hinüber und bereitete sich auf den *Schlaf* vor. Sie beeilte sich, so sehr sie konnte, entfernte die Linsen, die die Farbe ihrer Augen vertieften, wunsch das Make-up ab, das ihre fahle weiße Haut verbarg, und nahm schließlich auch die Perücke vom Kopf. Sie ließ die Finger durch ihr dünnes, schütteres Haar fahren und trat für einige Minuten unter die Dusche.

Die Stimmen des *Schlafs* hallten immer lauter in ihr wider. Als sie wieder hervorkam, saß John auf der Bettkante. »Warum hast du sie diese Nacht hier verbringen lassen?«

»Ihre Eltern sind verreist.«

»Sie hat mich dabei gesehen, wie ich die Überreste verbrannt habe.«

»Sie wird dir schon bald genug dabei helfen. Bist du nicht bereit für den *Schlaf*?« Sie ließ sich aufs Bett sinken.

»Es ist mir ein Rätsel, was du von ihr willst!«

»Sie kümmert sich um das Haus. Willst du gar nicht *schlafen*?«

»Ich bin hellwach.«

Miriam verbarg das ängstliche Prickeln, das diese Feststellung in ihr auslöste. Er *mußte* einfach *schlafen*! Sie hob die Hand, berührte ihn, wollte eine Frage formulieren. Doch der

Schlaf ließ sich keinen weiteren Augenblick aufhalten. Das letzte, was sie noch bemerkte, als sie fortdämmerte, war sein rastloses Umherwälzen. dann gewann ein Zorn Gewalt über sie, so lebhaft wie das Leben, eher wie eine aufs neue erlebte Erinnerung. Sie *schlief*.

Kapitel 1

ROM: 71 v. Chr.

Sie verabscheute die Stadt, verabscheute sie am meisten im August. Die Straßen quollen über von schmutzigem Leben; Ratten und Fliegen und die höhnenden, kranken Armen des Reichs. Wagen strömten durch die Tore, hochbeladen mit allem, von Würsten bis Seide; sie erstickten die schmalen Seitengassen, versperrten die Foren. Exotische Menschenmassen von den Außenrändern der Welt schwärmten umher und zankten sich und stahlen an jeder Ecke. Über allem hing eine blaue Dunstwolke, die von zahllosen Wurstständen und Bäckereien wie toter Nebel emporstieg. Rom ertrank in Menschenfluten; nackte Sklaven, Edelleute, denen Liktoren voranliefen, gefolgt von Scharen ihrer Klientel, Soldaten in knarrendem Leder und schepperndem Messing, aristokratische Damen, die auf Tragbahren von den Köpfen der Massen ferngehalten wurden, alle umschwärmten die gelbbemalten Tempel des Staats, der Religion und des Reichtums.

Sie lenkte ihren Wagen wie ein Zenturio. Vor dem Pferd und dem Wagen schritten zwei Sklaven mit Peitschen einher, um die Menge beiseitezutreiben – es war ihr völlig gleichgültig, welchen Eindruck sie damit machen mochte, denn sie hatte keine Zeit für das verweichlichte Vorgehen der Liktoren mit ihren zerbrechlichen Stäben. Sie war in Eile, also mußte Rom sich einfach bewegen.

Als sie die Via Nova entlang zur Via Appia weiterfuhr, dünnten sich die Mengen etwas aus; heute wollte niemand die Stadt durch das Capinianische Tor verlassen.

Die üppigen Paläste auf dem Palatin und der hellbemalte Apolltempel verschwanden hinter ihr. Nun hatten sich ihre Sklaven in Trab gesetzt. Schon bald würde sie ihrem Pferd die Peitsche geben und an ihnen vorbeijagen. Sie wurde immer unruhiger, die Hitze verkürzte die Zeit.

An diesem Tag würde sie einen der kräftigsten Männer auf Erden ausfindig und ihn sich zu eigen machen. Sie fuhr unter dem Appischen Aquädukt her und durch das Tor hinaus. Da sie die Stadt verlassen hatte, peitschte sie ihr Pferd und jagte klappernd am Tempel der Ehre und Tugend vorbei über einen kleinen Hügel. Mit betäubender Plötzlichkeit war der Schrecken vor ihr.

Sogar in diesem Zeitalter, da ein Leben nur wenig wert war, lähmte der Anblick sie.

Eine dichte, brüllende Masse aus Fliegen verdunkelte die Sonne. Entlang der Via Appia zogen sich meilenweit Zwillingsreihen aus Kreuzen über die sanften kampanischen Hügel, emporsteigend und sich senkend. Man war damit beschäftigt, die gesamte Armee des Sklavenrebellen Spartakus hinzurichten. Seit drei Tagen waren sie schon hier. Die Frage war nur, ob sie noch einen Überlebenden finden würde.

Ein solcher Mann mußte unglaublich stark und kräftig sein. Miriams Vater hatte die Theorie aufgestellt, daß ihr Problem sich nur dadurch lösen ließe, indem sie ausschließlich die Allerkräftigsten aussuchten. In der Vergangenheit hatten sie allzuoft eine schlechte Wahl getroffen und die Transformierten waren immer gestorben.

Miriam brauchte diesen Mann. Sie sehnte sich nach ihm, träumte von ihm. Und nun rückte sie ihre Schleier so zurecht, daß die Fliegen davon abgehalten wurden, und trieb ihr Pferd an, um ihn zu suchen. Vor den Kreuzen erstreckten sich die Schatten des Morgens. Immerhin war Miriam allein auf der Straße; Reisende nahmen den Umweg über die Via Ardeatina bis Capua, um diesem abscheuerregenden Gemetzel zu entgehen. Miriams Sklaven kamen von hinten herbeigelaufen, keuchend vom anstrengenden Lauf aus der Stadt, während sie nach den Fliegen schlugen, die sich auf ihnen niederließen. Ihr Pferd schnaubte nervös, als die Fliegen auf seinem Gesicht niedergingen.

»Reitknecht«, sagte sie und machte eine Handgeste. Ihre Sklaven hatten sich in Baumwolle gehüllt, die mit Galle getränkt war. Der Reitknecht trat vor. Einen Augenblick erinnerte sein Kostüm sie an bessere Zeiten, als sie mitangesehen hatte, wie die Wüstenvölker mit ähnlichen Turbanen auf dem Kopf in die Sonne hinausgeschritten waren. Damals hatte ihre Familie ein Nomadendasein geführt, war kreuz und quer durch die Wüste gereist, hatte am Rande der fruchtbaren Ebene Ägyptens Verirrte und Verlaufene erbeutet.

Sie bewegte sich langsam voran, ertrug den süßlichen Geruch und die unermüdliche Energie der Fliegen, vorbei an einem Leichnam nach dem anderen. In ihrer Magengrube zog sich der Abscheu zu einem brennenden Knoten zusammen. Rom war der blanke Wahnsinn. Und es würde noch schlimmer werden. Der Aufstieg der Stadt zu einem Weltreich war unvermeidlich geworden. Mit der Zeit würde sie wieder vergehen, aber nicht so bald. Es lagen noch viele schwere Jahre vor ihr.

Alle paar Minuten hielt sie, hob die Schleier und starrte eines der Opfer lange Zeit an. Mit einem Schnippen aus dem Handgelenk wies sie dann einen Sklaven an, das Opfer zu prüfen, indem er es mit einem Stock zwischen die Rippen stach. Doch erhielt sie als einzige Antwort ein schwaches Stöhnen und setzte sich wieder in Bewegung. Hinter ihr hatte einer ihrer Sklaven damit begonnen, auf einer Flöte zu spielen, um die Qual zu lindern. Er spielte die klagende Musik Ägyptens, traurige Klänge, die vorzüglich zu dieser Situation paßten.

Aus weiter Entfernung fiel ihr ein Mann auf, und sie hielt an, um ihn zu beobachten. Seine Bewegungen schienen geordnet: wer an ein Kreuz gebunden war, mußte die Beine strecken oder ersticken. Es bedurfte aller menschlichen Kraft, um am Leben zu bleiben. Nur die nackte Todesangst ließ einen Mann an einem Kreuz sich winden und kämpfen.

Dieser Mann mußte schon fast zweiundsiebzig Stunden lang durchgehalten haben. Aber es mußte ihm dabei auch klar sein, daß niemand sich seiner annehmen würde.

Mit leisem Klatschen gab sie ihrem Knecht ein Signal. Sie mußte sich mühsam beherrschen, um das Pferd nicht zum Galopp anzutreiben, aber dann hätten ihre Sklaven wieder laufen müssen. Sie war keine Römerin, sie verabscheute willkürliche Grausamkeit. Also bewegten sie sich im Schritt ihrem Ziel entgegen. Als sie näherkamen, sah sie, daß er ein Grieche sein mußte oder aus dem Mittelmeerraum stammte, verdreckt und von den Peitschenhieben brutal verletzt. Seine Augen waren geschlossen, sein Gesichtsausdruck wirkte in seiner extremen Angestrengtheit beinahe friedlich.

Im nächsten Augenblick streckte er die Beine wieder, und sie hörte, wie er schrecklich mühsam atmete. Dann erschlafften die Beine wieder. Ein Auge hatte sich leicht geöffnet und blickte die sich nähernden Beobachter an. Doch war er schon darüber hinaus, sich um sie zu scheren; er setzte alle Kraft für das Überleben ein.

Er wiederholte die Bewegung ohne Schrei und ohne Stöhnen und sackte ebenso schnell wieder zusammen, wie er sich aufgerichtet hatte.

Dann bemerkte sie, daß seine Füße sich unter der schwärmenden Fliegenmasse hin und her bewegten. Er versuchte tatsächlich, seine Fesseln zu lösen!

Und die Fliegen saugten das Blut an seinen Knöcheln.

»Demetrius, Brutus, nehmt ihn ab!«

Zwei ihrer Sklaven rannten zu dem Kreuz hinüber und rüttelten daran, um es aus dem Boden zu lösen. Der Mann am Kreuz schnitt eine Grimasse, seine Zähne offenbarend.

»Seid vorsichtig, ihr tut ihm weh.«

Sie senkten das Kreuz, und die Frau sprang von ihrem Wagen, lief auf ihn zu. Sie ignorierte das ferne Geräusch, das Klappern von Hufen. Es war jetzt keine Zeit, um sich wegen der Soldaten zu sorgen. Sie hatte Galle und Essig dabei und badete sein Gesicht mit den Flüssigkeiten, während die Sklaven ihn losbanden. Sein Zustand war erbärmlich, in seinen Ohren nisteten sogar schon Maden. Seine Haut war rissig und schwarz, sein Körper aufgedunsen. Nur das schale, raselnde Atmen bewies ihr, daß er noch lebte – das und sein geöffnetes Auge.

Er starrte sie an. Sie sprach so besänftigend auf ihn ein, wie sie es mit einem Sohn getan hätte. Das Auge brachte sie aus der Fassung. Es war schier unglaublich, daß er nach solcher Qual noch derart wachsam sein sollte.

»Herrin...« flüsterte einer ihrer Sklaven.

Sie hob den Blick. Wie Wächter des Todes standen die drei Soldaten mit gezückten Kurzschwertern da. Sie befanden sich mitten auf der Straße, von den Fliegenschwärmen fast verborgen. Diese Soldaten bewachten die Kreuze; ihr Auftrag lautete, dafür zu sorgen, daß niemand einen der Verurteilten abnahm. Das mochten nicht wenige versuchen. Die Gründe dafür waren zahlreich – Verwandte, Gesinnungsgenossen, Sklavenhändler, die gierig hinter dem schnellen Gewinn von Kontrabande her waren.

»Bringt ihn zum Wagen... schnell!«

Er stöhnte, als man ihn bewegte. Ihre Sklaven legten ihn mit ans Kinn gezogenen Knien auf den Boden des Wagens. Sie durfte keine Zeit mehr verlieren, denn noch während sie zum Wagen trat und die Zügel ergriff, setzten die Soldaten sich in Bewegung und kamen näher. »Sagt ihnen, daß ich die Frau des Crassus bin«, sagte sie zu ihrem Knecht. Die Lüge würde sie zögern lassen. Römische Soldaten würden es niemals wagen, die Frau eines der herrschenden römischen Konsuln in ihrem Tun zu behindern. Sie ließ die Zügel knallen, und das Pferd begann zu galoppieren. Sie würde es ihm gestatten, bis Rom zurückzugaloppieren; inzwischen sehnte sich Victrix verzweifelt danach, in ihren Stall zurückzukehren. Was die sechs Sklaven betraf, so würden diese schon langsam, aber sicher nach Hause zurückfinden. Zweifellos würden sie die Soldaten von ihrer Unschuld überzeugen können, es waren raffinierte Ägypter, die Söldner dagegen lediglich einfache Jungen aus dem Latium.

Der Mann schrie auf, als der Wagen ruckte, und Miriam schrie mit ihm. Er war ein solch unglaublicher Fund, daß es ihre schiere Verzweiflung heraufbeschwören würde, wenn sie ihn bei dem Versuch, ihn zu retten, umbringen sollte.

Sie hatte die halbe Welt nach einem solchen Mann abgesucht, der noch mit dem allerletzten Rest seiner Kraft am Leben hing.

Sie erreichten den Marstempel, und Miriam bog von der Via Appia ab. Es hätte keinen Zweck gehabt, durch das Capinianische Tor zurückzukehren; so hätte sie mit Sicherheit den Argwohn der Wachen geweckt. Auf einem Wagenpfad umrundete sie den Tempel, ganz dicht unterhalb der Stadtmauer. Im Schatten der Mauer gab es Hütten und Erdlöcher; der Pfad stank und war von Abwässern überschwemmt. Darin trieben Leichen in allen Stufen der Verwesung. Dutzende von Menschen aller Rassen auf Erden kauerten zu beiden Seiten des Pfads, Zuwanderer, die nach Rom gekommen waren, nur um festzustellen, daß ihr Recht, die Stadt zu betreten, von scharfen Gesetzen reglementiert war. Waren sie keine Bürger, registrierte Freigelassene oder Sklaven, durften sie die Tore nicht durchschreiten. Eine Frau trat vor, einen Stock schwenkend. Miriam zeigte ihr das Kurzschwert, das in seiner Scheide am Wagen hing. Die meisten dieser Leute waren außerordentlich geschwächt und unfähig, ihr etwas anzutun, schon gar nicht aber könnten sie das Pferd aufhalten.

Am Naevianischen Tor stand eine reglose Masse aus Karren und Wagen. Miriam peitschte das Pferd weiter. Es war das beste, jede Verwirrung auszunutzen.

Sie setzte Stimme und Peitsche großzügig ein, hieb nach den Wagentreibern und ihren Pferden, bis sie den Weg freimachten, was die Wachsoldaten am Tor in brüllendes Gelächter versetzte. Doch bewirkten ihre Bemühungen, daß sie schnell hindurchkam, und der Zustand ihres Mitreisenden ließ sie verzweifelt auf Eile drängen. Niemand begutachtete das Bündel am Boden des Wagens.

Sie kam am Circus Maximus vorbei und fuhr auf die Quadrata zu, ein Gebiet, das aus reichen Villen und luxuriösen Insulae bestand. Miriam besaß die Insula Ianiculensis und lebte zu ebener Erde. Die Mieten der oberen Stockwerke bestritten ihre Steuern und ließen ihr genug übrig, um ihre Wohnungen, eine Villa in Herculaneum und fünfzig Sklaven zu unterhalten. Ihr Unternehmen war von bescheidenem Wohlstand, einträglich genug, doch nicht so, daß es besondere Aufmerksamkeit erregt hätte.

Sie bahnte sich ihren Weg durch das Labyrinth der Seitenstraßen hinter dem Circus. Schon bald erschien die Aemilianische Brücke, und sie überquerte sie, in die Stille der Quadrata hineinfahrend. Zu dieser Jahreszeit war der Vorort ruhig, seine Bewohner verbrachten den Sommer in Capua oder Pompeii.

Endlich traf sie an der Insula Ianiculensis ein. Sobald sie um die Ecke fuhr, kamen eilig Sklaven heraus, ein Stalljunge nahm die Zügel des erschöpften Pferdes, während der stellvertretende Transportmeister den Wagen bestieg. Ihre ägyptischen Ärzte traten vor und brachten den gekreuzigten Mann ins Haus. Sie folgte ihnen und blieb nicht einmal stehen, als die Oberkleidermagd ihre Fibel löste und den fliegenübersäten Umhang entfernte. Sie durchquerten das Atrium und schritten durch das Peristyl mit seinen Blumenbeeten und dem lotosgefüllten Teich, um in den Bädertrakt zu gelangen, den man in Erwartung eines solchen Neuankömmlings in ein Hospital verwandelt hatte. Ihren Anweisungen folgend hatte man das Tepidarium gesalzen und das Frigidarium zu gleichen Teilen mit Wasser und Essig gefüllt. Im Solarium hatte man ein Bett mit beweglichem Sonnensegel eingerichtet. Vorräte an Medizin und Chemikalien wie Salpeter und Alaun waren herbeigeschafft worden. Miriam würde ihr gesamtes medizinisches Wissen, das jenes der idiotischen griechisch-römischen ›Doktoren‹ bei weitem überstieg, in ihrem Bemühen einsetzen, den Mann wiederherzustellen. Die Medizin hatte sie in Ägypten erlernt und dabei das uralte Wissen ihres eigenen Volkes mit jenem der priesterlichen Kulte verbunden.

Sie winkte den Badehelfern ab, die versuchten, ihr Gesicht und ihre Arme zu waschen, und wies die Ärzte an, ihre Last auf dem Bett abzuladen. Die drei hatten lange genug mit ihr zusammengearbeitet, um ihrem Befehl ohne Widerspruch zu gehorchen; sie betrachteten sich als Schüler in ihren Diensten.

Erst jetzt, da das Sonnenlicht voll auf seinen nackten Leib fiel, spürte sie die Gegenwart dieses Mannes richtig. Trotz seiner Wunden und Schwären war er ein Prachtexemplar, volle sechs Fuß groß, mit gewaltigen Schultern und Armen, aber mit überraschend feingliedrigen Händen. Sein Gesicht war von Stoppeln bedeckt; er war vielleicht zwanzig Jahre alt.

Die Römer waren so bösartig wie eh und je gewesen. Es gab kaum einen Fleck Haut an ihm, der ungezeichnet geblieben wäre. Plötzlich stieß er ein schnarrendes Geräusch aus und begann sich matt auf dem Bett zu winden. Sie hob ihn an den Schultern hoch, wobei ihre Finger bis zu der blutnassen Haut unter den Schwären vorstießen, und hielt seinen Kopf zwischen seine Beine. Gewaltige schwarze Massen entströmten seinem Mund.

»Gebt ihm Galle«, sagte sie. »Er hat aufgehört zu atmen!«

Mit einem Trichter zwangen die Ärzte bitterste Galle in seinen Rachen. Er würgte und keuchte und erbrach sich erneut, doch als sie ihn schließlich aufs Bett sinken ließ, atmete er wieder.

Sie ließ ihn ins heiße Salzwasser bringen und zwang ihn zur Aufnahme von kaltem Obstsaft, während die Badegehilfen den Schaum vom Wasser abschöpften. Danach rieben ihre Ärzte seine Wunden mit einer Salbe ein, die sie aus dem Pilz Aspergillus zubereitet hatte. Schließlich legten sie ihn ins Frigidarium und verabreichten ihm heißen falernischen Wein.

Er schlief zwanzig Stunden lang.

Den größten Teil dieser Zeit saß sie am Kopfende seines Bettes und lauschte seinem Atem. Als er erwachte, aß er sechs Datteln und trank einen ganzen Krug Bier.

Sein zweiter Schlaf dauerte fünfzehn Stunden. Um drei Uhr morgens erwachte er schreiend.

Sie streichelte sein Gesicht und stieß sanfte, beruhigende Geräusche aus. »Bin ich tot?« fragte er, bevor er erneut das Bewußtsein verlor. Sein Schlaf, tiefer denn je, dauerte bis zum Morgen. Miriam bemerkte, daß er schier bis zum Bersten angeschwollen war. Er sah aus wie ein Weinschlauch. Sein Fleisch glühte rot durch die Ritzen, die von der sich immer weiter streckenden Haut erzeugt worden waren.

Er stank nach Tod. Sein Körper wurde heiß und trocken, und sie ließ ihn ins Frigidarium bringen. Er delirierte, sprach elegantes Griechisch, erzählte von den attischen Hügeln. Sie kannte diese Hügel, hatte auf der Akropolis von Athen mitangesehen, wie der Abend sich purpurn färbte. Sie kannte auch jene Brisen, von denen er sprach, mit dem Duft vom Hymettus, die Musik der Hirtenflöten mit sich tragend.

Vor langer Zeit war sie dort gewandelt, damals als Athen der Mittelpunkt der Erde gewesen war. In jenen Tagen hockte die zusammengekauerte Verwirrung des Reichs vor Athens Toren, als ihre Schiffe alle Häfen des Ostens anfuhren. An einem solchen Ort konnte Miriam ihrem Geschäft am leichtesten nachgehen.

Entgegen der Erwartungen ihrer Ärzte ließ die Schwellung nach und das Fieber sank. Schon bald konnte er den Kopf heben, um Wein zu sich zu nehmen, Aspergillusabsud oder das gekochte Blut von Hühnern und Schweinen. Aus seinen delirierenden Reden kannte sie seinen Namen, und eines Tages, als sie ihn ›Eumenes‹ nannte, lächelte er.

Sie verbrachte Stunden damit, ihn zu betrachten. Als seine Wunden heilten, wurde er immer schöner. Sie befahl ihrer Kosmetikerin, ihn zu scheren, und als er ausreichend genesen war, um aufrecht sitzen zu können, ging sie hinaus und kaufte ihm einen Leibdiener und einen eigenen Jungen.

Langsam begann ein neues Gefühl sie zu durchfluten. Sie ließ Handwerker kommen, um Mosaike in den Boden einzulassen und die Wände zu bemalen, nur um dem Haus ein neues Aussehen zu verleihen, das der neuen Stimmung entsprach. Sie kleidete Eumenes in kostbarste Seiden wie einen babylonischen Prinzen. Sie salbte sein Haar und schminkte seine Augen mit Ocker. Als er kräftig genug war, verwandelte sie das ganze Peristyl in ein Gymnasium und heuerte Berufstrainer für ihn an.

Ihre eigene Schönheit erblühte wie nie zuvor. Ihre männlichen Sklaven wurden in ihrer Gegenwart verlegen und tolpatschig, und wenn sie sie küßte, erröteten sie.

Kein Haushalt in Rom hätte glücklicher sein können, keine

Frau fröhlicher. Schon bald war Eumenes kräftig genug, um gehen zu können, und so verließen sie die Insula zu Streifzügen. Pompeius ließ den Flaminianischen Circus mit Wasser füllen und ordnete Seeschlacht-Schauspiele an, um damit die Massen zu unterhalten. Sie verbrachten einen Tag in einer Privatloge, tranken Wein und aßen kaltes Fleisch: Fasan und Taube und Schwein, nach eubötischer Art gewürzt. Inzwischen war es September, und in Rom begann man Eis zu verkaufen – zu fünfzig Sesterzen das Pfund. Sie kaufte ein wenig davon, und sie tranken ihren Wein kalt, lachten dabei über den schieren, verrückten Luxus.

Sie beobachtete, wie Eumenes sich in sie verliebte. Es war ein Triumph vom Anfang bis zum Ende. Seine Tortur hatte seine außerordentliche Kraft bewiesen, und seine Intelligenz ließ sich nicht anzweifeln; er war der dritte Sohn eines attischen Akademikers, in die Sklaverei verkauft, um nach der römischen Eroberung die Bibliothek seines Vaters auszulösen.

»Ich muß nach Babylon reisen«, sagte sie eines Tages, um ihn zu prüfen.

Die Erklärung lähmte ihn zunächst, doch er erholte sich wieder. »Ich werde dich begleiten«, sagte er.

»Ich muß allein reisen.«

Einen Tag lang hing ihre Ankündigung wie eine schwere Last zwischen ihnen. Zwar schien äußerlich alles beim alten geblieben zu sein, doch die gequälten Blicke, das vermehrte Schweigen seiner nachdenklichen Natur verrieten ihr, daß er nicht vergessen konnte, was sie gesagt hatte.

Schließlich ging er in die Falle. In den frühen Stunden eines Morgens kam er zu ihr, leise durch das schlafende Haus schleichend – seine Bewegung ließ die Wicken in ihren Töpfen rascheln –, an ihr Bett huschend. »Ich träume nur von dir«, sagte er, heiser von Verlangen. Sie empfing ihn mit einem Freudenschrei, der durch all die Jahre hindurchhallte. Es war eine Liebe, derer sie sich stets erinnerte, selbst nachdem die Zeit die Theorie ihres Vaters widerlegt hatte.

Und in dieser ersten, außerordentlichen Nacht waren

seine Leidenschaft, die Heftigkeit seines Hungers, seine hämmernde gnadenlose Geschlechtlichkeit, war diese erste Nacht unvergeßlich gewesen.

Sie hatte eine ganze Ewigkeit nach einem schöneren Augenblick gesucht.

Sie erinnerte sich an die heftige Liebe in seinen Augen, an den Duft seiner Haut, säuerlich und mit einer Spur ihres eigenen Parfums; daran, wie sich sein feuchter Atem mit ihrem mengte.

All die Tragödien und die Verzweiflung der späteren Jahre konnten die Erinnerung an diesen einen Augenblick nicht löschen, noch an die freudigen Zeiten, die sie danach miteinander geteilt hatten.

Sie erinnerte sich vor allem an die Blumen und an die Abende, an die dahingegossene Schönheit des Nachthimmels in der Reichshauptstadt.

Und sie erinnerte sich auch an seine Einweihung. Sie hatte sich selbst eine Autorität angemaßt, die sie nicht wirklich empfand, hatte ihn weitergetrieben. Sie erfand eine Göttin, Thera, und nannte sich selbst Priesterin. Sie spann ein Netz aus Glaubenssätzen und betörendem Ritual. Sie durchschnitten einem Kind die Kehle und tranken den salzigen Opferwein. Sie zeigte ihm das unbezahlbare Mosaik ihrer Mutter Lamia und unterwies ihn in den Legenden und Weisheiten ihres Volkes.

Sie lagen beisammen, mischten ihr Blut. Dies war die schwierigste Zeit; sie begann ihn zu lieben. In der Vergangenheit hatte das Mischen des Blutes oft tödlich geendet. Erst sehr viel später erfuhr sie, warum dem so war. Sie zählte sich glücklich, daß es Eumenes nicht tötete.

Ganz im Gegenteil, er war sogar aufgeblüht.

Doch am Ende war auch er vernichtet worden wie alle anderen.

Für gewöhnlich dauerte der *Schlaf* sechs Stunden. Miriams *Schlaf* war wenigstens normal. Die meiste Zeit lag John neben ihr und beäugte die Schatten. Nun begann das Sonnenlicht über die Zimmerdecke zu kriechen. Es war, als ob sein Dösen im Wagen der Vorbote einer inneren Veränderung gewesen wäre. Er hatte lebhaft geträumt, wie es für den *Schlaf* typisch war, doch hatte es keine Trance gegeben.

Neben ihm atmete Miriam etwas lauter, sie begann ihrer eigenen Trance zu entsteigen. John bekam Angst. Er konnte sich nicht daran erinnern, daß der *Schlaf* jemals nicht zu ihm gekommen wäre, wenn er es hätte tun sollen.

Man brauchte sich nur einmal in der Woche zu ernähren, der *Schlaf* jedoch forderte sechs von vierundzwanzig Stunden. Er war lebenswichtig und ließ sich nicht hinauszögern. Er war so mächtig und so absolut wie der Tod, und war der Schlüssel zur Erneuerung des Lebens. Er war der Schlüssel zum Überleben.

Seine Arme und Beine prickelten, der Nacken tat ihm weh, seine Schläfen pulsierten. Er glitt aus dem Bett und schritt hinüber ins Bad; sein einziger Gedanke war, daß ihn nach einem Glas Wasser dürstete. Als er sich über das Waschbecken beugte, blitzte sein Abbild im Spiegel auf. Er hörte auf zu trinken, stellte das Glas langsam ab. Der Raum war dunkel. Vielleicht hatte der Spiegel nur ein Spiel der Schatten wiedergegeben. Er schaltete das Licht an und sah erneut hin.

Die winzigen Linien, die von seinen Augenwinkeln ausgingen, waren keine Illusion. Er berührte seine Wange und spürte eine feine Trockenheit, eine kaum wahrnehmbare Versteifung. Hatte er nicht auch Ringe unter den Augen und sogar noch mehr Falten um den Mund?

Er nahm ein Duschbad. Vielleicht hatte die Heimfahrt bei offenem Verdeck seine Haut ausgetrocknet. Er spürte, wie das heiße Wasser sich über sein Gesicht ergoß, zwang sich dazu, fünfzehn Minuten im Bad zu bleiben. Er ließ die Hände von oben nach unten über seinen Oberkörper gleiten und wieder zurück, und war beruhigt, daß sein Körper noch immer so schlank und fest war wie je. Doch er fühlte sich weder schlank noch fest, er fühlte sich ausgelaugt.

Nach dem Abtrocknen schritt er wieder zu dem Spiegel hinüber. Es schien, als wäre seine Jugend zurückgekehrt. Er ertappte sich dabei, wie er beinahe vor Erleichterung losgelacht hätte. Nachdem er der Zeit fast zweihundert Jahre lang ein Schnippchen geschlagen hatte, war ihm die Vorstellung, daß sie plötzlich wieder Gewalt über ihn haben könnte, wie ein Frosteinbruch im Mittsommer.

Dann erblickte er sie wieder. Sie wurden sichtbar tiefer. Es war eine Art grausiger Halluzination. Er wich vom Spiegel zurück, und die Furcht in seinen Augen stieß ihn ab. Einen Augenblick später hatte seine Hand bereits die Spiegeloberfläche getroffen, und die Glassplitter stoben ihm um den Kopf.

Das Klirren ließ ihn vor Überraschung still werden. Welch eine Wut! Er blickte auf die Scherben im Waschbecken, jede davon spiegelte einen winzigen Ausschnitt seines Gesichts wider. Dann gab es noch einmal ein letztes Krachen, als die Metallstütze des Spiegels von der Wand fiel.

Er versuchte sich zu beruhigen, schloß die Augen, zwang sich zu rationalem Denken. Schließlich war es nur eine winzige Veränderung. Ja... aber er konnte nicht *schlafen*. Er konnte nicht *schlafen*! Miriam hatte immer gesagt, daß alles von diesem absolut tiefen, absolut vollkommenen Schlaf abhing. Es machte nichts, daß man träumte. Es war nicht das Träumen gewöhnlicher Menschen; es reinigte die Kellergewölbe des Geistes. Es war erneuernd, jugendspendend, ein Wunder. Wenn man daraus erwachte, begann das ganze Leben von neuem. Man fühlte sich absolut und vollständig perfekt – und das war man auch!

Was geschah mit ihm? Miriam hatte ihm versichert, daß alles ewig währen würde. Immer und ewig.

Er sah sie an, wie sie so still dalag, das Gesicht von dem flauschigen Kissen umrahmt. Nur die kaum merkliche Bewegung des Atems kündete davon, daß sie lebte. Nichts konnte sie wecken. Die Schönheit und der Friede des ganzen faszinierten ihn. Der Schlaf war so lieblich. Aber es war auch ein Zustand absoluter Verwundbarkeit. John konnte sich nicht daran erinnern, daß Miriam jemals so gewesen wäre, wenn er selbst wach war.

Er schritt zu ihr hinüber, küßte sie. Es war etwas Freudevermittelndes an ihrer Hilflosigkeit, etwas, das ihn erregte. Der Druck seines Kusses öffnete ihre Lippen eine Spur. Sie blieben geöffnet, die Zahnschneiden kaum sichtbar. Er blickte in ihre Stille hinein, fühlte sich voller Raublust. Der Gedanke daran, daß er ihr seinen Willen aufzwingen, ja sie sogar ermorden konnte, ließ ihn am ganzen Leib in Schweiß ausbrechen.

Er nahm ihr perlmuttweißes Fleisch in die Hände und drückte es. Sie war kalt und trocken. Seine Lippen strichen über ihren Hals, nahmen den farblosen Geschmack ihrer Haut wahr. Sie war so glatt wie eine Plastikkreatur, so reglos wie die Toten. In einer pompösen Zornesscharade nahm er sie langsam bei den Schultern, sah zu, wie ihr Kopf sich zurücksenkte und ihr Hals sich ihm darbot.

Er traf eine nervöse Entscheidung. Er verspürte mächtige sexuelle Bedürfnisse, beinahe ein Drang, ihr etwas zu stehlen. Und so begann in schuldbeladener Heimlichkeit eine höchst ehrfurchtgebietende und schreckliche Erfahrung. Er legte sich auf sie und fing an, mit ihrem in Trance daliegenden Körper Liebe zu machen.

Körperlich war Miriam vollkommen. Ihr Fleisch war fest und muskulös, stets willig und erwidernd. Doch als er sie nun in die Arme nahm, war sie auf schreckliche Weise nachgiebig. Er ließ die Finger über ihren Bauch fahren, den Oberschenkel hinab. Ihre völlige Bewußtlosigkeit verstärkte nur seinen Drang. Dann packte er ihr Gesicht und trieb ihr die Zunge in den Mund. Ihre eigene Zunge war erschreckend rauh, wie die einer Katze.

Er wollte sie mit Liebe brechen, sie mit ihr ausweiden. Als er in sie hineinstieß, stöhnte er laut auf. Seine Finger hatten sich um ihren Hals geschlungen. Schweiß troff seinen Körper herab. Seine Schenkel stießen und er glitt ins Feuchte. Er bemerkte es kaum, wie seine Daumen ihren Hals preßten, immer fester und fester drückend, während sein Körper fortfuhr, sich aus eigenem Antrieb durch sich immer mehr steigernde Ebenen der Lust bewegte. Sie durchschoß ihn in Wogen, ließ ihn fast das Bewußtsein verlieren. Er würgte sie fester und fester, seine Erregung stieg. Sorfältig maß er seine Bewegungen ab, um sie auszudehnen. Ihr Mund öffnete sich, ihre ausgedörrte Zunge kroch zwischen ihre Zähne.

Dann explodierte er in sie hinein, wild stoßend, und ergoß sich.

Er sank auf sie hinab, vergrub sein Gesicht zwischen ihren Brüsten, schluchzend. Ihr Körper wand sich, und er hörte, wie sie keuchend einatmete. Ihr Hals war rot gefärbt, ihr Gesicht grau.

In der fernen Straße hallten die Stimmen von Kindern wider, die Uhr im Flur schlug die Stunde. Mit ihrem üblichen Sinn für die richtige Zeit begann Alice ein Stockwerk tiefer, den Staubsauger zu betätigen. John verbarg sein Gesicht im Kopfkissen. Das Leben war ihm plötzlich absolut leer geworden.

Er wollte sich an jemanden klammern, an eine lebendige Frau.

Ein Keuchen, dann fuhren ihre Hände an ihren Hals. Wenn sie doch nur ein weniger früher erwacht wäre – oder ein wenig später.

Sie gab ein undefinierbares Geräusch von sich. Ein langgezogenes Schweigen folgte. Er öffnete die Augen. Er war erschrocken, als er die Wut in ihrem Antlitz sah. Sobald sich ihre Blicke trafen, verschwand dieser Ausdruck wieder. Er versuchte, seinen Eindruck davon zu verdrängen, die Unmenschlichkeit.

»Ich fühle mich fürchterlich, ich habe nicht *geschlafen*«, sagte er.

Sie stand auf, lief ins Badezimmer und schaltete das Licht an. Ohne das Durcheinander zu kommentieren, untersuchte sie ihren Hals in dem großen Spiegel an der Tür. Sie kehrte zurück und setzte sich auf die Bettkante, kreuzte die Beine und lächelte.

»Du Bastard«, sagte sie.

Es war merkwürdig, diese Worte durch ein solch zärtliches Lächeln hindurch zu hören. Er lachte nervös.

Dann wandte sie sich zu ihm und nahm ihn in ihre Arme. Ihre Finger bohrten sich in seinen Rücken, sie gab ein Geräusch von sich wie das Schnarren einer Krähe. Er versuchte seinen Kopf freizuwinden, doch sie war kräftiger als jeder Mann. Seine einzige Wahl lag darin, in ihren Armen zu liegen und abzuwarten. Plötzlich wich sie zurück und hielt seine Schultern fest. Ihr Gesicht schien eine Frage zu stellen, schien ihn fast anzuflehen.

Sie ließ die Hände sinken und ging zurück zum Badezimmer, schloß die Tür hinter sich. Einen Augenblick später hörte er das Klirren von Glas. Sorgfältig wie immer räumte sie die Trümmer des Spiegels auf, um sich nicht daran zu schneiden.

Er merkte, wie er etwas von ihr haben wollte, einen Wutschrei, eine Drohung, irgendein Zeichen dafür, daß zwischen ihnen eine Beziehung herrschte. Doch das einzige, was er vernahm, war das Wasser, als es angedreht wurde. Nun bereitete sie sich auf ihren Tag vor, behielt ihre Gefühle für sich. Er stand auf, schritt zitternd zur Kommode hinüber und begann damit, seine eigenen Kleider anzulegen. Noch in der Unterhose, spritzte er gerade Eau de Cologne auf seine Wangen, als er merkte, daß sein Gesicht von dichten Stoppeln übersät war. Er wußte nicht einmal, ob es im Haus einen Rasierapparat gab. Mit einer Art Verwunderung bewegten sich seine Hände über seine Wangen, berührten die harten kleinen Haarspitzen. Im Bad hörte er Miriam summen, während sie sich abtrocknete; es war ihre vertraute Melodie.

Schnell zog er sich an und ging fort, begierig, dem Druck der Situation zu entgehen. An der Ecke Siebenundfünfzigste Straße und Second Avenue gab es einen Friseur. Er wollte dort hingehen und sich rasieren lassen.

Die Rasur erwies sich tatsächlich als recht angenehm, der Friseur war fröhlich. In der Freude des Augenblicks ließ er gleich sein Haar stutzen und seine Schuhe putzen.

Als er ging, fühlte er sich etwas besser. Die Sonne schien, die Straßen waren überfüllt mit dahineilenden Leuten, die Luft beinahe lieblich. Zum ersten Mal seit vielen Jahren genoß John es, eine andere Frau als Miriam zu beobachten. Nach den heftigen Spannungen dieses Morgens war ihm das eine Erleichterung. Sie war nur eine aus der Menge, ein Mädchen in einem billigen Rock und Pullover, die mit einem papiernen Kaffeebecher aus dem Chock Full O'Nuts in der Hand zu einer Bushaltestelle eilte. Ihr Haar war von staubigem Braun, ihr Gesicht zu stark geschminkt. Doch in ihren Bewegungen war eine solche Sinnlichkeit, ebenso in der Art, wie ihre Brüste unter dem Pullover ruhten, und in der Entschiedenheit ihres Gangs. Plötzlich sah er das Gesicht wieder an. Er war entsetzt. Es hätte Kaye sein können.

Sein Herz begann donnernd zu poltern, er rang keuchend nach Luft. Ihr Blick traf auf seinen. Ihre Augen hatten die Tiefe des geheimnisvollen Leids der Sterblichen, ein Ausdruck, den er bei anderen Menschen erst dann hatte erkennen können, nachdem er aus seinem eigenen Gesicht verschwunden war.

»Was das eine Zwei?«

Sie sprach gerade mit ihm. »Mister, war das ein Bus der Linie Zwei?«

Sie lächelte, ihre Zähne waren gelblich. John ignorierte sie und eilte zurück in die Sicherheit des Hauses.

Als er näher kam, hörte er durch das geöffnete Fenster des Wohnzimmers Stimmen. Sofort packte ihn die hohle Verzweiflung der Eifersucht – Alice und Miriam plauderten miteinander, zweifellos warteten sie auf sein Erscheinen, damit sie gemeinsam das Trio von Händel üben konnten.

Er stieg die Treppe hinauf, schritt leise durch die Eingangshalle, vorbei an dem Tisch mit seinem Rosengesteck und betrat das Wohnzimmer. Miriam trug ein strahlendblaues Kleid, in dem sie wunderbar frisch und schön aussah. Um den Hals hatte sie ein hübsches blaues Band gelegt. Alice saß neben ihr in ihren üblichen Jeans und dem Sweatshirt auf einem Sofa. Er spürte, wie Miriam ihn beobachtete, als er sich an seinen Platz begab. Bis er sich gesetzt hatte, blieb Miriams Körper angespannt, ja geradezu sprungbereit.

»John«, sagte Alice und legte den Kopf zurück, »ich habe

dich nicht einmal hereinkommen hören. Du schleichst dich immer an.« Das Lächeln dieser Dreizehnjährigen ließ ihm den Atem stocken. Sie war wirklich ein prachtvolles Spielzeug, zerbrechlich und saftig.

Miriam ließ ein Arpeggio auf dem Spinett ertönen. »Fangen wir an«, sagte sie.

»Ich will nicht schon wieder dieses Trio spielen. Das ist langweilig.« Alice war, wie so häufig, in Schmollaune.

»Und wie ist es mit dem Stück von Scarlatti, das wir letzte Woche versucht haben?«

Miriam machte ein paar Fingerübungen. »Das könnten wir spielen, wenn John mitkommt.«

»Der kennt doch bloß langweilige Musik.«

Miriams Finger huschten über die Tasten. »Ich kann etwas von Corelli, dell Abaco, Bach...« Sie warf Alice ein dickes Notenbuch zu. »Such dir aus, was du willst.«

Schweigen herrschte. »Ich kenne das Stück von Händel kaum«, meinte John. »Für das Cello ist es schwer.«

Miriam und Alice wechselten Blicke. »Wir werden Händel spielen«, sagte Alice. »Entweder das oder Finger- und Bogenübungen, richtig, John?« Sie nahm ihre Geige auf und schob sie sich unters Kinn.

»Ich bin einer der wenigen Musiker, die auch mit Eßstäbchen auf dem Cello spielen können, Liebes.«

»Das sagst du immer.«

Noch bevor er sein Instrument gestimmt hatte, begannen sie schon. Abgehackt stimmte er mit ein, ihnen nachhetzend, holte sie ein und mühte sich dann das ganze restliche Stück über, im Tempo zu bleiben.

Sie spielten eine Stunde, wiederholten das Trio dreimal. Schließlich begann John es zu genießen, wie alles zusammenhängend, endlich sogar schön wurde. Er mochte die Musik. Sie schien zu diesem Augenblick zu passen, zur üppigen Qualität des Sonnenlichts, zu der Schönheit der beiden Frauen.

»Na ja«, sagte Alice, als sie fertig waren, »das war es wohl.« Ihre Haut war gerötet, was ihre beginnende Fraulichkeit betonte. Wieder durchstieß ein Zucken Johns Herz.

Er wußte um alles, was Miriam Menschen antun konnte. Es war unmöglich, genau vorherzusagen, welche Behandlung sie für Alice im Sinn hatte. Miriam konnte segnen oder vernichten. Manchmal zwang sie andere zur Gewalttätigkeit, um damit ihre eigenen Aktivitäten zu vertuschen. Bei anderen Gelegenheiten vermittelte sie unvorstellbare Glückseligkeit.

Miriam dachte praktisch, sie tat, was am nützlichsten war. Alice beispielsweise würde ein beachtliches Vermögen erben, wie John es auch getan hatte. Das konnte sehr wohl das Motiv für Miriams Interesse an dem Mädchen sein. Sie litt ständig unter Geldknappheit, und jene, die sie liebten, gaben ihr alles.

»Trinken wir etwas«, sagte Miriam. Sie nahm den Portwein von der Bar. Es war ein 1838er Warre, im alten Geschäft der Berry Brothers in London gekauft. Mit zunehmendem Alter war er zuerst kräftig und süß geworden, dann voller subtiler Untertöne. Inzwischen war er fast leicht, zugleich aber von komplizierten und uralten Geschmacksnoten beherrscht. Mit Sicherheit war es der beste Portwein der Welt, vielleicht sogar aller Zeiten.

»Ich darf eigentlich keinen Alkohol trinken.«

Miriam schenkte Alice etwas von dem Wein ein.

»Er ist sehr leicht. Nur Barbaren würden ihren Kindern ihr Recht auf ein Glas Wein streitig machen.«

Alice kippte ihn mit einem Zug herunter und streckte das Glas vor, um mehr zu bekommen.

»Das ist ein Sakrileg«, sagte John. »Du trinkst ihn ja wie Tequila.«

»Ich mag das Gefühl, das er erzeugt, nicht den Geschmack.«

Miriam schenkte ihr Glas wieder voll. »Betrink dich nicht. John belästigt nämlich mit Vorliebe hilflose Frauen.« Die Bemerkung kam unerwartet und erzeugte in John einen eisigen Schauer.

Alice lachte, während sie ihn mit zaghaft abschätzendem Blick musterte. Um dies nicht ertragen zu müssen, zog sich

John lieber zurück. Er sah aus dem Fenster, zwang sich dazu, sich auf den Blick zu konzentrieren. Auf der gegenüberliegenden Straßenseite befand sich ein Block aus Firmenwohnungen. Es schien erst so wenig Zeit vergangen zu sein, seitdem Häuser wie ihr eigenes noch beide Seiten der Straßen gesäumt hatten; es fiel schwer zu glauben, daß an der Front dieser neuen Gebäude bereits wieder Efeu wuchs. Wie immer hallten die Rufe der Kinder von der Straße empor. John war angerührt von der äußerlich schrillen Erregtheit dieser Stimmen, ein Geräusch, das zeitlos war. Die Reifung war der grauenhafte Prozeß des Verlustes der Unsterblichkeit. John befühlte sein Gesicht. Die Bartstoppeln kehrten bereits wieder. Auf unerklärliche Weise war er in den tödlichen Schatten eingetreten; es ließ sich nicht länger leugnen.

Alice kam an seine Seite, ihre Schulter berührte ganz leise seinen Ellenbogen. Zweifellos sagte sie sich, daß sie ihn erobern, ihn miteinschließen sollte. Doch er hegte den Argwohn, daß es in Wirklichkeit ein viel schlichteres, morbideres Interesse an ihm war: Sie wollte ihn leiden sehen. In diesem Sinne war sie von Natur aus ein ebensolches Raubtier wie Miriam selbst – oder wie John.

»Was spielen die dort, Alice? Ringolevio?«

»Ringo-was?«

»Ringolevio. Das Spiel.«

»Die spielen Alien.«

Miriam musterte ihren zerstörten Mann. Er hätte sie an diesem Morgen umbringen können. Umbringen. Der Gedanke daran ließ ihre Gefühle für ihn erkalten, doch nur für einen Augenblick. Sie hatte hart darum gekämpft, ihn vollkommen zu machen. Es war so bedrückend, mitansehen zu müssen, wie er noch schneller verfiel als seine Vorgänger. Eumenes war über vierhundert Jahre bei ihr geblieben, Lollia noch sehr viel länger. Bisher hatte nicht eine ihrer Transformationen weniger als zweihundert Jahre durchgehalten. War sie selbst schlechter geworden oder ließ die Lebenskraft der Menschen nach?

Sie nahm einen weiteren Schluck Portwein, behielt ihn im Mund. Im Wein ließ sich die Zeit einfangen, im Leben ließ sie sich aufhalten, doch nicht für immer. In Johns Fall nicht einmal sonderlich lange.

Es gab viel zu tun, und möglicherweise gab es nur eine Gnadenfrist von wenigen Tagen. Sie war langsam vorgegangen, hatte Alice in sorgfältig durchdachten Einzelschritten erobert. Nun herrschte Notstand. Sie mußte sich auf den Sturm vorbereiten, der ausbrechen würde, sobald John entdeckte, in welcher Lage er tatsächlich war, und gleichzeitig mußte sie verhindern, daß Alice erfuhr, was mit ihm geschah. Alice sollte ihn ersetzen, und da wäre es äußerst unbequem, wenn sie erführe, welche Konsequenzen die Transformation hatte.

Vor allem angesichts der Tatsache, daß es diesmal vielleicht gar keine Konsequenzen geben mochte. Miriam mußte das Problem Sarah Roberts nun sehr viel schneller angehen. Die Erkundigungen, die sie bisher über Arbeit und Gewohnheiten dieser Frau eingeholt hatte, würden genügen müssen.

Wenn es irgend jemanden auf diesem Planeten gab, der feststellen konnte, was mit den Transformierten schieflief, so war es Dr. Roberts. In ihrem Buch *Schlaf und Alter* hatte Miriam den Beginn eines tieferen Verständnisses erkannt, als es Sarah Roberts selbst klar sein konnte. Roberts' Arbeit mit Primaten war faszinierend. Sie hatte bei ihnen außerordentliche Verlängerungen der Lebensspanne erreicht. Würde es ihr mit Hilfe der richtigen Informationen auch gelingen, den Transformierten echte Unsterblichkeit zu verleihen?

Miriam stellte das Glas ab und verließ das Zimmer. Für einige wenige Minuten konnte sie es riskieren, von Alice und John getrennt zu sein. Seine Gewalttätigkeit war immer noch sporadischer Natur. Und oben gab es eine Aufgabe zu erledigen, eine deprimierende Aufgabe der Vorbereitung inmitten der traurigen Ruinen ihrer vergangenen Liebhaber. Anders als der Rest des Dachgeschosses mit seinem staubigen, vernachlässigten Aussehen war die Tür zu diesem Zimmer äußerst gut gepflegt. Als Miriam sie aufschloß, öffnete sie sich geräuschlos. Sie trat in den winzigen, heißen Raum. Erst nachdem sie die schwere Tür hinter sich geschlossen hatte und sich in ihrem sicheren Versteck befand, gestattete sie dem Aufruhr an Ängsten in ihrem Inneren freien Ausdruck. Ihre Fäuste fuhren an die Schläfen, schmerzerfüllt schloß sie die Augen und stöhnte laut auf.

Es folgte Schweigen, aber es war kein absolutes Schweigen. Wie als Antwort kam aus der Dunkelheit um sie herum das Brodeln langsamer und mächtiger Bewegung.

Miriam zögerte einen Augenblick, bevor sie mit ihrer Aufgabe begann. »Ich liebe dich«, sagte sie leise und erinnerte sich an alle Personen, die hier ruhten, an alle verlorenen Freunde. Vielleicht blieb sie ihnen treu, weil sie sie letzten Endes alle im Stich gelassen hatte. Manche wie Eumenes und Lollia hatte sie um die halbe Welt mit sich getragen. Ihre Kästen waren schwarz vom Alter, in Leder gebunden und mit Eisen verstärkt. Die jüngeren Kästen waren ebenso stabil oder sogar noch stärker. Miriam zog den neuesten Kasten in die Mitte des kleinen Raums. Der war ungefähr zwanzig Jahre alt und bestand aus Kohlefaserstahl, mit Bolzen verriegelt, für John erworben und aufbewahrt. Sie hob den Deckel und musterte das Innere, dann entnahm sie den Sack mit den Bolzen. Es waren zwölf, und sie befestigte sie am Deckel. Nun ließ dieser sich binnen weniger Sekunden öffnen und verriegeln.

Doch ließ sie den Kasten geöffnet, den Deckel aufklaffend. Wenn sie ihn hierher brachte, würde sie möglicherweise nur sehr wenig Zeit zur Verfügung haben. Mit einem letzten Blick auf die anderen Kästen, in der raschelnden Stille des Raumes innehaltend, flüsterte sie ein Lebewohl.

Hinter ihr schloß sich zischend die Tür, versiegelte ihre Tragödie. Sie sicherte die beiden Schlösser, die aus zwei Gründen angebracht waren: um die Gefahr heraus- und nur sie im Inneren zu behalten. Sie kehrte auf der Treppe zurück nach unten, erleichtert darüber, daß sie so gut auf das Schlimmste vorbereitet war, unruhig bei dem Gedanken, Alice länger als erforderlich ungeschützt zu lassen.

Kapitel 2

Die dumpfen Schreie eines verstörten Rhesusaffen ließen Sarah Roberts aufspringen. Sie rannte durch den Gang zum Käfigraum, wobei ihre Schuhe auf dem Linoleum klapperten.

Was sie erblickte, als sie in den Käfig ihrer wichtigsten Tiere schaute, jagte ihr einen eiskalten Schauer durch den Leib. Methuselah tobte wild durch den Käfig und schrie, wie nur ein Rhesus schreien konnte. Auf dem Boden lag Bettys Kopf, das Affengesicht in letzter Qual erstarrt. Während er durch den Käfig hetzte, hielt Methuselah Bettys Arm; die kleine Hand war geöffnet, wie um Lebewohl zu winken. Der Rest von Betty war über den ganzen Käfig verteilt. Als sie aus dem Raum stürzte, um Hilfe zu holen, wäre Sarah beinahe in dem Blut ausgerutscht, das sich auf den Boden ergossen hatte.

Noch bevor sie die Tür erreichte, schwang diese auf. Methuselahs Schreie hatten die ganze Gerontologiegruppe herbeieilen lassen.

»Was zum Teufel hast du getan, Methuselah!« schrie Phyllis Rockler. Sie war die Tierwärterin des Labors.

Das Gesicht des Affen war vom Wahnsinn so verzerrt, wie Sarah es noch nie gesehen hatte, und dazu hatte sie während ihrer Assistenzarztzeit am Bellevue hinreichend Gelegenheit gehabt.

Charlie Humphries, der Blutanalytiker, preßte das Gesicht an den Käfig. »Mein Gott, wie scheußlich!« Er wich zurück, seine Turnschuhe quietschten. »Affen sind richtige Bastarde.«

»Holt Tom her«, sagte Sarah. Sie brauchte ihn, um ihrer eigenen geistigen Gesundheit willen, von der des Affen ganz zu schweigen. Wenige Augenblicke später stürzte er in den Raum, sein Gesicht war grau. »Es ist niemandem etwas passiert«, sagte sie, als sie die Furcht in seinen Augen erblickte. »Jedenfalls keinem Menschen.«

»Ist das dort Betty?«

»Methuselah hat sie in Stücke gerissen. Er hat vor zwei Tagen aufgehört zu schlafen und ist seitdem immer reizbarer geworden. Doch es bestand keinerlei Veranlassung, mit so etwas zu rechnen.« Hinter ihnen setzte raschelnde Aktivität ein, als Phyllis mit den Videoaufzeichnungsgeräten hereinkam. Sie würde Methuselahs weiteres Verhalten für spätere Analysen aufnehmen.

Sarah beobachtete, wie Tom auf die Katastrophe reagierte. Sie konnte praktisch mitansehen, wie er ausrechnete, was dies für seine Karriere bedeutete. Dann richtete er seine Blicke auf sie, voller wunderbarer, völlig echter Besorgnis. »Wird dir das schaden? Wie sehen die letzten Blutwerte aus?«

»Immer noch dieselbe Indexkurve wie zuvor. Keine Veränderung.«

»Es löst sich also nicht auf. Und Betty ist tot. Jesus, da steckst du wirklich in Schwierigkeiten.«

Fast hätte sie angesichts der Offensichtlichkeit seiner Betonung des Wortes *du* gelacht. Er wollte nicht geradeheraus sagen: Meine gottverdammte Karriere hängt auch davon ab. Sie streckte die Hände vor, als sie plötzlich merkte, daß Tom noch aufgewühlter war als sie selbst. Er nahm sie voller Dankbarkeit, trat auf sie zu, wollte etwas sagen. Doch sie ergriff als erste das Wort. »Ich schätze, ich werde morgen meinen toten Star zum Haushaltskomitee mitbringen.«

Er sah aus, als wäre ihm übel. »Hutch wollte sowieso den Vorschlag einbringen, eine Aufstockung des Budgets abzulehnen. Und jetzt, da Betty tot ist...«

»Es bedeutet, daß wir ganz von vorne anfangen müssen. Sie ist immer noch die einzige, die tatsächlich aufgehört hatte zu altern.«

Sie starrte Methuselah an, der zurückstarrte, als wünschte er, er könnte seinen kleinen Trick wiederholen.

Er war ein gutaussehender Affe mit seinem grauen Haar und seinem mächtigen Körper.

Betty, die wie eine Heranwachsende ausgesehen hatte, war sein Weibchen gewesen.

»Entschuldigt mich, während ich mal eben kurz zusammenbreche und weine«, sagte Sarah in ihrem sarkastischsten Ton. Doch sie meinte es wirklich so. Dankbar ließ sie sich in Toms Arme sinken.

»Na, na, wir sind hier immer noch auf einem öffentlichen Grundstück.« Das war der alte, zurückhaltende Tom, dem jeder offene Gefühlsausbruch peinlich war.

»Wir sind doch eine große Familie. Wir werden alle gemeinsam auf dem Arbeitsamt stempeln gehen.«

»Das wird niemals passieren. Irgendein anderes Institut wird dich schon einstellen.«

»Ja, in ein paar Jahren vielleicht. Bis dahin verlieren wir alle unsere Affen, bringen die Experimente durcheinander und *vergeuden Zeit*!« Es machte Sarah schier wahnsinnig, auch nur daran denken zu müssen. Seit dem Tag, da sie bei der Blutuntersuchung von Ratten mit Schlafstörungen zufällig den Blutfaktor entdeckt hatte, der für den Alterungsprozeß verantwortlich war, war sie eine Frau mit einer großen Aufgabe gewesen. In diesem Labor hier suchten sie nach dem Mittel gegen die am weitesten verbreitete Krankheit des Menschen – das Alter. Und Betty war der Beweis gewesen, daß es ein solches Mittel gab. Irgendwo im Blut der Rhesusäffin war durch ihre Anwendung von Medikamenten, Temperaturbeeinflussung und Diät ein verborgener Schlüssel in Bewegung gesetzt worden. Was immer es auch gewesen sein mochte, es hatte ihren Schlaf fast bis zum Punkt des Todes vertieft. Die gleichen Bedingungen hatten auch bei Methuselah eine Weile funktioniert. Doch letzte Woche hatte er abrupt aufgehört zu schlafen. Er hatte ein wenig gedöst, und dann – ein Ungeheuer.

Wenn Methuselah sie nicht getötet hätte, wäre Betty möglicherweise regelrecht unsterblich gewesen. Hätte sie eine Pistole dabeigehabt, Sarah hätte ihn erschossen. So aber schritt sie zu der graugestrichenen Wand hinüber und schlug ein paarmal dagegen. »Wir haben es mit einem degenerierenden Genverband zu tun«, sagte sie leise.

»Die Affen doch nicht«, antwortete Phyllis.

»Die Menschen! Gütiger Gott, wir sind im Begriff, den Prozeß zu entdecken, der das Altern steuert, und da verlieren wir unseren Etat! Ich will euch einmal etwas sagen! Ich glaube, daß Hutch und diese ganze Bande von senilen Blinddarmröstern im Komitee bloß eifersüchtig sind. Eifersüchtig wie sonst etwas! Es sind alles Geriatriker im Endstadium, und sie wollen sichergehen, daß dem Rest der Welt dasselbe widerfährt!«

Der Zorn in Sarahs Stimme erzeugte in Tom ein vertrautes Gefühl der Frustriertheit. Sie war und blieb blind für die Probleme, mit denen er als Verwaltungsmensch zu kämpfen hatte. Zum Teil war dies zwar die richtige professionelle Einstellung, nicht aber die Art und Weise, in der sie ihrem Gefühl gestattete, sogar die winzigsten Überlebenschancen beiseite zu fegen, die ihnen die Lage des Ganzen möglicherweise noch gelassen hätte.

Und doch ertappte er sich dabei, wie er für sie nach Alternativen suchte. Ihre Gier nach Erfolg war ansteckend. Es war etwas beinahe Körperliches in ihrem Glauben, in ihrem Willen. Zweifellos spiegelte ihr Glaube an den Wert ihrer Arbeit den anderer Forscher wider, die Entdeckungen mit schwerwiegenden Folgen für die Menschheit gemacht hatten. Doch war in Sarah auch noch etwas Tieferes, eine Art grausamer Sehnsucht, ohne Rücksicht auf sie selbst und andere, die weit über die Grenzen der bloßen Pflichterfüllung oder auch nur der wissenschaftlichen Neugier hinausging und ihre Hoffnung mit dem Makel der Obsession färbte.

Tom sah sie an, ihr braunes Haar, das häufig sehr hübsche Gesicht, ihre merkwürdig flache Blässe, die reiche, unlöschbare Sinnlichkeit ihres gedrungenen Körpers. Er wollte sie wieder festhalten. Nachdem sie seine letzte Umarmung durchbrochen hatte, hatte sie ihre Gefühle hinter Barschheit verborgen.

Er wünschte sich, daß sie sich nicht so stark als Opfer ihrer Weiblichkeit fühlen würde. In seiner Sichtweise hätte ihr zäher, brillanter Geist ein hinreichender Ausgleich für all das sein müssen, was an dem falsch war, was sie als ihre sexuelle Konditionierung bezeichnete. Doch das genügte ihr nicht.

Tom fühlte sich ihretwegen peinlich berührt. Noch mehr aber war er traurig. Der Tod der Rhesusäffin war für sie ein schwerer Rückschlag. So konnte sie unmöglich vor dem Haushaltskomitee eine Etatverlängerung für das Budget überzeugend vertreten. Sie war eine kleine, kochende Frau, ihre Augen blitzten hübsch, als sie der Beendigung eines Experiments ins Auge blickte, dem sie fünf Jahre ihres Lebens gewidmet hatte.

Etwas Kleinliches – eine Art Schadenfreude – schien sich hinter Toms echter Trauer zu verbergen. Er wußte, daß es dort war. Es war lange Zeit her, seit er das letzte Mal seine oberflächlichen Gefühle für bare Münze genommen hatte. Die Vernichtung ihres Projekts würde Sarah zurück in die Tiefen der Beziehung zu ihm schleudern, würde dazu führen, daß sie wieder Trost darin suchte, die jüngere Partnerin zu sein – und ein Teil von ihm hieß die Macht willkommen, die ihr Bedürfnis ihm verleihen würde.

»Ich habe gleich ein Treffen mit Hutch«, sagte er. »Wir wollen die Zuweisungsanträge durchgehen.« Sein Mund war trocken. Der Gestank der Affen war übelkeiterregend. »Sarah«, sagte er. Überrascht hielt er inne. Warum hatte er eine solche Schlafzimmerstimme verwendet? Sie wirbelte zu ihm herum. Die Niederlage hatte sie zänkisch gemacht. Er wollte sie trösten, wußte, daß das Herablassende daran sie in Rage bringen würde. Die Berührung vor wenigen Minuten war eine Konzession wider Willen gewesen.

»Nun?«

Für einen kurzen Augenblick gab die Streitlust in ihren Augen nach. Dann reckte sie das Kinn vor und ging auch schon davon, gab Anweisung, Methuselah ein Beruhigungsmittel zu verabreichen, damit sie den Käfig öffnen und Bettys Überreste herausholen konnten.

Tom verließ unbemerkt den Raum; langsam schritt er durch das mit Geräten übersäte Labor. Jedes Einzelstück, jeder Zoll Raum war durch die Kraft der Entschlossenheit Sarahs dem Riverside Medical Research Center abgerungen worden. Ihre Entdeckung war ein Zufall gewesen, hing mit konventioneller Arbeit über Schlafentzug zusammen. Die Tatsache, daß der innere Rhythmus des Schlafprozesses zugleich den Schlüssel zur Alterung in sich barg, war ein völlig unerwartetes Ergebnis gewesen. Sie hatte ihre ursprünglichen Entdeckungen in ihrem Buch *Schlaf und Alter* publiziert. Das hatte zu einem gewissen Aufruhr geführt; die Rigorosität ihrer Methodik ließ sich nicht anzweifeln, ebensowenig ihre Fähigkeit als Experimentatorin. Doch waren die Implikationen derart gewaltig, daß man sie überhaupt nicht richtig wahrgenommen hatte. Sarahs Meinung, daß das Alter nichts anderes als eine Krankheit sei, die sich möglicherweise heilen ließe, stellte einen allzu drastischen Wandel im bisherigen Denken dar. So hatte das Buch ihr zwar sehr viel Anerkennung eingetragen, aber nur sehr wenig Unterstützung.

Tom trat in den weißgekachelten Gang der Laboretage hinaus und nahm den Mitarbeiteraufzug zur Schlaftherapieklinik ein Stockwerk höher. Er hatte ein kleines Büro neben Dr. Hutchinsons Suite. Der alte Mann hatte die Klinik vor zehn Jahren gegründet. Nach acht Jahren hatte der Klinikausschuß Tom Haver eingestellt, um einzuspringen, ›wenn der Direktor in den Ruhestand zu gehen wünscht‹. Das war nichts als ein billiger Trick gewesen; Hutch hatte nicht gewünscht, in den Ruhestand zu treten. Sie hatten einen Wissenschaftler und Verwaltungsmann mit besten Qualifikationen haben wollen, damit die Klinik mehr Zuschüsse erhielt.

In letzter Zeit hatte Tom sich dabei ertappt, wie er hoffnungsfroh nach Anzeichen der Senilität bei dem alten Mann Ausschau hielt.

Hutch saß in Toms Büro, hatte seine kantige Gestalt in einen der alten Sessel gefaltet. Es gehörte zu seinem Gehabe, sich abfällig über sein eigenes üppiges Quartier zu äußern. »Dimethylaminäthanol«, sagte er mit einer hölzernen, amüsierten Stimme.

»Sie ist weit über die DME-Forschung hinaus, das wissen Sie auch. Bei dem Alterungsfaktor handelt es sich um ein flüchtiges Zellprotein. DME ist nichts anderes als der Regulatorstoff.«

»Der Stein der Weisen.«

Tom schwang sich hinter seinen Schreibtisch, quälte sich ein dürres Lächeln ab. »Mehr als das«, sagte er leise. Er weigerte sich, auf den Sarkasmus einzugehen. Hutch warf ihm einen getippten Etatplan auf den Tisch. Es fiel schwer, den Stil des Mannes nicht zu hassen. Er nahm den Bericht auf. »Was soll ich sagen, Doktor? ›Keine Zuschüsse für die Gerontologieabteilung.‹ Soll ich auf die Knie fallen?«

»Das können Sie schon tun, wenn Sie wollen, aber es wird nicht funktionieren.«

Tom mochte keine Selbstzufriedenheit; bei einem Wissenschaftler war sie das reine Gift. »Wenn Sie das Projekt streichen, wird sie gehen.«

»Nun, natürlich wäre mir das nicht sehr lieb. Aber es gibt einfach keine Ergebnisse. Fünf Jahre und noch immer kein Fortschritt.«

Tom versuchte sich selbst zu beherrschen. Wenn Methusalah doch wenigstens vierundzwanzig Stunden gewartet hätte! »Sie haben ein verdammt gutes Verlaufsschema der Zellalterung entwickelt. Das würde ich durchaus Fortschritt nennen.«

»Ja, für ein reines Forschungsinstitut. Das Rockefeller Institut würde sie mit Kußhand nehmen. Aber in einer Institution wie dem Riverside hat so etwas nichts zu suchen. Tom, wir müssen jeden Cent vor der städtischen Gesundheits- und Krankenhausbehörde verantworten. Wie zum Teufel soll ein Krankenhaus den Erwerb von fünfunddreißig Rhesusaffen rechtfertigen, selbst wenn es ein Forschungskrankenhaus ist? Fünfundsiebzigtausend Dollar in langarmige Affen investiert. Das erzählen Sie mir mal.«

»Hutch, Sie sind auch nicht erst seit heute auf der Welt. Wenn wir die Gerontologie verlieren, verlieren wir zehn Prozent unseres Gesamtetats. Schon allein aus diesem Grund sollte man sie *nicht* beschneiden.«

Sofort bereute Tom, was er gerade gesagt hatte. Hutch mochte diese Art des Denkens nicht. Wenn man ihm auftrug, einen Etat zu kürzen, so tat er es auf die harte Weise, indem er Leute feuerte und Geräte verkaufte. Er wußte wenig von den Realitäten der Verwaltung. Für ihn war die Vorstellung eine Unmöglichkeit, gleichzeitig einen Betrieb in Gang zu halten und dabei Dollars einzusparen.

»Jetzt werden Sie mir wohl noch erzählen, daß wir unseren Etat aufbessern sollen, indem wir Geld für die Papierbecher nehmen und Münzklos einbauen.« Er klopfte mit seinem abgenutzten Collegering auf die Kante von Toms Schreibtisch. »So sehe ich das nicht. Dort oben hat man mir einen Dollarbetrag genannt. Ich werde diesen Betrag einhalten, und damit hat sich die Sache.« Wie ein alternder Kranich erhob er sich aus dem Sessel. »Das Komitee kommt um zehn Uhr im Besprechungsraum zusammen.« Er seufzte, plötzlich reumütig geworden, seine eigenen Verluste offenbarend.

Dann war er fort, den Gang entlang, ein trauriger alter Krieger in der zerfallenden Burg seiner Hoffnungen. Tom fuhr mit seinen Fingern durch sein Haar. Er wußte, wie Sarah sich fühlte; er hätte selbst nichts dagegen gehabt, auf eine Wand einzuprügeln. Die Gesundheits- und Krankenhausbehörde war so ungreifbar, eine Bürokratie der Verzweiflung. Sie kümmerte sich darum, daß die Notambulanzen im Geschäft blieben, aber nicht um obskure Forschungsprojekte. Welche Ironie, daß das Schicksal des Menschen, das eigentliche Geheimnis seines Todes, im Geröll des Niedergangs einer Bürokratie beinahe gefunden werden sollte, um möglicherweise für immer wieder verlorenzugehen.

Tom blickte auf seine Uhr. Neun Uhr dreißig. Es war ein verdammt langer Tag gewesen. Draußen war der Himmel grauschwarz. Es waren keine Sterne zu sehen. Bald würde es regnen – eine Verheißung des Frühlings. Tom nahm seine

Jacke und schaltete das Licht aus. Vielleicht war er ja noch vor Sarah zu Hause und konnte ihr ein nettes Abendessen bereiten. Das war das wenigste, was er für sie tun konnte, angesichts der Tatsache, daß sie eine Karriere verloren hatte. Es würde Jahre dauern, bis die Bürokraten anderer Institutionen die Scherben ihrer Arbeit in die Hand nehmen und sich darüber zanken würden, ob sie Sarah einstellen sollten oder nicht.

In der Zwischenzeit würde Tom einfach mitansehen müssen, wie sie in der Schlafklinik dahinvegetierte, an ihrer ehemaligen Stelle frisch eingelieferte Patienten auf körperliche Störungen untersuchend, bevor sie auf die Therapiemühlen losgelassen wurden – sofern man sie jemals davon überzeugen konnte, zu einer solchen Arbeit zurückzukehren.

Der Himmel verfinsterte sich, als Tom die Second Avenue entlangschritt, ihrem Apartmenthaus entgegen. Windböen wirbelten Papier und Staub um ihn herum auf und führten große, kalte Regentropfen mit sich. In den Wolken zuckten Blitze. Vom Riverside bis zu dem Apartmenthaus waren es vierzehn Blocks. Meistens wirkte der Spaziergang entspannend, doch heute abend nicht. Er wünschte, daß er ein Taxi genommen hätte, doch es waren nur noch wenige Blocks bis nach Hause, so daß es keinen Zweck hatte, jetzt noch eins zu nehmen. Der Regen verstärkte sich und die hell erleuchtete Eingangshalle des Gebäudes war ihm ein willkommener Anblick, als sie in der Ferne auftauchte.

Als er durch die Eingangstür in die Halle schritt, grüßte Alex, der Pförtner, ihn mit einem Nicken. Im Aufzug zum fünfundzwanzigsten Stock plante Tom sein Abendessen.

Die Wohnung war eiskalt. Heute morgen war es mild gewesen, und sie hatten die Fenster offengelassen. Nun hatte es einen Wetterumschwung gegeben, und der Wind wurde immer kräftiger. Er peitschte durch das Wohnzimmer, dicht von Gerüchen, die er von Ferne mit sich führte, aus dunklerem Land. Hinter den Fenstern glitzerten die Lichter der Stadt, mal von einem dahingleitenden Wolkenarm beinahe verdeckt, mal wieder hell funkelnd.

Tom schloß die Fenster und stellte den Thermostat auf 85° Fahrenheit, um die Wohnung zu erwärmen. Dann machte er sich an die Zubereitung des Abendessens. Das erwies sich als einsame und unerwartet ermüdende Aufgabe. Er war mehr als nur ein brauchbarer Koch – dafür hatte sein Vater gesorgt –, doch die späte Stunde und die bittere Enttäuschung hatten etwas Lähmendes an sich; am liebsten wäre er einfach ins Bett gegangen und hätte den ganzen verdammten Tag vergessen.

Um halb elf war das Essen fertig. Es sah fröhlich genug aus, trotz Toms schlechtem Zustand. Er mischte den Salat und stellte das Feuer unter der Pasta an. Wenn sie nach Hause kam, würde er nur noch das Kalbfleisch zubereiten müssen. Das war eine Sache des letzten Augenblicks. Er ging ins Wohnzimmer und nahm einen Drink.

Um elf rief er im Labor an. Er mußte sechsmal durchklingeln, bevor er Antwort erhielt. »Was machst du gerade?«

»Ich sehe zu, wie Methuselah nicht schläft. Nicht einmal die Beruhigungsmittel haben ihn besänftigt. Wir versuchen es mit Messungen, aber er reißt immer wieder die Elektroden ab. Bisher haben wir nicht einmal ein halbes EEG.« Ihre Stimme war bar jeden Ausdrucks.

»Wer hilft dir dabei?«

»Phyllis. Charlie ist unten und fertigt Dias von Betty an.«

»Komm nach Hause. Ich habe etwas für dich.«

»Nicht heute nacht, Darling.« Sie war natürlich traurig. Deshalb klang ihre Stimme so leer. Da, schon wieder spürte er es – dieses häßliche kleine Stechen der Schadenfreude. Schon bald würden ihre Nächte ihm allein gehören.

»Ich meine Abendessen. Und es regnet, nimm also ein Taxi.«

»Das kann ich schon selbst feststellen, ob es regnet, Tom.«

»Möglicherweise fällt es dir gar nicht auf. Hör mal, du kannst immer noch ins Labor zurück, nachdem wir gegessen haben.«

Sarah aus ihrem Labor herauszulocken, war niemals leicht. Er konnte nur hoffen und warten, daß Müdigkeit und Hunger ihre Entschlossenheit lange genug überwinden würden, bis sie aus der Tür war. Salat, Pasta, Kalb. Danach Obst und Käse. Jede Menge Wein. Gegen Ende des Essens war sie wahrscheinlich so schläfrig, daß sie gar nicht erst versuchen würde, wieder ins Labor zurückzugehen. ›Im Leben muß für mehr Platz sein als nur für ein Labor‹, dachte er.

Früher als erwartet hallten die vertrauten Schritte unten im Gang, Sarahs üblicher Quickstep. Dann knallte die Tür. Sie war nach Hause gekommen, mit regennassem Haar, die Wimperntusche schlierte über ihre Wangen; sie trug noch immer den Laborkittel. Sie sah verwirrt und jungenhaft aus. Ihr kleiner Mund bildete eine strenge Linie, ihre Augen waren erschreckend lebendig. Tom ging auf sie zu.

»Vorsicht, ich bin über und über mit Affenscheiße bedeckt.« Sie warf den Laborkittel ab und ließ sich erst dann umarmen. Es war so beruhigend, sie in seinen Armen zu spüren, auch wenn es nur für einen Augenblick war. »Ich brauche dringend eine Dusche.«

»Wenn du herauskommst, steht das Essen auf dem Tisch.«

»Gott sei gedankt für ein Verwaltungspersonal, das am Ende des Tages noch genügend Energie hat.« Sie küßte ihn auf die Nase und löste sich von ihm. »Dieser verdammte Rhesus ist in einem üblen Zustand«, sagte sie, während sie auf das Badezimmer zuging. »Die Haare fallen ihm aus, und er kann den Stuhl nicht halten. Er ist aufgeregt und *kann* plötzlich nicht mehr schlafen. Döst nicht einmal. Armes Ding.« Er hörte das Kleidergestell quietschen. Dann weitere Worte, ertränkt vom Geräusch laufenden Wassers. Es war offensichtlich, daß es ihr nicht sonderlich wichtig war, ob er sie hörte oder nicht. Die zornigen Worte selbst waren aller Trost, dessen sie bedurfte.

Tom fühlte sich isoliert. Menschen, die sich liebten, sollten doch eigentlich im anderen den Mittelpunkt des Lebens sehen. Manchmal war es schwer zu sagen, ob sie lieben oder einfach nur geliebt werden wollte.

Während er die Kalbskoteletts briet, hörte er das Brüllen des Windes und dachte daran, wie er sie liebte. Das ließ ihn auch an ihre Liebe glauben. Und die Tatsache, daß er im Hinblick auf sie versagen würde, daß er es zulassen würde, daß sie aus dem Etat gestrichen wurde, würde in ihm ein Gefühl des Eingesperrtseins erzeugen wie bei den Versuchstieren.

»Liebling, danke.« Sie hatte sich von hinten an ihn herangeschlichen. Sie war in den blauen Seidenmantel gehüllt, den er ihr zum Geburtstag geschenkt hatte. Ihre Haut war vom Duschen gerötet, ihre Augen schimmerten nun sanft im Kerzenlicht. Sie sah durch und durch anziehend aus. Sarahs Wunder war die Reinheit ihrer Fraulichkeit. Sie war nicht im konventionellen Sinne schön – ihre Augen waren zu groß, das Kinn allzu prominent –, und doch folgten ihr stets die Blicke der Männer. Im einen Augenblick konnte sie aggressiv sein, im nächsten mehr Frau als jede andere, die er jemals kennengelernt hatte.

Sie aßen still, verließen sich, was die Kommunikation anging, auf ihre Blicke, Tom und seine Zauberfrau. Als das Mahl beendet war, war Tom bereit, sie ins Schlafzimmer zu tragen, begierig darauf, sie zu besitzen. Er war entzückt davon, daß das Riverside mit keinem Wort mehr erwähnt worden war. Sollten die Probleme warten. Als sie vom Tisch aufstand, sah er seine Chance. Tom war mit Leichtigkeit groß genug, um Sarah vom Boden emporzuheben. Er wußte, daß es ein Angriff auf ihre Würde war. Doch es war ein liebevoller Angriff. Sie stieß ein leises, kehliges Geräusch hervor, warf die Arme um seinen Hals, blickte ihn mit flatternden Augen an. Es war eine Parodie, aber von der gütigsten Art, eine Bestätigung ihrer Liebe und ihres Respekts ihm gegenüber. Es hätte ihn nicht überrascht, wenn sie ihn für das, was er getan hatte, verwünscht hätte. Die Tatsache, daß sie es nicht getan hatte, war zutiefst befriedigend, fast als würden seine körperliche Kraft und sein Verlangen ihm Rechte bei ihr einräumen, die er sonst nicht hatte.

Er legte sie aufs Bett. Sie sagte nichts. Es war ihre gemeinsame, übliche Art, respektiert seit Anbeginn ihrer Liebe.

Er entkleidete sich, und nur die glühenden Wolken offenbarten ihn. Dann ging er zu ihr, strich ihr den weichen Mantel vom Leib und stieg neben ihr in das Bett.

In ihren gemeinsamen Jahren hatten sie nur wenige Konventionen aufgebaut; beide waren sie begierig auf Experimente. Doch heute nacht sollte die Fantasie ruhen. Tom begehrte den Trost der Schlichtheit, und ihr ging es ebenso, und so nahm jeder das, was der andere ihm bot, mit der sanften Bereitschaft vertrauter Liebender an. Sie drückte sich eng an ihn, als er in sie eindrang, und beide seufzten sie vor Genuß. Dies war ein schlichter Akt der Liebe, doch er erfüllte seinen Zweck und ließ sie, einer im Arm des anderen, in den Schlaf hinübergleiten. Toms letzter bewußter Gedanke galt dem Wind, wie er an den Fenstern vorbeiheulte. Ein Frühlingsgewitter.

Francie Parker erwachte plötzlich. Vor Schreck erstarrte sie; sie spürte, wie etwas zwischen ihre Beine kroch. Zu spät erkannte sie, daß sie sich hätte bewegen sollen. Die Stricke wurden angezogen, sie wurde ans Bett gefesselt.

Ein schreckliches Zittern durchwogte ihren Körper. Das war es also: Vergewaltigung in der Nacht. Man hörte davon in den Nachrichten, sprach darüber im Büro. Sie kämpfte gegen das nackte Entsetzen an, versuchte die Ruhe zu bewahren. Der Eindringling schaltete die Nachttischlampe ein und richtete den Strahl auf ihr Gesicht. Er wollte nicht gesehen werden.

Im Licht erschien die Klinge eines Skalpells, blieb einen Augenblick dort schweben und wurde wieder zurückgezogen. Francie spürte, wie ihr die Tränen in die Augen trieben. Ein seltsames, leises Geräusch erfüllte den Raum.

»Sei still!«

Sie hatte gar nicht gewußt, daß sie ein solches Geräusch hervorbringen konnte. Verzweiflung erfüllte sie. Dennoch war ihr Geist am Arbeiten, versuchte, irgend etwas ausfindig zu machen, an das sie appellieren konnte, um gerettet zu werden.

Es roch, als sei etwas Totes im Raum. Sie spürte die Bewegung jenseits des Lichts, dann konnte sie fühlen, wie er sich an ihrem Nachthemd zu schaffen machte. Indem sie vorne an sich herabblickte, konnte sie seine Hände sehen, mit denen er das Skalpell führte, um den Stoff aufzuschneiden. Dieses schreckliche Instrument konnte nur einen Zweck haben; sie wußte einfach, daß er sie töten würde. Als sie seine Hände spürte, wie sie das Nachthemd beiseite schoben, ihre Nacktheit bloßlegten, wimmerte sie niedergeschlagen – gleichzeitig aber spürte sie ein entsetzliches, ungewolltes Prickeln. Dieser Alptraum hatte noch einen anderen Aspekt. Sie begann sich vorzustellen, wie sie ihn sah, erblickte vor dem geistigen Auge seinen schwitzenden Körper, wie er sich in die kleine Lichtpfütze stürzte. Es machte sie wütend. Sie hatte sich niemals vorstellen können, derart erniedrigt zu werden, derart verraten zu sein.

Als er sich zu ihr hinunterbeugte, bekam sie ihn kurz zu sehen. In diesem Augenblick erblickte Francie Parker, zweiundzwanzig Jahre alt, häufiges Objekt männlicher Begierde, mit einer Leistungsfähigkeit von dreihundert Anschlägen pro Minute auf einer IBM Selectric, etwas, das sie auf der Stelle und ganz und gar zerschmetterte.

Der Schock ließ ihr Herz stillstehen. Alles, was sie von dem im Geiste vorformulierten wilden Schrei hervorzubringen vermochte, war ein gurgelndes Seufzen.

Als sie so starb, noch bevor er sein Chloroform verwendet hatte, knurrte er seine Wut hervor und stach blindlings auf sie ein in der Hoffnung, sie noch vor ihrer besten Sekunde zu bekommen. Sie waren sehr viel besser, wenn man sie kurz vor dem Tod als kurz danach nahm.

Er scheiterte. Dann nahm er sie, so gut er konnte, blieb dabei, bis sie raschelte wie Papier.

An einem nassen Morgen um vier Uhr war Sutton Place leergefegt. Elegante Fenster waren verdunkelt. Nichts bewegte sich – mit Ausnahme eines Stücks Papier oder eines welken Baumblatts. Hinter einem Fenster in einem der bezaubernden kleinen Häuser, welche die Ostseite der Straße säumten, stand eine Figur, völlig reglos. Miriam war steif vor Konzentration, spürte das gespenstische Echo einer fernen *Berührung*. Es war eine Fähigkeit, die sie nur mit ihrer eigenen Rasse teilte wie auch mit einigen der höheren Primaten. Obwohl er dazu fähig war, die *Berührung* von einem Adepten zu lernen, war der Mensch normalerweise stumm. Doch diese *Berührung* war wirklich, pulsierte über die Dunkelheit hinweg.

Einer von ihrer Art?

All ihre Brüder und Schwestern waren vernichtet, waren Opfer von Unfällen oder Verfolgung geworden. Seit dem Blutbad des Mittelalters führten die verbliebenen Mitglieder ihrer Rasse ein einsames Leben, jeder in seine eigenen Sehnsüchte und Tragödien eingehüllt, eine herbstliche Rasse, angesichts der Verfolgung zu verängstigt, um es noch zu wagen, sich zu sammeln.

›Wir sind nicht böse‹, dachte sie, als die seltsame *Berührung* stärker und stärker wurde, ›auch wir sind Teil der Gerechtigkeit der Erde.‹

Vor fünfzig Jahren hatte sie ein Mitglied ihrer Art gesehen, eine hochgewachsene Figur an der Reling des Linienschiffes *Berengaria;* es hatte zu ihr auf dem Dock hinübergeblickt. Einen Augenblick lang hatten sie einander *berührt*, hatten ihre persönlichen Enttäuschungen und ihren Lebenshunger miteinander geteilt, dann war es wieder verlorengegangen, die Schiffssirene ertönte, die Kielspur verschwand im Mondlicht, eine Reise ohne Ende.

Ihre in Tragödien befangenen menschlichen Gefährten waren ihr einziger Trost. Sie konnten sich die Einsamkeit nicht vorstellen, die sie dazu trieb, sie zu transformieren, in ihnen ihr eigenes Ebenbild zu erschaffen.

Sie liebte sie – und hatte sie alle vernichtet.

Es konnte nicht so weitergehen, nicht länger. Sie würde es nicht ertragen, mit Alice zu leben, die ganze Zeit wissend, daß sie enden würde wie die anderen, wie John.

Die *Berührung* unterbrach ihre Gedanken, grollte wie

Donner in den Bergen, so gewaltig und so wild wie die Nacht.

Es war also ein Tier. Und es war in Agonie. In absoluter Agonie. Von jener Art, wie sie nur jemand erleben konnte, dem der *Schlaf* versagt wurde. Doch es gab keine transformierten Tiere.

Oder doch?

Sarah Roberts mochte bei ihrem blinden Herumexperimentieren möglicherweise eine grobe Annäherung an die Transformation zustande gebracht haben. Also starb eines ihrer Tiere in einem schmutzigen Käfig. Sie spürte die verlorenen Wälder in seiner *Berührung*, die weiten Räume der Laubwälder und die Härte der Eisenstäbe.

Ihre Augen weiteten sich, ihre Hände griffen nach den Stäben, die ihr eigenes Fenster schützten, umklammerten das kalte Eisen. Das Fenster, sein Rahmen und die ganze Mauer bebten.

Die Dämmerung setzte ein, und kurz danach öffnete Tom Haver die Augen. Er hatte versucht, nicht aufzuwachen, doch es war zwecklos. Im Raum herrschte dumpfes Licht. Er blickte auf die Uhr. Zehn nach sieben. Schon über die Zeit, um aufzustehen. Er schwang sich aus dem Bett und sprang unter die Dusche. Die Nacht war in Schlaflosigkeit vergangen, in einem Nebel aus Strategien, in dem Versuch, eine Möglichkeit zu finden, um für Sarah eine Etatverlängerung zu erwirken. Alle Wege führten zurück zum Haushaltskomitee und zu Hutch.

Im Badeingang blieb er stehen und blickte zu ihr zurück. Ein Gefühl, so fremd und zärtlich, daß es wie von einer anderen Persönlichkeit in ihn eingedrungen zu sein schien und kaum sein eigenes sein konnte, überkam ihn. Er entdeckte, wie wichtig es ihm war, daß sie Erfolg hatte.

Mit einer Art Zorn ging er ans Duschen, seifte sich ein, spülte sich ab, trocknete sich, die ganze Zeit voller Mitleid um ihretwillen, zugleich aber auch wütend darüber, daß er ihretwegen leiden mußte.

Als er die Tür wieder öffnete, wehte ihn schwacher Frühstücksgeruch an. Allerdings wurde er diesmal nicht von dem üblichen Singen begleitet. Heute war sie nicht sonderlich fröhlich aufgestanden. Er wünschte sich, daß er nicht so viel Mitleid mit ihr hätte; das reduzierte sie, erzwang eine Art professioneller Distanz. Die Angewohnheit des Arztes, die eigenen Gefühle von der Realität des Schmerzes fernzuhalten.

»Frohe Schmelze«, sagte sie, als er in die Küche kam.

»Schmelze?«

»Was mit meinem Labor geschieht, ist das Gegenstück zu einer Reaktorschmelzung. Die Sache erreicht die kritische Masse und versinkt bis zum Mittelpunkt der Erde. Begraben. Weg.«

Es gab hundert ermutigende Sätze, die er nicht über die Lippen brachte. »Ich rufe dich an, sobald die Sitzung beendet ist«, war alles, was er noch sagen konnte.

Wieder einmal betrog er sie. Warum ließ er sie nicht einfach wissen, wie er sich fühlte? Warum war das ein solch beängstigender Gedanke? Gefühle bestätigten Dinge, das war das Problem. Der Tod beispielsweise wirkte stets wie eine Lüge, wie ein Versteckspiel, solange, bis die eigene Trauer ihn wahrmachte.

Das Telefon klingelte. Tom zuckte bei der Störung zusammen, griff nach dem Apparat. Eine fremde, flüsternde Stimme fragte nach Sarah. Deren Gesicht zuckte vor Sorgen; offensichtlich hoffte sie, daß im Labor ein Wunder geschehen sei.

»Viel Glück«, sagte Tom, als er ihr den Hörer reichte. Sie griff danach, inzwischen mit gierigem Gesichtsausdruck. Nach langer Pause murmelte sie zustimmend und legte auf. Dann kippte sie den Rest ihres Kaffees herunter und lief ins Schlafzimmer. »Schon wieder Ärger mit Methuselah«, sagte sie, während sie einen Regenmantel aus dem Schrank holte. Ihre Augen waren kalt, leuchtend.

»Er ist nicht tot?«

Sie wandte den Blick ab. »Nein«, sagte sie unnatürlich laut, »es ist etwas anderes.«

»Wer war am Telefon?«

»Phyllis.«

»Sie hat sich angehört wie ein Zombie.«

»Sie arbeitet schon seit dreißig Stunden ohne Unterbrechung. Ich weiß selbst nicht so genau, was da vorgeht, aber...«

»Vielleicht gibt es ja Grund zur Hoffnung. Ein Durchbruch in letzter Minute.«

Sie lachte, ein Schnauben, ein Kopfrucken, dann schritt sie ohne ein einziges weiteres Wort an ihm vorbei. Die Wohnungstür knallte. Er entdeckte seinen eigenen Regenmantel, zerknautscht am Boden des Schranks liegend, mitten zwischen Jeans und Kleiderbügeln. Als er am Fahrstuhlschacht ankam, war sie bereits verschwunden.

Alice hörte alles andere als aufmerksam zu, als Miriam ihr aus *Schlaf und Alter* vorlas. Das machte nichts, der Geist des Mädchens war wunderbar aufnahmefähig. Miriam musterte sie, sie war voller Freude, in ihrer Nähe zu sein. Miriam liebte ihre mißmutige Intelligenz, ihre Jugend und ihre betörende Schönheit. »›Der Verbindungspunkt zwischen Schlaf und Alter scheint in der Produktion jener flüchtigen Proteingruppe zu bestehen, die für die Eindämmung der Lipofuskine zuständig ist. Auf molekularer Ebene ist das Ansteigen von Lipofuskin für den Verlust des inneren Kreislaufs verantwortlich, der zur Zellmorbidität führt. Daher ist er der Hauptfaktor in jenem Gesamtprozeß, den man *Altern* nennt, da er für so subtile Wirkungen wie die Reduktion der Organreaktion auf Hormonbedürfnisse ebenso verantwortlich zeichnet wie für solch grobe Auswirkungen wie Altersschwachsinn.‹«

»Warum lese ich dir dieses Material wohl vor, Alice?«

»Willst du meine Immunität gegen Langeweile testen?«

»Was, wenn ich dir nun sagte, dies bedeutet, daß du niemals altern müßtest? Niemals graues Haar bekämst? Immer jung bliebest?«

»Nicht dreizehn!«

»Nein. Es würde nicht den Prozeß der Reifung unterbrechen, nur den der Alterung. Würde dir das gefallen – für immer fünfundzwanzig oder so zu bleiben?«

»Mein ganzes Leben lang? Natürlich.«

»Und dein Leben selbst würde auch ewig währen. Du solltest Doktor Sarah Roberts dankbar sein. Sie hat ein großes Geheimnis entdeckt.« Es war eine außerordentlich starke Versuchung fortzufahren, Alice die Wahrheit zu erzählen: daß sie sich hier und jetzt für die Unsterblichkeit entscheiden, daß Miriam sie ihr verleihen könnte.

Wenn Dr. Roberts' Untersuchungsergebnisse stimmten, dann konnte sie daraus möglicherweise ein bleibendes Geschenk machen und nicht nur etwas, was ein paar hundert Jahre vorhielt wie bei den anderen.

Alice seufzte. »Ich bin mir nicht so sicher, daß ich ewig leben will. Ich meine, so großartig ist es ja nun auch wieder nicht, oder?«

Miriam war überrascht und ein wenig angewidert. Nicht für einen Augenblick hatte sie daran gedacht, daß Alice eine solche Meinung haben könnte. Der Lebenswille war universal. Ihre eigene Rasse hatte, so uralt sie war, tapfer durchgehalten, selbst durch die Verfolgungen im Mittelalter hindurch, hatte weitergekämpft, trotz der niedrigen Geburtenrate und ihrer drohenden und offensichtlich bevorstehenden Auslöschung. Die allerletzten Mitglieder dieser Rasse wollten nur eines: weiterleben. »Das meinst du doch gar nicht ernst, oder, Alice?« Es war Zorn in ihrer Stimme, Zorn, den sie nicht beabsichtigt hatte.

Das Mädchen reagierte darauf. »Du hörst dich komisch an, Miriam. Ich wünschte, du würdest dich normal verhalten.«

Miriam antwortete nicht sofort. Statt dessen wandte sie sich wieder dem Buch zu. »›Das Geheimnis, wie und warum die Lipofuskin-Produktion zur Alterung eines Zellsystems führt, stellt den Kern des Problems dar. Wir haben festgestellt, daß Dauer und Tiefe des Schlafs in direktem Zusammenhang zur Lipofuskinproduktion stehen, wobei ein tieferer Schlaf auch eine stärkere Bremsung bewirkt.‹«

»Okay, ich schätze, ich soll wohl jetzt eine Frage stellen. Warum bist du so komisch?«

Miriam lachte angesichts dieser Frechheit, spürte, wie sich ihre Haut färbte. »Du mußt noch viel lernen. Sehr viel. Zweifle einfach nicht an, was ich sage. Du wirst feststellen, daß alles, was ich tue, seinen Sinn hat.« Alice lächelte, ihr Gesichtsausdruck wurde plötzlich von einer solch schönen Unschuld erfüllt, daß Miriam sie unwillkürlich *berührte*.

Einen Augenblick lang herrschte Schweigen. Dann schlang Alice die Arme um ihre Knie und kicherte. »Du und John, ihr seid wirklich komisch. Bei euch fühle ich mich äußerst seltsam.«

Als Johns Name sich so abrupt einmischte, zerbarst Miriams Stimmung. Sie erhob sich und legte das Buch beiseite, dann schritt sie zu der Fensternische, von der aus man über den Garten blicken konnte. Dieser kühle, feuchte Frühling begünstigte jene Rosen, die sie in Nordeuropa entwickelt hatten, nicht aber die römischen und byzantinischen. Diese würden noch nach sorgfältiger Behandlung verlangen, wenn es nicht bald wärmer wurde.

Sie sehnte sich danach, jetzt unter ihnen zu sein, sie zu pflegen und ihre persönlichen Tragödien dabei zu vergessen. Wenn John nur wenige Jahre länger durchgehalten hätte, hätten die Entdeckungen, die von dem Werk *Schlaf und Alter* angedeutet wurden, ihn retten können. Miriam hatte einst gehofft, für John ein Gegenmittel zu finden und es anzuwenden, bevor es zu spät war. Sie war überzeugt davon, daß irgendeine Substanz wie das Lipofuskin dafür verantwortlich sein mußte. In ihrem eigenen Körper war die Immunität permanent, doch bei einem Menschen verzögerte der *Schlaf* sie nur für eine Weile. Danach traten alle vertrauten Symptome auf: der *Schlaf* endete und mit seinem Ende setzte auch ein rapider Alterungsprozeß ein, danach kamen verzweifelter Hunger und schließlich Vernichtung.

Ihre Kehle war wie zusammengeschnürt, es blieb ihr nichts anderes übrig, als in der Trauer der Situation zu versinken. Sie zwang ihren Geist dazu, zu den Rosen zurückzukehren;

einmal hatte sie einen Garten erschaffen, der bis zum Fluß reichte. Damals hatten sie ihre eigene Anlegestelle besessen und ein hübsches, rotschwarzes Dampfschiff unterhalten, das eine wütende kleine Messingmaschine besaß. Wieviel Vergnügen es doch gemacht hatte, in diesem unglaublichen Boot zu fahren, mit seinen klappernden Dampfventilen und seinem speienden Wasserfall aus schwarzem Rauch...

An schönen Nachmittagen waren sie an einen Ort gefahren, den man Blackwells Insel nannte. Wenn dann der Abend hereinbrach, hatten sie Pärchen in den Wäldern gejagt.

Miriam hörte, wie Alice im Sessel ihre Stellung veränderte. Sie dankte Gott für einen solch idealen Ersatz. Sie besaß eine echte Raubtierpsyche, etwas, das unter den Menschen selten war. Johns unerwarteter Verfall erhöhte ihre Bedeutung erheblich. Wie bei allen anderen auch wäre es unklug gewesen, Alice allzuviel zu erklären. Gewiß würde es einen Tages eine Konfrontation geben, doch das durfte erst im richtigen Kontext geschehen. Die Wahrheit war für die anderen natürlich etwas Entsetzliches, aber das war nur ein Teil des Problems. Denn sie mußte sie nicht nur dazu bringen, ihre Häßlichkeit zu akzeptieren, sie mußte sie vielmehr auch lehren, ihre Schönheit zu sehen.

Sie mußten wollen, was Miriam geben konnte, mußten es wollen, wie sie nie zuvor etwas gewollt hatten, mit ihrem ganzen Geist, ihrer Seele, mit jeder Zelle ihres Fleisches.

Miriam war gut darin, Menschen dabei zu helfen, ihre wahre Lebenslust zu entdecken. Erst mußten Schichten der Hemmung beseitigt werden, bis das Subjekt völlig unerwartet seine tiefsten Verlangen entdeckte, wie sie dem nackten Licht und der Luft ausgesetzt waren. Dann pflegten die uralten Instinkte einzusetzen. Neben diesen schienen alle Ziele, alle Erfahrungen in dunklem Bernstein eingefangen zu sein, ganz und gar tot, nicht einmal des Vergessens wert.

Es war eine schöne und unleugbare Wahrheit. Wenn sie einen von ihnen besitzen wollte, brauchte sie nur zu *berühren*, zu streicheln und zu locken. Irgendwann reagierte dann das wilde innere Wesen auf das Streicheln, und Miriam besaß jemanden, der völlig anders geworden war. »Es ist ein wunderschöner Nachmittag, nicht wahr?«

»Ganz in Ordnung.«

Diese flache, beiläufige Erwiderung ignorierte alle Magie, in der Miriam zu schwimmen wußte. Sie sah nur die verstreichende Zeit, die Stunden. Das großartige Geheimnis jedoch war der Kontext. Miriam betrachtete die Zeit wie eine riesige Karawane, welche die Reichtümer aller Augenblicke enthielt, voll des Luxus der sanften Stunden der Vergangenheit und der wunderschönen Zukunft auch.

Es war verlockend, sehr verlockend, bei Alice in diesem Augenblick den ersten Schritt zu tun. Doch mußte Vorsicht walten, John kam zuerst. Und dann war da noch die Frage der Naturwissenschaften... Miriam mußte Sarah Roberts angehen, mußte das Verbindungsstück ausfindig machen, das ihre Kette vervollständigen würde. Schließlich ging es auch um Verantwortung. Sie lockte sie alle mit dem Versprechen der Unsterblichkeit. Die volle Wahrheit liegt verborgen, bis sie nicht mehr umkehren konnten. All diese Jahre war die Lüge ein Mißton im Ganzen gewesen, nun ließ sich dies möglicherweise ändern, ließ sich ein harmonisches Ganzes erzeugen. Alice würde die erste sein, die sich für immer und völlig Miriam anschloß.

Die erste. Sie blickte auf die sanftblonden Gesichtszüge, in einer Verzückung der allerstärksten Liebe. Alice kam auf sie zu, und mit ineinander verschlungenen Armen standen sie an dem Fenster, das über den Garten blickte.

Miriam war zornig gewesen, als Alice zuvor zusammen mit John zum Vorderfenster gegangen war. Das Mädchen sollte sich nicht solche Freiheiten herausnehmen. Miriam freute sich auf die Zeit, da Alice nur nach ihr verlangen würde, da sie sich nur um sie kümmern würde, nur für ihr gemeinsames Leben leben würde.

Als sie mit Alice dort stand, suchten Miriams Augen den Garten ab. Sie war sicher, daß sie eine Bewegung ausgemacht hatte. Ob Alice sie bemerkt hatte? Das Mädchen blickte zu ihr auf, eine Frage bildete sich auf ihren Lippen. »Was ist dort?«

Miriam zwang sich zu einem Lächeln. »Nichts.« Aber das stimmte nicht, ganz und gar nicht. John stand hinter einer Hecke, das Gesicht dem Fenster zugewandt. Miriam verspürte Übelkeit. Ihre Haut juckte unter der Kleidung. »Wir sollten uns weiterhin mit diesen Gedanken befassen, Alice. Meinst du nicht auch?«

»Ich dachte, ich hätte dort draußen jemanden gesehen. Wo ist John?«

»Nicht dort draußen! Du siehst doch, daß der Garten leer ist.«

»Na klar.«

»Also wechsle nicht das Thema. Ich habe dir eine Frage gestellt.«

»Und ich habe sie ignoriert. Das war auch eine Antwort.«

Miriam wandte sich vom Fenster ab. »Du wirst schon früh genug merken, wie wichtig diese Sitzungen sind. Du lernst dabei sehr viel. Später wird sich all dies als nützlich erweisen.«

»Du bist die einzige Person, die ich kenne, die sich um solch komisches Zeug kümmert.«

»Du kommst doch morgen wieder, oder?«

»Warum benimmst du dich so seltsam, Miriam? Natürlich werde ich morgen kommen. Ich komme doch jeden Tag. Ich brauche nicht einmal heute zu gehen.«

»Das solltest du aber besser. Ich erwarte nämlich einen Gast.« Einen winzigen Augenblick lang glätteten ihre Finger das Haar des Mädchens.

Das war ein Fehler. Wütend riß sie die Hand zurück, unterdrückte die Explosion rohen Hungers, die dieser Kontakt auslöste. Dann war Alice schon aus der Tür, die Treppe hinabgelaufen, mit dem Versprechen, am nächsten Tag zurückzukehren. Sie würde eine solch gute Gefährtin abgeben. Der Vielseitigkeit halber pflegte Miriam abwechselnd einen Mann und eine Frau zu wählen. Das Geschlecht ihrer Partner war ihr gleichgültig. Miriam kehrte ins Haus zurück, um sich

John zu stellen. Es würde eine schmerzliche Konfrontation werden. Einmal mehr würde er von der Jagd zurückkehren. Seine Streifzüge würden nun immer häufiger werden, zugleich aber auch immer verzweifelter, weil unbefriedigender.

Der Garten wirkte leer, doch wußte sie, daß er nicht gegangen war. Sie schloß die Augen, sie verabscheute es so sehr, ihren Geliebten zu fürchten. Dennoch war die Furcht angemessen. Die Liebe dagegen nicht mehr. Schnell bewegte sie sich durch die Räume; sie wollte sich auf die Rückkehr ihres armen Jägers vorbereiten, der gebrochen und zornig von seinen Höllenpfaden zurückkehrte.

Das Labor war dunkel und still bis auf das sanfte *whuu-whuu* des Affen auf dem Videomonitor. Sarah hatte alles beiseitegeschoben – Haushaltskomitees, Etatanträge, Drohungen –, um sich auf das Schauspiel zu konzentrieren, das auf dem Videoband wiedergegeben wurde.

»Effektivalter an diesem Punkt fünfunddreißig Jahre«, sagte Phyllis Rockler. Sie war heiser vor Erschöpfung, sie hatte schon sehr, sehr lange gearbeitet.

»Jetzt beginnt die Kurve sich zu beschleunigen«, fügte Charlie Humphries hinzu.

Charlie selbst erschien nun auf dem Band und entnahm eine Blutprobe. Der Protest des Affen war heftig, aber altersschwach. »Effektivalter vierzig«, sagte Phyllis. »Es sind sieben Minuten vergangen.«

»Das entspricht einem Tempo von 1,4 Jahren pro Minute.«

Der Mund des Affen begann zu arbeiten. Erst fiel ein Zahn aus, dann ein weiterer, dann eine ganze Reihe. In seinem Gesicht stand der blanke Zorn.

»Effektivalter fünfundfünfzig.«

»Was ist das menschliche Äquivalent zu einem fünfundfünfzigjährigen Rhesus?« fragte Sarah. Sie hatten die Entsprechungen nur bis dreißig Jahre berechnet. Ältere Affen dieser Art waren unbekannt.

»Ich habe auf zweiundneunzig geschätzt, sofern die Skala tatsächlich einer linearen Regression folgt«, erwiderte Phyllis. »Das würde bedeuten, daß er ein Äquivalentalter von einhundertundsiebenunddreißig Jahren erreicht, bevor der Tod eintritt.«

Wie ein Regenschauer fielen lange graue Haare von Kopf und Schultern herab. Langsam bewegte eine Hand sich empor, um die herabsackenden Lippen zu berühren. Noch in der Bewegung entwickelten die Finger entstellende Arthritisknoten. Der Affe begann zu wanken und sein Körper fing an, sich nach rechts zu verbiegen.

»Das ist Altersskoliose«, bemerkte Phyllis.

Nun ertönte ein herzzerreißendes, zorniges Heulen. Alle drei Zuschauer zuckten zusammen. Sarah fragte sich, ob ihr Gefühl, daß sie sich auf verbotenes Gebiet wagten, auch von den anderen empfunden wurde. Der Affe war ein guter und liebevoller Freund des ganzen Labors gewesen. Hatten jene, die er liebte, das Recht, ihm solche Qualen anzutun? Und doch... Sarah fragte sich, ob der Tod denn wirklich eine solche Gewißheit war, ob die Tore Edens tatsächlich für immer verschlossen bleiben mußten. Es war doch recht einfach, nicht wahr? Nur eine Frage der Entdeckung des richtigen Schlüssels. Waren die Tore erst einmal aufgeschwungen, hatte der Mensch seinen uralten, verlorenen Krieg gegen den Tod doch noch gewonnen. ›*Wir brauchen nicht zu sterben*‹, dachte Sarah. Sie verschränkte die Arme und beobachtete mit kalter Entschlossenheit Methuselahs erstaunliche Vernichtung. Sein Leben war ein gerechter Preis für eine solch gewaltige Wohltat der Menschheit.

»Effektivalter siebzig. Alterungsrate 1,95 Jahre pro Minute. Äuqivalentalter einhundertundeinundzwanzig.« Eine letzte, gewichtige Grimasse des Widerstands überzog sein Gesicht.

Dann geschah es auf dem Videoband genauso, wie es in der Realität vor zwei Stunden geschehen war: Methuselah stürzte auf die Seite, einen entsetzlichen Ausdruck in den Augen. Sein Mund zuckte, seine Arme peitschten die Luft.

Falten und Risse rasten durch seine Haut. Das Gesicht welkte wie ein austrocknender Apfel. Die Augen wurden glasig von Schichten des Stars und verengten sich zu Schlitzen. Hände und Füße ballten sich zu Fäusten, an den Knochen wurde die Haut schlaff.

Das ganze Skelett war mit seiner langsamen Bewegung unter der losen Haut zu erkennen.

»Effektivalter fünfundachtzig. Alterungsrate 2,4 Jahre pro Minute. Äquivalentalter einhundertundneunundzwanzig.«

Nun war ein langes, rasselndes Seufzen zu hören.

»Lebenszeichen beendet«, sagte Phyllis.

Einmal mehr war Sarah wie betäubt von der Wucht des Unbekannten. Die Haut des inzwischen toten Affen riß entlang der Knochen und begann, wie Zellstoffpapier auf den Käfigboden zu fallen. Schon bald lag das Skelett, das noch immer von den Sehnen zusammengehalten wurde, in einem Ruinenhaufen. Dann verfiel auch dieses, und was noch wenige Minuten zuvor lebendig gewesen war, wurde nun zu Staub reduziert. »Der Verfallsprozeß post mortem hat ungefähr zwei Jahre Verfall in trockener Luft auf 71,56 Sekunden beschleunigt.« Der Staub auf dem Käfigboden wurde immer feiner und feiner, und schließlich wurde er von einer verirrten Brise davongeweht.

An diesem Punkt hörten sie auf der Tonspur eine plötzliche Reihe von dumpfen Schlägen, danach das kurze Rasseln einer Alarmanlage. Das war Phyllis gewesen, die den Raum versiegelt hatte, um zu verhindern, daß sich etwaige Krankheitserreger ausbreiteten.

»Methuselah ist einhundertundneunzehn Stunden wach geblieben«, sagte Phyllis. »Die ersten erkennbaren Degenerationserscheinungen bemerkte ich nach der siebzigsten Stunde.«

»Seine Lipofuskin-Akkumulationsrate stieg in der Probe 2141 exponentiell an, sie wurde in der einundsiebzigsten Stunde entnommen«, bemerkte Charlie. »Danach begannen seine Blutzellen die Fähigkeit einzubüßen, Sauerstoff aufzunehmen.«

Nun herrschte ein langes Schweigen. »Ich weiß nicht, was ich davon halten soll«, sagte Sarah schließlich.

»Das ist noch sehr zahm ausgedrückt.«

»Mal sehen. Es ist jetzt elf Uhr fünfzehn. Ich vermute, daß der Ausschuß soeben Hutchs Etatentwurf billigt. Ohne uns. Was haltet ihr davon, wenn wir einfach die Käfigquarantäne aufheben und nach Hause gehen?«

»Nun bekomm nicht gleich einen Herzinfarkt«, sagte Charlie leise, »jetzt werden sie schon Geld für uns auftreiben.«

Sarah schniefte. Sie verschränkte die Arme. »Genaugenommen ist mir *kein bißchen* nach Herzinfarkt zumute. Ich freue mich bei dem Gedanken an all den Ärger, den ihm dieses Band machen wird.«

»Die Naturwissenschaften werden in Aufruhr geraten«, brummte Phyllis. »Der gute alte Körper besitzt etwas, von dem wir überhaupt nichts wissen.«

»Hutch wird dazu gezwungen sein, zum Ausschuß zurückzukehren und eine Revision zu beantragen.«

»Hoffen wir es.«

»Hört mal, ich bin Direktorin dieses Labors, also stellt euch auch gefälligst auf ein paar Direktiven ein. Ich will eintausend KB des Computers *mit Paßwortschutz*, Zugangsberechtigung für uns drei allein. Wir brauchen eine nette kleine geräumige Datenbank, um unsere Zahlen einzuspeisen.«

»Und wie sollen wir das verrechnen?« fragte Charlie.

»Da mach dir mal keine Sorgen. Das wird der Verwalter schon erledigen.«

»Meinst du Hutch?«

Ihre Stimme wurde sanfter. »Ich meine Tom. Hutch wird die Sache hier möglicherweise nicht überstehen.«

Charlie applaudierte ausgiebig.

Sie lachten. Sarah musterte den leuchtenden Fernsehschirm. Das Rätsel, das dieser leere Käfig aufgab, war ehrfurchtgebietend. Es bedeutete, daß der Körper tatsächlich eine geheime innere Uhr besaß und daß diese Uhr zu manipulieren war. Wenn man den Alterungsprozeß beschleunigen konnte, konnte man ihn auch verlangsamen. Man konnte ihn beenden.

Alle drei beobachteten weiterhin den Käfig, obwohl es dort

nichts mehr zu sehen gab. Sarah bemerkte, wie ihr Geist von einer Frage zur anderen huschte. Es war ein großer Augenblick, jene Art von Entdeckung, der nur sehr wenige Wissenschaftler jemals begegneten. Schulkinder, sofern nach Erreichen der Unsterblichkeit solche noch geboren würden, würden über diesen Augenblick lesen. Modelle dieses Labors würden in Museen ausgestellt werden.

Mit einem Schaudern unterbrach sie sich selbst. Es war nicht gesund, über solche Dinge nachzudenken. Ihr Geist kehrte zu den drängenderen Fragen zurück, doch der Schauer blieb, ein Gefühl der Beunruhigung, das tief in ihrem Herzen jenes Grauen und die Angst verschleierte, deren Existenz sie dort argwöhnte.

»Der Schlafentzug war der auslösende Mechanismus für die Beschleunigung des Alterungsprozesses, aber was hat ihn überhaupt dazu gebracht, nicht mehr zu schlafen?«

»Das ganze System ist zusammengebrochen.«

»Das ist keine Antwort.«

Sie verfielen in Schweigen. Sarah hegte den Verdacht, daß die anderen sich sehr ähnlich fühlten wie sie. Sie wischte ihre Furcht beiseite, sagte sich, daß es nicht bedrohlich sei. Gerne hätte sie irgendein Lied gesungen – ein fürchterlich glückliches Lied.

Der Käfig auf dem Fernsehschirm hatte etwas Dunkles und Böses an sich, fast so als würde irgendein unmenschlicher Geist ihn nun triumphierend besetzt halten. Sarah glaubte nicht an die altmodischen Vorstellungen von Gut und Böse; sie sagte sich selbst, daß sie es nicht täte. Doch sie würde sich dem Käfig nur nähern, wenn es absolut notwendig sein sollte.

Es gab ein Geräusch, und Licht durchstach den Raum, als die Tür zum Gang aufging. Toms kantige Gestalt erschien, im Hintergrund umrahmt vom kalten phophoreszierenden Glühen des Korridors. Leise trat er ein, ein Arzt unter Kranken, und legte die Hand auf ihre Schulter. Sein niedergeschlagenes Vorgebeugtsein verriet ihr alles, was er ihr sagen wollte. Er wußte noch nichts von dem Band, und auch nichts von dem Triumph, den Methuselahs Vernichtung bedeutete.

Miriams schlimmste Angst erwachte, als sie erkannte, daß John das Haus betreten hatte. Zu allen Zeiten und überall auf der Welt war dies das Schrecklichste von allem. Er würde in seinem Altern von heftigem Zorn sein, gefährlich, während er starb. Sie hauchte ihm einen Zauber entgegen, rief die uralten Götter ihrer Art an, suchte in ihrem Herzen ihre Umarmung.

Sie jagte ihn durch ihre fröhlichen Räume, alles glückliche Orte. Freundliche Erinnerungen an ihre lange gemeinsame Zeit hier durchfluteten sie. Sie ließ die Hand leicht über den Rücken des Liebesstuhls aus Rosenholz gleiten, berührte die in Mahagoni getriebene Eleganz des Buffets. Darauf standen goldene Kerzenhalter. Sie genossen noch immer dieses höfische alte Licht und erleuchteten häufig das Haus damit.

Deutlich hörte sie das sanfte Zischen einer Tür, die über einen Teppich strich.

Das Haus war so still, daß sie das schwache Rascheln ihres eigenen Kleids beim Atmen spüren konnte. In einer Zimmerecke blieb sie stehen. Zur Rechten war der Gang und die Vordertür. Vor ihr der Türbogen zum Eßzimmer. Sie wußte nun, daß er die Kellertreppe emporgekommen war und in diesem Augenblick zwischen Speisekammer und Eßzimmer stehen mußte. Dann hörte sie ein Geräusch, eine stark gealterte Stimme, die sang. »Lieblichste Lieder von traurigsten Gedanken, von verlorenen Zeiten und vergessenen Lieben.« Die Stimme wurde zu einem Murmeln und verstummte. Dieses Lied war in seiner Jugend beliebt gewesen. Sie konnte sich noch gut daran erinnern, wie sie es mit ihm zusammen gesungen hatte.

Dann trat er ins Licht hinaus. Sie verbarg ihre Überraschung; er war nackt. »Bitte«, sagte er leise. »Bitte, Miriam, hilf mir.«

Der feste, junge Körper, der ihr soviel Entzücken bereitet hatte, war verschwunden. An seiner Stelle stand nun diese ausgemergelte Form, mit wäßrigen Säcken an jenen Stellen, wo einst Muskeln gewesen waren.

»Schau mich an, Miriam!« Er hörte sich so erbärmlich an, daß sie ihn am liebsten nicht gehört hätte.

»Zieh deine Kleider an.«

»Sie passen mir nicht mehr!« Nun spie er die Worte förmlich hervor. Plötzliche Wutanfälle waren eines der häufigsten Merkmale der Krankheit. Diesmal ließ der Anfall ebenso schnell nach, wie er aufgetreten war, ließ John nur noch seine Verzweiflung. Angesichts der Wirklichkeit seines Leidens schienen sich Miriams Gedanken nur träge zu bewegen, schien ihr Körper gebremst zu sein. Zögernd, unsicher, ob sie ihn dulden würde, trat er auf sie zu. Sein Atem war so übelriechend, daß sie den Kopf abwandte. Ihr von dieser Häßlichkeit empörter Geist benützte als Gegenmaßnahme ein Bild von Alices strahlendem Gesicht, von ihrer cremigen, jungen Haut. Als seine Lippen die ihren berührten, suchte sie Zuflucht in diesem Bild.

»Genießt du mich nicht? Versuche es bitte.« Sein Gesicht, fleckig, eingesunken, von harten weißen Bartstoppeln übersät, wackelte vor dem ihren auf und ab wie das glühende Ebenbild des Todes selbst. Er drückte ihre Schultern, seine Hände glitten zu ihrem Halsansatz empor. »*Du* bist so jung wie immer. *Du* siehst wunderbar aus.« Plötzlich wich er zurück, blockierte die Tür zum Gang. »Verlaß mich nicht«, sagte er. Seine Augen waren geweitet. »Verlaß mich nicht!«

Sie stand mit gesenktem Kopf da, wünschte sich, daß sie es – wenigstens einmal – wagen würde, sich einem anderen Wesen preiszugeben. Doch sie blieb auf der Hut. Jeden Augenblick konnte der Zorn ihn wieder überfallen. Ihr Hals war immer noch ein wenig wund von der gestrigen Episode. Sie hob den Kopf, ihr Blick traf auf seinen. »Ich werde dich niemals verlassen, John, niemals.«

»Miriam –« Er schluchzte, niedergeschlagen, ganz offensichtlich wütend auf sich selbst, weil er so offenkundig gefühlsbetont handelte. Sie konnte das Flehen in seiner Stimme nicht länger ignorieren. Wider besseres Wissen schritt sie zu ihm, legte den Arm um ihn und führte ihn zu dem ledernen Bibliothekssofa.

Er lehnte den Kopf gegen ihre Schulter. »Ich bin so alt. Wie bin ich so alt geworden?«

»Die Zeit...«

»*Welche* Zeit? Das geht doch erst seit zwei Tagen so!«

»Sehr viel Zeit, auf engem Raum konzentriert.«

Er blickte sie an, seine Augen wirkten wie geschlagen. »Wo endet das?«

Das war der schlimmste Teil. Wie sollte man sich dem stellen: der Tatsache, daß der Keim des Todes tief verborgen im Körper zu wachsen begonnen hat? Sie konnte nicht sprechen. Ihre Abscheu überwindend, streichelte sie seinen Kopf, hielt seine Hand. Ein leiser, schrecklicher Klang entsprang seiner Kehle. »Ich habe dich geliebt«, flüsterte er. »Ich habe dir so sehr vertraut.«

Es tat entsetzlich weh.

Kapitel 3

John jagte blindlings die Eighth Avenue entlang in Richtung Zweiundvierzigste Straße. Es war um vier Uhr am nächsten Morgen. Er trug einen Mantel, einen breitkrempigen Hut, um sein Gesicht zu verdecken, und hielt einen Samsonite Aktenkoffer in der Hand. Die Energie verließ ihn wie das Licht den Himmel. Er hatte die Hutkrempe tief ins Gesicht gezogen. Gelegentlich erregte er Aufmerksamkeit in einem dunklen Hauseingang. Ein Junge erwachte lange genug, um ein paar unzusammenhängende Sauggeräusche von sich zu geben, ein dünnes Mädchen murmelte immer und immer wieder »Willste einen geblasen haben, willste einen geblasen haben« wie eine groteske Maschine und hörte sofort auf, als er am Hauseingang vorbei war.

Er war hier, weil er verzweifelt war. Die Menschen, die jetzt auf den Straßen waren, waren abgewrackter als er, zu kaputt, um mit dem schmutzigen, glitzernden Mob des frühen Abends konkurrieren zu können – oder, möglicherweise, mit John.

Dann erblickte er, wonach er suchte, in einem Fenster des Mayfair Pancake House sitzend. Das Mayfair war ein Zentrum dieser Gegend, und John kannte es gut. In früheren Zeiten war es ein Groschenkino gewesen. Damals pflegte ein Mann eine Papierblume zu kaufen und sie im Schoß zu halten, während die neuesten Epen aus Union City über die Leinwand huschten. Wenn ein Mädchen die Blume nahm, hatte er eine Verabredung.

Sein Opfer kam heraus, von seinem Klopfen gegen das Glas angelockt. Wie ein Hund kam sie zu ihm, ihr Gesicht blickte nach oben und nach rechts. »Bin ich nicht großartig«, sagte sie. »Zwanzig Dollar. Dann bekommst du auch nicht die schlimme Seite zu sehen.« Ihre gute Profilseite war reines Cincinnati. Doch sie besaß nur einen halben Traum – der Rest ihres Gesichts war von Säure zu einer leuchtenden Narbe zusammengeschmolzen worden.

»Fünf Dollar für alles«, sagte John.

»Das reicht gerade mal für Handarbeit, aber nur, wenn du schnell kommst.«

»Zehn Dollar, das ist mein letztes Angebot.«

»Mister, guck nicht auf die gottverdammte Narbe. Ich kann mich schon richtig bewegen. Du bekommst sie gar nicht zu sehen.«

»Zehn.« Man mußte mit ihnen feilschen; denn sobald er in den Ruch des Opfers gelangte, würde man ihn in irgendeinem dunklen Gang überfallen.

Sie griff ihm zwischen die Beine. »Fünfzehn.«

Er riß sich los.

»Alles für fünfzehn«, zischte sie. »Dafür kannst du alles machen.«

Er zögerte. Stumm und reglos standen sie da wie Katzen.

»SM«, sagte sie. »Kannst mir die Scheiße aus dem Leib prügeln.«

»So etwas mag ich nicht.«

»Mann, du willst gar keine Extras?« Wieder kam sie näher, ihr Halbgesicht lächelte. »Ich dachte, du willst Extras. Also gut, ich mach's für zehn, einfach nur ein Fick.«

Auf der Dreiundvierzigsten Straße traten sie durch einen Eingang, schritten einen graugestrichenen Gang entlang, der von Graffiti entstellt war, ein paar niedrige Stufen zu einem feuchtriechenden Empfangssaal empor. Dort saß ein Schwarzer zusammengesunken auf einem geborstenen Stuhl. John legte die zehn Dollar in seine offene Hand.

Sie stiegen eine steilere Treppe empor. Vor einer großen Holztür blieb sie stehen. Das Zimmer war winzig; ein Frisiertisch, ein Klappstuhl und eine Lampe mit zerschmolzenem Plastikschirm. Das Bett war eine Matratze, die auf dem Boden lag, darauf ein wattiertes gelbes Laken. »Um diese Uhrzeit war die Wäscherei noch nicht da«, murmelte das Mädchen. »Zieh dich aus, für zehn Dollar haben wir zehn Minuten, das ist Hausregel.«

Blaylock nahm den Hut ab. Obwohl der Raum in tiefem Schatten lag, sein Fenster blickte in einen Luftschacht, konnte das Mädchen genug von ihm erkennen, um zu erschrecken.

»Hast du irgendwas, Mann?«

»Ich bin schon in Ordnung. Nur dünn.«

Sie wich langsam zurück. »Was ist los mit dir?«

Er holte sein Skalpell aus der Tasche. Das Mädchen schnitt eine Grimasse, als hätte es Schmerzen, wich rückwärts zum Fenster zurück. »Komm schon, Süße«, sagte John. »Du gehörst mir.«

Ihr heiles Auge weitete, ihre heile Mundseite verzerrte sich. Zitternd fuhren ihre Hände zum Hals empor. Aus ihrem Mund kam eine Art Bellen, etwas zwischen Entsetzen und Wahnsinn. Als ihr Rücken die Wand berührte, kauerte sie sich nieder, *wau wau wau*, wie ein flüsternder Hund. Das Auge sah unentwegt um sich, unfähig, sich auf das Gesicht vor ihr zu konzentrieren.

John erkannte, daß keine Zeit für Chloroform blieb. Mit schneller, gekonnter Bewegung hob er das Skalpell und stieß es hinter ihrem Schlüsselbein hinein. Es durchschnitt den Muskel und streifte die Arterie. Im nächsten Augenblick lag er auf ihr.

Endlich. Das.

Er spürte, wie das Leben ihn wieder erfüllte, purpurn und reich. Er wußte, daß er nun die Straße entlanggehen konnte, ohne Aufmerksamkeit zu erregen. Nicht verfallener als jeder andere alte Mann auch. In der Vergangenheit hatte er den Hunger vielleicht einmal in der Woche verspürt. Seitdem diese – was immer es sein mochte – Verfallskrankheit begonnen hatte, hatte sich sein Verlangen immer mehr verstärkt. Wann würde er wieder auf die Jagd gehen? In sechs Stunden? In einer?

Nun trat der Samsonite Aktenkoffer in Aktion. Darin befanden sich zwei Liter Kerosin und einige einfache Brennmaterialien. Er legte das Mädchen – es war so leicht geworden – auf das Bett und tränkte sie mit Kerosin. Dann stellte er einen

Aschenbecher voller Kippen neben sie. Vorsichtig goß er Kaliumpermanganatkristalle in eine Streichholzschachtel und tränkte sie in Glyzerin. In drei bis vier Minuten würde die Selbstentzündung dazu führen, daß das Kalium Feuer fing und das Kerosin zum Explodieren brachte.

Nachdem er die Streichholzschachtel in den Aschenbecher gelegt hatte, verließ er den Raum.

Es würde ein wütendes Feuer geben. In zehn Minuten würden nur noch Knochen übrig sein. Sollte das Feuer sich noch weiter ausbreiten, würde alles zerstört werden.

Als John auf die Straße hinaustrat, dämmerte es bereits. Ein paar Frühaufsteher waren zu sehen, ein Mädchen in einem weißledernen Mantel stöckelte auf das W. T. Grant-Gebäude zu, ein junger Mann mit der Andeutung eines Schnurrbarts entstieg einem Taxi. Am Zeitungskiosk an der Ecke wurde soeben die zweite Ausgabe der *Times* von einem Lastwagen geworfen.

Niemand bemerkte ihn. Vorläufig. Sein ganzer Körper fühlte sich erleichtert, als habe er die Schwerkraft selbst überwunden. Später würde die Niedergeschlagenheit folgen, wenn das frische Blut abstarb, doch im Augenblick fühlte er sich, als könnte er im sich ausbreitenden Sonnenlicht Luftsprünge vollführen. Als er die Dreiundvierzigste Straße weiterging, schlichen sich die letzten Nachtmenschen davon. Wie Seufzer entstieg ihnen allen eine Mattigkeit, die in völligem Widerspruch zu der Frühlingsdämmerung stand, die die Bürotürme hinabglitt. Sie schleppten sich davon, während am leuchtenden Himmel rosa Wolken westwärts trieben.

Ein Feuerwehrauto heulte vorbei, die Feuerwehrleute klammerten sich an ihm fest. Ihre Gesichter wirkten gelangweilt und entschlossen, reglos von dem Ausdruck jener Männer, die mit dem Tod auf Du sind.

Manhattan erwachte schneller zum Leben. Aus der U-Bahn an der Seventh Avenue strömten Menschen, Cafés bevölkerten sich, Busse schwangen sich vorbei, ihre Fenster dunkel von gedrängten Passagieren.

John konnte das Mädchen in sich spüren. Ihre Vergangenheit schien in seinen Adern zu flüstern, ihre Stimme schien ihm ins Ohr zu plappern. In gewissem Sinne suchte sie ihn heim; das taten sie alle. Wurde der Hunger durch ihr Wesen oder nur durch ihr Blut gesättigt? John hatte sich oft gefragt, ob sie es wußten, ob sie sich in ihm spürten. So wie er sie im Geiste hören konnte, argwöhnte er, daß sie es tatsächlich taten. Miriam dagegen verwarf diese Vorstellung zornig. Wenn er sie vortrug, pflegte sie den Kopf zurückzuwerfen und sich zu weigern, ihm weiter zuzuhören. Sie wollte nicht hinnehmen, daß man die Toten *berühren* konnte.

Im Gehen zählte er die Stunden, seit er das letzte Mal die Augen geschlossen hatte. Mindestens sechsunddreißig. Und in dieser kurzen Spanne hatte er drei Opfer gebraucht. Ihre Energie stellte einen gewissen Ersatz für den *Schlaf*mangel dar, doch so konnte das nicht ewig weitergehen. Die Wirkung wurde immer schwächer.

Er stellte fest, daß er Miriam beinahe hätte hassen können, wenn er gewollt hätte, sie, die ihn gemacht hatte. Es war nicht so sehr die Tatsache, daß sie ihn über die Lebensdauer angelogen hatte, sondern vielmehr, daß sie ihn in die Falle einer Isolation gelockt hatte, die noch schrecklicher war als ihre eigene. Mit seinem Kannibalenleben hatte er sich abgefunden, hatte es als Preis der Unsterblichkeit hingenommen. Selbst dafür wäre der Preis schon recht hoch gewesen. Doch hierfür? Sein Hunger hatte ihn betrogen. Für dies hier hatte er in der Tat zuviel gezahlt.

Er begab sich zu Fuß zum Sutton Place; es hatte keinen Sinn, ein Taxi zu riskieren. Als er in die Straße einbog, stachen Lichtstrahlen zwischen den Gebäuden hervor, eilten gutgekleidete Leute zur Arbeit, fuhren Wagen vor eleganten Foyers vor, pfiffen Portiers Taxis heran. Die unschuldige Fröhlichkeit dieser Welt attackierte sein Gewissen, stürzte ihn in schlimmste Scham. Ihr eigenes kleines Haus mit seinen grünen Fensterläden und marmornen Simsen, mit seiner ziegelroten Fassade und den Blumenkästen voller Petunien, zauberte eine Atmosphäre der Wärme und der Freude hervor. Ein abstoßender Trug. John erschien es wie ein frisch gefällter Baum, dessen Laubwerk noch intakt war, da die Nachricht des Todes noch nicht den Stamm emporgestiegen war.

»Morgen«, sagte Bob Cavender. Er war ein von Natur aus gutmütiger Mann, der Nachbar der Blaylocks, Alices Vater.

»Morgen«, sagte John, bewußt einen leichten Akzent annehmend.

»Neu im Block?« Cavender erkannte diese plötzlich gealterte Version seines Nachbarn nicht.

»Zu Besuch. Wohne bei den Blaylocks.«

»Ach, ja? Gute Leute. Lieben Musik.«

John lächelte. »Ich bin Musiker. Bei den Wiener Philharmonikern.«

»Da werden Sie meiner Tochter gefallen. Die verbringt ihr halbes Leben bei den Blaylocks. Sie ist auch Musikerin.«

John lächelte erneut und vollführte eine wohlerzogene wienerische Verbeugung. »Wir werden einander wohl wieder begegnen, vermute ich«, sagte er.

Cavender ging weiter, ihm ein herzliches Auf Wiedersehen nachrufend. Wie gewöhnliche Menschen es schafften, ihre Zuversicht und ihre gute Laune inmitten des Chaos des Lebens zu bewahren, war eines der faszinierendsten Rätsel, denen John jemals begegnet war. Die Cavenders dieser Welt erkannten niemals die Wahrheit von Generationen, wie kurz ihre Zeit doch war, wie kurz ihr Weg.

Im Haus herrschte Stille. Miriam hatte eine Parfümkugeldose geöffnet und die Eingangshalle war voll von ihrem reichen Duft. John begab sich nach oben. Er war begierig darauf, sein Gesicht in einem Spiegel zu untersuchen. Doch als er am Schlafzimmer ankam, zögerte er. Eine tiefgreifende, tödliche Kälte durchzog ihn. Im Sommerlicht neben dem Fenster mit den rosa Vorhängen blieb er stehen, entsetzt bei dem Gedanken an den Spiegel auf der Innenseite der Badezimmertür, sich davor fürchtend, noch einen weiteren Schritt zu tun.

Er war so lange im Alter von zweiunddreißig Jahren verblieben. Zusammen mit dem plötzlichen Altern seines Körpers hatte auch eine schwarze Flut der Verwirrung eingesetzt, als sein Hirn verkalkte. Die Selbstsicherheit der Jugend verflüchtigte sich schnell, und an ihre Stelle trat dieser zerstreute Fremde, den nur noch der Verrat des Fleisches in Entzücken versetzen konnte. Er merkte, daß er sich nicht mehr an Daten, Namen, Ereignisse erinnern konnte. Die Dinge waren von einer beunruhigenden Neuheit gefärbt, sogar solche, die er schon viele Male gesehen haben mußte.

Ein winziges Geräusch durchbrach die Stille, das Tropfen einer Träne auf den Boden. »Sarg«, sagte er. Auch seine Stimme hatte sich verändert, war altersdunkel geworden. All die vielen Jahre, die er betrogen hatte, nahmen mit einem Mal Rache an ihm.

Gegen Ende des letzten Jahrhunderts hatte er ein Medium aufgesucht, er hatte sie nehmen wollen, sobald das Licht ausging. Doch im selben Augenblick, da ihre Finger gerade am Gaslicht nestelten, war etwas Entsetzliches passiert. Mit einem Geräusch wie von einem zerreißenden Vorhang waren Dutzende und Aberdutzende verschiedener Gesichter auf dem ihren erschienen, wie eine Menschenmenge vor den Fenstern eines brennenden Hauses. Alle hatte er sie gekannt – es waren seine Opfer gewesen. Das Medium hatte aufgeschrien, hatte die Augen gerollt, der Kopf war zur Seite gekippt.

Er war von diesem entsetzlichen Platz davongelaufen, buchstäblich vor Angst taumelnd. Einen Tag später hatte die *New York Evening Mail* eine kurze Notiz des Inhalts veröffentlicht, daß der Leichnam einer Mrs. Rennie Hooper in ihrem Wohnzimmer aufgefunden worden sei. Ihre Finger hatten noch immer den Knopf der Gaslampe berührt. Man ging von einem Herzversagen aus. Miriam sagte, daß es mit den Toten keine *Berührung* gab. Doch sie war kein Mensch, sie wußte nicht das Geringste über die Beziehung zwischen einem Menschen und seinen Toten.

Die tote Welt funkelte ihn böse an. Plötzlich explodierte vor seinem geistigen Auge ein Bild der Hure, ihres Fleisches, wie es in den Flammen verkohlte.

Der Magen drehte sich ihm um, bis er das Gefühl hatte, als

würde er aus seinem Körper gerissen, und er preßte die Fäuste gegen die Augen, versuchte mit aller Kraft, die Todesvision vor ihm, das den Händen seiner Opfer Ausgeliefertwerden, zu unterdrücken. Doch sie verschwand nicht; statt dessen bündelte sie sich noch und gewann an zusätzlicher Überzeugungskraft. Da erkannte er, daß die Dämonen der Hölle in Wirklichkeit keine Dämonen waren, sondern die Menschen der Erde ohne ihr Kostüm.

Um in Sicherheit *schlafen* zu können, hatte Miriam sich in ihre Dachkammer zurückgezogen. John wäre durchaus in der Lage gewesen, das Sicherheitssystem um ihr Bett zu überwinden. So lag sie zusammengekauert auf dem harten Fußboden und kämpfte gegen einen Alptraum an. Doch der kehrte unerbittlich wieder, durchbrach den *Schlaf*, packte ihren Geist in seine Gewalt, zwang ihn zu sehen:

Ein nebliger Morgen in der Nähe von Ravenna. Zusammen mit anderen begüterten Bürgern war sie hierhergekommen, als der Kaiser vor siebzig Jahren aus Rom geflohen war. Tau liegt auf dem marmornen Sims ihres Schlafzimmerfensters. Aus der Tiefe des Nebels ertönt der Gesang rauhstimmiger Ostgoten, die sich auf den Weg zur Plünderung des kaiserlichen Palastes gemacht haben. Langsam bewegen sie sich durch den Nebel, marschieren dicht am Kräutergarten vorbei, ihre gehörnten Helme verleihen ihnen ein gewalttätiges Aussehen. Sie werden dieses große Haus nicht passieren, ohne es zu plündern, nicht einmal auf ihrem Weg zum Palast des Julius Nepos.

Ihre Stimme mühsam beherrschend ruft sie nach Lollia. Das Mädchen eilt über den Marmorfußboden, ihre Sandalen zischen auf den Steinen. Miriam braucht nichts zu sagen. »Es ist zu Ende«, sagt Lollia. »Er hat schon seit Stunden keinen Ton mehr von sich gegeben.« Miriam nimmt Lollias weißes Gesicht in ihre Hand und küßt sie voll auf den Mund, spürt die bebende Heftigkeit des erwiderten Kusses. »Meine Liebe«, sagt Lollia leise, »die Barbaren...«

»Ich weiß.«

Miriam läßt ihre Nachtkleider zu Boden gleiten und schreitet nackt durch den Raum. Der Geruch der auf einen Tisch tropfenden Öllampe vermischt sich mit dem scharfen Duft des Ledermantels, den sie aus ihrer Truhe hervorholt. Sie hüllt sich in Reisekleider, von ihrer Geliebten unterstützt, die gütigerweise die Stelle der toten Dienstboten eingenommen hat.

Dann begibt sich Lollia in ihr eigenes Zimmer, um sich umzuziehen. Die Pferde und den Wagen haben sie im Peristyl verborgen. In der Ferne ist ein Krachen zu hören, der Lärm fröhlichen Gelächters; die Ostgoten sind an den Ställen. Miriam läuft schnell über seidene Teppiche, ihr Umhang bläht sich hinter ihr, und sie rennt die Steinstufen hinab in den Keller, wo in früheren Zeiten Sklaven einen Ofen zu bedienen pflegten. Bei dem Einsetzen der Inflation waren diese Sklaven verkauft worden; und während das Reich in seinen letzten Zügen lag, gab es auch keine Kohlen mehr. Was die verbliebenen Sklaven anging – um die hatte Eumenes sich gekümmert.

Miriam hat Lollia die ganze Nacht neben der großen Eichentür Wache halten lassen. Erst vor einer Stunde hat sie Stille gemeldet. Nun fühlt sich Miriam sicher, die Tür zu öffnen. Sie zieht drei Bolzen zurück und reißt mit aller Kraft daran. Langsam schwingt die Tür auf.

Miriam schreit.

Das zusammengeschrumpfte *Ding*, das an Finger- und Zehennägeln an der Tür hängt, läßt sich nicht mehr als Eumenes wiedererkennen. Der Raum stinkt nach frischem Blut. Auf dem Boden liegen die Hülsen seiner letzten fünf Opfer. Um ihn herum befindet sich eine Blutpfütze, die Flüssigkeit ist durch sein totes Verdauungssystem hindurchgeströmt. Seine Skelettgestalt ist davon gesättigt; am Ende war er schrecklich schwach, seine Opfer waren fast zuviel für ihn.

Miriam schluckt schwer, zwingt sich zur Selbstbeherrschung. Sie packt das Ding an den Schultern und schält es von der Tür.

Ihr uralter, geliebter Gefährte, ihr Eumenes. Odysseus, der endlich zurückgekehrt ist, weder tot noch lebendig, irgendwie noch immer mit diesem Leichenwrack verbunden – ein Geist vielleicht, unter anderen Geistern ungewollt und dazu gezwungen, im Totenhaus seines Körpers zu verbleiben.

Sie zieht ihm die Knie bis zum Kinn hoch und zwingt ihn in eine Kiste aus härtestem Holz, spürt das zitternde Pulsieren seines Leibs. Die Kiste ist mit Messing beschlagen und mit Eisen verstärkt. Die kostbare Last auf ihre Schultern nehmend, steigt sie die Treppe empor. Sie wird ihn niemals verlassen, murmelt sie, niemals, niemals. Im Gang tanzt Lollia vor Erregung. Sie ist ein schlichtes Mädchen, hat Eumenes' ›Krankheit‹ ohne Frage hingenommen, hat sich niemals vorgestellt, daß sie ihm eines Tages folgen muß. Die eleganten Zimmer sind angefüllt mit Qualm. Die Blicke des Mädchens huschen hinüber zu den immer lauter werdenden Schreien der Goten. Trotz ihres Entsetzens hilft sie Miriam; gemeinsam bringen sie den Kasten zum Wagen. Sie ziehen das Tor auf und Miriam läßt die Zügel knallen.

Hinter ihnen verblaßt die alte Villa anmutig im Nebel und in vergangenen Zeiten.

Auf den schlecht erhaltenen Straßen kommen sie nur langsam voran. Sie dürfen sich nicht Ravenna nähern, um keinen Preis. Zwei Frauen in einem mit Gepäck und Goldmünzen beladenen Wagen sind so gefährdet, wie man es sich nur vorstellen kann.

»Konstantinopel«, sagt Miriam, an das Schiff denkend, das in Rimini wartet, wie auch an die Schrecken des Meeres. Lollia drängt sich an sie.

Vor sich erblickt sie eine dunkle Holzwand. Sie ist im Schiff, hört das Kreischen des Windes in der Takelage, hört . . . eine Taube gurren.

Ihre Augen öffneten sich. Zunächst bewegte sie sich nicht. Dann erinnerte sie sich daran, daß sie sich in der Dachkammer befand. Ihr Mund war trocken, der Traum hing wie ein fauliger Geschmack darin. Sie setzte sich auf. Dicht neben ihr war der neue Stahlkasten.

Sie haßte diese Träume. Sie beeinträchtigten die Erneuerung nicht; ja sie mochten vielleicht sogar Teil davon sein. Doch sie taten so weh.

Nun, sie würde derlei Gedanken eben beiseite schieben müssen. Sie hatte noch sehr viel zu tun. Ganz methodisch hatte sie sich auf Alices Transformation vorbereitet. Es hatte ein Jahr gedauert, nur um die Literatur über Schlafstörungen und Altersforschung zu sichten, bis sie die bestinformierte Person auf diesem Gebiet ausfindig gemacht hatte.

Eigentlich hatte sie Sarah Roberts ganz subtil und langsam angehen wollen. Mit der Zeit hätte sie sich mit ihr angefreundet, hätte sich Sarahs Wissen angeeignet und wäre ebenso mühelos wieder aus ihrem Leben verschwunden, wie sie darin eingedrungen war.

Nie hatte sie damit gerechnet, daß John so früh sterben könnte. Selbst nach der Transformation hätte Alice erst einmal erwachsen werden können. Die drei hatten diese Jahre eigentlich miteinander teilen sollen.

Doch daran war nun nicht mehr zu denken. Alice *mußte* einfach durchhalten, Miriam hätte nichts anderes ertragen. Sie fuhr sich mit den Fingern durch das Haar. Mit der Ankunft der Sonne verwandelte sich dieser kleine Raum unter den Dachbalken in einen Backofen.

Miriam verließ den Raum, vorsichtig auf den Dachbalken balancierend, damit diese nicht unter ihren Füßen knarrten. Solange John noch kräftig war, konnte sie es nicht zulassen, daß er erfuhr, wo sie *schlief*. Er fühlte sich betrogen und verraten; das taten sie immer. Das nächste Mal könnten sich seine Finger für immer um ihren Hals schließen.

Sobald sie die Tür zum Dachgeschoß öffnete, wußte sie, daß er von einer weiteren Jagd zurückgekehrt war. Aus ihrem gemeinsamen Schlafzimmer ertönte ein schnarrendes Geräusch, das ihr ins Herz stach. Er weinte. Seine Intelligenz, seine Lieblichkeit, sein Überschäumen, und vor allem die Treue seiner Liebe – waren noch ebenso wach, als gäbe es den alten John noch immer. Als sie gerade den Raum betrat, stürzte er mit schwerem Aufprall gegen die Wand.

Er begann, sich auf den Frisiertischschemel hinaufzuziehen. Entsetzt sah sie den keuchenden Kampf mit an – in den letzten Stunden war er sehr viel schwächer geworden. Die graue Haut war rissig, die Hände erinnerten sie an die Krallen eines Tieres.

Seine Augen, gelb und wäßrig, suchten die ihren. Er sah sie an. Sie konnte kaum den Anblick seines Gesichts ertragen. »Ich bin hungrig«, sagte eine kreischende, unvertraute Stimme.

Sie konnte nichts erwidern.

Es gelang ihm, sich zu seiner vollen Höhe aufzurichten und schwankend dazustehen, wie ein an den Beinen gefesselter Bussard. Mit einem knisternden Geräusch öffnete und schloß sich sein Mund. »Bitte«, sagte er, »ich muß essen!«

Ohne den *Schlaf* wurde ihr Hunger unerträglich. Das makellose Muster des Lebens war durchbrochen, und das empfindliche Gleichgewicht geriet ins Schwanken.

»John, ich verstehe das nicht, ich habe es noch nie verstanden.«

Er lehnte sich ihr entgegen, packte dabei fest den Stuhl. Sie war erleichtert, als sie sah, daß er es nicht wagte, sich in ihre Richtung zu stürzen. Es war zwar unwahrscheinlich, daß er ihr etwas antun konnte, aber nicht völlig unmöglich. Sie zog es vor, daß Distanz zwischen ihnen blieb. Ihre Beherrschung jedweder Situation mußte vollkommen bleiben. »Aber du hast es *gewußt*! Du hast gewußt, daß es geschehen würde!«

Es hatte keinen Zweck zu lügen, die Wahrheit war allzu offensichtlich.

»Du mußt mir helfen. Du mußt!«

Sie war unfähig, sich der Anklage in diesen Augen zu stellen. Angesichts der Wahrheit dessen, was sie getan hatte, fand sie keine Worte, weder solche des Trostes noch des Leugnens. Sie war einsam, und Menschen gaben ihr jene Liebe, welche Haustiere einem vermitteln. Sie suchte Gesellschaft, etwas Wärme, den Anschein eines Zuhauses. Sie lehnte ihre eigenen Tränen ab, ihre Scham angesichts dessen, was sie ihm angetan hatte. Verdiente sie denn nicht auch etwas Liebe?

John hatte sie schon im ersten Augenblick gehört, als sie sich in Bewegung gesetzt hatte. Die Tatsache, daß sie im Dachgeschoß geschlafen hatte, eingeschlossen und abseits von ihm, hatte die Sache besiegelt. Für ihn stellte es sich als erstaunlich kaltblütige Entscheidung dar, und sie ließ keinen Spielraum für ein Umdenken. Er würde ihr weh tun. Er würde ihren Hals zwischen seine Hände nehmen und ihn so lange quetschen, bis sie ihr verwerfliches Tun zugab.

Er sah, wie sie vorsichtig in den Raum trat, und täuschte Schwäche vor, tat, als würde er gegen einen Tisch stürzen. Es war klar, daß sie sich ihm nicht nähern würde, solange sie glaubte, daß es nur einen Hauch von Gefahr geben könnte. Miriams Vorsicht hatte den Charakter einer Obsession.

Er war entsetzlich hungrig. Miriam war so gesund und so schön, sie loderte förmlich vor Leben – was würde geschehen, wenn er sie nahm? Würde es genug sein, um ihn zu kurieren? Ihr Duft war trocken und leblos wie ein gestärktes Kleid. Sie besaß nicht jenen wunderbaren, üppigen Geruch, den John mit Nahrung gleichzusetzen gelernt hatte.

Vielleicht war sie Gift.

Sein Zorn ergoß sich durch alles, was er zu ihr sagte, er konnte es nicht verhindern. Sie teilte ihm mit, daß sie nicht verstand, was mit ihm geschah. Er dagegen wollte daran glauben, daß sie ein gefühlloses Ungeheuer war. Er versuchte, sie nicht als Mensch zu sehen. Doch er liebte sie und nun brauchte er sie. Warum wollte sie das nicht verstehen?

Er streckte die Arme vor, um Hilfe flehend.

Sie wich zur Tür zurück, es war die seidige Geste einer Katze. Ihre Augen musterten ihn, als wollte sie etwas sagen. Er begriff, wie groß die Kluft zwischen ihnen beiden in all diesen Jahren gewesen war.

»Ich sterbe, Miriam. *Sterbe!* Und du schwebst umher, vollkommen und unberührt. Ich weiß, daß du sehr viel älter bist als ich. Warum bist du anders?«

Nun bewölkte sich ihr Gesicht. Sie schien fast zu weinen. »John, du hast mich in dein Leben *eingeladen*. Erinnerst du dich nicht mehr?«

Das war zuviel. Er stürzte auf sie zu, seinen Zorn hervorknurrend, die Arme ihrem Hals entgegenreckend. Miriam hatte sich schon immer schnell bewegen können, und nun schlüpfte sie mühelos davon, zog sich zum Treppenabsatz zurück. Auf ihren Lippen spielte ein trauriges Halblächeln. Das einzige, was ihm noch Hoffnung machte, waren ihre Augen. Sie waren glasig vor Furcht und verschwommen von etwas, das nur Trauer sein konnte. Als er sich ihr näherte, drehte sie sich um, geschwind wie ein Vogel.

Er hörte, wie ihre Füße die Stufen hinuntertrommelten, dann wurde die vordere Haustür zugeschlagen.

Er war deprimiert. Sie hatte ihn verlassen. Nun bereute er seine Attacke. Und doch war er unfähig gewesen, sich selbst zu bremsen, der Drang war so plötzlich über ihn gekommen. Doch früher oder später mußte sie zurückkehren. Sie ertrug es nicht, in Hotelzimmern zu schlafen; dort fürchtete sie sich vor Eindringlingen oder Bränden. Dieses Haus hier jedoch war so gründlich gesichert, daß kein Streichholz unbemerkt verglimmen konnte, noch vermochte ein Einbrecher auch nur ein Fenster zu berühren. Nein, dies war ihr Hafen, und sie würde zurückkehren.

John würde sie erwarten.

Fünfzehn Minuten lang lag er auf dem Schlafzimmerfußboden und versuchte zu schlafen. Doch der Hunger war da, durchzog seine Adern und ließ ihn vor Verlangen zittern.

Mühsam stand er auf und begab sich nach unten. An der Tür zur Bibliothek blieb er stehen. Bücher und Papier waren überall verstreut. Normalerweise war Miriam von einer schier hysterischen Ordnungsliebe. Er ließ sich hinter ihren Schreibtisch gleiten, dachte, daß er seine Kraft möglicherweise länger aufrechterhalten könnte, wenn er sich nicht so viel bewegte. Es würde verdammt schwer werden, wenn er bei hellem Tageslicht Nahrung zu sich nehmen mußte, noch dazu in diesem Zustand.

Auf dem Schreibtisch lag ein geöffnetes Magazin. *Schlafstörungen.* Irgendeines von Miriams Projekten. Miriams alberner Glaube an die Wissenschaft war lächerlich. Das Magazin war an einer Stelle geöffnet, ein Artikel mit dem unglaublich faszinierenden Titel ›Psychomotorische Dysfunktion bei abnormalem Traumrespons: Die Ätiologie der ‚Nachtängste des Erwachsenenalters' ‹, von S. Roberts MD, PhD. Der Artikel bestand aus für ihn völlig sinnlosen Statistiken und Tabellen, unterbrochen von Sätzen, die in der unverständlichen Sprache der Technik gehalten waren. Wie es Miriam gelingen konnte, derartiges Material zu verstehen, war John ein Rätsel, und ebensowenig wußte er, was sie damit anfangen wollte. Die Naturwissenschaft, die sie so beschäftigte und erregte, erschien ihm als etwas Angsterregendes, als das Werk von Verrückten.

John schob das Magazin beiseite und starrte ausdruckslos vor sich hin. Er hatte angefangen, ein Geräusch wahrzunehmen, eine Art grelles Geräusch wie eine Sirene. Es dauerte einen Augenblick, bevor er erkannte, daß es in seinem rechten Ohr ertönte. Es erreichte einen Höhepunkt, dann verstummte es. Danach war nichts mehr: Das Ohr war taub geworden. Er mußte etwas unternehmen, der Verfall ging inzwischen außerordentlich schnell voran.

Er schritt zu dem Tagesbett hinüber, ein Ort, wo er schon oft *geschlafen* hatte, und legte sich nieder. Er schloß die Augen. Zuerst kam knochenmüde Erleichterung. Wiederum schlief er nicht. Statt dessen erschienen vor seinen Augen leuchtende geometrische Formen. Diese lösten sich zu lodernden Abbildern von Miriams Gesicht auf, von Miriam, wie sie während der qualvollen Zeit seiner Transformation neben ihm stand.

Fast wie von selbst öffneten sich seine Augen. Andere Gesichter waren im Begriff gewesen, das Miriams abzulösen.

Das Geräusch einer tobenden Menge löste sich in der sanften Morgenluft auf. Wohin gehen die Toten schließlich? Nirgendwohin, wie Miriam gesagt hatte. Oder gibt es eine jenseitige Welt, eine Welt der Vergeltung?

»Mir kannst du nichts vorwerfen«, knurrte er.

Er war überrascht, als eine Stimme ihm antwortete. »Tue ich ja gar nicht! Du kannst auch nichts dafür, daß sie es vergessen haben!«

Alice.

John drehte den Kopf herum. Mißmutig dreinblickend stand sie da, den Geigenkasten in der Hand. Sie war zu ihrer Musikstunde gekommen. Ihr Duft, in seiner Fülle jeder Beschreibung spottend, ergoß sich in den Raum. »Guten Morgen«, sagte John, während er an der Bettkante eine sitzende Stellung einnahm.

»Ich musiziere um zehn mit den Blaylocks. Aber sie sind fort.«

Sie erkannte ihn nicht.

»Ja, ja... sie mußten zu irgendeiner Art Bankbesprechung. Sie haben mir gesagt... haben mir gesagt, ich soll es dir ausrichten.«

»Du mußt der Wiener Philharmoniker sein. Mein Vater hat mir von dir erzählt.«

Er stand auf, schritt zu ihr hinüber, verbeugte sich. Er wagte es nicht, sie zu berühren, wagte es nicht einmal, sie mit seiner Hand zu streifen. Kaum hatte er ihre Witterung aufgenommen, da war aus seinem Hunger bereits ein Inferno geworden. Noch nie hatte er so viel konzentriertes Verlangen erfahren, niemals hatte er etwas so heftig begehrt.

»Bist du bei den Wiener Philharmonikern festangestellt?«

»Ja.« Seine Hände zitterten, er krallte sie ineinander, um sich daran zu hindern, nach ihr zu grabschen.

»Welches Instrument denn?«

Vorsicht. Cello durfte er nicht sagen, sonst würde sie ihn vielleicht bitten, ihr etwas vorzuspielen. In diesem Zustand war ihm so etwas völlig unmöglich. »Ich spiele... Waldhorn.« So, das war wirklich gut.

»Schade. Hatte gehofft, du würdest ein Saiteninstrument spielen.« Sie blickte ihn mit ihren sanften, intensiven Augen an. »Saiten machen sehr viel Spaß. Sind aber schwer zu spielen. Hast du dein Horn dabei?«

»Nein ... nein. Es ist mir lieber, wenn es nicht mit auf Reisen geht. Der Klang, du verstehst.«

Sie wandte den Blick ab. »Bist du in Ordnung?« fragte sie kleinlaut.

»Natürlich«, sagte er. Doch er fühlte sich nicht in Ordnung, er fühlte sich danach, sie in zwei Stücke zu teilen.

»Du siehst so alt aus.« Ihre Stimme war leise und zögernd. Die Knöchel der Hand, die den Geigenkasten packte, waren weiß.

John versuchte, sich mit der Zunge über die Lippen zu fahren, erkannte, daß sie trocken waren. Die Gesichter anderer Kinder überfluteten sein Gedächtnis. Miriam hatte darauf bestanden, daß er sie nahm, als er noch Anfänger war, weil es leichter ging. Damals gab es viele heimatlose, unbekannte Kinder.

Menschliches Leben zu nehmen, hatte nach und nach seine Bedeutung für ihn verloren. Er erinnerte sich nicht mehr an die Zahl der Morde, die er begangen hatte. Sie hatte jede Zelle der Menschlichkeit aus ihm gesaugt und ihn so zurückgelassen, wie er heute war, am Ende seines Lebens, vor dieser Situation stehend.

»Nimm nur Platz«, hörte er seine Stimme sagen. »Plaudern wir ein wenig über Musik, bis sie zurück sind.«

Kaum hatte sie seine Einladung angenommen und war durch die Tür geschritten, als seine Hand bereits das Skalpell in seiner Tasche berührte.

Das war alles, was er brauchte, schon war er auf ihr. Schreie explodierten aus ihr hervor, hallten matt im Haus wider. Ihr geschmeidiger Körper wand sich, ihre Hände rissen an ihm, sie schlug gegen die brüchige Haut seines Gesichts.

Er riß an dem Skalpell, verdrehte ihr Haar mit einer Hand, zerrte sie über den Boden. Ihre Arme schlugen wie Windmühlenflügel, ihre Füße scharrten und trommelten. Ihre Schreie waren schrill, heftig, unglaublich laut.

Das verdammte Skalpell wollte nicht aus der Tasche hervorgleiten.

Es gelang ihr, ihm in den Arm zu beißen, wobei ihre Zähne ein halbmondförmiges Loch in die schlaffe Haut rissen.

Als sie sah, welchen Schaden sie angerichtet hatte, rollte sie die Augen. Eine Säule aus schwarzem Erbrochenem schoß aus ihrem Mund hervor, spritzte über den Boden. Sie stürzte zurück und schlitterte weiter, versuchte, die Tür zu erreichen. Er sprang sie an, endlich hatte er das Skalpell aus der Tasche gerissen. Aus seinem Bewußtsein verchwand alles bis auf den Hunger. Sein Mund öffnete sich, er konnte sie bereits schmecken. Es kostete ihn alle Kraft, nicht mit den Zähnen zu knirschen wie ein verhungerter Hund. Sie lag auf dem Rücken, stieß sich mit den Füßen ab. Er packte ihren Fußknöchel, hielt ihn mit aller Kraft, die er noch aufbringen konnte. Sie setzte sich auf und begann auf seine Hand einzudreschen.

Er stieß das Skalpell hinter dem Schlüsselbein ein. Der Schmerz ließ sie den Kopf zurückwerfen und kreischen. Da lag er schon auf ihr. Mit einem Zischen entwich die Luft aus ihren Lungen. Benommen zuckend lag sie da, ihre Zunge trat hervor, die Augen wurden glasig.

Mit weit geöffnetem Mund bedeckte er die Wunde. Er stieß mit der Zunge vor. Es tat weh, wie es immer weh tat. Anders als Miriams war seine weiche Menschenzunge nicht daran angepaßt.

Nach schier nicht endenwollendem Suchen mit der Zunge platzte das Blut aus der Ader und durchflutete ihn mit dem roten Feuer der Erneuerung. Er saugte hart und heftig und blieb bis zum letzten Tropfen dabei. Erst als nur noch ein trockenes Rascheln übrig war, hörte er auf. Sein Körper fühlte sich jetzt locker und leicht, sein Geist klärte sich. Es war wie das Aufwachen aus einem Alptraum; oder wie damals als Junge, als er sich in den dunklen Mooren von North Yorkshire verirrt und plötzlich einen vertrauten Pfad wiedergefunden hatte. Er seufzte schwer, dann spülte er sich den Mund mit einem Glas Madeira aus den Bibliotheksvorräten aus. Der Wein schien eine Million verschiedener köstlicher Aromen zu enthalten, und er spürte jedes einzelne davon. Es war so schön, daß er weinte. Er fuhr sich mit den Händen ans Gesicht, spürte die weicher werdende Haut und die Wärme. Wieder legte er sich auf das Bett und schloß die Augen. Der Wein war eine passende Ergänzung gewesen. Anders als andere Nahrungsmittel, empfand er Alkohol nach wie vor als köstlich. Er versuchte sich zu entspannen, genoß die gewaltige Erleichterung.

Hinter seinen geschlossenen Augenlidern erschien Alice, ruhig und gelassen wie eine Göttin.

Es war so echt, daß er aufschrie. Er sprang vom Bett. Ein süßer Duft erfüllte den Raum. Es war jede schöne Erinnerung, die er gekannt hatte, jede gütige Stimme, jede liebevolle Berührung.

Er erinnerte sich daran, wie er vierzehn war und eines Sommermorgens auf Hadley House erwachte, in dem Bewußtsein, daß er Priscilla auf der gegenüberliegenden Seite des Sees treffen würde, sobald sie ihm und seinen Eltern den Morgentee serviert hatte.

Er erinnerte sich an die feuchten Wälder, an die Schwäne auf dem See und an die wilden Blumen. Es war ein schmerzhaftes, zimperliches Kitzeln gewesen, als sie ihn berührt hatte. Inzwischen war sie Staub unter Staub.

Er setzte sich neben die zerknitterten Kleider, die die Überreste von Alice Cavender verbargen. Hier war das Parfüm am kräftigsten, es mußte etwas gewesen sein, das sie trug. Sanft berührte er das rote T-Shirt mit dem Beethovenbild.

Das Parfüm verblaßte ebenso schnell wie eine vergangene Liebeslaune. Es ließ in ihm ein Gefühl zurück, als wäre er bereits tot. Er seufzte. Vor ihm lag noch eine häßliche Aufgabe, die keinen Aufschub duldete. Wenn Miriam auch nur den geringsten Hinweis darauf vorfinden würde, wen er genommen hatte – das durfte er nicht zulassen.

Er zwang sich dazu, das kleine Bündel aufzunehmen und es hinunter in den Keller zu tragen.

Miriam war die Straßen entlanggegangen, ihr Geist schwindelte angesichts der Häßlichkeit dessen, zu dem John geworden war. Trotz ihrer Vorsicht hatte er beinahe... Sie konnte nicht einmal daran denken. Bald würde sie ihn einfangen müssen. Sobald sie es wagte. Selbst in seinem gegenwärtigen Schwächezustand war er noch zu kräftig.

Eine Stunde später kehrte sie nach Hause zurück; sie wollte sich selbst nicht mehr als erforderlich den willkürlichen Unfällen der Stadtstraßen aussetzen. Als sie um die Ecke zum Sutton Place kam, blieb sie überrascht stehen und blickte nach vorn. Aus ihrem Kamin stieg eine dünne Rauchfahne empor. John verbrannte gerade Beweismaterial, und das bei vollem Tageslicht! Er mußte direkt in der Nachbarschaft auf Jagd gegangen sein. Die Zeit hätte nicht genügt, um weiter auszuschweifen. Zweifellos hatte der Narr irgendein Kind aus der Nähe genommen.

Wenn sich das Ende abzeichnete, verloren sie stets alle Vorsicht. Sie wollte wütend auf ihn sein, doch sie bemitleidete seine Verzweiflung zu sehr. Eigentlich hätte sie sich selbst glücklich schätzen müssen, weil er sich überhaupt noch die Mühe machte, sein Beweismaterial zu vernichten.

Obwohl ihr die Aussicht nicht behagte, ihm begegnen zu müssen, mußte sie doch das Haus wieder betreten. Schließlich war es ihres. Und es war ein sicherer Ort zum *Schlafen*. Irgendwie mußte sie John zügeln. Sie konnte ihn nicht mehr sehr viel länger frei im Haus und auf der Straße umherlaufen lassen.

Sie stieg die Vordertreppe empor und trat ein. Das Rumpeln des Ofens war deutlich zu hören. Der arme Mann. Wenigstens verriet ihr dies, wo er sich befand. Die Hochdruckgasleitungen, die das Ding speisten, durften nicht unbeaufsichtigt bleiben.

In der Eingangshalle blieb sie stehen und genoß für einen Augenblick den Frieden und das Leben ihres Hauses. Für sie war es wie ein mit gesunden Wurzeln gut ausgestatteter Rosenstrauch, lebendig und widerstandsfähig. Schon bald würde es eine neue Stimme darin geben, jene von Alice, leicht und golden. Miriams winziges Krankenzimmer war für die Transfusionen hergerichtet. Die Annäherung an Dr. Roberts hatte begonnen. Die gute Doktorin würde am Ende selbst zu Miriams Assistentin werden. Einen kurzen Augenblick lang erinnerte sie sich an John, wie er mal gewesen war, und sofort sank ihr Mut. Doch sie schob alles beiseite.

Sie setzte sich in Richtung Bibliothek in Bewegung. Der Parfümgeruch war zu süß, die Kugeln faulten allmählich. Und die Decken brauchten dringend neuen Stuck. Das Haus hatte sich in letzter Zeit ein wenig gesetzt. Sie mußte ihre Rosen beschneiden. Schon bald würde dies ebenso eine Notwendigkeit wie eine Freude sein. Und sie vergoß ihre Tränen über den ganzen Teppich in der Eingangshalle. Es hatte keinen Zweck zu versuchen, ihre Gefühle zu unterdrücken. Wie ein Wasserfall brach ihre Verzweiflung hervor.

John, du hast mich geliebt.

Du hast selbst den Klang meines Namens geliebt.

Er war so glücklich mit ihr gewesen, immer lachend, immer voller Freude. Sie ließ sich in einen Sessel sinken und stützte das Kinn in die Hände, schloß die Augen fest gegen die Tränen. Wie sehr sie sich doch danach sehnte, daß er sie wieder festhielte. Sie war sein Hauptgewinn gewesen, seine Vergötterte. Am Ende war dies alles, was zählte, alles, was das Leben selbst ausmachte: gebraucht zu werden.

Sein Altern war so häßlich, sie konnte sich nicht daran erinnern, daß die anderen ebenso häßlich gewesen sein sollten.

Es hatte solch schöne Zeiten gegeben.

Beispielsweise die Nacht, da sie ihn zum ersten Mal gesehen hatte. Nach Marie-Isabella hatte sie sich dazu entschieden, nach England zu ziehen. Seit fünfundzwanzig Jahren hatte sie niemanden ihrer eigenen Art mehr gesehen. Damals hoffte sie noch, daß sie nach Amerika ausgewandert seien, um sich dort eine weniger durchorganisierte Gemeinschaft zu suchen. Sie war niedergeschlagen von der Einsamkeit, eine ungewollte Kreatur in einer Welt, die sie nicht lieben konnte.

In jener Nacht war es kalt gewesen, der Regen hatte geprasselt und der Wind gepfiffen. Sie spielte mit Lord Hadley, einem närrischen alten Mann. Seine Güter waren riesig und voller Wanderarbeiter und anderer Habenichtse. Sie sehnte sich nach der Freiheit, ungehindert durch solche Ländereien streifen zu können. Gern hatte sie seine Einladung angenommen. Und dann war dieser wunderbare junge Mann beim Abendessen erschienen. Er wies alle wichtigen Anzeichen auf: die Arroganz, die Entschlossenheit, die Intelligenz. Ein menschliches Raubtier.

In derselben Nacht hatte sie ihn an sich gezogen, um dem armen, unerfahrenen Ding ein paar Geheimnisse beizubringen. Die üppige Jagdbeute auf dem Gut konnte warten, nun, da sie sogar seinen Erben besitzen konnte.

Sie hatte sich Räumlichkeiten in der Stadt Hadley gemietet und besuchte ihn jede Nacht. Zwei Wochen später hatte sie mit seinen Infusionen begonnen. Wenn sie doch nur damals schon gewußt hätte, wie schwach er in Wirklichkeit war; eigentlich hätte er am längsten von allen durchhalten sollen. Und wie sah er jetzt aus!

In jenen Tagen hatte sie Gummischläuche und die hohlen Nadeln verwendet, wie sie für Glasbläser hergestellt wurden. Es war ein großer Fortschritt gegenüber der früheren Methode, bei der sie einfach nur ihre Münder eingesetzt und auf das Beste gehofft hatten. Obwohl sie damals nichts von Immunologie verstand und gar nicht erst auf den Gedanken gekommen wäre, ihn auf Gewebeallergie zu prüfen, war John nicht gestorben. Seine Wunde war infiziert worden, doch das geschah stets. Er war bleich geworden, aber auch das war üblich. Anders als so viele andere, überlebte er es. Gemeinsam hatten sie Hadley entvölkert. Der alte Lord hatte sich selbst erhängt. Das Anwesen fiel wieder der Wildnis anheim.

In jenen Tagen war er ein entzücktes Kind gewesen. Sie waren nach London gereist, um sich dort in den frohen gesellschaftlichen Taumel der niedergehenden Regency Periode einzureihen. Gott, wie die Zeiten sich geändert hatten!

John. Sie erinnerte sich an jene Gelegenheit, da er in der Verkleidung eines Polizisten hereingeplatzt war. Und an jenes Mal, als er ihre Opfer in Glasgow ausgesucht und sie erst am nächsten Morgen entdeckt hatte, daß es sich dabei um den Bürgermeister und seine Frau gehandelt hatte.

Sie pflegten mit Hunden auszureiten. Er hatte ihr beigebracht, daß ein Kitzel darin lag, die Furcht herauszufordern. Sie hatte ein kleines bißchen dieser Lektion angenommen, um ihm Freude zu bereiten. Wie prächtig er doch zu Pferde ausgesehen hatte, wenn seine Stiefel in der Morgensonne blitzten. Sie erinnerte sich an das wilde Dahinschnellen der Pferde, an die Gerüche und die Geräusche und sogar an die ungewohnte Süße der Gefahr. Einmal war er in vollem Galopp auf ihr Pferd gesprungen und hatte sie beide in den Graben hinuntergerissen – um dort Liebe mit ihr zu machen, während der Schlamm ihre Oberschenkel umspülte und in der Ferne das Jägerhorn widerhallte.

Sie seufzte und versuchte wieder zu vergessen. Nostalgie war sinnlos – sie mußte hinunter in diesen Keller und sich um diesen armen Mann kümmern.

Kapitel 4

Tom saß bei zunehmender Dunkelheit in seinem Büro. Obwohl es spät war, knisterte er vor Energie. Hutch hatte gerade Sarahs Antrag auf Neuüberprüfung der Budgetverteilung abgelehnt. Noch besser: Er hatte sogar angeordnet, das Projekt zu beenden, die Unterlagen zu versiegeln. Der Krieg war erklärt. Tom konnte Hutch nicht direkt herausfordern, indem er selbst ein Direktoriumstreffen forderte. Sollte Hutchs Entscheidung widerrufen werden, würde dies die Autorität des alten Mannes brechen. Dann konnte Tom näherrücken und ihn ausbooten. Willkommen, der nächste Direktor des Instituts für Schlafforschung!

Er holte eine Zigarre hervor und hielt sie zwischen die Lippen, dann legte er sie beiseite. Eine pro Tag war sein Limit. Wenn er diese hier rauchte, würde er dieses Limit durchbrechen und sich dazu zwingen, seine eigene eiserne Regel zu befolgen: Zwei zu rauchen bedeutet, dafür eine ganze Woche lang auf jede weitere verzichten.

Er sah, wie im Milchglas seiner Tür ein Schatten erschien. Der Knauf rasselte. »Wann findet die Neuüberprüfung statt?« fragte Sarah, als sie eintrat. »Wir sind bereit.«

»Nicht heute nacht. Die Konferenzmitglieder gehen früh nach Hause.«

»Konferenz? Du meinst die Konferenz der Direktoren – des Zentrums? Ich dachte, wir hätten es mit dem Haushaltsausschuß zu tun.«

»Haben wir nicht. Hutch hat eine Neuüberprüfung blokkiert. Mir bleibt nichts anderes übrig, als mich direkt ans Direktorium zu wenden.«

»Darauf bin ich nicht vorbereitet.«

»Zitter nicht so, wenn du redest, meine Liebe. Du bist sehr wohl vorbereitet – und zwar brillant, wie ich dich kenne. Und du kannst auch mich noch vorbereiten.«

»Ich habe das Direktorium ja noch nicht ein einziges Mal *gesehen!*«

»Ich aber. Wahre Teufelskerle. Genau das, was man von drei Weltklasseindustriellen, einem pensionierten Gouverneur und zwei Nobelpreisträgern erwartet.« Er lächelte. »Entschuldige meinen Einschüchterungsversuch. Ich will dich ja nur herausfordern, um noch etwas Besseres zu geben als dein Bestes. Gib mir, was ich brauche, um sie in Grund und Boden zu beeindrucken.«

»Jawohl, der Herr.« Sie salutierte abgehackt. »Soll ich ein neues Kleid anziehen? Aus farbfester Baumwolle?«

»Geh du nur die Daten holen. Denen stelle ich mich schon allein.«

»Gott sei Dank!«

»Nur Mut.« Er lehnte sich zurück und achtete dabei darauf, daß der alte Sessel nicht abknickte. Es würde ein großes Vergnügen sein und ein verdientes dazu, sich selbst ein paar anständige Möbel zuzuweisen. Ein Teil von Hutchs Psychologie bestand darin, dafür zu sorgen, daß er das schlimmste Büro hatte, das heruntergekommenste Mobiliar in der ganzen Klinik. Selbst Gastforscher bekamen bessere Räumlichkeiten.

»Du scheinst mir merkwürdig glücklich zu sein.«

»Das sollte ich auch. Ich glaube, durch diese Sache könnte ich die Leitung bekommen. Wenn das Direktorium erst einmal anfängt, Hutch die Politik des Instituts zu diktieren, wird er gehen müssen. Ich vermute, daß die ohnehin schon darauf warten.«

»Tom, du benutzt mich schon wieder.«

»Du bist nützlich, Geliebte.«

Sie lachte und schüttelte dabei den Kopf. Tom mißfiel der moralische Unterton ihres Einwurfs. Wenn man zum gemeinsamen Nutzen handelte, bedeutete dies nicht, daß man einen anderen benutzte, jedenfalls nicht auf jene Weise, die sie gemeint hatte. »Ich rette deine Karriere.«

»Um deine eigene zu fördern.«

Das war unfair. Er fühlte sich ungerecht behandelt. »Ich

hole uns das, was wir beide wollen, Sarah. Das ist alles, was zählt.«

Ihre Augen waren geschlossen, sie wirkte gequält. »Es ist nur, daß ich diese Seite an dir nicht mag. Sie jagt mir Angst ein. Ich stelle mir nicht gerne vor, wie du über Leichen gehst.«

»Dann mach dir doch selbst etwas vor, ich habe nichts dagegen.«

»Tom, ich schätze, was mich ängstigt, ist, daß ich dich so sehr liebe. Ich fühle mich so verwundbar.«

Er wollte sie festhalten, wollte sie irgendwie beruhigen. Schweigend saßen sie da, der Raum zwischen ihnen schien jede Bewegung unmöglich zu machen.

»Was, wenn du scheiterst?« fragte sie mit ausdrucksloser Stimme.

»Wer ist jetzt hier der Verräter?«

Ihre Hand bewegte sich auf dem Schreibtisch zwischen ihnen. Sie wollte offensichtlich, daß er sie festhielt, er konnte das Glitzern von Tränen in ihren Augen erkennen. »Wir haben beide viel zu verlieren. Du machst daraus eine Sache von Leben und Tod.«

»Das ist es schon immer gewesen. Ich versuche nur, sie zu unserem Vorteil zu nutzen.«

»Das hasse ich auch an dir! Du benutzt doch alles. Mich. Sogar dich selbst. Manchmal sehe ich dich als so ... so dunkel und erschreckend. Du bist jemand, den ich nicht kenne, jemand, der alles täte ... viel zuviel, um zu bekommen, was er will.«

Sie hatten schon oft verschiedene Versionen dieses Gesprächs geführt. Ursprünglich hatte Tom es als die Theatralik einer verunsicherten Frau abgetan, doch in letzter Zeit begann er zu argwöhnen, daß es wesentlich tiefer ging. Sarahs Unsicherheitsgefühle erstreckten sich nicht auf ihren Beruf, so gefährdet ihre Karriere auch sein mochte. Tom fragte sich, wie lange sie als Paar wohl durchhalten würden. Würde sie ihn einst wegen einer solchen Sache verlassen? Er streckte den Arm vor und nahm die Hand. Er wußte, daß sie wartete, war sich aber nicht sicher, worauf genau. Vielleicht wollte sie, daß er protestierte, daß er die Wahrheit dessen leugnete, was sie gesagt hatte. Es sähe Sarah ähnlich, eine Wahrheit als solche zu erkennen und dann zu versuchen, eine verträglichere Illusion an ihre Stelle zu zwingen.

»So bin ich eben«, sagte Tom. »Ich leugne es nicht. Ich will seinen Job. So einfach ist das. Ich bin besser qualifiziert. Und ich werde ihn auch bekommen. Er wird mich daran nicht hindern.« Diese Worte auszusprechen, verlieh ihm eine befriedigende Illusion der Zuversicht. Tatsächlich war ihm jedoch seine eigene Furcht bewußt. Möglicherweise wurde er gefeuert oder, noch schlimmer, aller Macht beraubt, dazu verdammt, so lange Hutchs Laufburschen zu spielen, bis der alte Mann starb.

»Gehen wir irgendwohin und nehmen wir einen Drink. Es ist die richtige Zeit dafür.«

»Hast du das gerade gesagt? Das Labor schon um sieben Uhr abends verlassen? Vielleicht hast du *doch* aufgegeben.«

»Im Augenblick werden die Statistiken über die Veränderung in Methuselahs Blutzusammensetzung berechnet. Es gibt nichts mehr für mich zu tun.«

»Ihr habt noch Zugang zum Computer? Ich dachte, den hätte man inzwischen blockiert.«

»Charlie hat den Code geknackt. Wir sind über seinen Home Computer angeschlossen.«

Tom lächelte. Man mußte einfach stolz darauf sein, mit Leuten wie Sarah und ihrer Gruppe zusammenzuarbeiten. Sie ließ sich nicht durch solche Kleinigkeiten wie Etatbeschneidungen und vor der Nase zugeknallte Türen aufhalten. »Woher kriegt ihr dann den Speicherplatz? Wird der Computer nicht die Programmiergruppe alarmieren?«

»Alles setzt sich aus Dutzenden verschiedener Files zusammen. Ein bißchen hier, ein bißchen dort. Nicht genug, um es zu bemerken – jedenfalls kein Einzelfall.«

»Wieviel Speicherplatz habt ihr denn?«

»Tausend Megabyte.«

Er brach in Gelächter aus. Um auch nur mehr als 500 Megabyte zugewiesen zu bekommen, bedurfte es normalerweise eines Sonderantrags an die Programmiergruppe, einer sechswöchigen Wartezeit und einer speziellen Etatzuweisung. Soviel zum Thema Bürokratie! »Wer kriegt denn bloß die Rechnung dafür, um Gottes willen?«

»Das läuft über Hutchs persönliches Konto. Die Effektivkosten betragen tausendachthundert Dollar pro Stunde.«

»Ich hoffe, daß das nicht stimmt. Sonst landet er noch im Gefängnis, weil er Computerzeit gestohlen hat.«

»Das wäre köstlich. Die Wahrheit ist aber leider etwas prosaischer.«

»Darf ich es erfahren?«

»Nein.«

Das wußte er zu respektieren. Sie hatte sich Zugang zu einem substantiellen Teil der enormen Computermacht des Riverside verschafft. Je weniger Menschen davon wußten, um so besser. Ganz zu schweigen von der Sicherheit, die ein solches Nichtwissen bescherte.

Im Fahrstuhl auf dem Weg nach unten sprachen sie nicht. Das Foyer war ruhig, als sie zur Ausgangstür hinübergingen. Auf der York Avenue rief er ein Taxi. »Wie wär's, wenn wir uns etwas kommen ließen?«

»Chinesisch?«

»Abgemacht.« Im Augenblick würde er keine deprimierende Bar ertragen. Er begehrte Sarah sehr stark. Der Gedanke daran, sie zu verlieren, war wie Eis in seinem Geist. Er liebte sie so sehr. Im Augenblick wollte er auf dem Sitz zu ihr hinüberrutschen, den Arm um sie legen, um die Barriere zwischen ihnen zerschmelzen zu lassen. Am Tag war sie so forsch und professionell und kalt. Am Abend wollte er eine andere Sarah, eine, die ihn beschützen würde. Er beobachtete ihr sanftes, angespanntes Gesicht, die leichte Kurve ihres Busens, roch ihr schwaches Parfüm und sehnte sich nach ihr.

Die harten Worte, die sie in seinem Büro gesagt hatte, kehrten in seine Erinnerung zurück. ›Du benutzt alles. Mich. Dich selbst.‹ War das wirklich wahr? Mußte er so von sich denken? Wenn es wahr sein sollte, so war es nichts, wogegen er etwas hätte tun können.

»Ich liebe dich.« Er sagte es leise, damit der Taxifahrer es nicht hören konnte. Intimitäten in der Öffentlichkeit irritierten Sarah.

Sie lächelte kurz, gestattete ihm, ihre Hand mit seiner zu bedecken.

»Liebe löst viele Probleme«, sagte er.

Sie schwieg einen langen Augenblick. »Sie überlebt sie.«

Er wünschte ihr Glück und ihren Erfolg so sehr herbei. Sie hatte eine außerordentliche Entdeckung gemacht, dessen war er sich sicher. Er wollte, daß sie den süßen Geschmack der Anerkennung erfuhr, daß sie alle Vorteile bekam, die eine solche Sache einbringen konnte. »Ich will dir helfen, Sarah«, sagte er. »So gern!«

Sie lächelte großherzig. »Ich wünschte, Hutch könnte dich jetzt hören. Entsetzt wäre der.«

»Linke oder rechte Seite?« fragte der Taxifahrer.

»Das Gebäude auf der Linken. Das hohe dort.«

Das große blaue Excelsior-Towers-Zeichen glühte in der dunkler werdenden Nacht. Eine ältere Frau mit einem Hund kam hervor, die spinnengleiche Kreatur trabte an ihrer Seite. Alex beschnüffelte auf seinem Posten neben der Tür gerade eine Zigarre. Er entzündete sie, nahm einen tiefen Zug. Mit der Gier des Zukurzgekommenen beobachtete Tom es; er neidete dem Mann seine Achtlosigkeit gegenüber seiner eigenen Gesundheit. Sie stiegen aus dem Taxi.

»Guten Abend, Doktoren«, sagte Alex um seine Zigarre herum. Tom ertrug den Geruch der Rauchschwade nicht, die auf ihn zukam. Wenigstens war es ein billiges Stück, es fehlte ihm das angenehme Aroma einer guten Montecristo. Gott sei Dank.

»Angewohnheiten sind etwas Schreckliches«, sagte Tom, als sich hinter ihnen die Fahrstuhltüren schlossen.

»Ich habe mich schon gefragt, wie du es empfunden hast.«

»Schlimm.«

»Wie viele hast du heute schon?«

Er hob einen Finger. Sie griff hinauf, nahm seine Hand und schüttelte sie. »Es fällt überraschend schwer«, sagte er. »Der Körper will seine Dosis haben.«

»Ich weiß. Ich habe zwei Jahre gebraucht, um das Zigarettenrauchen aufzugeben. Das und meinen Vater.«

Tom war Thomas Roberts nie begegnet. Er war gestorben, bevor er und Sarah sich wirklich kennengelernt hatten. Lungenkrebs, hatte sie gesagt.

Sarah folgte ihm in das Apartment, blieb kurz stehen, um ihren Regenmantel in den Schrank zu hängen. Er machte das Licht im Wohnzimmer an. Sie trat neben ihn. »Mir gefällt unsere Wohnung«, sagte er. Sie nickte. »Sarah, darf ich dich küssen?« Sie wandte sich ihm zu, legte ihm die Hände auf die Schultern. Er beugte sich über sie, sah einige lange, wenige Sekunden in ihre Augen, dann suchte er ihre Lippen. Die warme Lieblichkeit ihrer Küsse gab ihm stets neue Kraft. Es war, als wollte sein Körper tun, was sein Herz nicht vermochte: ein für alle Male ihre Liebe zu besiegeln.

»Glaubst du wirklich, daß ich dich liebe?« fragte er plötzlich. Die Frage platzte aus ihm hervor, noch bevor er darüber nachdenken konnte. Er wünschte, daß er sie nicht gestellt hätte. Möglicherweise war es eine Frage, auf die er lieber keine Antwort bekommen wollte.

»Ich weiß, daß du es tust.«

Er versuchte wieder, sie zu küssen, aber sie wandte sich ab. Sein erster Impuls war, sie zu zwingen. Wütend auf sich selbst, unterdrückte er ihn. Doch sie hatte seinen Zorn gespürt und stand still und klein da, mit vorgerecktem Kinn, die Hände ineinander verschlungen. »Nicht jetzt«, sagte sie.

»Ich werde dir nicht weh tun.«

Sie lachte, als wollte sie ihm versichern, daß sie ihm traute. »Tom, wenn unsere Berufe nicht so miteinander verzahnt wären... wenn meiner im Weg wäre... was würdest du dann tun?«

Er streckte den Arm vor, nahm ihre Hand. »Sie sind aber

miteinander verzahnt. Was sollen wir uns da also Sorgen machen. Wir sind in einer perfekten Lage. Indem ich deine Karriere rette, mache ich selbst welche.«

»Aber was, wenn es das Gegenteil wäre? Das ist die Frage, die du nicht beantworten willst.«

»Ich gefährde mich ja sowieso schon.«

Sie schüttelte den Kopf. »Ich liebe dich, Tom. Gott steh mir bei, aber ich tue es.« Sie trat zu ihm, ihre Stirn war auf seiner Augenhöhe. Er küßte sie, dann zog er sie an sich heran, fühlte, wie klein ihr Körper war, beunruhigt von ihrer Verwundbarkeit, auf rätselhafte Weise angenehm berührt.

Sie ließ es zu, daß er sie vom Boden hob, sich zu ihrem emporgereckten Gesicht niederbeugte. Er küßte sie lang und hart, wie um den Raum zwischen ihnen fortzuküssen, wünschte, er könnte es, wollte, daß seine Liebe ihre Zweifel beiseite fegte und sie für immer an ihn band.

»Oh, Sarah. Du bist so schön. Ich kann nicht glauben, daß eine solch schöne Frau sich für mich interessiert.«

»Setz mich wieder ab und mach dich gefälligst nicht kleiner, als du bist. Du bist auch nicht gerade häßlich.«

Er lächelte. »Nicht gerde.« Sanft strich sie mit der Hand über seine Wange, es war eine mahnende Geste. »Ich meinte nicht mein körperliches Aussehen. Ich kann nicht ganz...« Er hielt inne, stellte fest, daß er nicht sagen wollte, daß er ihre Liebe nicht beherrschen konnte.

»Ich liebe dich wirklich. Das ist nichts, was ich leichtfertig sage.«

Er nickte, küßte sie kurz. »Gehen wir ins Bett«, murmelte er in die Wärme ihres Haars hinein.

»Ich möchte erst das chinesische Essen bestellen. Dann können wir es tun.«

»Jetzt.«

Lachend zog sie ihn von sich. »Zieh doch unsere Freude ein wenig in die Länge. Gönnen wir uns ein bißchen Vorfreude.«

Er fühlte sich auf subtile Weise abgelehnt. »Ich gehe, meine Dusche nehmen«, sagte er, seinen Schmerz verbergend. Wenn sie ihn wirklich gewollt hätte, wäre es ihr nicht möglich gewesen, seiner Einladung zu widerstehen. Er überließ es ihr, das Menü für ihr chinesisches Essen zusammenzustellen, und ging ins Schlafzimmer, wo er sich entkleidete.

Als er unter der warmen Dusche stand, fühlte er sich schon besser, wie die Dampfwolken um ihn herum aufstiegen und seine Haut prickeln ließen. Unter der Dusche konnte er seine Enttäuschungen vergessen, seine Ängste. Dennoch kehrte er in Gedanken zu der Klinik zurück. Er war davon überzeugt, daß dort gerade eine absolut ungewöhnliche Entdeckung im Gange war. Würde die Sache immer weiter wachsen, bis sie sie verzehrt und ihn in den Schatten gestellt hatte? Noch nie hatte ihre Liebe so zerbrechlich oder so schrecklich wichtig gewirkt.

Ein Schatten bewegte sich auf der anderen Seite des Duschvorhangs. Sie war da, wieder glücklich, glitt nackt hinein, das Wasser prallte gegen ihren wunderschönen, herrlichen Körper, lief seine Kurven hinab, strömte zwischen ihren Brüsten, sprang von den Warzen. »Ich dachte, du könntest ein wenig Hilfe gebrauchen«, sagte sie, nahm die Seife aus der Schale und hob den Waschlappen auf.

Sie war zu ihm gekommen. Beinahe hätte er laut losgelacht. Doch er tat es nicht und ließ sich statt dessen auf das vertraute kleine Spiel ein, das sie unter der Dusche zu spielen pflegten. »Von mir ist nur ein Körperteil schmutzig.«

»Welcher Körperteil?« Streng, mit hochgehobenen Augenbrauen, das Gesicht leuchtend.

Er hatte sein Glied hinter seinen Händen versteckt. Nun entfernte er sie.

»Oh! Sieht aus wie eine Bratwurst.«

»Dann iß sie doch auf.«

»Damit mein Haar naß wird? Da kannst du lange drauf warten. Aber ich werde sie saubermachen, da du ja sagst, sie wäre schmutzig.«

Er genoß diese Duschen gewaltig. Sie wusch ihn langsam, sinnlich, konzentrierte sich auf die empfindlichsten Stellen, im Gesicht den sanftesten, lieblichsten Ausdruck, den man sich vorstellen konnte. Und als er sie wusch, ihren ganzen Körper berührend, das Leben ihres Fleisches unter seinen Händen spürend, war es wie ein Wunder.

Danach war sie errötet, ihre Augen funkelten. Er wußte, daß sie schrecklich erregt war, und er neckte sie. »Hast du das chinesische Essen bestellt?«

»Na klar. Ach, *verdammt!* Ich schätze, wir werden wohl warten müssen.«

»Wirklich?« Er ging zu ihr, hob sie auf und lehnte sich zurück.

»Tom, nicht«, sagte sie. Er bemerkte, daß sie sich nicht wehrte. Zweifellos fürchtete sie, daß er sonst sein Gleichgewicht verlieren würde. »To-o-m.« Stehend drang er in sie ein, seine Beine gespreizt, die Arme um ihre Hüfte gelegt. Ihre Füße baumelten wenige Zentimeter über dem Boden. »Tom, du Verrückter, laß mich runter!«

»Das chinesische Essen kommt gleich.«

»Ach, *Tom!*«

Er ertrug es nicht mehr. Er setzte sie ab, doch nur weil es unmöglich war, so lange stehen zu bleiben, wie sie waren, um den Akt zu vollziehen. »Marsch, in das Bett da«, sagte er knurrig. Sie lief zur Bettkante hinüber.

»Tom...« sie legte ihre Hände auf seine Wangen. »Glaube nie, daß ich dich nicht liebe.« Sie küßte ihn hungrig, zog ihn auf sich herab. Die ersten paar Augenblicke machten sie langsam Liebe, dann wurde es intensiver. In Stufen wurde der Akt heftiger. Sarah schwitzte, verdrehte die geschlossenen Augen, schrie auf und vergrub ihre Finger in seinem Rücken. Er fuhr fort, treibend, gnadenlos, einen regelmäßigen Rhythmus einhaltend. Endlich stieß sie einen lauten Schrei aus, riß die Augen auf, pumpte wild mit den Beinen, schrie erneut und war ruhig. Er folgte ihr in diesen gipfelnden, unschuldigen Akt, sank nieder in ihr heißes, schweißnasses Fleisch, rief ihren Namen in einer Ekstase der Erfüllung und... der Sehnsucht.

Die Barriere blieb.

Er sah sie an, wie sie nun neben ihm lag. »Sarah...«

»Pst!« Sie kicherte etwas, küßte seine Nasenpsitze. Sie mußte die Barriere ebenfalls spüren; das bewiesen die Tränen in ihren Augen. »Tom, ich liebe dich.«

Sie konnte ewig wiederholt werden, diese Evokation einer falschen Magie. Er wollte fragen, wollte von ihr verlangen, daß sie ihm sagte, was fehlte. Es tat höllisch weh, daran zu denken, wieviel er von sich selbst gegeben hatte, wieviel sie von sich selbst gegeben hatte – und daß dies das Endergebnis sein sollte. Gute Zeiten im Bett, sehr viel gemeinsamer Spaß. Prima, doch wenn sie einander liebten, warum glaubte dann keiner von ihnen wirklich daran?

Tom war dankbar, als der Summer ertönte. »Wir haben es gerade noch geschafft«, sagte er. »Da kommt das Essen.«

»Wir hätten warten sollen.«

»Konnten wir nicht.«

Sie lachte, stand auf und warf einen Bademantel um sich. »Wo ist deine Brieftasche? Ich habe keinen einzigen Cent.«

»In meiner Tasche.« Er sah zu, wie sie auf dem Boden herumwühlte, das Geld nahm. Sie nahm das Essen entgegen und stellte es auf den Tisch in ihrem kleinen Eßzimmer. Er folgte ihr, immer noch nackt. Sie waren hungrig und aßen alles auf, obwohl sie wie üblich zuviel bestellt hatte.

Tom begann zu frieren und legte seinen Bademantel an. Nach dem Essen saßen sie eine Weile da und versuchten erfolglos fernzusehen. »Du bist sehr still«, sagte er schließlich. Er hatte fast Angst, das Schweigen zu brechen. Und doch fürchtete er sich noch mehr davor zuzulassen, daß es bestehenblieb.

»Ich denke über das Labor nach«, sagte sie und zog die Knie unter das Kinn, um die Hände darum zu verschränken. »Ich denke daran, was in Gottes Namen mit diesem Rhesus passiert ist.«

»Sogar jetzt noch?«

Sie sah ihn an, ihr Gesicht ein Ausdruck des Staunens. »Warum nicht? Wir sind doch fertig mit dem Liebemachen, nicht wahr?«

»Wenn du meinst.«

»Tom, ich bin immer bereit für dich. Denke bloß nie, daß ich es nicht wäre.«

»Ich weiß, daß ich körperlicher veranlagt bin.«

»Ja, aber das bedeutet nicht, daß ich deine Liebe nicht willkommen heißen würde. Es ist nur, daß wir fertig waren. Natürlich möchte ich über das Labor reden. Das ist doch der Rest meines Lebens. Und wenn Hutch...«

»Den habe ich ausgeschaltet. Diese Sache ist so groß, daß sie ihn glatt plattwalzen wird. Du wirst deine Mittel bekommen.«

»Ich hoffe es.«

»Vertraue mir. Ich werde die Sache schon wieder zusammenschustern.«

»Ich vertraue dir.« Sie glitt über die Couch und kuschelte sich in seine Armbeuge. »Ich vertraue dir ausdrücklich.«

Es war soviel Ernsthaftigkeit in ihrem Ton, daß seine Ängste beinahe besiegt worden wären. »Dazu hast du auch jeden Grund«, sagte er. »Ich würde eher sterben, als dich im Stich zu lassen.«

Sie küßte seine Hand. »Das ist es auch, was so schön an dir ist. Das ist wirklich wahr, jedes einzelne Wort.«

Zumindest in diesem Augenblick bezweifelte er es nicht. »Es ist wahr«, sagte er.

Schweigend saßen sie da, eng beieinander. Die einzigen Geräusche kamen von außen, Sirenen in der Ferne, ein gelegentliches Hupen, das Seufzen des Windes. »Ich glaube, daß wir es in gewissem Sinne vermieden haben, über das Labor zu reden«, meinte Sarah schließlich. »Ich weiß jedenfalls, daß ich es getan habe.«

Tom wußte genau, was sie meinte. Das Labor war ein Ort des Todes. Er nickte und blieb stumm.

»Ich kann es immer noch nicht glauben. Als Phänomen, meine ich. Welcher Faktor kann nur einen derartig starken Verfall bewirkt haben? Und so schnell! Es war entsetzlich anzusehen.«

»Es wird ein großer Durchbruch werden, Sarah. Ein großer Fortschritt.«

»Ja, aber wohin? Am Ende ... bevor er starb, meine ich ... war dieser Affe das brutalste Wesen, das ich je gesehen habe. Ich habe den Blick in seinem Gesicht wahrgenommen. Ich habe direkt in diese Augen geblickt. Tom, der Haß, den ich dort gesehen habe, war kein tierischer Haß – und auch kein menschlicher. Er war etwas Fremdartiges, etwas jenseits all dessen, was wir kennen oder jemals erlebt haben. Es war der Haß des Ungeheuers auf das Normale.«

»Bildest du dir da nicht etwas ein?«

Vehement schüttelte sie den Kopf. »Ich habe diesen Rhesusaffen in etwas Wildes verwandelt. Das kann ich kaum noch Einbildung nennen.«

Es war drei Uhr morgens als der *Schlaf* Miriam wieder freigab. Einmal mehr befand sie sich in der Dachkammer, die Tür war verriegelt. Sie öffnete die Augen. Der Raum war mit dichter Dunkelheit erfüllt. Absolute Schwärze, aber eine nicht ganz so absolute Stille. Überall um sie herum war knarrende Bewegung, flüsterndes, sich verschiebendes Geräusch, der Lärm endloser winziger Bewegungen. Es war entsetzlich, an sie zu denken, dort in ihren Kisten, daran, wie eng neben ihnen sie *geschlafen* hatte. Sie schaltete das Licht an. Trotz des hellen Lichts und der offensichtlichen Verschlossenheit der Kisten überkam sie die Platzangst. Sie hastete aus dem winzigen Raum, durchquerte das Dachgeschoß und eilte die Treppe hinab. Nun blieb sie stehen, um zu lauschen. Bevor sie weiterging, mußte sie erst John orten.

Miriams Gehör war sehr scharf. Sie zweifelte nicht daran, daß er gegangen war. Der Ofen im Keller war noch nicht ganz kalt, und schon war er wieder auf der Jagd. Sie blickte auf ihre Uhr. Es war weniger als achtzehn Stunden her, seitdem er das Kind aus der Nachbarschaft genommen hatte. Schon bald würde er so zerbrechlich sein wie Papier und würde sich mühelos in seine Kiste einsperren lassen.

Sie hoffte, daß er bei dieser Jagd etwas verantwortungsbewußter vorgehen würde. Die erste Regel des Überlebens lautete, daß man nur die Ungewollten nahm. Sonst ließ die Polizei einfach nicht mehr locker. Es war besonders töricht, in diesem Zeitalter junge Kinder zu nehmen.

Sie ging hinunter zur Bibliothek und öffnete das Wandpaneel, das ihr den Zugang zur Sicherheitsanlage freigab. Die Außenalarmanlagen waren eingeschaltet, die elektrostatischen Schilde jedoch nicht. Sie aktivierte sie. Wenn er sich heranschleichen und versuchen sollte, durch die Tür zu kommen, würde sie ihn lange genug betäuben, um ihr das zu ermöglichen, was sie tun mußte.

Nun holte sie einige Informationen über Excelsior Towers hervor, die sie von dem Makler erhalten hatte. Sorgfältig musterte sie den Grundriß eines Apartments, das mit jenem von Sarah Roberts identisch war, und prägte sich alles ein.

Die nächste Stufe der Infiltration in Sarahs Leben bestand darin, sie *zu berühren*. Der menschliche *Berührungs*-Sinn war verkümmert. Sie nannten es außersinnliche Wahrnehmung und gingen fälschlicherweise davon aus, daß es sich dabei um eine Form der Gedankenleserei handele. Tatsächlich war es eher eine Methode, Gefühle miteinander zu teilen. *Berührung* konnte eine wunderschöne Kommunion der Herzen sein oder, wenn der sie beherrschende Partner es wünschte, das Aufeinandertreffen von Alpträumen.

Um Sarahs Sensitivität gegenüber der Berührung zu wekken, war enger physischer Kontakt notwendig, Kontakt von jener Art, der Leidenschaft erregte. Miriam faltete den Grundriß zusammen und ging im Geiste durch, wie sie zum Gebäude selbst gelangen wollte. Bis auf die außerordentlich schwierigen wenigen Minuten im Apartment würde das Eindringen und Verschwinden reine Routine werden.

Miriam ging zu Fuß, um der Entlarvung aus dem Weg zu gehen, die bei der Benützung von Taxi oder Bus drohte. Zu dieser Stunde war das Unfallrisiko auf den Straßen niedrig, dafür war aber auch das Risiko um so größer, daß ein Fahrer sich an einen erinnerte. Was Überfälle anging, so stand sie ihnen indifferent gegenüber. Gelegentlich hatte sie die sie Überfallenden verzehrt, wenn diese versuchten, sie auszurauben. Der Mensch stellte für sie nur selten eine Bedrodrohung dar, zumindest nicht auf der einfachen körperlichen Ebene.

In zwei Stunden und vierzehn Minuten würde es dämmern, das erste Licht würde ungefähr zwanzig Minuten vorher erscheinen. Sie schritt forsch aus, ein Tempo einhaltend, mit dem sie kurz vor Sonnenaufgang wieder zu Hause sein würde. Ihr schwarzer Hut und ihr Regenmantel schimmerten vom Nebel, ihre Stiefel platschten durch die dunklen Pfützen. Der Marsch würde eine halbe Stunde dauern. Fünfzehn Minuten würde sie darauf verwenden, in das Gebäude zu gelangen. Sie würde weitere fünfzehn Minuten im Apartment selbst zur Verfügung haben. Es würde etwas knapp werden; möglicherweise würde es auf dem Rückweg ein kleines bißchen hell sein. Sie schritt unter der Queensboro Bridge hindurch, verließ Sutton Place und wandte sich auf der York Avenue nach Norden. Die Häuserblocks jagten vorbei, sie hielt ein schnelles Tempo aufrecht. Einmal erschien weit vor ihr eine Gestalt, doch davon abgesehen blieb die Straße leer. Sie kam an dunklen Geschäften vorbei, an verschlossenen Hauseingängen und geparkten Wagen. Über ihr hatte der Mond vor schweren Wolken kapituliert. Obwohl die Luft windstill war, jagten die Wolken nordwärts und fegten mit ihren unteren Rändern die Gipfel der Stadt. Ein weiterer Sturm braute sich zusammen, kam von Süden.

Es war leicht, in solche ›sicheren‹ Luxusbauten einzubrechen, und sie hatte schon bald eine gute Methode ausfindig gemacht, um in dieses einzudringen. Am Ende einer schmalen Seitenstraße gab es einen Wartungseingang. Die Tür war natürlich verschlossen, doch Miriam würde keine Schwierigkeiten mit dem vertrauten Sprungbolzen von Loktite haben.

Sie glitt in die Lichtpfütze vor der Tür, schnell arbeitend, bis sie das Klicken des Schlosses hörte. Dann betrat sie den Maschinenraum des Gebäudes. Drinnen war es fast dunkel. Die Hände auf Augenhöhe ausstreckend, um tiefhängenden Röhren aus dem Weg zu gehen, bewegte sie sich vorsichtig durch den Raum, dann betrat sie den eigentlichen Kellertrakt. Hier war das Licht hell und hart. Ein paar Stockwerke ging sie die Treppen zu Fuß hinauf – in dieser Stunde einen Fahrstuhl in den Keller zu rufen, würde mit Sicherheit die Gebäudewache alarmieren. Sie hatte das Gefühl, daß der dritte Stock hoch genug war, um keinen Verdacht zu erregen, und nahm von dort einen Fahrstuhl.

Als sie Sarahs Etage erreicht hatte, öffnete sie die Tür zur Feuerleiter, damit es kein Klicken gab, wenn sie sie benötigen sollte. Der Gang war still. Ihre Füße flüsterten über den braunen Teppich, ihr Schatten ging ihr erst voraus und folgte ihr dann nach, als sie unter den Lampen hindurchschritt.

Sie lehnte sich eng an die Apartmenttür und holte ihren Zylinderdietrich hervor, ein sieben Zentimeter langes Drahtgestell der Stärke zwei. Mit geschlossenen Augen fuhr sie mit dem Draht in das Schloß, hob die Schutzbleche und drehte die Zylinder. Ein solches Schloß war etwas delikater als der primitive Mechanismus an der Hintertür. Sie konnte bei Bedarf vor ihrem inneren Auge die Grundstruktur aller Modelle aller Schlössermarken heraufbeschwören, die in den Vereinigten Staaten verwendet wurden. Manche davon mochten sie eine Zeitlang bremsen, und einige wenige konnten sie sogar völlig aufhalten. Doch die meisten gaben bald genug nach, wie auch dieses hier.

Als nächstes ließ sie eine Kreditkarte in die Türritze gleiten und preßte damit die Zunge des Schlosses zurück. Die Tür schwang ein Stück auf und sie ersetzte die Kreditkarte durch Isolierband. Nun zu der Kette. Diesmal verwendete sie ein weiteres Stück Draht, die schwerere Stärke Nummer sechs; sie schlang es um das Ende der Kette, um diese ihre Schiene entlangzuschieben. Während die Kette zurückglitt, zog Miriam die Tür zu. Einen Augenblick später hörte sie ein Klikken und Rasseln. Die Kette war aus der Halterung gefallen.

Sofort verschwand sie in der Wohnung und vergaß auch nicht, das Isolierband zu entfernen, damit niemand von außen etwas sehen konnte. Nun folgte sie ihrer langbewährten Prozedur beim Betreten eines bewohnten Heims. Als erstes preßte sie die Augen zusammen und lauschte. Zur Linken hörte sie Atmen. Das mußten Sarah und Tom im Schlafzimmer sein, ihren Atemrhythmus zufolge auf Schlafstufe drei. Das hatte sie aus Sarahs eigenem Buch gelernt. Als nächstes blickte sie sich um. Während sie geschlossen geblieben waren, hatten die Augen sich an die Dunkelheit gewöhnt. Sie merkte sich einen Sessel, der einer schnellen Flucht durch das Schlafzimmer im Wege stand, bemerkte den Laborkittel auf dem Flurboden. Es war ein schlichtes Apartment mit einem Schlafzimmer und einem Eßzimmer. Sarah und Tom waren allein, wovon sie sich bereits überzeugt hatte.

Nun führte sie die letzte Überprüfung ihrer Umgebung durch: die des Geruchs. Sie atmete tief ein und identifizierte die schwachen Gerüche von chinesischem Essen und Wein und verschwitzten Körpern. Sie hatten gespeist und Liebe gemacht.

Sie bewegte sich in Richtung Schlafzimmer, blieb alle paar Schritte stehen. Es war absolute Vorsicht vonnöten. Fehler würde sie nicht dadurch vertuschen können, indem sie die Opfer ihres Eindringens tötete. Sie wußte sehr viel über Sarah Roberts, bis zu ihrer Körpergröße und ihrem Gewicht. Doch hatte sie nicht genug Zeit zur Verfügung gehabt, um ihre persönlichen Angewohnheiten zu studieren. Was Tom Haver angeht, so war ihre Information noch vager. Hoffentlich genügte es für ihre Zwecke. Er war nicht nützlich für sie, weil ihm die tiefsitzenden Blutinstinkte des wahren Raubtiers fehlten, dennoch würde sie sich mit ihm auseinandersetzen müssen. Wie viele Menschen seiner Art versteckte er seine innere Weichheit hinter einem Mantel aus vorgetäuschter Aggressivität. Als sie die Schlafzimmertür erreichte, konnte sie die mächtigen Ausdünstungen von menschlichem Sex riechen. Ihr Liebemachen war intensiv gewesen, voller Leidenschaft. Sie verfluchte es. Sarah würde für andere Lieben gebraucht; Havers Gegenwart war eindeutig lästig.

Miriam schritt zu dem Bett hinüber, setzte sich daneben nieder und musterte ihr Opfer. Das hier war wie ein reifer kleiner Apfel. Ganz vorsichtig zog Miriam das Bettzeug zurück und legte den wohlgerundeten Körper der Frau frei. Sie sehnte sich danach, das Leben daraus zu saugen, doch stattdessen beugte sie sich näher vor, atmete sein scharfes, feuchtes Aroma ein, lauschte seinen leisen Geräuschen: dem ein- und ausströmenden Atem, dem langsam schlagenden Herz, dem leichten Verschieben des Torso auf den Laken. Neben Sarah regte sich Tom Haver, doch das bedeutete nichts. Sein Schlaf blieb ungestört.

Um mit der *Berührung* zu beginnen, die in Sarahs Träume eindringen würde, nahm sie ihre Hand, die von der Bettkante herabbaumelte, und fuhr mit den Lippen über den Rücken, küßte sie leicht und streifte sie mit ihrer Zunge. Sarah atmete tief ein. Miriam hielt eine Weile inne, dann beugte sie sich dicht zu Sarah hinab und atmete ihren Atem ein, roch, wie seine scharfe Wärme sich mit ihrer vermengte. Sarahs Kopf bewegte sich, und sie stöhnte. Ihre rechte Brust war freigelegt und Miriam hielt sie kurz in der Hand, dann ließ sie die Handfläche über die Brustwarze gleiten und zurück, bis diese sich aufstellte. Sie nahm die Brustwarze zwischen zwei lange Fingernägel und drückte sie, bis Sarah den Kopf herumwarf. Der Mund der Frau hing schlaff offen. Miriam bedeckte ihn mit ihrem eigenen, preßte mit größter Sorgfalt ihre Zunge gegen Sarahs. Eine halbe Minute lang verharrte sie so, spürte die leisen Bewegungen von Sarahs Zunge, die ihre unbewußte Erregung andeuteten. Dann zog sie sich zurück und lauschte erneut. Tom befand sich immer noch auf Schlafstufe drei. Sarah war fast wach, sie machte beim Träumen leise Geräusche. Miriam fühlte sich nun stark zu ihr hingezogen und konnte ihre leuchtenden Träume fast vor ihrem eigenen geistigen Auge wahrnehmen.

Bald vertiefte sich Sarahs Schlaf wieder. Langsam und sanft ließ Miriam die Hände zwischen Sarahs Schenkel gleiten und teilte ihre Beine. Mit schneller Bewegung zum sofortigen Rückzug bereit, beugte sie den Kopf vor und küßte das heiße, duftende Fleisch, preßte ihre Zunge einmal hart an jene Stelle, wo Sarah die höchste Freude empfinden würde. Sarah krümmte den Rücken und schrie auf, und sofort zog sich Miriam ins Wohnzimmer zurück.

Ihr Herz klopfte. Schnell blickte sie zur Wohnungstür hinüber. In wenigen Augenblicken, nachdem sie sich beruhigt hatte, konnte sie fliehen. Doch noch nicht jetzt. Schon das leiseste Geräusch würde sie beide alarmieren.

»Tom? Oh...«

»Ja?«

»Oh, ich liebe dich...«

»Mmm.«

Ein Knarren, als einer der beiden seine Lage veränderte. Miriams Geist *berührte* nun den Geist Sarahs, der jetzt sensitiv auf den kürzlichen Kontakt ihrer Körper reagierte. Sie konnte die lodernde Intensität der Leidenschaft spüren, die sie in ihr geweckt hatte, und fühlte auch die verwirrte Frage, die sie umhüllte.

»Tom? Bist du wach?«

»Wenn du meinst.«

In diesem Augenblick stach ein Lichtstrahl durchs Zimmer und traf Miriam wie ein Schlag mitten ins Gesicht. Sofort wich sie in den Schatten zurück. Die kleine Närrin hatte ihre Nachttischlampe angestellt! Sie hätte sie ohrfeigen können.

»Ich fühle mich komisch. Ich hatte einen seltsamen Traum.«

»Es ist vier Uhr morgens.«

»Mir ist irgendwie übel.«

Sarah stand auf und kam durch den Gang, im Badezimmer schaltete sie eine weitere Lampe an. Sie war eine attraktive Kreatur. Miriam mochte sie sehr viel mehr, als sie erwartet hatte. Es war eine bestimmte Eigenschaft an ihr – ein offensichtlicher Hunger nach Vergnügen, den Miriam sehr anziehend fand. Sie fühlte sich wohler in der Gegenwart von Menschen, die ihre Lust nicht beherrschen konnten, weil diese sich leichter in ihre Gewalt bringen ließen.

Sie sah, wie Sarah sich auf die Toilette setzte, das Kinn auf die Hände gestemmt, mit gerunzelter Stirn die Wand vor sich musternd. Im fluoreszierenden Licht konnte Miriam deutlich die Röte der Erregung in ihrem Gesicht ausmachen.

Einen Augenblick später spreizte Sarah die Beine und legte

die Hand über ihre Scheide. Sinnlich, die Beine vor und zurückreibend, eine Hand über der Scheide bewegend und mit der anderen ihre Brüste streichelnd, masturbierte sie.

Zwei Meter entfernt aus der Dunkelheit *berührte* Miriam sie und *berührte* sie wieder, zwang Bilder von weichem Frauenfleisch, glattem Fleisch, in Sarahs Geist, ließ sie sich vor Verlangen winden, noch während sie sich selbst befriedigte. Schließlich warf Sarah den Kopf zurück und flüsterte: »Küß mich.« Dann eilte sie geduckt, den Bademantel am Hals zusammenhaltend, zurück ins Bett zu Tom.

Das war es also, was unter der Brillanz und der Unabhängigkeit lag: Hunger, roh und unerfüllt, nach einem wahrhaft leidenschaftlichen Liebespartner. Miriam war stolz auf sich. Das war ein äußerst erfolgreicher Anfang gewesen. Nun, da ihr inneres Selbst erweckt worden war, würde Sarahs Hunger wachsen und sich ausdehnen, so schön in ihrem Herzen wie eine Blume, so gnadenlos wie ein Krebsgeschwür, bis ihr ihr ganzes Leben unvollkommen erschien.

Dann würde Miriam zu ihr kommen, und Sarah würde das Gefühl haben, was alle hatten: daß sie der wunderbarsten, der besten Freundin ihres Lebens begegnet sei. John hatte es vor vielen langen Jahren einmal gesagt, wie er im verlassenen Ballsaal des Hauses seiner Vorfahren gestanden hatte, nackt zwischen der verrottenden Seide, zitternd, als der Abendwind das Moor hinabwehte und durch die klaffenden Fenster kam. »Miriam, du gibst mir das Gefühl, nach Hause gekommen zu sein.«

Sarah erwachte, kurz bevor der Wecker losging. Da sie Tom kannte, ließ sie den Wecker klingeln. Sie warf die Laken ab, die sie beide bedeckten, und begann sich anzuziehen, überließ ihm die Uhr.

Nach ungefähr dreißig Sekunden griff er danach, schaltete sie ab und setzte sich im Bett auf. Er brachte ein Stöhnen hervor. Zum würzigen chinesischen Essen hatten sie Wein getrunken und danach eine ruhelose Nacht verbracht.

Mehr oder weniger angezogen begab Sarah sich in die Küche und setzte Kaffee auf. Sie stand inmitten der Dinge ihrer Welt da: ein zischender alter Kaffeeautomat mit verkohltem Griff, chinesische Essenskartons im Waschbecken, ein summender Kühlschrank, rasselnder Wind im Küchenfenster. Ihr Geist glitt plötzlich zu einer schauererregenden Erinnerung hinüber, dem hochintensiven Überrest eines Traums.

Es war beunruhigend, mit solcher Lust von einer Frau geträumt zu haben. Alles, was übrigblieb, war das Abbild von hellem Fleisch, schmollenden Augen und feuchten Lippen sowie ihr süßer Geruch. Sarah erschauerte. Probehalber goß sie eine halbe Tasse Kaffee ein. Er war immer noch schwach, aber sie wollte nicht länger warten. Mit der Tasse in der Hand schritt sie zurück ins Schlafzimmer, um sich mit den Tagesvorbereitungen zu beschäftigen. Der Traum hatte ihr wenigstens das Verlangen beschert, sich noch energischer als sonst in die Arbeit zu stürzen, und sei es nur, um das verdammte Ding zu vergessen.

»Beeilung, Doktor«, schrie sie die geschlossene Badezimmertür an.

»Ich brauche eine Zigarre«, sagte er, als er herauskam.

»Dann iß doch eine.«

Er nahm sie in die Arme. Sie war sich seiner nicht sicher; seine Augen wirkten zugleich zornig und liebevoll. Mit ausgefeilter Nonchalance löste sie sich von ihm, machte sich daran, ihr Haar zu bürsten und etwas Make-up aufzulegen.

»Ich hätte wirklich gerne eine Zigarre.«

»Du bist auf dem Weg zu einem Mundneoplasmus. Wie dem auch sei, nach drei Stunden Schlaf wird dir von einer Zigarre jedenfalls nur übel.«

»Ich liebe dich, verdammt.«

Das sah ihm ähnlich, es in einem solchen Augenblick zu sagen, als Mittel, um den Zorn hinter der Neckerei abzublokken. Die Liebe erschien Sarah immer und immer mehr als Drang nach Sättigung, als Hunger, sich mit dem anderen anzufüllen. Als sie die Bürste durch ihr Haar führte, fragte sie sich, ob es jemals etwas anderes geben mochte als das Verlangen, die innere Hohlheit auszufüllen. Sie zuckte zusammen; sie hatte zu stark gebürstet, hatte einige Haare ausgerissen. »Ich liebe dich auch«, sagte sie. Ihre Stimme klang nach schneller Pflichterfüllung. Sie erinnerte sich daran, wie sie auf der Schule die Erwiderungen auf Gebete rezitiert hatte, an die sie nicht geglaubt hatte. Er kam, versuchte auf sanfte Weise kraftvoll zu wirken, sexy. Er erschien hinter ihr im Spiegel, hob ihr Haar und küßte ihren Nackenansatz. Wie hölzern konnte ein Mann nur werden? Doch er brauchte sie, das war faszinierend. Sie küßten sich, seine Lippen zermalmten die ihren. Sie fühlte ein tiefsitzendes Zucken der Erwiderung, das geheime Vergnügen des Diebs. Er zitterte, fieberhaft streichelten seine Hände ihren Rücken. Dann hob er sie vom Boden, und sie fühlte ein wildes Prickeln der Hilflosigkeit, ein kraftvolles Drängen zuzulassen, daß jemand ihr seinen Willen antat. Jemand ... Schönes.

Indem sie sich ihm hingab, schaltete sie ab. Er trug sie wie ein Kind zu ihrem zerwühlten Bett hinüber. Als er sie abgelegt hatte, schlüpfte sie pflichtbewußt aus ihrer Kleidung. »Ich werde schnell sein«, sagte er mit der Sicherheit der Geliebten.

Als sie sich in ihrem stöhnenden Bett wälzten, gestattete sie es ihrem Geist abzudriften, und unvermeidlich schwebte er zu jenem leuchtenden Traumkörper hinüber. Als ihre Fantasie endlich von diesen glatten und exotischen Bildern besessen wurde, als sie jene Traumhaut schmecken und die dumpfen Geheimnisse jenes Traumwesens riechen konnte, erfuhr sie einen Augenblick der Freude, selten und betäubend. Danach küßte er sie in der Annahme, daß ihr Ausdruck der Überraschung ihm gehörte.

Toms Herz fuhr fort, von Liebe anzuschwellen, als sie sich anzogen und in die Küche gingen. Es schien so einfach und so richtig. Die letzte Nacht und nun dieser Morgen hatten alle seine Zweifel und seinen Zorn verbannt; er war in einer Art von Ekstase. Wenn *sie* etwas brauchte, dann würde *er* es ihr geben. Er hatte das Gefühl, daß sie einander gehörten. Es war unglaublich schön zu denken: ›Ich gehöre ihr‹. Er sah zu, wie sie ihm Kaffee eingoß, etwas Toast für ihn mit Butter bestrich. Fast hoffte er, daß er alles für sie würde aufgeben müssen. Der Edelmut einer solchen Tat faszinierte ihn. Ein ehrfurchtgebietender Liebesbeweis. Dieser Gedanke führte ihn zu den Problemen zurück, denen er sich in der Klinik gegenübergestellt sehen würde. Es war Zeit, die Direktoriumssitzung zu besprechen. Tatsächlich war es schon fast zu spät dafür. »Mir fällt ein«, sagte er, »daß du mir noch irgend etwas mitgeben solltest, das ich bei der Sitzung vortragen kann. Irgendeine Art definitive Aussage darüber, was deiner Meinung nach mit Methuselah geschehen ist.«

»Das brauchst du nicht. Zeig ihnen einfach nur das Band.«

»Gib mir irgend etwas – und seien es auch nur die rohen Computerausdrucke. Um ihnen zu zeigen, daß du etwas auf der Spur bist.«

»Du weißt, was zur Verfügung steht.«

»Sarah, deine Arbeit ist kostbar. Laß uns nicht das geringste Risiko eines Scheiterns eingehen. Kein bißchen.«

»Mit anderen Worten, du bekommst kalte Füße. Wenn das Direktorium deinen Einwurf ablehnt, wenn es Hutchs Entscheidung nicht rückgängig macht, erträgst du die Demütigung nicht. Dann müßtest du deinen Hut nehmen, und du hast Angst. Ich dachte, du wärst so siegessicher.«

»Ich tue das doch nur für dich«, sagte er niedergeschlagen. Besser wußte er es nicht zu erklären.

»Iß deinen Toast auf, wir müssen los. Wer weiß, vielleicht ist ja ein Wunder geschehen und die Statistik beweist irgend etwas. Das beste ist, ins Labor zu gehen und nachzusehen.«

Die Tonlosigkeit ihrer Stimme war beinahe grausam. Sie bestrafte ihn noch immer für seinen Ehrgeiz. Der Liebeszuwachs, den er empfunden hatte, bedeutete ihr anscheinend wenig. Sie verstand die Lage nicht wirklich. Vielleicht lag das jenseits ihres Fassungsvermögens. Jede ihrer Gesten, jeder Blick und jede Bewegung strahlte Verrat aus. Die Gefahr, die er auf sich genommen hatte, indem er sich über Hutchs Kopf hinweg ans Direktorium gewandt hatte, war ihr gleichgültig.

Er ließ die Hand über den Tisch fahren und ballte sie zur

Faust. »Ich hätte Hutch schon vor langem ausbooten sollen. Bevor ich dich kennengelernt habe.«

Sie nickte, sah ihn dabei kaum an. »Du mußt vorsichtig sein, Liebling.« In ihrem Tonfall war etwas offensichtlich Falsches. Es packte ihn ein Verlangen, sich zu erklären.

»Wenn Hutch gewinnt, bin ich raus. Eine andere Alternative sehe ich nicht.«

»Das sieht dir ähnlich.« Sie zwickte ihn in die Wange und lächelte dabei, ein wenig zu fröhlich. Immerhin schien es wenigstens möglich, daß ihr sein Opfer überhaupt nicht gleichgültig war, daß es ihr vielmehr solche Schuldgefühle verursachte, daß sie es nicht ertrug, sie einzugestehen. Vielleicht machte er sich selbst etwas vor, doch erschien es ihm besser, daran zu glauben als an die andere kalte Möglichkeit.

»Gehen wir«, sagte er, »wir haben viel zu tun.« Ein Bild aus der Vergangenheit schwebte in sein Bewußtsein: eine Theatervorstellung in der Schule, achte Klasse. Vor dem ganzen Publikum hatte er plötzlich seine Zeilen vergessen. Er erinnerte sich an sein Schweigen und daran, wie sich die Mienen seines neidischen und gehässigen Publikums aufhellten, als alle erkannten, daß der Liebling der Lehrerschaft versagte, und an das Brüllen entzückten Gelächters, als sein Schweigen nicht enden wollte.

Miriams Besuch bei Sarah Roberts hatte wie geplant funktioniert. Ein Überrest dessen, was Sarah erlebt hatte, blieb in Miriams Herzen wach. Es war eine starke *Berührung* gewesen. Die nächste Phase des Plans war schon sehr viel problematischer.

Sie würde Sarah ›begegnen‹ müssen, und das ging nur dann wirklich schnell, wenn sie Patientin in der Klinik für Schlafforschung wurde. Es würde das Gefährlichste sein, was sie seit sehr langer Zeit unternommen hatte. Zum ersten Mal in der Geschichte erhielten menschliche Wissenschaftler die Möglichkeit, ein Mitglied ihrer Spezies zu studieren. In der humanwissenschaftlichen Literatur existierten sie nicht, nur in der Mythologie. Was würden die Wissenschaftler tun, wenn sie versuchten, ihr Rätsel auszuloten?

Vor allem aber fürchtete sie sich vor Gefangenschaft.

Gitterstäbe entsetzten sie, etwa solche wie jene, die Sarahs Affen umgeben hatten, der sie im Sterben so mächtig *berührt* hatte.

Miriam mochte das Gefühl nicht, von Menschen bedroht zu werden. Und der Gedanke daran, von ihnen studiert zu werden, war noch beunruhigender. Möglicherweise sprachen sie ihr die Menschenrechte ab und hielten sie in einem Käfig, genau wie einen Affen.

Die Risiken waren grauenerregend.

Aber Sarah konnte das Problem der Transformation lösen, konnte aus ihr etwas Dauerhaftes machen. Dagegen schienen alle Risiken geradezu trivial. Wenn Miriam rechtzeitig geahnt hätte, was mit John passieren würde, hätte sie die Doktorin schon früher einfangen können. Dann hätte es möglicherweise eine geringe Chance gegeben...

Bei diesem Gedanken wandelte sich ihre Stimmung in graues Leid. Doch sie weigerte sich, in Trauer zu leben. Ihr Leben mußte aufs neue aufgebaut werden. Sie würde John trösten und ihn schützen, wenn sie konnte, aber sie würde sich nicht von seinem Leid besessen machen lassen. Das Leben war voller Tragödien. Die Toten begrub man.

Die *Berührung*, die von Sarahs Versuchsaffen durch das riesige emotionale Geplapper der Stadt ausgesandt worden war, war für Miriam wie ein Leuchtfeuer. Sie zeigte ihr, wie nahe Sarah der Transformation gekommen war und folglich auch dem Verständnis derselben.

Miriams nächster Schritt mußte sorgfältig geplant sein. Sobald sie Sarah erfolgreich *berührt* hatte, begab sie sich nach Hause und ließ sich einen Gesprächstermin in der Klinik für Schlafforschung geben. Nun, da Miriam einen Teil ihrer selbst in Sarahs Herzen gepflanzt hatte, bestand der nächste Schritt darin, ihren Geist zu beschäftigen.

Ein Teil von Miriam hätte die Gefahr des Ganzen genießen können, so wie sie die Fuchsjagd mit John hatte genießen können. Gefahr hatte etwas Belebendes an sich. Sichere Luft war schal, gefährliche Luft dagegen silberklar. Liebe deinen Feind, hatte ihr Vater zu sagen gepflegt, denn ohne ihn würdest du niemals die Würze des Sieges schmecken.

Ja, die edlen, hohen Empfindungen der Vergangenheit.

Vergiß die Vergangenheit. Geh nach oben, zieh dich um; sonst kommst du noch zu spät zu deinem Zehn-Uhr-Termin. Notwendigerweise hatte sie ihn in letzter Minute festgesetzt. »Wir werden Sie einschieben, aber stellen Sie sich auf Wartezeiten ein.«

Sie trug zur Feier des Tages ihren blauen, seidenen Lanvinanzug. Während sie sich ankleidete, ging sie noch einmal alles durch, was sie für das Gespräch in der Schlafklinik einstudiert hatte. Sie würde sich als Patientin einweisen lassen, die unter den Nachtängsten der Erwachsenen litt. Bevor sie in die Gerontologie übergewechselt war, hatte Sarah sich auf diese seltene Krankheit spezialisiert. Selbst heute noch war sie die einzige Expertin der Klinik auf diesem Gebiet. Die drei oder vier Fälle, die sie in einem Jahr bekamen, rechtfertigten nicht die Einstellung von Vollzeitpersonal. Mit Sicherheit würde man Sarah heranziehen.

Sarah. Miriam dachte an sie, wie sie in ihrem Bademantel von einer Leidenschaft bebte, die sie unmöglich hatte verstehen können. Es würde äußerst interessant werden, mit jemandem zu tun zu haben, der so intelligent und so temperamentvoll war wie Sarah.

Miriam verachtete die intellektuellen Leistungen der Menschen nicht. Sie hatte ein reges Interesse an den Naturwissenschaften entwickelt. Sie hatte ihre eigenen tierischen Vorfahren identifiziert. Sie gehörte zur Menschheit, und die Menschheit gehörte zu ihr, so wie der Säbelzahntiger und der Büffel einst zueinander gehört hatten.

Sie legte letzte Hand an ihr Äußeres. Es würde genügen: Sie sah schön aus, nur eine Spur müde, die Augen sehr traurig.

Die Augen sehr traurig.

Die Zeit verging, die Zeit ließ sich nicht aufhalten. Wenn

doch nur... Doch es hatte keinen Zweck, darüber nachzudenken. John war ein toter Mann. »Tot.« Welcher Hohn in diesem Wort steckte!

An der Tür klingelte es. Miriam blickte durch das Guckloch, bemerkte einen Mann in Uniform. Ihr Chauffeur, der um 9.35 Uhr erschien, wie angefordert. Wenn sie in der Stadt fahren mußte, benutzte sie eine Limousine. Ihr eigener Wagen wäre zu unbequem gewesen, Taxis waren zu unsicher, und sie verwendete sie nur, wenn es notwendig war.

Als sie durch die Eingangstür schritt, bemerkte sie zufrieden, daß es sich bei dem bestellten Wagen um einen dunkelblauen Oldsmobile handelte. Es wäre ein törichtes Risiko gewesen, eine der anspruchsvolleren Marken zu nehmen; damit erregte man nur ungewollte Aufmerksamkeit. Der Fahrer war jung, hatte einen klaren Blick und war nüchtern, und er öffnete ihr den Schlag. Sie schnallte sich an und lehnte sich zurück, verriegelte die Tür, ließ aber die Hand in Riegelnähe für den Fall, daß sie schnell aussteigen mußte. Ihre Analyse von Fahrzeugkonstruktionen hatte sie zu dem Schluß geführt, daß diese Automobilmarke sicherer war als die meisten und weniger Explosionsrisiko bei einem Heckaufprall bot. Der Fahrer startete den Motor. Sie lehnte sich noch weiter zurück, entspannt und doch aufmerksam, bereit für den Fall, daß ihre Glückssträhne ein Ende finden sollte und es einen Unfall gab. Die Fahrt war so angenehm, daß sie sich dabei ertappte, wie sie jene Menschen beneidete, die sich ständig eine solche Transportart erlauben konnten.

Das Klinikzentrum quoll förmlich über von Menschen. Miriam fuhr eng eingepfercht in einem Fahrstuhl in den elften Stock und versuchte dabei, den Duft der Menschen nicht einzuatmen. Leider war auch das Wartezimmer des Schlafforschungszentrums überfüllt. Das Gefühl und der Geruch von soviel menschlichem Fleisch war irritierend.

Dennoch wartete sie wie die anderen, während sie ein abgenutztes Exemplar des *Book Digest* durchblätterte. Aus zehn wurde elf, dann elf Uhr dreißig.

»Blaylock«, meldete sich schließlich die Empfangsdame.

»Schreibtisch drei, bitte.« Dies war das einzige Institut seiner Art in der ganzen Stadt. Die Überfülltheit und die unpersönliche Behandlung wiesen darauf hin, daß es eigentlich mehr davon geben sollte. Miriam wurde von einem verbindlichen jungen Mann in Hemdsärmeln befragt, der ihren Namen aufschrieb und sie bat, ihr Problem zu schildern.

Sie wußte, welche Wirkung es haben würde, wenn sie die Intensität ihrer ›Alpträume‹ erwähnte. Mit neuerwachtem Interesse musterte er sie. In der Regel hatte man es hier wohl vor allem mit Patienten zu tun, die über Schlaflosigkeit klagten, was dadurch geheilt wurde, daß man ihnen beibrachte, besser mit Streß umzugehen.

Die Medizin kennt die Nachtängste im Erwachsenenalter als eines der furchterregendsten Probleme des Menschen. Miriam hätte Sarah Roberts zitieren können: »Diese Schrekkenserlebnisse steigen aus Urtiefen empor und erzeugen im Leidenden die vielleicht intensivste Furcht, die ein Mensch erfahren kann. Was Qualität und Intensität betrifft, so verhalten sie sich zu einem normalen Alptraum wie ein Taifun zu einem Frühlingsregen.«

»Wie oft haben Sie schon diese... Beschwerden, Mrs. Blaylock?« Die Stimme des Mannes war ruhig, doch seine Augen beobachteten sie mit scharfem Blick.

»Schon mein ganzes Leben lang.« Wie traurig nur, daß jedes Wort stimmte. Die Lebhaftigkeit der Erfahrungen, die sie während des Schlafes machte, waren wahrscheinlich noch schlimmer als Nachtängste. Doch sie hatte schon vor langer Zeit gelernt, sie zu ertragen. Sie gingen mit dem Schlaf einher und mußten daher die Seele reinigen.

»Wann hatten Sie es zum letzten Mal?«

»Letzte Nacht.« Sie sah, wie sein Gesicht zu zucken begann, als er dies hörte. Die Sache funktionierte gut. Mrs. Nachtschrecken Blaylock würde wohl zu einem Prioritätsfall werden, vermutete sie.

Nun senkte sich seine Stimme, und er beugte sich näher zu ihr hinüber. »Können Sie es beschreiben?«

»Der Ozean hat mich gejagt.« Es war ihr eben erst eingefallen, doch sie hielt es für eine wunderschöne Nachtangst für diesen Augenblick. Viel schöner als jene, von der sie eigentlich hatte erzählen wollen: Über Hände, die sie würgten.

»Der Ozean?«

»Riesige, hochaufgischtende schwarze Wellen, die sich unendlich in die Höhe erstrecken. Sie tosen und krachen über mir zusammen, und ich bin im Sand, ich bin am Laufen, ich höre es über meine Schulter, es kommt bis zu den Dünen hinauf, nichts wird es jemals aufhalten. In den Wellen sieht man einen Hai umherschwimmen. Alles riecht entsetzlich, so als wäre alles verfault.« Während sie sprach, bekam sie am ganzen Leib Gänsehaut, ihre Hände krallten sich in die Tischkante. Sie war überrascht von der Intensität ihres Gefühls. Es hörte auf, bloßes Schauspiel zu sein. Hatte sie jemals einen solchen Traum erlebt? Vielleicht erinnerte sie sich an das, was *hinter* den Träumen lag, vielleicht gab es etwas in ihrem Inneren, zusammengerollt wie eine Schlange, das Erinnerungen hervorspie, die so monströs waren, daß ihr Geist es nicht wagte, sie direkt zu berühren.

Das Schlimmste daran war etwas, was sie dem geschniegelten jungen Doktor nicht erzählte: Sie war tatsächlich die Frau, die vor dem Ozean davonlief. Aber sie war auch der Hai.

Kapitel 5

John lief durch den frühen Morgen, lief wie in Zeitlupe vorbei an den blühenden Blumen, an den Tulpenbäumen mit ihren Knospen und am frischsprießenden Gras des Central Park. Sein Hunger gab ihm das Gefühl, als bewege sich etwas Lebendiges in seinem Magen. Die Augen traten ihm vor, sein Mund war weit aufgesperrt, während er rannte. Er mußte abscheulich aussehen in seinem flatternden Regenmantel und dem schmutzigen blauen Anzug, mit den Fingernägeln eines Dämons und dem Gesicht einer Leiche. Menschen wichen vor ihm zurück, Kinder schrien entsetzt auf. Er fühlte sich wie ein Einsiedler, der von einer Abrißkugel aus seinem Versteck getrieben worden war.

Sein Herz vollführte einen Sprung und flatterte, Schmerz schoß in seine Schulter hinab. Er taumelte. Dann begann der Herzschlag wieder: essen, essenessen, essen, ESSENESSENESSEN! Er hustete, rannte den Bridle Path entlang, vorbei an Cleopatra's Needle, um sich schließlich ins Strauchwerk neben dem Weg fallen zu lassen.

Er konnte nicht mehr weiter, sein Atem war feuerheiß, sein Herzschlag nur noch ein verwirrtes Rasseln. Dieser Ort hier quoll schier über von heißem, kräftigem Fleisch. Alle paar Minuten kam ein neuer Jogger vorbei. Er hörte einen davon, einen großen Mann, der mühelos seinen Atemrhythmus hielt. Zu kräftig. Dann ein weiterer – weniger schwer, aber noch nicht erschöpft genug. Sein Opfer mußte praktisch ausgelaugt sein, kurz vor dem Ende eines langen, anstrengenden Laufs. Gestern hatte die kleine Alice ihn fast ausgeschaltet. Heute war er noch schwächer. In seiner Extremsituation begann er, sich an eine fast vergessene Zeit zu erinnern, die er nun als die beste Zeit seines Lebens ansah – die Zeit bevor er Miriam begegnete. Er erinnerte sich an die grasbewachsene Anhöhe zu Hadley, wo er und Priscilla gelegen hatten, benommen vom Geruch der Heide an windigen Frühlingstagen. Wild wälzten sich die Wolken den Himmel hinab. Gott, welch eine schöne Zeit! Er hörte auf damit, die Dramatik und das Tempo seines Alters zu lieben, und begann, die ruhigere Zeit davor zu schätzen. Sogar das alte Hadley war inzwischen verschwunden, das zerfallene Haus war wieder aufgebaut und von dem seltsamen populistischen Staat, der dem Empire gefolgt war, zu einem Waisenhaus gemacht worden.

Ohne Vorwarnung brach ein Husten aus ihm hervor. Er merkte wie er zurückfiel und beinahe das Bewußtsein verlor. Über sich erblickte er durch einen Tulpenbaum den Himmel. Und die Wolken darin waren genau die gleichen! Die gleichen wie damals an jenem Tag in Hadley! »Ach, Johnny, mein Röckchen ist fort«, hatte Priscilla gerufen, »fort mit dem Wind!« Und dort, über die Heide hüpfend, verschwand ihr rüschiger Plaidrock. Was war er gelaufen! Mit dem Wind gelaufen über das gütige Land, dem Plaid nachgelaufen mit aller Kraft seiner jungen Jahre.

Ein weiteres Husten, nicht seins. Er mühte sich in eine aufrechte Position, hörte es erneut. Stampf-stampf auf dem Kies, stampf-stampf, stampf-stampf. Da kam ein Mädchen, das im Winter ein wenig Gewicht zugesetzt hatte, in einem purpurnen Trainingsanzug vorbeitappend, keuchend wie eine Lokomotive am Berg.

Er packte sie an ihrer Rechten, als sie vorbeitrabte. Für jemanden, der so schwer war wie sie, ließ sie einen erstaunlich schrillen Schrei fahren.

Eine Schar Krähen erhob sich in die Lüfte, ihre Stimmen hallten am Himmel wider. Der Wind schüttelte die Bäume und die Wolken huschten vorbei. John packte ihr Haar und riß den Kopf zurück, rammte sein Skalpell hinein, bis er das Platzen fühlte, als es den Brustmuskel durchstieß. Er stürzte auf sie, seine Hände hinter ihrem Nacken verschlingend, klammerte sich mit verzweifelter Kraft an ihr fest. Sie taumelte und torkelte und kreischte um Hilfe. Schmerz durchzuckte seine Gelenke, als sie sich wehrte, doch er hatte einen guten Griff gefunden. Er legte den Mund auf die Wunde und saugte mit seinem letzten Rest an Kraft. Langsam sickerte das Leben in ihn ein. Je schwächer ihre Bewegungen wurden, um so kräftiger wurden seine, um so sicherer. Sie wurde immer leichter, er hingegen dehnte sich aus, füllte seine losen Kleider aus, bekam Gesichtsfarbe und Augenschärfe wieder. Aus ihrem Schreien wurde ein heiseres Grollen, dann ein Knurren und schließlich ein Scharren über eine trockene und schrumpfende Zunge, an Lippen vorbei, die zu Lederstreifen geworden waren. Die Haut sackte bis auf die Knochen, und die Lippen platzten von den Zähnen ab. Nach einem Augenblick klappte der Kiefer des Mädchens auf, ihr Gaumen zog sich zusammen. Die Hände waren zu schwarzen Krallen geworden, das Fleisch eng gestrafft und an den Knochen aufreißend. Die Augäpfel versanken in ihren Höhlen und sackten in sich selbst zusammen.

John sprang von ihr fort. Völlig steif und leicht geworden, fiel sie zu Boden wie ein Spielzeug aus Pappmaché. Er hingegen war aufgedunsen und gerötet, seine Augen loderten. In einer Ekstase der Erleichterung hieb er sich mit den Fäusten gegen die Schläfen. Mit einem Siegesfauchen griff er den Überrest auf und schleuderte ihn hoch hinauf in einen Baum, wo er sich verfing und im Wind flatterte.

Er knirschte mit den Zähnen und war weit davon entfernt, gesättigt zu sein. Ohne den Schlaf verlangte sein Körper nach immer mehr Energie. Je länger er wach blieb, um so mehr brauchte er davon.

»Ich werde niemals mehr brauchen, als ich mir verschaffen kann«, sagte er laut, um zu prüfen, ob die Weichheit seiner Jugend in seine Stimme zurückgekehrt war.

Welch wunderschöne Überraschung, daß es tatsächlich so war! So wie jetzt hatte er sich schon seit Tagen nicht mehr angehört. »Ach Herrin mein«, sang er, den lieblichen, anmutigen Tönen lauschend, »ach Herrin mein, wo streifest du? Ach bleibe doch und hör mir zu, dein wahre Lieb' soll hier nur sein!« Und dann lachte er, kräftig und tief und voll, und lief mit festem Schritt den Pfad weiter, auf der Suche nach kräftigerer, besserer, noch bereichernderer Beute.

Hinter ihm ertönten Stimmen, Füße donnerten an Cleopatra's Needle vorbei. (Miriam lachte immer, wenn sie dieses Ding hier sah, an einem solchen Ehrenplatz. Sie pflegte zu sagen, daß die Ägypter es für den schlechtesten Obelisken in ganz Heliopolis gehalten hatten.) Junge Männer kamen auf ihn zugerannt. Auf der Straße zu seiner Rechten hielt ein Polizist auf einem Motorroller an und stieg von seiner Maschine, mit gerunzelter Stirn in die Richtung der Schreie blikkend. Er begann einen flachen Hügel entlangzutraben, dem Ort des Verbrechens entgegen. John setzte sich in seine Richtung in Bewegung, denselben Hügel hinunter. Mit der Kraft, die er gewonnen hatte, war es ihm gerade noch möglich, den von Energie strotzenden jungen Polizisten zu nehmen. Als sie aneinander vorbeikamen, rammte er seine Faust seitlich gegen den Kopf des Mannes, daß dieser taumelte, ihm die Zigarette aus dem Mund flog und seine Mütze in ein Begonienbeet segelte. Er machte kurzen Prozeß mit dem sich wehrenden, fluchenden Opfer. Zwanzig Sekunden später setzte er die Hülse zurück auf den Motorroller. Sollte der Teufel doch alle Vorsicht holen, sollten sie doch erst einmal herausbekommen, was es hiermit auf sich hatte. Er konnte schon die Schlagzeilen sehen: ›POLIZIST WIRD ZUR MUMIE, RADIUMZEIGER DER ARMBANDUHR SCHULD?‹

Nun fühlte er sich wirklich prächtig. Am liebsten wäre er über die Straße hinweggeflogen, über die Wiesen hinweg, über die Bäume – fliegend und frei.

Andere glaubten nur, lebendig zu sein. *Dies hier* lernten sie niemals kennen! Sein Herz schlug in vollkommenem Takt. Wenn er auf ein Gebäude blickte, konnte er die Geräusche hinter den Fenstern vernehmen. Sprechende Menschen, laufende Fernseher, dröhnende Staubsauger. Und er konnte die Wolken hören wie einen großen Gesang, der nicht für die Ohren des Menschen bestimmt war.

Im Norden und im Süden ertönten Sirenen. Ein Streifenwagen kam mit loderndem Rotlicht die Straße emporgefahren.

John verbrachte den Rest des Morgens im Metropolitan

Museum, blieb ganze Stunden in der Kostümausstellung, schaute sich die Bauschkleider und Bratenröcke an, erinnerte sich an seine eigene Zeit, die so unwiederbringlich verloren und weit entfernt war.

Sie war erleichtert, als die Befragung zu Ende war. Miriam begann *Schlaf*bedürfnis zu spüren. In der gemieteten Limousine kehrte sie zum Haus zurück. Ein Test – Polysomnogramm genannt – war für heute nacht vereinbart worden. Und Sarah Roberts würde mit Sicherheit dort sein. Sie *mußte* dort sein. Nachtangst – in der Tat. Wenn sie die wirklichen Tiefen der Furcht kennen würden, wären sie lebensunfähig. Die Menschheit befand sich im leeren Mittelteil des Gefühlsspektrums. Miriam dagegen lebte an seinen Extremen.

Der Fahrer öffnete den Schlag und ließ sie aussteigen. »Ich brauche Sie wieder um halb sieben«, sagte sie, als sie die Stufen emporschritt. Der *Schlaf* überfiel sie, absolut pünktlich. Aus dem Inneren des Hauses hörte sie ein schwaches Klingeln. Das Telefon. Tapsig hantierte sie mit ihren Schlüsseln und stürzte hinein. Ein schlechter Augenblick, um einen Anruf entgegenzunehmen. Ihre Wachzeit war jetzt scharf begrenzt.

»Miriam?«

»Ja. Wer ist dran?«

»Bob.«

Einen Augenblick lang war sie verwirrt. Dann kehrte die Erinnerung zurück. Sie hatten die Cavenders schon monatelang nicht mehr gesehen. »Oh, hallo! Ist schon lange her. Habe Sie kaum erkannt.«

»Miriam, wir haben Alice verloren.«

Sie krümmte sich zusammen, als hätte sie einen Magenhieb erhalten. Dann richtete sie sich wieder auf und atmete tief durch. »Seit wann?«

»Seit gestern, als sie zu Ihnen ging.«

»Sie ist nie hier angekommen, soweit ich weiß.«

»Amy hat sie hineingehen sehen.«

»Sie ist hier hineingekommen?« Miriams Geist wandte sich

wieder John zu, dem ...! Egal in welchem Zustand er sich befinden mochte, so etwas würde er niemals tun.

»Meistens kommt sie zum Mittagessen nach Hause, wenn sie bei Ihnen war. Gestern hat sie es nicht getan.«

Ein Schock des Erzitterns durchzuckte sie. »Sie ist nicht hier.«

Nicht in der Eingangshalle, nicht im Musikzimmer. Oh, laß es nicht wahr sein – nicht im Ofen!

Tu mir nicht so weh, John, bitte!

»Das weiß ich. Ich wollte auch nur, daß Sie die Augen offenhalten.« Er hielt inne. Sie vernahm eine Reihe von unterdrückten Grunzern, das Schluchzen eines Mannes, der nicht zu weinen wußte. »Die Augen offenhalten«, wiederholte er. »Ich rufe Sie an, sobald ich etwas Neues weiß.« Die Leitung klickte, der Draht des Lebens wurde durchgeschnitten. Der Hörer entglitt Miriams Hand und schlug auf den Eichenfußboden. Sie schloß die Augen. Fauchender Schmerz packte ihre Schläfen. Eiskalte Luft schien sie zu umhüllen. Sie streckte den Hals wie eine Frau, die vom Meeresboden emporzusteigen versuchte.

Sie ließ die Hände über den Stoff ihres Anzugs gleiten, senkte den Kopf. Als die Uhr eins schlug, starrte sie erschrokken auf das uralte Zifferblatt.

Impulse durchjagten ihren Geist: John töten, sich selbst töten. Sie verwarf beide, weil sie unter ihrer Würde waren. Er war hilflos in seinem Tun, wurde von Kräften getrieben, über die er keine Gewalt hatte, und sie hatte keine Absicht, das Leben freiwillig aufzugeben.

Nach und nach fing sie sich wieder. In ihrem Herzen entwickelte sich ein neues Gefühl für John. Sein Leid berührte sie nun weniger, sein Vernichtungspotential dafür um so mehr.

Wie konnte er es wagen, Alice zu nehmen. Sie gehörte Miriam, nicht ihm. Wut loderte in ihr auf. Er konnte von Glück sagen, daß er nicht zu Hause war. In diesem Augenblick hätte sie sich gegen Messer, Gewehre, ja reißende Klauen geworfen, um an ihn heranzukommen.

Und doch hatte er ihr alles gegeben, was er hatte geben können. Er bezahlte einen exorbitanten Preis für seine Liebe zu ihr. Er verlor mehr als nur sein Leben, stand vor einem Ende, das noch entsetzlicher war als der schlimmste Tod. Sie durfte es sich nicht gestatten, diese verdammungswürdige Kreatur zu hassen.

Sie war wieder allein.

In der ganzen Welt gab es nicht eine freundliche Seele, nicht ein einziges Lebewesen, mit dem sie irgend etwas teilen konnte.

Sie lief in die Bibliothek, an den Ort, wo sie gewohnheitsmäßig ihre Pläne und ihr Nachdenken erledigte. »ALICE!« Mit einem Aufstöhnen riß sie den schweren Vorhang zu und sank in ihren Schreibtischsessel. Das einzige Geräusch im Raum war das ständige Tropfen der alten römischen Wasseruhr.

Alice war ihre gesamte Zukunft gewesen. Die Möglichkeit, das Mädchen zu verlieren, war ihr einfach nicht in den Sinn gekommen. Ach, welche Pläne hatte sie doch geschmiedet!

Immer hatte sie ihr Leben mit freudiger Intensität geliebt. Im Laufe der Jahre hatte sie skrupellos jedes Mitglied ihrer Familie ausgelöscht, hatte all die Tragödien abgeschüttelt und war weitergestürmt. Sie hatte mitangesehen, wie sich die Menschheit aus dem Schlamm erhob, hatte gelernt, sie zu respektieren, wie es die anderen Mitglieder ihrer Art niemals konnten, hatte begonnen, die Zukunft mit Eifer zu erwarten, besonders jetzt, da sich in der menschlichen Kultur wieder Untertöne der Barbarei breitzumachen begannen.

In einem winzigen, verrückten Augenblick hatte John die Zukunft beiseite gefegt.

Tränen ließ sie nicht zu, nicht einmal für eine ausgelöschte Liebe. Sie und Alice waren dazu erschaffen gewesen zusammen zu sein, und nun war statt dessen nur noch diese tiefe Grube da. Eine schwarze Grube. Der Raum um sie herum war kalt. Die Täfelung blickte unheildrohend drein, ließ die Dunkelheit noch schwärzer werden.

Miriam zog die Vorhänge auf. Es war solch ein strahlender

Tag, die Stürme der Dämmerung waren fortgeweht worden. Ihre Petunien gediehen, ließen den Blumenkasten am Fenster unter ihren mindestens hundert Blüten schier ersticken.

Sie merkte, daß sie es nicht ertrug, die Straße zu betrachten, sie hätte nicht leerer aussehen können. Sie schüttelte sich – der *Schlaf* verlangte nach ihr.

Sie wollte ihn jetzt nicht, nicht nach alledem. Er verdammte sie zu entsetzlichen Träumen, dessen war sie sicher. Wie sollte sie dies ertragen! Sie stöhnte und lief aus dem Zimmer, ihr Körper wurde langsamer, die Augenlider wurden ihr schwer. Wohin konnte sie sich begeben? Nicht ins Dachgeschoß, es war nicht mehr genug Zeit, um bis nach oben zu steigen.

Der Boden wankte unter ihren Füßen. Sie konnte doch nicht hier *schlafen!* Doch es war unvermeidbar, nichts würde sie noch aufhalten. In wenigen Augenblicken würde sie nicht einmal mehr fähig sein, die Arme zu heben. Sie dachte an den Keller. Möglicherweise würde sie es noch nach unten schaffen.

Mit langausholenden, zittrigen Schritten ging sie zur Tür. Es gab einen Ort, unbequem, aber sicher, den John hoffentlich vergessen hatte und der zu dem geheimen Tunnel führte, den sie zum East River gegraben hatten. Vor Jahren war er vom FDR-Drive vernichtet worden, doch der Kellereingang und der Teil unter dem Garten war noch erhalten. Sie hoffte, daß sie den richtigen Stein im Kellerboden finden würde.

Als sie dort ankam, hatte sich die Welt um sie herum zurückgezogen wie ans Ende eines langen Korridors. Sie wußte, daß sie sich noch bewegte, hatte aber nicht mehr den geringsten Kontakt zu ihrem Körper. Ihre Hand befühlte den Schieferboden des Kellers, stieß nach der leichten Lockerheit, die ihr mitteilen würde, daß sie die richtige Stelle gefunden hatte.

Lockerheit – irgendwo ... sie spürte, wie etwas Hartes und Kaltes sie traf. Hart und kalt und feucht ... Sie war zu Boden gefallen.

Die Lampe zuckte, blitzte in ihren Augen im Schlingern des Schiffs. Während es knarrte, spritzte Wasser zwischen den Planken hindurch. »Vater?« Wild baumelte die Lampe hin und her, dann stürzte sie zu Boden und tauchte die kleine Kabine in grüne Halbdunkelheit. Was war los? Als sie zu Bett gegangen war, war der Himmel noch klar gewesen, der Wind gerade noch kräftig genug, um die Segel knallen zu lassen.

Was war das für ein entsetzliches Kreischen?

Sie stand auf und schlang einen Umhang um ihre seidene Tunika. »Va-a-a-ter!« Das Schiff begann von einer Seite zur anderen zu schaukeln, als würde es von einem Seeungeheuer gestoßen. Miriam taumelte zur Kabinentür, stieß sie auf.

Wach auf! Du bist in Gefahr!

Die Tür... war so hart, so hart – doch sie stieß sie auf und kämpfte sich in die tobende grüne Hölle des Sturms hinaus.

Die Stimme des Windes vermischte sich mit dem tiefen Donnergrollen der Wellen. Etwa zwanzig Fuß über ihrem Kopf zogen große Wolken dahin. Es gab keinen Mast, kein Segel, nur ein Deck, das mit einem Wirrwarr von Takelage und Fetzen roten Segeltuchs übersät war. Seeleute, nackt, aneinandergezurrt, torkelten hier und dort umher, Aufgaben wahrnehmend, die sie nicht erahnte. »VAAAATER!«

Kräftige Arme packten sie von hinten. Er drückte sie an seine Bruste, preßte seinen Mund gegen ihr Ohr. »Dieses Schiff ist dem Untergang geweiht«, sagte er. »Wir müssen uns retten, meine Tochter.«

»Die anderen...«

»Die anderen Schiffe sind auf Kreta gelandet. Es hat eine große Katastrophe stattgefunden. Ich habe sie nicht vorhergesehen. Eine Insel ist explodiert. Ich glaube, es muß Thera gewesen sein. Du mußt dich jetzt nach oben begeben, laß den Osten sein. Griechenland wird nur noch eine Ruine sein...«

»Vater, bitte hilf mir, rette mich!« Mit Beinen und Armen klammerte sie sich an ihn und schluchzte in den zerrenden Wind hinaus.

Sein Kopf drehte sich. »Es kommt«, sagte er. Sie spürte es eher, als daß sie es hörte, ein tiefes, pulsierendes Beben wie das Herz eines Riesen. Zuerst war in dem schwarzen Nebel nichts zu erkennen, dann erschien hoch oben am Himmel eine weiße Linie. Die Arme ihres Vaters hielten sie, bis sie kaum noch atmen konnte. Sein Gesichtsausdruck entsetzte sie, er war erbarmungswürdig vor Zorn, seine Lippen zu einer Grimasse verzerrt, seine Augen schrecklich funkelnd.

»Vater, ist das etwa eine *Welle?*«

Er umklammerte sie nur noch fester.

Das Schiff begann sich zu heben, sein Bug fuhr höher und höher. Nun begann eine gewaltige Salve von Explosionen, als die Hanftaue, die es zusammenhielten, rissen und die Planken in die Gerade schnellten. Wasserzischen erhob sich aus dem Laderaum, und mit ihm kam das entsetzliche Schreien der Galeerensklaven. Seeleute warfen sich aufs Deck. Hinter ihnen, auf der niedrigen Back, taumelte der Kapitän umher und versuchte, ein weiteres Opfer an Nereus zu organisieren, den Gott der Stürme.

Das Schiff stieg immer höher. Es fühlte sich an, als hätte es sich in die Lüfte gehoben. Hinter ihnen bebte und kochte die Meeresoberfläche. Vor ihnen drängte der große schwarze Leviathan weiter.

»Wir müssen springen! Wir müssen schwimmen.«

Er zerrte sie an die Seite. Sie war bis dahin nur im Nil geschwommen, niemals in einem Meer. Und dies ... es würde sie verschlingen!

Ihr Vater ignorierte ihre heftigen Proteste.

John wird kommen! Wach auf!

Der Traum hielt sie ebenso sicher in seiner Gewalt, als wäre sie an eine Streckbank gefesselt.

Das blubbernde, tintige Wasser schloß sich über ihren Köpfen. Sogar unter der Oberfläche gab es Geräusche, ein tiefes *wuu-um wuu-um*. Lebte dort unten wirklich ein Meeresgott, der seinen Zorn hervordröhnte?

Ihr Kopf durchstieß die Oberfläche. Sie spürte, wie sich die Arme ihres Vaters erneut um sie legten. Keine zehn Fuß entfernt überschlug sich das Schiff und stürzte mit einer gewaltigen Gischtexplosion zurück. Es bäumte sich mit kurz entblößtem schwarzem Kiel in die Luft, dann war es auch schon verschwunden.

Sie schwammen seitlich von einer gewaltigen Wassermauer. Und sie wurden immer höher geschwemmt. Die weiße Linie an der Spitze war zu einem Mahlstrom aus tosenden Brechern geworden.

Schnell kamen sie ihm näher. Darin konnte sie Fische und Äste und Holzstücke erkennen. Ihre Beine hämmerten wie Kolben, doch die Strömung griff nach ihr, riß sie tiefer und tiefer. Ihr Kopf befand sich in einem Strudel, ihre Hände griffen nur Wasser. Sie wurde aus den Armen ihres Vaters gerissen. Es wurde kalt und dunkel. In der Tiefe bewegten sich große Kreaturen, ihr kaltes Fleisch glitt gegen ihres. Ihre Arme und Beine peitschten umher, doch noch immer zerrte der mächtige Fluß sie tiefer. Sie wurde zermalmt, wie beim Steinigungstod, den die Phönizier den Mitgliedern ihrer Art antaten.

Irgend etwas hatte ihr Haar gepackt. Es riß so scharf daran, daß es vor ihren Augen blitzte. Die Strömung hatte sie nicht mehr in ihrem Griff. Obwohl sie wußte, daß sie hochstieg – es wurde immer wärmer und leichter –, würde sich ihr Mund im nächsten Augenblick öffnen und sie würde Wasser einatmen. Sie würde sterben.

Sie biß die Zähne zusammen, schließlich legte sie die Hände über Mund und Nase. Vielleicht würde das Meeresding, was sie nach oben zerrte, die Oberfläche durchstoßen.

Und dann torkelte sie auch schon in dem weißen Wasser, Züge feuchter Luft einkeuchend, schwimmend wie ein Dämon. Im Ohr hörte sie das abgehackte Atmen ihres Vaters.

Es war das Ding, das sie gerettet hatte. Dann hatte sie Brecher durchstoßen. Vor ihr lag eine endlose Wasserfläche, die sanft wogte. Sie begriff, daß sie sich nun auf der Rückseite der gigantischen Welle befand, die das Schiff zerstört hatte. Am Horizont stand eine riesige schwarze Wolkensäule voller roter Risse. Gewaltige Blitztentakel zuckten unentwegt durch sie hindurch. Sie schwoll immer mehr an, ein großer dunkler Finger, der in den Himmel hinaufzeigte.

»Vater«, keuchte sie und versuchte, darauf zu deuten.

Sie schwamm einen Kreis.

Das leere Wasser erwiderte ihren Blick nicht.

»Vater! Vater!«

Bitte, ihr Götter, bitte, wir brauchen ihn. Wir haben eine ganze Familie! Bitte, ihr Götter, wir sind die letzten, und ohne ihn können wir nicht leben.

Ihr könnt uns doch nicht töten, doch nicht uns alle!

Sie stampfte mit ihren Beinen und schlug das Wasser mit den Armen und wirbelte herum und herum. Sie schrie nach ihm.

In einer nahen niedrigen Welle rollte ein Schatten. Sie tauchte nach dem blauen Aufblitzen, außer sich vor Entsetzen und Trauer.

Dann sah sie es, jene Vision, die sie niemals verlassen würde: sein Gesicht, der Mund verzerrt, die Augen hervorquellend, im Abgrund verschwindend.

»Bitte! *Bitte!*«

Ein Wind wie ein Titanenatem platzte vom Himmel, und die Wellen kamen.

Das Salzwasser ließ sie sich immer und immer wieder erbrechen. Ihr Vater, ihr wunderbarer Vater – die ganze Weisheit und Stärke der Familie – starb. Sie tauchte unter die Wellen und suchte ihn, wie er sie gesucht hatte, schwamm tiefer und tiefer, bis sie wieder jene eiskalte Strömung spürte – in welche *er* sich hineingestürzt hatte, ohne Rücksicht auf sein eigenes Leben zu nehmen, nur um seine Tochter zu retten.

Sie war die älteste, die anderen brauchten sie nun. Allein auf Kreta, gerade noch passabel arkadisch sprechend, würden sie mit Sicherheit vernichtet werden. Ihr Leben war kostbar. Sie mußte sich dazu entscheiden, es zu erhalten. Ihr Vater hätte es mit Sicherheit verlangt. So schwer es ihr auch fiel, verdrängte sie ihn jetzt doch aus ihrem Geist.

Sie wandte sich dem matten grauen Licht der Wasseroberfläche zu und schwamm. Dort angekommen, begann sie ihre eigene Rettung zu planen. Noch am selben Tag, da sie abgereist waren, hatte sie Nahrung zu sich genommen und *geschlafen*, so daß sie wußte, daß sie mindestens drei oder vier weitere Tage würde durchhalten können.

Sie öffnete die Augen in einem kalten Verlies, das nach feuchtem Stein roch. Sie hatte einen schrecklichen Geschmack im Mund, hatte sich im *Schlaf* übergeben.

Der Traum hatte sie niedergeschlagen vor Trauer zurückgelassen, mit der Erinnerung an das Gesicht ihres Vaters in den Fluten. »Ich hätte ihn retten können«, sagte sie in die Dunkelheit hinein.

»Aber jetzt ist es zu spät, nicht wahr?« kreischte eine antwortende Stimme.

John!

Irgend etwas glitzerte vor ihren Augen, dann spürte sie den kalten Druck einer Klinge an ihrer Kehle.

»Ich habe auf dich gewartet, meine Liebe. Ich wollte, daß du hierfür wach bist.«

Tom musterte die Aufnahmeempfehlung oben auf dem Papierstapel. Dr. Edwards hatte sie völlig korrekt für eine Sonderbehandlung markiert. Der Dienstweg verlangte, daß Tom alle wichtigen Sonderaufnahmen paraphierte. Schließlich hatte die Klinik eine dreimonatige Warteliste.

Er rief Sarah an. »Wie würde dir ein Behandlungsfall gefallen? Wir haben hier eine Dame mit Nachtängsten im Erwachsenenalter, die auf Aufnahme wartet.«

»Bist du verrückt geworden?« brüllte sie ins Telefon.

»Nur ein Gutachten und eine Nachbehandlung. Wird ein paar Stunden dauern. Überleg dir mal, welchen Eindruck das beim Direktorium macht. Brillante Forscherin, und so engagiert, daß sie sich auch noch in der Klinik die Finger schmutzig macht. Aus solchem Holz sind Heldinnen geschnitzt.«

»Herrje, hör doch auf!«

»Wenn du diesem deinem Eid treu ergeben, möge Wohlstand und Ansehen dir...«

»Hippokrates hat damit überhaupt nichts zu tun. Nachtängste, sagst du?«

»Das ist es, was ich an dir mag. Du bist so verdammt neugierig. Das gefällt mir an einer Wissenschaftlerin.«

Einen Augenblick herrschte Stille. »Wann soll sie anfangen?«

»Heute abend um halb acht. Sie steht auf der Prioritätsliste.«

»Das will ich auch hoffen.«

Sie legten auf. Tom hätte beinahe laut losgelacht. Sarah war so berechenbar. Ihre Bereitschaft, heute abend einzuspringen, war typisch. Sich ständig schlagend und protestierend schritt sie durchs Leben und erledigte die Arbeiten von dreien. Es würde gut für sie sein, wieder Kontakt mit einem Patienten zu bekommen – mit einem wirklichen Menschen, der Schmerzen empfinden konnte. Sie brauchte diese andere Perspektive.

Bei diesem Gedanken mußte er schnauben. Wie, zum Teufel, sollte er wissen, was Sarah brauchte? Sie war so kompliziert und merkurisch, mit einer dunklen Tiefe für jede lichte Höhe. Alles, was er ihr wirklich anbieten konnte, war das, was er für angemessen halten mochte. Doch anzunehmen, daß er ihr Herz jemals ergründen könnte, und sei es auch als ihr Liebhaber, wäre töricht.

Er brauchte einen weitere Stunde, um alle Aufnahmeempfehlungen durchzugehen, manche paraphierend, manche für Endgutachten aussondernd, einige wenige von besonderem Interesse leitete er an Hutch weiter. Doch nicht den Fall Blaylock, den nicht. Er hatte die starke Ahnung, daß er Sarah nützlich sein würde. Auf jeden Fall hatte sie ohnehin einen Anspruch darauf. Sie hatte eine brillante Studie über die Nachtängste im Erwachsenenalter geschrieben und hatte zudem ein paar Heilungen erreicht, die weit über die Verabreichung von Sedativa und Beruhigungsmitteln hinausgingen. Dieser Fall gehörte ihr. Es hatte keinen Sinn, Hutch darin zu verwickeln, der hätte ihn nur jemand anderem zugeschoben, um zu verhindern, daß sie beim Direktorium Punkte sammeln konnte.

Als Sarah um sieben erschien, hatte sich ihre Stimmung erheblich gebessert. Sie trat um seinen Schreibtisch und küßte ihn auf die Stirn. »Methuselahs Betaprodorphin-Werte sind gegen Schluß gefallen wie verrückt«, sagte sie mit aufgeregter Stimme. »Wir kommen weiter.«

Er gab ihr einen harten Kuß. Es fühlte sich gut an, es zu tun, gut in seinem ganzen Körper. »Du bist wunderbar«, sagte er.

»Möglicherweise finde ich den Durchbruch, nach dem du gesucht hast«, sagte sie, den Kuß offensichtlich nicht einmal bemerkend. »Ich denke, daß es uns gerade noch gelingen könnte, ausreichend Kontrolle über die Betaprodorphin-Produktion zu bekommen. Zwar wird es uns nicht gelingen, den Alterungsprozeß gänzlich aufzuhalten, aber wir können ihn damit zumindest bremsen oder sogar umkehren.«

Er blickte sie an, sah ihr direkt in die Augen. Er war völlig betäubt. »Was sagst du da?«

»Ich stehe an der Schwelle. Ich werde mir den Schlüssel holen.« Sie warf den Kopf zurück, fuhr fort. »Es hat überhaupt nichts mit Drogen zu tun. Wir können unsere gewünschten Ergebnisse erlangen, indem wir die Schlaftiefe und die Temperatur des schlafenden Körpers kontrollieren. Mit dem, was wir jetzt schon wissen, können wir die Lebensspanne des durchschnittlichen Individuums wahrscheinlich um zehn oder sogar fünfzehn Prozent verlängern. Und zwar ohne pharmakologische Nebenwirkungen.«

»O Gott.«

»Die Daten passen zusammen, das kann ich garantieren. Du hast dir Sorgen wegen des Direktoriums gemacht. Hör auf damit. Das Ganze wird für dich ein Frühlingsspaziergang sein.«

Tom war viel zu erleichtert, um noch entzückt zu sein. Er nahm ihre Wangen zwischen seine Hände und küßte sie erneut. Diesmal erwiderte sie den Kuß, mit der Kehle ein erfreutes Geräusch ausstoßend, bog ihr Bein zwischen seinen, ließ die Arme um ihn gleiten. Hinter alldem war diese schlichte Liebe, das Wertschätzen der Träume des anderen.

Sie war ihm so nahe! Wenn er sich noch daran hätte erinnern können, wie man es tat – er hätte gebetet.

Er löste sich von ihr, als ihm der Fall wieder einfiel, den er ihr aufgebrummt hatte. »Die Sache mit dieser Patientin tut mir wirklich leid«, meinte er. »Wenn ich gewußt hätte, was vorgeht, hätte ich niemals...« Sie berührte seine Lippen, lächelnd.

»Diese Patientin braucht mich. Ich bin die allerbeste Wahl, wenn es um einen Fall von Nachtängsten geht.« Nun war er mit dem Lächeln an der Reihe. Wenigstens hielt sie es ihm nicht vor, daß sie in letzter Zeit soviele andere Sachen zu tun gehabt hatte, auf jene sture Weise, die zu akzeptieren ihm immer so schwerfiel.

Wortlos reichte er ihr den Computerausdruck über das Opfer der Nachtängste.

Miriams Arm ruckte mit betäubender Schnelligkeit empor und schlug John das Messer aus der Hand. Sofort begriff er, welch ein Fehler es gewesen war, darauf zu warten, daß sie erwachte. Er hatte dagestanden, hatte auf dümmliche Weise frohlockt, während sie *schlief*, während ihr Körper in ihrem Seidenanzug sanft glühte. Das Hackmesser in seiner Hand hatte sich gut angefühlt, die Klinge war scharf genug geschliffen, um schon beim leisesten Stich tief zu schneiden. Fast konnte er schon hören, wie sie durch die Luft sirrte, konnte das leise Knacken fühlen, wie sie Kontakt mit ihrem Hals aufnahm, konnte beinahe die schreckliche Erkenntnis in ihren Augen aufblitzen und danach verblassen sehen.

Die Hand schlang sich wie eine Fessel um sein Handgelenk. Er versuchte sich loszureißen, die Finger zurückzubiegen. Miriam sprang auf die Beine, griff seinen anderen Arm und hielt seine beiden Arme ausgestreckt vor ihn. Er wand sich zur Seite, doch sie hob ihn vom Boden. Er konnte ihr Gesicht sehen, nur wenige Zentimeter von seinem entfernt, ihre leuchtenden Zähne, ihre Augen, die wie die einer Krähe pfeilschnell umherzuckten.

Er warf den Kopf zurück und stemmte die Beine gegen ihren Bauch. Es war nutzlos. Sie hätte ebensogut eine steinerne Statue sein können. Sein Herz polterte in seinem Brustkorb, und Schmerz strahlte durch seine Arme. »Du bringst mich um!«

Da sagte sie etwas, das ihn erstaunte angesichts dessen, was sie gerade tat. Er war sicher, daß er die Worte richtig verstanden hatte: »Ich liebe dich.« Sie bat ihn um Vergebung und zischte ein Gebet hervor. Immer, wenn sie sich in Gefahr begab, rief sie die alten Götter ihrer Rasse an.

Sie zerrte ihn in eine ferne Ecke des Kellers. Dort vernahm er ein knirschendes Geräusch: Mit einer Hand hatte sie eine Steinplatte aus dem Boden gehoben.

Er versuchte noch immer zu begreifen, was sie da tat, als er wie ein Lumpen in den Raum unter dem Block geschleudert wurde. Er fiel hart, landete in gut zwanzig Zentimeter tiefem, eiskalten Wasser. Mit einem Krachen, das in seinen Ohren hallte, wurde über ihm die Platte wieder an ihren Platz fallen gelassen.

Absolute Dunkelheit. Tropfendes Wasser.

Nun spürte John, wie ihn die Verzweiflung überkam. Von diesem Ort würde er nie mehr entkommen. Sie hatte ihn lebendig begraben!

Er schrie, hämmerte gegen die Steinplatte, rief immer und immer wieder ihren Namen. Seine Hände krallten sich in die kühlen Steine, bis seine Finger rissen. Der Tod würde ihn hier einfangen, in einen Raum eingepfercht, der kaum so groß wie ein Sarg war!

»Bitte!«

Tropfendes Wasser.

Panik. Bilder von zu Hause. Klarer Himmel. Frühlingsweiden. Weiter im Westen das Horn des Jägers.

Hände, die an ihm zerrten, an ihm rissen, sein Gesicht in das schlammige, stinkende Wasser drückten. Erdrückendes, peinigendes Gewicht. Steine. Steine und völlige Hilflosigkeit.

Das Bewußtsein verließ ihn. Doch es wich nicht dem Vergessen.

Er blieb reglos, die Knie gegen den Mund gestemmt, mit der Nase die Wasseroberfläche berührend, während sein Rücken unter dem Druck des Gesteins schrie, während sein Geist durch die linsende Dunkelheit der Hölle tanzte.

Sarah traf auf Mrs. Blaylock im Empfangszimmer. Bis vor kurzem war es ein schäbiger, langweiliger Warteraum mit braunen Wänden und Plastiksesseln gewesen. Doch Tom hatte darauf bestanden, daß er umdekoriert wurde, damit die Patienten jene förderliche Atmosphäre vorfanden, die sie brauchten. Nun sah er wenigstens bewohnbar aus, mit pastellgrünen Tapeten, leichten Sesseln und sogar einer großen Couch.

Sarah erkannte Miriam Blaylock sofort. Sie war gut über einsachtzig groß, blond, mit Augen, die so grau waren, daß sie schon weiß aussahen. Ihr Gesicht hatte eine Art heftiger Wißbegierde an sich, etwas, das den Wunsch auslöste, den Blick abzuwenden. Sie saß in einem der steiferen Sessel. Die anderen Patienten, die heute abend eingewiesen werden sollten, standen in einer kleinen Schar neben der Tür, wie nervöse Mäuse.

»Mrs. Blaylock«, sagte Sarah mit lauter Stimme.

Die Frau fixierte sie mit ihrem Starren und kam auf sie zu. Ihre Blicke trafen aufeinander, und Sarah fand sich plötzlich in der Gegenwart von etwas wieder, das viel tiefgehender war als rein körperliche Schönheit. Und doch waren schon die schiere Pracht des Körpers dieser Frau und die Ruhe ihres Ausdrucks beachtenswert. Sie hatte außerdem eine Art wachsamer Anmut an sich, eine Art sich zu bewegen, die nicht ganz stimmte, eine Atmosphäre absoluter – und daher seltsamer – Selbstsicherheit.

»Ich bin Dr. Roberts«, sagte Sarah und hoffte, daß ihre Miene nicht ihre Überraschung verraten hatte. »Ich werde mich um Ihren Fall kümmern.«

Nun lächelte Miriam Blaylock. Sarah hätte fast drauflos gelacht; diese Heftigkeit wirkte so deplaciert. Es war überhaupt nicht das Lächeln einer Fremden, sondern etwas anderes, fast wie ein Triumph. Sarah fühlte sich versucht, ein medizinisches Urteil über ein derart unangemessenes Verhalten zu fällen, hatte aber das Gefühl, daß sie dafür noch mehr Daten brauchte. Vorsichtig geworden, legte sie professionelle Neutralität in ihre Stimme. »Als erstes werden wir eine kleine Besichtigung der Einrichtung machen, und ich werde Ihnen unsere Vorgehensweise erläutern. Folgen Sie mir, bitte.« Sie führte sie in den Beobachtungsraum. Tom wollte aus Geselligkeit bleiben und die Geräte bedienen. Er fläzte sich in einem Sessel vor einer der Computerkonsolen. »Das ist Dr. Haver«, sagte Sarah.

Tom drehte sich um, und als er Mrs. Blaylock zum ersten Mal sah, zeigte sein Gesicht einen Ausdruck offensichtlicher Überraschung. »Hallo«, sagte er. Sarah stellte fest daß sie auf undefinierbare Weise irritiert von ihm war. Schließlich brauchte er ja nicht gleich so erfreut dreinzublicken.

»Dr. Haver wird Ihnen unser Überwachungssystem erklären.«

»Wird es weh tun?«

»Weh tun?« fragte Sarah.

»Irgendein Teil der Prozedur.«

Ihre Stimme schien den Raum mit ihrem reichen, schwülen Timbre auszufüllen. Und doch war da noch eine unheimliche Intonation, fast kindlich. »Nein, Mrs. Blaylock, das wird es nicht.« Es war Tom, der antwortete. »Sie werden feststellen, daß nichts, was wir tun, auch nur im geringsten unangenehm ist. Die Einrichtung ist so konzipiert, daß sie Ihnen einen guten Nachtschlaf sichert.« Tom räusperte sich und fuhr sich heftig mit den Fingern durchs Haar. »Dieses System hier zeichnet jene elektrischen Impulse auf und analysiert sie, die Ihr Gehirn im Schlafzustand erzeugt. Es heißt Omnex und ist das modernste Computersystem seiner Art auf der ganzen Welt. Während Sie von einer tiefen Schlafphase in die andere gleiten, werden wir zusehen und nicht nur erkennen, wo Sie sich gerade befinden, sondern auch, wie sich Ihr Schlaf im Vergleich zu den verschiedenen Modellen verhält, die wir hier im Riverside entwickelt haben.«

»Er will Ihnen damit sagen, daß es sehr fortgeschritten und wunderbar ist«, sagte Sarah durch ein Lächeln hindurch.

»Wenn der Computer das Polysomnogramm analysiert, was tun Sie beide denn dann?«

Eine recht gut informierte Frage für eine Patientin. Sarah war versucht, wahrheitsgemäß zu antworten – daß sie herumsitzen und Kaffee trinken würden. »Wir beobachten die Kurven und versuchen, uns ein Gesamtbild von Ihrem individuellen Schlafmuster zu verschaffen. Und natürlich halten wir auch Ausschau nach Anzeichen für Ihr Problem.«

»Ich fürchte mich nicht, es beim Namen zu nennen, Dr. Roberts. Man nennt es Nachtängste. Werden Sie mich aufwecken, wenn sie kommen?«

Ihre Stimme hatte nun einen flehenden Unterton, der in Sarah den Wunsch erweckte, sie zu trösten. »Das kann ich Ihnen nicht versprechen, aber wir werden hier sein, falls Sie tatsächlich aufwachen sollten. Gehen wir nun hinunter ins Untersuchungszimmer, dann können Sie den Patientenaufenthaltsraum für den Abend benutzen oder sich in Ihre Kabine begeben, was immer Sie vorziehen.«

Ein Blick in den Untersuchungsraum überzeugte Sarah davon, daß er für ihr Vorhaben richtig vorbereitet war. »Bitte ziehen Sie Ihre Bluse aus, Mrs. Blaylock. Es wird nur ein paar Minuten dauern.« Sarah setzte ihr Stethoskop auf. Es sollte eine oberflächliche Untersuchung werden, die binnen weniger Minuten vorbei sein würde und nur die gröbsten Erscheinungen der Erkrankung aufdecken sollte.

Sarah war erstaunt, als sie sich wieder umdrehte und Mrs. Blaylock nackt dastand. »Oh, das tut mir leid, ich habe mich wohl nicht klar genug ausgedrückt. Ich wollte, daß Sie nur die Bluse ausziehen.«

Miriam Blaylock blickte ihr direkt in die Augen. Der Augenblick war gespannt. Mrs. Blaylock öffnete den Mund, schien etwas sagen zu wollen. Der Raum erzeugte eine unglaubliche Platzangst.

Bevor sie merkte, daß sie es tun würde, hatte Sarah schon selbst gesprochen. »Was wollen Sie?«

»Wollen?« Miriam Blaylock öffnete die Lippen. »Geheilt werden, Doktor.«

Es war etwas Bösartiges, fast Höhnisches in ihrem Tonfall.

Sarah wurde verlegen. »Setzen Sie sich einfach auf diesen Tisch.« Sie zeigte auf den Untersuchungstisch. Miriam glitt darauf, wobei sie sich mit den Händen abstützte. Ihre Beine waren weit gespreizt. Es hätte obszön gewirkt, hätte die Frau nicht den Eindruck gemacht, daß es ihr völlig unbewußt war.

Während Sarah ihre Reagenzgläser für die Blutuntersuchungen vorbereitete, merkte sie, daß sie tatsächlich den schwachen, moschusähnlichen Duft der Scheide dieser Frau riechen konnte. Sie drehte sich um, die Spritze in der Hand. Miriam machte ein kehliges Geräusch und bewegte eines ihrer Beine. Das Flüstern des Fleisches auf dem Laken, das den Untersuchungstisch bedeckte, war beunruhigend. »Ich werde jetzt etwas Blut entnehmen, Mrs. Blaylock«, sagte Sarah mit einem, wie sie hoffte, durch und durch professionellen Ton. Miriam streckte den rechten Arm aus.

Der Arm war schön geformt, die Hand feingliedrig und doch kräftig. Ein angsterregendes und sinnliches Bild flakkerte in Sarahs Geist auf, so beunruhigend, daß sie den Kopf schüttelte, um es zu unterdrücken.

Als sie begann, Miriams Haut zu streicheln, ließ irgend etwas ihre eigene Haut frösteln. »Ich versuche, eine Vene zu finden«, sagte sie. »Ballen Sie bitte die Faust.« Sie führte die Nadel ein. Miriam gab ein weiteres Geräusch von sich, eines, mit dem Sarah vertraut war. Es war ihr eigenes kleines Gurgeln, jenes, das sie stets machte, wenn ein Mann in sie eindrang. Es unter diesen Umständen zu hören, aus der Kehle einer anderen Frau, war leicht ekelerregend. Sarah mußte sich mit aller Kraft auf das konzentrieren, was sie gerade tat, um nicht ein Loch in den Arm der Frau zu reißen. Mrs. Blaylocks Hand lag mit der Fläche nach oben in ihrer. Der Schweiß verschleierte Sarahs Sicht, als die Spritze sich füllte. Sie sehnte sich danach, sich von Mrs. Blaylocks Berührung lösen zu können. Sie war unbezweifelbar angenehm, und es war gerade das Entzückende daran, was es so schrecklich machte. Sie blickte auf die Handfläche hinab und bemerkte die bizarre Vorherrschaft vertikaler Linien.

Endlich war die Spritze gefüllt, und Sarah konnte sie zurückziehen. »Lassen Sie sie nicht fallen«, sagte Mrs. Blaylock.

Ihr Ton war so leicht, so gütig, zugleich aber erzeugte er auch solch eisige Schauer. Mit aller Ruhe, die aufzubieten sie fähig war, machte Sarah sich daran, sechs Reagenzgläser mit dem Blut der Frau zu füllen.

»Ich muß Sie untersuchen«, sagte sie mit einer, wie es ihr schien, albern klingenden leisen Stimme. »Bitte legen Sie sich auf den Tisch.« Sie befingerte ihr Stethoskop.

Mrs. Blaylock legte sich mit aufgestellten Knien hin, die Hände hielt sie über dem Unterleib gefaltet. Ihre Brustwarzen standen aufrecht.

Sarah war wie gelähmt, noch nie hatte sie solche vollkommenen Brustwarzen gesehen. Das Fleisch der Frau war so hell wie Gold. Sie drehte sich zu Sarah um und murmelte mit dem sanftesten, dem lieblichsten aller Lächeln, daß sie bereit sei.

Sarah applizierte das Stethoskop auf der Brustkorbmitte. »Bitte tief durchatmen.« Die Lungen hörten sich so klar und rein an wie die eines Kindes. »Sie sind Nichtraucherin?«

»Ja.«

»Gut für Sie.«

Sie fuhr mit der Stethoskopuntersuchung fort, die Herzgeräusche erst von vorne abnehmend und danach Mrs. Blaylock bittend, sich umzudrehen, damit sie die Prozedur der Herz- und Lungenuntersuchung am Rücken fortsetzen konnte. Während sie arbeitete, fand sie etwas von ihrer Fassung wieder. Schließlich war sie Ärztin, und die Frau hier war eine Patientin. Frauen zogen sie sexuell nicht an. »Bitte umdrehen.« Sie legte die Hände um die Spitze der linken Brust und befühlte sie sanft, nach unten bis zum Ansatz gleitend. »Haben Sie in den vergangenen drei Monaten irgendwelche Schmerzen oder Ausfluß in den Brustwarzen gehabt?«

Mrs. Blaylocks Zunge glitzerte hinter ihren Zähnen. Sarah

sah, wie Miriams Hände sich hoben, spürte, wie sie ihr Gesicht umrahmten. Sie bewegte sich nicht, eher aus Überraschung als aus irgendeinem anderen Grund. Ihr benommener Verstand dachte nur, daß sie noch nie so fahle Augen gesehen hatte. Die Hände führten ihren Kopf nach unten, und ihre Lippen berührten die Brustwarze.

Der Freudenschock war so groß, daß sie beinahe auf Mrs. Blaylocks Brustkorb zusammengebrochen wäre. Irgend etwas in ihrem Inneren, dessen sie sich völlig unbewußt gewesen war, erwachte voller Freude und Dankbarkeit. Ihr Geist schrie sie an – Doktor, Doktor, DOKTOR! Um Gottes willen, das bist doch nicht *du!*

Doch sie hatte die Brust geküßt, sie konnte ihre salzige Süße schmecken, konnte sich daran erinnern, wie der Nippel ihre Lippen gekitzelt hatte. Mrs. Blaylocks Finger streiften ihre Wange.

Sarahs Mut sank. Das hier war ja abscheulich. Mrs. Blaylock lag regungslos auf dem Untersuchungstisch. »Sie sollten sich besser das Gesicht abtrocknen«, sagte sie. »Sie schwitzen.« Und sie warf ihr einen neckenden Blick zu.

Während Sarah sich Wasser ins Gesicht spritzte und sich abtrocknete, zog Mrs. Blaylock sich an. »Gehören Brustuntersuchungen mit zur Standardprozedur?«

Sarah war erschrocken. Bis zu diesem Augenblick hatte sie überhaupt nicht darüber nachgedacht. Natürlich gehörten sie nicht zur Standardprozedur. Es wurden immer nur Blut, Lungen und Herz untersucht. Ihre Wangen begannen zu brennen, sie konnte spüren, wie die Frau ihren Rücken ansah.

»Ich dachte es mir doch«, sagte Mrs. Blaylock. Sarah hatte nichts sagen müssen, ihr Schweigen war beredt genug. Mrs. Blaylocks Hände berührten ihre Schultern, drehten sie um. Sie zogen Sarah an sich und umarmten sie eng. Sarah hatte sich noch nie so gefühlt wie jetzt. Die Kraft in Mrs. Blaylocks Armen jagte zitternde Wellen durch ihren ganzen Körper. Sie war unfähig sich zu bewegen, lag wie ein Stofflumpen in ihren Armen. Die Frau war kräftig, mühelos hob sie Sarah vom Boden, dann ließ sie sie wieder herunter, bis sie auf ihrem Knie ritt. Heftige kleine Schauer durchzogen sie, als Miriam sie vor und zurück bewegte. »Öffnen Sie die Augen«, sagte sie.

Sarah schämte sich, sie konnte Mrs. Blaylock nicht in die Augen blicken. »Wir müssen aufhören«, sagte die Frau, »sonst machen Sie mir noch das Kleid naß.« Sie ließ Sarah ein paar Zentimeter an ihrem Bein herabgleiten, bis ihre Füße den Boden berührten.

Ihr Herz jubilierte, und doch war ihr Geist angefüllt von Scham.

»Sie müssen mir zeigen, wo ich hingehen soll, Dr. Roberts.«

Wenn in dieser Stimme wenigstens etwas Zorn gewesen wäre. Aber sie war neutral und angenehm. Es gab nicht einmal den Hauch einer Erwiderung der Gefühlsexplosion, die in Sarahs Innerem stattgefunden hatte.

»Sie kommen auf Fünf B«, rief Tom ihr vom Gangende zu, als sie im Korridor erschienen. »Neue Zimmerverteilung.«

»Jetzt habe ich wirklich das Gefühl, daß das hier ein Hotel ist«, lachte Mrs. Blaylock. Als sie die Kabine erreichte, amüsierte sie sich erneut. »Von wegen klein! Die hat ja eher die Größe einer Pullmanpritsche.«

»Sie können den Abend im Patientenaufenthaltsraum verbringen«, sagte Tom.

Sarah war durch und durch niedergeschlagen.

Kapitel 6

Miriam saß zusammen mit den anderen in dem grimmig fröhlichen Aufenthaltsraum für Patienten. Zwar blickte sie in Richtung Fernsehschirm, doch ihre Gedanken waren woanders. Seit Alices Tod hatte diese Visite eine drastisch veränderte Bedeutung bekommen.

Sie fühlte sich so betrogen, so im Stich gelassen. Seit sie einst in Ilium einen Strand völlig erschöpft hinaufgekrochen war, war sie nicht mehr so einsam auf dieser Welt gewesen. Sogar nach dem Tod ihres Vaters, als sie in fremden Ländern umhergestreift war, hatte sie ihr Leben wiederaufgebaut. Sie hatte vor, es wieder zu tun. Die kleine Ärztin war ihr neues Objekt. Vorher hätte sie Sarah Roberts nur benutzen und danach fortwerfen wollen. Nun aber würde sie sie behalten.

In gewissem Sinne war es sogar gut; es wäre eine Schande gewesen, eine solche Person zu vernichten. Sarah war aufgeweckt, war voller Güte und besaß jene seltene Lebensgier, die von solch grundlegender Bedeutung für die Entwicklung des Hungers war.

Miriam würde während der nächsten paar Tage und Wochen öfter darüber nachdenken, doch war sie entschlossen, Sarah zu transformieren. Wenn ihre Wahl etwaige Mängel haben sollte, so würde sie sich später damit auseinandersetzen müssen. Wenigstens würde Sarah dann kein besseres Motiv haben können, um das Problem der Transformation zu lösen. Denn dann würde ihr eigenes Leben davon abhängen.

Ein Geräusch hinter ihr ließ sie zusammenzucken. Miriam fühlte sich hier wie ein Tier in einem offenen Käfig, das darauf wartete, das Scheppern der sich schließenden Gitter zu hören. Indem sie sich ihnen offenbarte, würde sie mit Sicherheit Sarahs gänzliches und absolutes Interesse auf sich ziehen – doch das war eine gefährliche Taktik. Sie konnte sich vorstellen, wie sie auf irgendeinem Tisch festgeschnallt war, das Opfer ungezügelter wissenschaftlicher Neugier, konnte sich vorstellen, daß die Gesetze der Menschen sie nicht schützen würden, wenn sie erst einmal festgestellt hatten, daß sie nicht zu ihnen gehörte. Sarah besaß eine skrupellose Raubtiernatur. Sie, die auf solch indifferente Weise Methuselah vernichtet hatte und zweifellos auch noch Dutzende anderer Primaten, würde Miriam gefangensetzen. Im Geist einer solchen Person konnte Intelligenz vielleicht Rechte verleihen, vielleicht aber auch nicht. Wenn ihre Neugier nur intensiv genug war, ihr Ehrgeiz hinreichend angestachelt, würden Sarah und ihre Kollegen – daran hegte Miriam keine Zweifel – nicht zögern, sie zu opfern oder sie einfach als Versuchstier einzusperren: »Zum Wohle der Menschheit und des wissenschaftlichen Fortschritts.«

Der Gedanke daran, daß man sie einsperren könnte, daß sie unfähig sein könnte, ihren Hunger zu stillen, war grauenerregend. Sie hatte aus nächster Nähe mit angesehen, welch extremes Leiden das bedeutet. Derartige Qual lebte in ihrer eigenen Dachkammer, bewegte sich rastlos in den Kisten.

Je mehr sie über Sarah nachdachte, um so gewisser war sie, daß sie eine Gefährtin gefunden hatte – oder eine Gefängniswärterin. Es mußte darum gehen, bei Sarah den Hunger anzustacheln, bevor sie völlig verstehen konnte, was mit ihr geschah. So etwas würde über ihre Seelenlandschaft ziehen wie der rote Mond. Dann würde Sarah für jegliche Ernte reif sein, die Miriams Bedürfnisse befriedigen mochte.

Es hing davon ab, daß Sarahs Schwäche für Liebe erregt wurde. Jedes Alter und jedes Menschwesen verriet sich selbst durch einen typischen Fehler. Die Römer hatten ihre Dekadenz gehabt, das Mittelalter seine Religion, die viktorianische Ära ihre Moral. Dieses Zeitalter, das so voller Bigotterie und Schuldgefühle war, war weitaus komplizierter als die anderen. Es war das Zeitalter der Lüge. Seine Nationen waren auf Lügen aufgebaut, und so verhielt es sich auch mit den Herzen seiner Völker. Miriam konnte das Loch füllen, das eine Lüge in einem Menschen zurückließ, sie konnte das Loch in Sarah füllen.

Sie erinnerte sich an die bebenden Schultern, an die feuchte Berührung der Lippen auf ihrer Brust ... sie atmete tief durch, schloß die Augen und versuchte, Sarahs Herz zu *berühren*. Ein Eindruck wie von einem leeren Wald. Da war Sarah, verzweifelt einsam, in ihr äußeres Leben hinausstürzend, um der geheimen Leere im Inneren zu entgehen.

Miriam konnte Sarah jenes Geschenk geben, nach dem sie am meisten verlangte: die Gelegenheit, diese Leere zu füllen, der jeder Sinn fehlte, gefesselt von dem Grauen eines sinnlosen Todes. Der Wald konnte bevölkert werden, mit Lebenssinn, mit Liebe und mit einem Ziel. Miriam saß da, mit verengten Augen, nach innen blickend. Sarah war daran verzweifelt, daß sie nie wirklich geliebt worden war. Sie begehrte Tom zwar, genoß ihn sexuell, aber die alte Hohlheit setzte sich immer wieder durch, die Wahrheit kam stets wieder zum Vorschein. Miriam konnte im Dickicht von Sarahs Emotionen tätig werden. Sie kannte die Rolle, die sie in diesem Zeitalter spielen mußte und konnte: die Rolle der Bringerin wahrer Liebe.

Tom kratzte an seinem Becher, als er den Kaffee in der Hand hielt. Sarah erschien das leise Geräusch wie kreischende Wandkreide. Die gräßliche, unglaubliche Freude jener Sache, die im Untersuchungszimmer passiert war, erweckte in ihr den Wunsch, sich von jeder Art Intimität zurückzuziehen. Tom wandte sich ihr zu, küßte ihre Wange. Um dem Kuß zu entkommen, raschelte sie mit dem Computerausdruck der Blaylock. »Überprüfen wir noch einmal die Kabine.« Sie konnte es nicht ertragen, ihn jetzt zu küssen, sich seiner Liebe stellen zu müssen.

»Hast du Spaß daran? Immerhin haben wir es schon zwei Mal getan.«

»Dann tun wir es eben noch einmal. Ich will keine Probleme bekommen. Ich kann es mir nicht leisten, noch eine Nacht hier oben zu verbringen.«

»Du bist nicht hierher befohlen, sondern eingeladen worden.«

»Ich mußte kommen. Diese Frau leidet immerhin unter Nachtängsten.«

»Du bist nicht der einzige Arzt, der Nachtängste behandeln kann.«

»Ich bin die einzige, die...« Sie brach ab. Gerade hatte sie sagen wollen: »...die einzige, die *sie* behandeln kann.« Aber warum? Was war denn so besonders an dieser Patientin? Was ließ Sarah auf sie reagieren wie ein verwirrter Backfisch? Sie hackte den Checklisten-Code in die Computerkonsole ein. Sofort zeigte der Monitor eine Liste von Körperfunktionen an: Elektroenzephalogramm, Elektrokardiogramm, Hautwiderstandsmesser, Elektrooculogramm, Atmungsüberwachung. Alles funktionierte. Als nächstes schaltete sie die Wechselsprechanlage und den Fernsehmonitor ein.

»Ist alles perfekt«, sagte Tom, »genau wie vor zehn Minuten.« In seiner Stimme klang ein Hauch von Humor mit, als sei er von dem amüsiert, was er für ihre Überbesorgtheit hielt. Er legte seine große Hand auf ihre, seine vertraute Geste. Sie blickte auf sie herab, spürte ihr Gewicht. Es hätte ebensogut die Hand einer Statue sein können. Vorhin hatte Sarah gewollt, daß er ihr heute nacht Gesellschaft leistete, nun wünschte sie, daß sie diese Aufgabe einem der regulären Konsolenbediener übertragen hätte.

»Ich will die Sache endlich hinter mich bringen.«

»Dann hoffe ich, daß sie auch eine Nachtangst hat. Deinetwegen.«

»Tom, tust du mir einen Gefallen?«

»Na klar.«

»Bitt faß mich nicht an.«

Er riß seine Hand zurück, seine Blicke wirkten wie Nadeln verletzter Wut. »Also schön, was habe ich falsch gemacht?«

Sofort überkam sie eine Woge des Bedauerns. Warum dies tun, warum eklig zu ihm sein? Das Perfide daran, daß sie sich unter einem solchen Zwang fühlte, es zu tun. Miriam Blaylock loderte in ihrem Geist. Sie sagte sich, daß das, was zwischen ihnen passiert war, eine Art Unfall gewesen sei. Sie stand unter Druck, sie war erschöpft. Und doch – hätte sie ein solches Verhalten bei einem anderen beobachtet, sie hätte darin einen nicht zu duldenden professionellen Fehler gesehen. Sie versuchte, sich selbst gegenüber ebenso hart zu bleiben, doch unentwegt verlangten Erklärungen ihre Aufmerksamkeit. Sie verabscheute sich dafür, war sich völlig bewußt, was sie tat. »Liebling? Was habe ich falsch gemacht?« Er drängte auf eine Antwort, seine Miene war voll verletzter Anständigkeit.

Sie klammerte sich an ihn, an den schwachen Geruch von Old Spice auf seinem stoppligen Gesicht, an die zerkratzte Brille, durch die doch niemand etwas sehen konnte, vor allem aber an die unverkennbare Ehrlichkeit seines Versuchs der Liebe, seines gescheiterten Versuchs. Er erwiderte ihre Umarmung, zweifellos verstand er nicht im geringsten, was los war, war aber willig, alles zu akzeptieren, was sie darin als Rolle für ihn auswählen mochte. Ihre eigene Verachtung für ihn, ihre zornige Ablehnung dessen, wie verschiedene Teile von ihm einander mit häßlicher Leichtigkeit benutzten, erschien ihr nun außerordentlich kleinlich. Der Mann versuchte zu lieben. Er war nicht gut darin, würde es niemals sein. Er war nicht frei genug dazu. Die Güte seines Herzens wurde korrumpiert durch seinen übermächtigen Ehrgeiz. Also gut, sollte es doch so sein. Er war kein Mädchentraum, wenngleich er echt war. Wenn man ihn trat, tat ihm das weh. Bemitleidete man ihn, machte ihn das kleiner. Liebte man ihn, so konnte – vielleicht aber auch nicht – etwas daraus werden.

»Halb elf, und ich bin müde«, sagte sie schließlich. Sie wollte den Vorhang fallen lassen, zu einem anderen Akt übergehen. Die Situation kam ihrem Wunsch nach: Im Aufenthaltsraum der Patienten ertönte eine Klingel. Zeit für die Schlaflosen, sich um Ruhe zu bemühen. Die anderen Mitarbeiter folgten ihnen, konzentrierten sich auf ihre Schützlinge. »Ich werde sie wohl besser anschließen«, sagte Sarah. »Bin gleich zurück.«

Sie wandte den Blick von ihm ab, als sie ging, wollte den Augen nicht begegnen, die die ihren suchten.

Miriam Blaylock lag in ihrer Kabine, in einem prächtigen und völlig unpassenden seidenen Morgenmantel. Er war rosa und weiß, mit den Blumen irgendeines vergangenen und fernen Orts bestickt. In diesem asketischen kleinen Raum sah er aus wie ein Museumsstück. Das galt allerdings auch für Miriam Blaylock selbst. Ihr Gesicht hatte jenen verschlossenen, geheimen Ausdruck, den man auf alten Fotografien sehen konnte. Es war ein Gesicht aus einer anderen Zeit, als die Menschen aus gesellschaftlicher Notwendigkeit alles verbargen, was in ihren Herzen vorging.

»Soll ich mich wieder für Sie ausziehen?« Ihre Stimme besaß nur einen leicht feixenden Unterton.

»Das wird nicht notwendig sein, Mrs. Blaylock.«

Sie setzte sich in ihrem Bett auf, die Augen geweitet. Plötzlich erinnerte sich Sarah an die schwarze Statue der Isis in der Ägyptischen Abteilung des Metropolitan Museums. »Sie brauchen sich ja nicht gerade wie ein Eisblock dabei benehmen«, erwiderte Mrs. Blaylock. Sarah fühlte, wie sie errötete. Die professionelle Distanz des Tonfalls, den sie gewählt hatte, war von Miriam dazu benutzt worden, um eben dies zu erschaffen, was Sarah nicht wollte – Intimität. Plötzlich wurde ihr der Geruch im Raum bewußt, schwer und scharf, aber mit einer dahinterliegenden vulgären Süße.

»Ich werde jetzt ein paar Elektroden an Ihrer Stirn anbringen, an den Schläfen und in der Herzgegend. Sie tun nicht weh und werden Ihnen auch keinen elektrischen Schock versetzen.« Sie benutzte die Litanei, die sie seit ihrer Klinikzeit auswendig konnte, spürte dabei sogar eine gewisse Freude. Sie begann damit, das Gleitgel der Gesichtselektroden zu applizieren, dann befestigte sie sie nacheinander mit Klebeband. »Ich muß Sie bitten, Ihre Kleidung zu öffnen.« Miriam zog den Mantel aus.

»Das Nachthemd kann ich mir nur über den Kopf streifen.«

»Heben Sie es, bitte.«

Mrs. Blaylock lachte, berührte Sarahs Handgelenk. »Sie sollten wirklich nicht so furchtsam sein, meine Liebe. Es war doch nur ein Zufall. Wir brauchen nicht einmal mehr darüber nachzudenken.« Ihre Augen funkelten. »Es hat überhaupt nichts zu bedeuten.«

Sarah war auf absurde, lächerliche Weise dankbar, beherrschte aber ihre hitzige Verlegenheit. »Lassen Sie mich diese Elektroden anbringen, dann können Sie versuchen zu schlafen.«

Mrs. Blaylock zog das Nachthemd aus. Die Elektroden waren schnell befestigt. Sarah sagte sich, daß dies hier nur ein gewöhnlicher weiblicher Körper sei, nicht anders als all die anderen, die sie im Laufe ihres Berufslebens gesehen und berührt hatte. Sobald sie fertig war, wandte sie sich zum Gehen. Mrs. Blaylock hob die Hand, nahm ihr Handgelenk. Sarah hielt inne, bewegte sich nicht.

»Warten Sie.« Es war ein Befehl, der keinen Widerstand duldete, so sanft vorgetragen wie ein Flehen. Sarah drehte sich um und stand vor ihr. Trotz des Elektrodengewirrs und ihrer Nacktheit wirkte Mrs. Blaylock um kein bißchen weniger herrscherlich. »Ihre Generation hat keinen Respekt für das, was heilig ist.« Sarah blickte sie an. Welche Generation? Miriam Blaylock war mindestens fünf Jahre jünger als sie selbst. »Liebe ist wichtig, Doktor. Sie läßt sich nicht einsperren.«

»Natürlich nicht.«

Sehr langsam, mit der übertriebenen Demut einer schlechten Schauspielerin, neigte Mrs. Blaylock den Kopf. Es hätte eigentlich lächerlich wirken müssen, eine klischeehafte Szene irgendeines fürchterlichen Melodrams, statt dessen jedoch bewegte es Sarah zutiefst, gab ihr das Gefühl, brutal und der Zerbrechlichkeit des menschlichen Herzens gegenüber völlig gefühllos zu sein.

Was gab dieser Frau nur das Recht, sie dazu zu bringen, sich selbst so fürchterlich zu finden!

Sarah riß ihre Hände fort und kehrte in den Kontrollraum zurück. Sobald sie ihn betrat, wurde ihr klar, wie durch und durch fremdartig Miriam Blaylock in Wirklichkeit war. Es war ein solch gemütlicher, vertrauter Ort, heimelig, weil ihm ein Sinn und ein Ziel eignete, die sie schätzte. In der Kabine war irgend etwas gewesen, etwas Undefinierbares, was sie auf merkwürdige Weise an das Böse in Methuselahs Käfig erinnerte. Wie in dem Käfig gab es auch in der Kabine einen schmutzigen Geruch, doch eher süß als sauer. Und die rohe Verführungskraft unter dem Morgenmantel, fast wie von Majestät, so wüst wie Methuselahs Rage... ein Dämon – wenn solch ein Ding existierte – würde, wie Miriam, viel zu schön sein. Methuselah war eine andere Manifestation des dämonischen Bösen gewesen: nackt und wirklich, noch im Sterben Haß herausbrüllend. Doch Sarah glaubte nicht an das Böse. Statt dessen glaubte sie an die schwarze innere Welt der Menschen, wo Verlieren Gewinnen bedeutete und gewinnen hieß, die Wahrheit nicht zu sehen. »Sie wird schon ihre Nachtangst bekommen«, sagte Sarah. Dessen war sie sich absolut sicher. Niemand, der wie Miriam Blaylock war, konnte auch nur eine Nacht ohne eine solche erleben.

Tom reagierte überrascht auf das, was er auf dem Monitor mitangesehen hatte. Zwischen Sarah und Miriam war irgend etwas los. Seine eigene Reaktion gegenüber Miriam Blaylock hatte sich nun verfestigt: Sie war nicht die Art von Patientin, die er gern behandeln würde. Und er wünschte, daß er Sarah nicht mit hineingezogen hätte. Sie hatte keinen Bedarf für jene Art von psychologischem Krieg, die die Miriams der Welt genossen. »Das ist ein reiches kleines Biest, dort drinnen. Ich mag sie nicht.«

Sarah nickte. Tom konnte sehen, wie aufgewühlt und niedergeschlagen sie war. Das war sie bereits seit ihrer ersten Begegnung mit Mrs. Blaylock gewesen. Das arme Mädchen war ohnehin schon schrecklich unsicher. Setzte man sie unter Druck, verlor sie jeden Sinn für Perspektiven.

»Bringen wir diese Show endlich über die Bühne«, sagte er. Tom hatte beschlossen zu warten, bis die Kälte, die Sarah ihm gegenüber zuvor gezeigt hatte, sich von allein auflöste.

Ein reifes Verhalten verlangte, daß er sich selbst dazu brachte, sie zu akzeptieren. Er wußte, daß er als Liebhaber nicht besser als guter Durchschnitt war, als Freund überhaupt nicht gut, doch er wollte Sarah geben, was er zu geben hatte. Um das Interesse einer solchen Frau, wie sie es war, aufrechtzuerhalten, würde er, das hatte Tom bereits akzeptiert, viele Konzessionen machen müssen.

Sarah lehnte ihren Kopf gegen seine Schulter. »Du bist fürchterlich lakonisch geworden.« Es war ein Eröffnungszug, und fast hätte Tom vor lauter Dankbarkeit die Arme um sie geworfen.

»Ich mache mir Sorgen um dich, Liebling. Du wirkst aufgeregt.«

Sarah nickte in Richtung des Monitors. Miriam lag da und las ein Magazin. »Das bin ich auch.«

»Was gefällt dir an ihr nicht?« Er dachte an das gemurmelte Gespräch zwischen ihnen, an die seltsame Geste des Handhaltens.

»Sie ist . . . ich weiß nicht genau, wie ich es ausdrücken soll. Vielleicht die alte Definition eines Monsters, die lateinische.«

Tom lächelte. »Ich habe keine Ahnung, was das für eine Definition ist. Für mich ist ein Monster einfach nur ein Monster.«

»Ein göttliches Wesen. Ein *Ding* der Götter. Unwiderstehlich und tödlich.«

Tom blickte wieder auf den Monitor. Zwischen den Göttern und der Frau mit dem *McCalls* in den Händen schien doch eine große Kluft zu klaffen. »Ich mag sie einfach nicht«, sagte er. »Gelangweilt, selbstsüchtig, reich, ein bißchen herrisch, wenn man ihre verwöhnte Garderobe ansieht. Sammelt wahrscheinlich Schwänze wie Schrumpfköpfe.«

Er war entzückt darüber, daß er Sarah zum Lachen gebracht hatte. Es erleichterte ihn stets, es war, als würde man feststellen, daß ein Geschenk über alle eigenen Erwartungen geschätzt wurde. »Manchmal«, sagte sie, »hast du eine Art, die Sachen auf den Punkt zu bringen, die ist unbezahlbar.«

»Danke, Madame. Nun hoffe ich, daß Sie sich keine Sorgen

mehr machen werden, anstatt mich zu küssen.« Endlich wirkten ihre Augen glücklich. Er küßte ihre Lippen, drückte sie mit den Handwurzeln zusammen.

Mit einem verärgerten kleinen Zucken merkte er, daß sie an ihm vorbeistarrte, auf den verdammten Monitor. »Mein Gott, Tom, was hat sie da gerade genommen?«

Es war ein Buch. Tom kannte es äußerst gut. »Lag im Patientenzimmer vielleicht ein Exemplar davon herum?«

»Von meinem Buch? *Meinem* Buch? Nein, bestimmt nicht, das ist nichts für Patienten.« Wirr blickte sie sich im Raum um. »Das ist doch verrückt! Was für ein Spiel will sie da spielen?«

Miriam lag lesend da, die Unterlippe hübsch zwischen die Zähne eingezogen, die Augen gierig vor Konzentration. Sarah legte den Kopf auf die Schreibtischplatte und stieß ein langes, erschütterndes Seufzen hervor, fast ein Schluchzen. Tom lehnte sich an sie. »Ich bin zu müde für Spiele«, sagte sie. »Und für eine dumme Frau und ihre dummen Spiele.«

»Liebling, warum hängst du die Sache nicht einfach an den Nagel? Geh nach Hause oder zurück ins Labor. Laß mich mit Mrs. Blaylock allein fertig werden.«

»Ich muß hierbleiben. Ich bin schließlich die Expertin.«

»Der Laden hier quillt über von guten Doktoren. Ich bin auch einer, zum Beispiel.«

Sarah richtete sich auf und schüttelte den Kopf. »Ich habe den Fall angenommen«, sagte sie, »und ich wüßte keinen einzigen stichhaltigen Grund, weshalb ich ihn im Stich lassen sollte.«

Miriam schloß ihr Exemplar von *Schlaf und Alter* und lehnte sich zurück. Das Bett war erträglich, am besten aber war dieses wunderbare Gefühl der Sicherheit. Ihr eigenes Haus war ein außerordentlich gut entworfener Schutzort, doch ein Hospital mit seinen zahlreichen Beschäftigten und seinem Vierundzwanzig-Stunden-Dienst war fast ebenso gut. Hier gab es keine Nachtportiers, die vor sich hindösten, während sich im Treppenhaus Feuer ausbreitete wie in einem Hotel.

Keine Einbrecher, die durch die Gänge zogen, keine schadhaften Kabel, die den unvorsichtigen Badenden in den Elektrotod schickten. Für einen *Schläfer* waren Hospitäler sicher ideal. Selbst nachdem sie John im Tunnel endgültig eingesperrt hatte, fühlte sie sich zu Hause noch immer nicht völlig sicher. Er mußte noch vollständiger sterben, denn er kannte die Sicherheitsanlage des Hauses zu gut. Sie gab sich einem willkommenen Frieden hin. Vielleicht würde sie dieses Mal so träumen, wie sie es einst getan hatte, von den sylvanischen Segnungen vor langer Zeit oder von der endlosen Verheißung der Zukunft. Die unruhigen Träume traten am häufigsten in schlechten Zeiten auf. Ihr *Schlaf* war am beharrlichsten, wenn sie angespannt war. Auf dem Höhepunkt einer Krise konnte es manchmal geschehen, daß sie ihn sogar alle zwölf Stunden nötig hatte statt wie üblicherweise alle zwanzig. Je schwieriger die Dinge wurden, um so mehr unterbrach er alles.

Sie kuschelte sich ins Bett, roch die gestärkten Laken, zitterte vor Entzücken angesichts der Sicherheit und dachte an Sarah, das arme Mädchen, das sich im Begriff befand, durch das Feuer zu gehen.

Die Patientin unterbrach ihr Gespräch; das Berufsethos verlangte, daß sie nun persönliche Angelegenheiten beiseite schoben. Das Elektroenzephalogramm, das die Hirnwellen prüfte, wies ein typisches Muster von Schläfrigkeit auf.

»Da, ein Rollen«, sagte Sarah, während der Elektrooculograph zuckte. Mrs. Blaylocks Augen rollten sich nach oben, ein Anzeichen für Schlaf der Stufe eins. Sarah räusperte sich und trank etwas Kaffee. Tom mußte sie bewundern. Innerlich platzte sie schier auseinander, und er wußte es verdammt genau. Doch im Augenblick merkte man davon nichts. Sie war ein Profi. Die Alphawellen-Arrhythmien, die den Dämmerschlaf anzeigten, erschienen auf der Anzeige. Dann zuckte der Widerstandsmesser und die Herzschlagrate erhöhte sich.

»Hoppla. Muß wohl von einer Nadel gestochen worden sein. Trägt sie irgendwelche Nadeln am Leib?«

»Die Elektroden werden sie wahrscheinlich stören.«

Einen Moment später zeigte der Oculograph Links- und Rechtsbewegungen an. »Sie liest wieder.«

Sarah schüttelte den Kopf. Tom wünschte sich, daß er eine Möglichkeit fände, Sarahs Stimmung zu heben. »Wenigstens schätzt sie dein Werk. Sie liest es immerhin.«

»Ich wünschte, ich wüßte mehr über sie, Tom.«

Hinter ihnen räusperte sich plötzlich Geoff Williams aus dem Labor für Blutanalyse. »Ich hoffe, ich störe euch nicht beim Turteln, aber ich habe ein Problem für euch. Ihr habt das falsche Blut.«

»Was für ein falsches Blut? Wovon redest du überhaupt?«

»Von dem Blut mit der Kennung 00265 A-Blaylock M., das du mir geschickt hast. Das ist kein menschliches Blut.«

»Natürlich ist es das. Ich habe es dieser Patientin dort entnommen.« Sarah zeigte auf den Monitor. Geoff zog seinen Computerausdruck hervor. »Du wirst an den Versuchen der Maschine, es zu analysieren, feststellen, daß irgend etwas nicht stimmt.« Der Ausdruck gab die Blutzugehörigkeit an und dort, wo die Bestandteile hätten angezeigt werden müssen, eine ausschließlich aus Nullen bestehende Liste.

»Die Maschine hat einen Knall«, sagte Tom und wandte sich wieder den Monitoren zu. »Wieder ein Rollen«, sagte er. »Sie versucht es wieder. Schöne Träume, Liebchen.«

»Das ist kein Computerproblem, Doktor. Ich habe das Testprogramm laufen lassen und danach noch andere Blutproben parallel zu deiner. Du hast mir kein menschliches Blut gegeben. Was immer das hier sein mag, die Maschine kann es jedenfalls nicht analysieren.«

Sarah blickte zu ihm auf. »Weißt du, ich glaube, mich noch an eine Zeit erinnern zu können, als man Blutanalysen von Hand durchführte, als das noch eine Sache zwischen einem Mann und seiner Zentrifuge war.«

»Ich habe es auch von Hand getan. Hier sind meine Ergebnisse.« Er warf ihnen ein Blatt voller Zahlen zu. »Was mich betrifft, so ist das hier kein menschlicher Typus. Zum Beispiel weist es eine eigene zusätzliche Komponente von Leukozyten auf.«

»Könnte ein Mensch damit überleben?«

»Es ist ein besseres Blut als unseres. Sehr ähnlich, aber resistenter gegen Krankheiten. Das Zellmaterial ist dichter, das Plasma geringer. Es würde schon ein sehr kräftiges Herz brauchen, um das Zeug zu pumpen, und es könnte auch zu ein paar kleineren Kapillarverstopfungen führen, aber wer dieses Zeug in den Venen hätte, brauchte sich über Krankheiten keine Sorgen mehr zu machen, vorausgesetzt, sein Herz wäre kräftig genug, um es zu pumpen.«

Tom wies mit einer Geste auf den Schirm. »Wir haben direkt vor unseren Augen eine Patientin, die ganz eindeutig gedeiht, und zwar mit dem Zeug in ihren Adern. Bevor wir irgendwelche weiteren Schlüsse ziehen, sollten wir wohl besser einen weiteren Test durchführen.«

»Natürlich.«

»Es ist ihr Blut«, fauchte Sarah. »Ich habe keinen Fehler gemacht.« Tom zuckte zusammen. Er war überrascht von der Heftigkeit in ihrer Stimme. Geoff mußte es auch bemerkt haben, denn er machte eine kurze Pause, bevor er wieder das Wort ergriff, und auch dann sprach er sehr sanft. »Das kann nicht von dieser Patientin stammen, Sarah. Wenn es das sollte, ist sie kein Mensch. Und das kann ich nicht glauben.«

»Es könnte eine Erbkrankheit sein oder ein Hybrid.«

Geoff schüttelte den Kopf. »Zunächst einmal haben wir es hier mit einem sehr dichten Blut zu tun. Ein menschliches Herz könnte es zwar pumpen, aber nur mit knapper Mühe. Die Zusammensetzung jedoch ist völlig daneben. Diese Werte machen keinen Sinn. Sarah, das kann kein menschliches Blut sein. Am nächsten käme ihm noch das irgendwelcher höherer Affenarten...«

»Es stammt nicht von einem meiner Affen«, sagte sie hölzern. »Solche einfachen Fehler begehe ich nicht.« Sie senkte die Stimme. »Ich wünschte, ich täte es.«

Mrs. Blaylock war nur wenige Minuten zuvor eingeschlafen. Als die Nadel in ihren Arm fuhr, teilten sich ihre Lippen, doch ihre Augenlider zuckten nicht einmal. Tom beobachtete die Kurven, um Anzeichen für einen gestörten Schlaf zu entdecken. Nachdem sie Rhesusaffen Blut abgenommen hatte, mußte Sarah zur wirklichen Expertin geworden sein. Auf jeden Fall weckte die Blutabnahme Mrs. Blaylock nicht.

Tom wollte sich gerade wieder von den Kurven abwenden, als er innehielt. Ein Beben wie von Gefahr hatte ihn durchzogen. Er ertappte sich bei dem Wunsch, daß Sarah sich beeilen und aus der Kabine dort verschwinden würde. Als sie endlich zurückkehrte, wies er mit einem Nicken auf den Ausdruck.

»An ihren Mustern stimmt gar nichts, nicht wahr?« fragte sie prompt.

»Ich würde ja sagen, daß sie sich in einem Koma befindet, wären da nicht diese Spannungsexplosionen der Delta-Wellen.« Delta-Wellen zeigten bewußte mentale Aktivität an. »Es ist wie ein totes Gehirn, das irgendwie noch bei Bewußtsein ist.«

»Ist das nicht eine äußerst gedämpfte Schlafspirale im Alpha-Bereich?«

»Das könnte auch Hintergrundlärm sein. Zum Beispiel ein vorbeifahrendes Funktaxi. Dieses Problem haben wir schon früher einmal gehabt. Es ist zu niedrig.«

»Die Atmung ist fast gleich Null. Tom, in diesem Raum da ist es still, äußerst still. Es ist ziemlich gräßlich.«

»Geh nicht wieder dort hinein.«

Er spürte ihre Blicke, die auf ihm ruhten. »Okay«, sagte sie leise. Diesmal legte sie ihre Hand in seine, und sie blickten einander fest an. Es brauchte nichts mehr gesagt zu werden.

LONDON: 1430 n. Chr.

Gelbes Licht sickert durch die Vorhänge. Sie hat sie gegen den Lärm und den Gestank der Straße zugezogen. Obwohl es Mai ist, fällt trüber, kalter Regen vom Himmel. Auf der gegenüberliegenden Seite der Lombard Street läuten die Glokken von St. Edmund den Wachwechsel ein. Miriam hat die Feuchtigkeit, der Schmutz und das endlose Glockengeläut fast wahnsinnig gemacht – wie auch die Tatsache, daß Lollia zur Folter abgeführt worden ist.

Sie läuft hinaus in den Garten hinter dem Haus, um dem Geläut zu entgehen. Doch hier hallen die Glocken von St. Swithin's über das stinkende Wasser des Walbrook. Ratten huschen davon, als sie zwischen ihren geliebten Rosen einherschreitet. Sechs der Pflanzen sind bereits an Bord, die anderen wird sie zurücklassen müssen. Im Gehen schluchzt sie, hat grausige Visionen von diesem armen, wunderbaren Mädchen auf einer Streckbank, wie ihre Hände in eisernen Daumenschrauben purpurn anschwellen.

Sie sind schon viel zu lange hier, hätten London schon viel früher verlassen müssen, hätten England verlassen müssen. Es gibt Gebiete im wilden Osten Europas, wo es für Miriams Art noch möglich ist zu gedeihen. Sie hatten Pläne geschmiedet, hatten darüber nachgedacht, und plötzlich wurde Lollia als Hexe gefangengenommen.

Ausgerechnet als Hexe, was für ein abergläubisches Geschwafel!

»Lady, einen Farthing, bitte einen Farthing.«

Sie wirft den Rattenfängern, die vom Walbrook emporzukriechen beginnen, ein paar Kupferstücke zu. Ganze Scharen von ihnen leben von den Ratten der offenen Kanalisation. Sie hat sie gesehen, wie sie Ratten roh verspeisen. Sie hat mitangesehen, wie sie das Blut der Ratten in die Kehlen ihrer Kinder gießen.

Sie hat ihre Lieder gehört: »Er, der ein Bierhaus haben will, sing he, nonny nonny –«

Gelegentlich kommen die Männer des Königs und töten einige von ihnen. Doch sie vermehren sich in der gesegneten Ruine, die das London des 15. Jahrhunderts ist. Alles hier ist falsch. Tod und Krankheit suchen die Bevölkerung heim. Jede Nacht brennen Häuser ab, und die Regenschauer führen das Tosen einstürzender Gebäude mit sich. Der Schlamm ist ständig knöcheltief und voller verfaulender Abfälle. Die

Straßen sind Jauchegruben. Schweine, Taschendiebe und Beutelschneider schwärmen auf den Märkten umher. In der Nacht kommen die Halsabschneider und die schreienden Verrückten. Über allem hängt ein endloses braunes Leichentuch aus Pechqualm. Die Stadt grollt nicht wie Rom, scheppert auch nicht wie die marmornen Straßen von Konstantinopel, statt dessen atmet sie ein großes Aufstöhnen, wie ein Winterwind, der ein Moor entlangweht. Gelegentlich fährt inmitten von aufblitzender Seide und dem Gestell einer leuchtend bemalten Kutsche eine Dame von Adel vorbei.

Die Sonnenuhr sagt ihr, daß vier Stunden verstrichen sind, seit Lollia abgeführt wurde. Schon bald wird man die Büttel auf der Lombardstreet hören, wie sie ihre Last in dem schwarzen Leichentuch aus Musselin tragen. Dann muß Miriam bereit sein, denn Lollia wird ›gestanden‹ haben. O ja, Miriam hat sie bei ihrer Folterkunst am Werk gesehen. Verglichen damit sind die anderen Künste dieses Zeitalters nur fahle Schatten. Inmitten jubelnder Mengen werden Menschen gehäutet, werden ihre Teile stinkenden Kindern als Andenken zugeworfen. Die Opfer gestehen heulend jegliche Schandtat oder Zauberei, was immer von ihnen verlangt wird.

Miriam kann ihre eigene Verachtung nicht ergründen. Sie schreitet voll echter Freude durch die nächtlichen Straßen, selbst tausendmal gefährlicher als der schnellste Messerstecher, kräftiger, schneller und intelligenter.

Ihr Bauch ist stets gefüllt. Oder war es zumindest, bis die Soldaten des Königs Heinrich damit begannen, eine wirkungsvolle Nachtwache zu organisieren.

Wie ein fliehendes Reh hat man Lollia bei den Krückenbrüdern in der Nähe von St. Olave mit einem Netz eingefangen und zu den Kerkern verschleppt. Sie war ein Kind der Straße gewesen, eine byzantinische Griechin, die Miriam in Ravenna auf dem Tuchmarkt in der Nähe des kaiserlichen Palasts entdeckt hatte, wo sie als Leinweberin arbeitete. Wie lang das doch schon her war! Ein ganzes Jahrtausend. Miriam war von ihrer Schönheit erschüttert gewesen; Lollia hatte sie aus ihrer Niedergeschlagenheit über den Verlust von Eumenes gehoben. Als Rom starb, begaben sie sich nach Konstantinopel, verließen es aber wieder, als die alten, schon vertrauten Anzeichen des Reichsverfalls auch dort bemerkbar wurden: verlassene Stadtteile, Paläste, die zu Ruinen verfielen, Brandstiftung und Korruption und ungezügelt steigende Preise.

London war eine gute Wahl gewesen – bevölkert, chaotisch, wachsend. Sie waren mit nichts anderem hier eingetroffen als mit einem einzigen venezianischen Goldddukaten und sechs burgundischen Pfennigen.

Mit dem Dukaten hatten sie sich Unterkunft für ein Jahr kaufen können. Um mehr Geld aufzutreiben, hatten sie die Paläste der Aristokraten geplündert.

Hundert Jahre Liebe und Wohlstand verstrichen wie ein zwinkernder Traum.

Dann hat Lollia sich verändert. Ihre Jugend löste sich auf. Sie nahm erst wöchentlich Nahrung zu sich, dann täglich und in letzter Zeit sogar alle paar Stunden. Vor kurzem hat sie damit begonnen, nächtelang wie im Wahn umherzustreifen, sich dem Hunger hinzugeben, bis sie schier platzte. Und ihre Schönheit, die einst so groß war, daß Männer davor die Häupter neigten, hat sich in Erinnerung aufgelöst. Sie ist schrecklich geworden, ihre Stimme gellt durch das Haus, ihre Augen leuchten blutrünstig. Und nun hat man sie gefangengenommen, hat sie zähneknirschend und knurrend vor das Gericht geschleppt. Miriam läuft hinab zur Tower Street – knapp zu spät.

Sie wartet auf alles, was sie nach Hause bringen werden. Sie vermag es nicht, die Kleider, die von der Straße abgenutzten Sandalen, die kleinen braunen Ringe anzusehen, die Lollia für ihr Haar gekauft hat. Sie liegen nun in einer kleinen Pappschachtel. Miriam holt einige Handvoll Münzen aus ihrem Versteck, läßt sie in einen Lederbeutel gleiten und verschnürt ihn unter ihren Brüsten. Sie wird ein Boot vom Ebgate hinunter zu den Docks nehmen. Durch Lollias sicheres Geständnis ist all dies hier verloren, und man wird Miriam ebenfalls verhaften, falls sie zu lange wartet. Vor drei Tagen hat sie ihre Truhen an Bord einer genovesischen Galeere bringen lassen, alle bis auf Lollias Truhe. Das Schiff wird morgen oder am Tag darauf in See stechen, und sie wird ebenfalls an Bord sein. Doch wird sie nicht ohne Lollia abreisen. Allen hat sie versprochen, sie zu beschützen, und sich selbst auch.

Der Ruheort des Mädchens ist bereit, eine gedrungene Kiste aus Eichenholz und Eisen, die mitten im Raum steht und deren frischpoliertes Holz leicht nach Fischöl duftet.

Wenn Miriam nicht flieht, wird sie auf dem Scheiterhaufen verbrannt werden.

Nun zählt sie ihre Münzen – fünfzig Golddukaten, drei Goldpfunde, elf Ecus d'or. Das ist genug, um ganz Cheapside ein Jahr zu unterhalten oder den Kardinal Beaufort für eine Woche.

Sie kommen. Sie beißt sich auf die Zunge, als sie die Krummhörner der Wachen vernimmt, die dem Zug vorangehen. Es muß einfach funktionieren, es *muß!*

Wenn sie doch nur Lollia zurücklassen könnte – doch das würde sie sich selbst niemals verzeihen. Ihrer Beziehung zu ihren Geliebten liegt eine mächtige Moral zugrunde. Indem sie schwört, sie niemals zu verlassen, verleiht sie sich selbst das Recht, sie irrezuführen. Sie stürzt auf die Lombard Street hinaus, bahnt sich heftig ihren Weg durch die Menge, den gedrungenen Gestalten mit dem schwarzverhüllten Leichnam auf den Schultern entgegen.

Sie hat eine Handvoll Silberlinge dabei. Es wird sie mindestens drei Silberpfennige kosten, um Lollias Leichnam ausgehändigt zu bekommen, und weitere fünf oder sechs, um sich selbst zu retten. In der Hand eines der Männer sieht sie flatternde Siegel – die Anordnung, daß der Leib einer Frau namens Miriam, der Hexerei angeschuldigt, mit aller gebotenen Eile...

»Ich habe Silber«, sagte sie über das Dröhnen der Wächter hinweg, »Silberpfennige für meine arme Tochter!«

»Oho, Schöne, dich müssen wir aber auch mitnehmen!«

»Ich habe Silber!«

Der große Mann mit dem Erlaß schreitet zu ihr und legt ihr die Hand auf die Schulter. »Der König läßt sich nicht mit einer Handvoll Geld kaufen.«

Die Wächter sind stehengeblieben. Alles schweigt. Die Menge ist fasziniert davon, wie Miriam um ihr Leben fleht. Sie zeigt zwei Silberpfennige auf der Handfläche vor.

»Das hast du?«

»Das ist es, alles, was ich auf der Welt besitze.«

»Dann müssen es drei Stücke sein!« Und er lacht, das flüsternde Keckern eines Mannes mit kranken Lungen.

»Alles Geld, was ich auf der Welt habe«, jammert Miriam. Sie holt eine weitere kleine Münze hervor und hält die drei in zu Schalen geformten, zitternden Händen.

Sie werden ihr entrissen, und man läßt Lollia auf die steinerne Treppe des Hauses fallen. Die Wachen verschmelzen mit der Menge, die Büttel marschieren ab, die Anordnung geht im Schlamm der Straßen verloren.

Miriam bringt es kaum über sich, das Leichentuch auszuwickeln. Lollia ist grellrot, die Zunge wie eine purpurne, mit Pusteln übersäte Blume, die Augen halb aus dem Kopf hervorgetreten.

Sie haben sie in Öl gekocht. Etwas von dem stinkenden Zeug klebt noch immer an ihrem geschwollenen Fleisch.

Und da ist noch ein winziges Geräusch, das Geräusch von reißender Haut, als ihre Hände sich langsam entkrampfen.

»Es ist ein Alptraum«, murmelte Tom.

Sarah war wie gebannt von den dahinrasenden Kurven. »Ich weiß«, sagte sie abwesend. Das Blut hatte sie erstaunt. Tom wartete zweifellos darauf, daß man irgendeinen Fehler feststellte, doch Sarah wußte, daß die Probe, die Geoff gerade prüfte, nur das Unglaubliche bestätigen würde. In ihrem Geist hallte die Frage wider: Was ist sie, *was ist sie?* Es ließ sie beinahe schwindeln, wie ihre eigene Stimme in ihrem Kopf schrie, wie Verwirrung zu Panik zu werden drohte.

»Ich werde sie wecken.« Tom wollte sich erheben.

»Bloß nicht! Du... du wirst die Untersuchung durcheinanderbringen.«

Seine Blicke musterten ihr Gesicht. »Sie leidet offensichtlich...«

»Schau dir die Kurven an! Einen solch einzigartigen Fall darf man nicht stören. Wir wissen nicht einmal, ob es wirklich ein Alptraum ist. Möglicherweise ist es auch ein Traum vom Paradies.«

»Die REM-Werte sprechen für einen Alptraum von hoher Intensität.«

»Aber schau dir einmal die Atmung und den Hautwiderstand an. Sie ist doch praktisch im Koma.«

Sarah war erleichtert, als Tom die Augen wieder auf den Monitor richtete. Ihr gemeinsamer Platz war jetzt hier, sie mußten Ereignisse aufzeichnen. Mrs. Blaylocks ungewöhnliche Schlafmuster flackerten weiterhin über die Anzeigeschirme. Sarah versuchte, aus allem schlau zu werden – Delta-Wellen von niedriger Intensität, Alpha-Wellen, mit einer Kurve wie in einem Trancezustand. Das war das Gehirnaktivitätsmuster eines Unfallopfers oder möglicherweise irgendeines Meditationsmeisters. »Machen wir eine Gehirnzonenanalyse«, sagte Sarah schleppend.

»Du meinst, es gibt da etwas, was wir hier nicht aufnehmen?«

»Wir bekommen zuviele Null-Werte. Und trotzdem bewegen sich ihre Augen, als würde sie sich in einem intensiven Traumzustand befinden.«

»Vielleicht ist es das Ammonshorn. Wenn das stimuliert wird, lassen sich intensive Halluzinationseffekte erzielen. Die könnten wiederum REM auslösen.«

»Das ist eine gute Idee, Doktor. Aber um elektrische Aktivität aus dieser Hirntiefe zu messen, müssen wir unsere Elektroden umplazieren.«

»Dann tun wir es doch.«

»Du bist auserkoren, Thomas. Du hast mir doch gesagt, ich soll nicht mehr allein dort hineingehen, weißt du noch?«

»In Ordnung.« Er schritt auf die Tür zu, dann blieb er stehen. »Bei der Plazierung von Elektroden bist du aber besser als ich, Liebling.«

»Je eine aufs Schläfenbein und zwei nebeneinander, direkt über der Sutura lambdoidea. Wenn wir von dort das Ammonshorn nicht messen können, brauchen wir eine Sonde.«

»Wie, zum Teufel, soll ich an die Sutura lambdoidea gelangen? Dazu muß ich ihren Kopf hochheben.«

»Tom, diese Frau ist durch irgendein unglaublich starkes Äquivalent des Traumschlafs gelähmt. Sie wird es nicht einmal spüren, wenn du ihren Kopf hochhebst.« Sarah merkte, wie sich ihr der Magen umdrehte. Schon der bloße Gedanke daran, sich wieder in die Nähe dieser Kreatur zu begeben, verursachte ihr Übelkeit. Diese Hirnaktivität war ebensowenig menschlich wie das Blut.

Tom ging, doch es verstrich eine lange Pause, bevor er auf dem Videomonitor erschien. Er beeilte sich nicht. Sie sah zu, wie er die Elektroden bewegte. Zunächst verliefen die Kurven völlig gerade. Keine Messung. Sarah war eben dabei, die Empfindlichkeit der Elektroden einzustellen, als plötzlich die Hölle losbrach. Die vier Elektroden waren an zwei verschiedene Nadeln angeschlossen für den Fall, daß die eine Hirnzone bessere Ergebnisse brachte als die andere. Doch es spielte keine Rolle, die Spannungssteigerungen waren gewaltig.

»Gottverdammt«, sagte Tom, als er zurückgekehrt war.

»Das ist eine Hirnverletzung«, sagte Sarah. »Das muß es sein.«

Eine Hand senkte sich auf ihre Schulter. Als sie den Kopf zurücklehnte, sah sie Geoff, der hinter ihr stand, seine Brillenränder glitzerten im fluoreszierenden Licht. »Du hast recht gehabt«, sagte er, »sie ist eine Mißgeburt.«

Sarah betrachtete die Frau auf dem Videomonitor. Sie war eine aufregende Schönheit, daran bestand kein Zweifel. Doch sie war auch dieses andere Ding, das, was Geoff eine Mißgeburt nannte.

Wild schwangen die Nadeln über das Millimeterpapier. Sarah erinnerte sich aus ihrem Studium an das Ammonshorn. Es war eine der tiefsten Hirnregionen. Wurde es elektrisch stimuliert, erlebten Patienten manchmal ihre Vergangenheit in allen Einzelheiten wieder, als würde sie noch einmal stattfinden. Es war der Sitz uralter Sinneswahrnehmungen, der abgelegenste Landstrich des Geistes. Möglicherweise handelte es sich dabei um jenen Ort, wo das Unbewußte die Erinnerungen speicherte, von denen wir alle beherrscht wurden. Gewiß wandelten dort Drachen, krochen dort Kreaturen der Tiefe umher. Wurde es durch Krankheit oder Verletzung zerstört, verschwand die Erinnerung an die Vergangenheit des Opfers, und es lebte für immer in jenem desorientierten Zustand, wie er nach dem Erwachen aus einem besonders schrecklichen Alptraum erfahren wurde.

Die Kurvenschreiber zischten im stillen Raum. Geoff ließ ein gelbes Papier auf den Schreibtischplatz vor der Computerkonsole fallen: seine neueste Blutanalyse.

»Die Frau muß ihr Leben im wörtlichen Sinne noch mal neu erfahren«, meinte Tom. »Das muß ja tausendmal wirklicher sein als ein normaler Traum.«

»Ich hoffe, es war ein schönes Leben.« Geoff befingerte gerade sein Analyseblatt.

»Das war es nicht«, erwiderte Sarah. Sie wußte, daß es stimmte.

Kapitel 7

John sah schwache Muster hinter seinen geschlossenen Augenlidern. Er konnte nicht genau ausmachen, wann er wieder zu Bewußtsein gekommen war, wußte aber, daß er aufgehört hatte zu träumen und wieder in die Qual seines Körpers zurückgekehrt war.

Welch ein Narr er doch gewesen war, so neben ihr zu stehen, seinen sicher geglaubten Sieg auskostend, darauf wartend, daß sie wach wurde. Doch er hatte gewollt, daß sie es *erfuhr*.

Noch immer konnte er die Hartstahlklinge des Hackmessers auf den Steinplatten hallen hören.

Er mußte sich bewegen! Er sehnte sich danach, sich auszustrecken, in seinen Gelenken frische Bewegung zu spüren. Die Panik setzte wieder ein, doch er unterdrückte sie. Er tastete die Mauern seines Grabes ab und die niedrige Decke, berührte den Schlamm am Boden der Pfütze, in der er lag. Und er hörte dieses Tropfen, beständig, widerhallend, als geschähe es in einem viel größeren Raum.

Er stieß einen Ruf aus. Wieder ein Echo. Er atmete tief durch. Die Luft war frisch und kühl. In einem solch kleinen Raum wie diesem hätte die Luft eigentlich schon nach wenigen Minuten stickig werden müssen.

Es sei denn, es gab hier eine Öffnung.

Er konnte sich nicht umdrehen, dazu war nicht genug Platz. Doch seine Füße rieben über massiven Stein. Er stieß die Finger, so tief es ging, in den Schlamm, doch ohne Ergebnis – bis er sie an die Stelle krallte, wo die Mauer vor seinem Gesicht auf das Wasser traf. Hier gab es keinen Schlamm.

Unter dem Gestein gab es eine Strömung, die durch eine Öffnung von ungefähr sechzehn Zentimetern Tiefe floß. Vielleicht konnte er sich darunter hindurchschieben! Er lehnte sich soweit hinunter, wie er es konnte, ohne sein Gesicht ins Wasser zu tauchen, und wedelte mit der Hand in der Öffnung. Zwar konnte er keine Wasseroberfläche ausmachen, spürte aber ein deutliches Strömen. Wenn er die Arme voll ausstreckte und sich mit den Füßen abstieß, würde er Kopf und Schultern durch die Öffnung schieben können. Zwar gab es keine Garantie dafür, daß er dahinter Atemluft finden würde, doch selbst das Ertrinken erschien ihm im Vergleich zu seiner jetzigen Lage wie eine Erlösung.

Er tauchte sein Gesicht ins Wasser, stieß sich so tief in den Schlamm hinein, wie er konnte, fand Halt mit seinen Füßen und stieß sich ab. Um hindurchzugelangen, mußte er den Kopf auf eine Seite legen. Wasser strömte in seine Nase, versengte Kehle und Lungen. Mit fest zusammengepreßten Augen, den Keuchimpuls unterdrückend, schob und trat er und wand sich. Als er eng zwischen Schlammboden und Gestein eingepreßt war, begann sein Kopf zu hämmern. Das Ohr, das sich gegen den Stein rieb, fühlte sich an, als würde es lichterloh brennen. Er begriff, daß es gerade abgerissen wurde, so eng war hier alles.

Der Schlamm sickerte zwischen seine Lippen, ergoß sich in seinen Mund. Mittlerweile brauchte er frische Luft. Hilflos wand er sich, spürte, wie Blasen aus Nase und Mund hervorschossen, würgte. Irgendwo weit hinter ihm traten seine Füße aus, trommelten machtlos im seichten Wasser. Seine Hände, die er vor sich ausgestreckt hatte, griffen nur ins Wasser.

Dann hörte sein Ohr auf weh zu tun. Er konnte den Kopf wieder heben! Ein heftiges Rucken, und seine Augen stießen durch das Wasser nach oben. Er drückte gegen den Schlamm, hörte Knochen brechen, als er die Beine unter sich hochzog, stemmte sich wieder und wieder auf.

Grelle rote Blitze schossen ihm durch die Augen, sein Geist begann zu wandern. Die heftige Empfindung von Luftgier durchzog seinen Körper. Er spürte, wie er urinierte, ein heißer Strom in dem eisigen Wasser. In ein paar Zentimetern Wasser konnte er doch nicht ertrinken.

Doch er konnte es, und er war bereits im Begriff, es zu tun.

Seine Anstrengungen wurden immer sporadischer. Der Schmerz wich einer Art Erleichterung, einem entspannten Dahintreiben. Es hungerte ihn nach dem Frieden, der unmittelbar hinter seiner allerletzten Anstrengung zu ruhen schien.

Er erinnerte sich an Miriam, sah ihr Gesicht vor sich leuchten, mit geöffnetem Mund, ihn zur Leidenschaft aufstachelnd.

Seine Liebe verhöhnend.

Er durfte nicht zulassen, daß sie siegte! Von Anfang an hatte sie ihn belogen. Noch wochenlang nach ihrer ersten Begegnung war sie jede Nacht mit ihrer bösen kleinen Ausrüstung zu ihm gekommen und hatte im Sitzen seinen Kopf gestreichelt, während ihr Blut in seine Adern strömte und das Fieber tobte. Es hatte ihn beinahe umgebracht, doch er hatte sich davon erholt. Und als dies geschehen war, war er zu einem neuen Menschen geworden, den keine Krankheit anfocht, zeitlos, mit neuartigen Bedürfnissen und einer ganz außergewöhnlichen neuen Geliebten, um sie zu erfüllen.

Er hatte auch einen neuen Hunger bekommen. Jahre hatte er gebraucht, um sich daran zu gewöhnen, um an einen Punkt zu gelangen, da sein moralischer Ekel von seinem Hinnehmen des ganzen Vorgangs zumindest ausgeglichen wurde. Zuerst hatte der Hunger ihn wild vor Verlangen durch die Straßen Londons getrieben.

Das hatte sie getan.

Endlich hatte er, verbittert und verzweifelt und gefangen, gelernt, das Verlangen dieses Hungers zu stillen.

Sie hatte es ihm beigebracht.

Er mußte an sie herankommen!

Ein letzter wilder Stoß schob ihn aus dem Wasser, und endlich konnte er wieder atmen. Er spürte, wie sein Herz rasselte, fühlte die Erschöpfung in jedem Muskel und Knochen. Er wußte nicht, wie lange er dort, wo er hingestürzt war, liegenblieb, Kopf und Arme in einem dichten Wurzelwerk, die Beine noch immer im schlammigen Wasser.

Doch er hatte sich aus Miriams Grab befreit.

Er war frei.

Nun, da er die Wahrheit erkannt hatte, war er entsetzt von der schieren Kälte dieser Kreatur, vom Grad der Gefühllosigkeit, vom Ausmaß ihrer Macht. Dieses Ding, das sie war, mußte uralt sein, ein schrecklicher Diener des Satans persönlich. Er dachte an dieses Wesen nicht mehr als männlich oder weiblich. Es pflegte sich selbst ›Miriam‹ zu nennen, doch das war zweifellos nur eine Konvention.

Johns Hände tasteten sich zwischen den Wurzeln hinauf, suchten nach einem weiteren Ausgang aus dem Gefängnis. Alles, was er über Miriam geglaubt hatte, hatte sich als falsch erwiesen. Alles, was sie ihm erzählt hatte, war eine einzige monströse Lüge gewesen.

Ihm stand tausendfache Rache zu. Die bloße Erde um ihn herum schien von den rastlosen Seelen jener zu wimmeln, die er im Dienste seiner eigenen Unsterblichkeit getötet hatte.

Allerdings – die rund einhundertachtzig Jahre, die er gelebt hatte, erschienen ihm nun, da das Ende nahe war, wie ein bloßer Augenblick. Mit Sicherheit waren sie keine Ewigkeit. Wenn er gewußt hätte, daß er nur das Unvermeidliche hinausschieben würde, hätte er niemals die Leben anderer vergeudet. »Das rede ich mir jedenfalls selbst ein«, sagte er laut.

Beinahe hätte er geschrien. Irgend etwas war an ihm vorbeigestreift. Heftig die Wurzeln umklammernd, die ihn umgaben, schrie er tatsächlich auf. Dies hier war nichts anderes als ein nasses, stinkendes Grab. Es war nicht ganz so eng wie die Steinkammer, aber auf lange Sicht ebenso tödlich. Er ruckte an den Wurzeln und versuchte, sich an die Oberfläche vorzuarbeiten. Sein Geist konzentrierte sich auf einen einzigen Gedanken: Miriam zu schaden. Wenn möglich, Miriam zu vernichten. Wenn nicht, bei diesem Versuch zu sterben.

Diese letzte Bemühung würde wenigstens eine Spur von Adel an sich haben. Immerhin war er der letzte einer großen Erblinie, deren Mitglieder schon in manchem edlen Krieg gekämpft hatten. Unter seinen Vorvätern waren tapfere Männer gewesen. Er konnte sich jetzt an sie erinnern. Seine Hand erreichte einen alten, aufgeweichten Ziegel, der vermauerte Zugang zu ihrem alten Tunnel, der zum East River führte. Dorthin war er also gelangt. Mühelos riß er die Ziegel herunter. Der Mörtel war verfault, die Ziegel selbst bröckelten.

Plötzlich konnte er gerade und aufrecht stehen, konnte sogar die Arme über den Kopf strecken.

Es dauerte ein paar Sekunden, bis er begriff, daß er in den alten Tunnel durchgestoßen war und nicht aus ihm heraus. Das hallende Wasser war viel lauter, so laut, daß er es sogar mit seinem verletzten Ohr hören konnte. Seine Hände griffen in Schlamm, peitschten umher, berührten eine runde Ziegeldecke, einen knappen Meter über ihm. Sie war bewachsen, die großen Wurzeln verzweigten sich überall. Er setzte sich nach vorn in Bewegung und wedelte in der völligen Dunkelheit mit den Händen.

Nach zehn Schritten endete der Tunnel in einem Haufen aus Ziegeln und Betonbrocken. Wurzeln bildeten hier einen schlüpfrigen Wald. Das Tropfen wurde von einem anderen Geräusch übertönt.

War das möglicherweise die Flut? Ihr Haus war nicht weit vom East River entfernt. Dann begriff er mit einem Schlag: Was er dort hörte, war der Straßenverkehr auf dem FDR-Drive!

Dieser alte Fluchttunnel war erbaut worden, als das neugegründete Polizeirevier der Stadt New York noch wie eine Bedrohung ausgesehen hatte. Vor dreißig Jahren hatte man darüber die Schnellstraße gebaut. Die Steinplatte, die Miriam angehoben hatte, war der Eingang zum Tunnel.

Er begann, auf das Erdreich einzuhacken. Nicht weit über ihm mußte der Garten sein. Vielleicht war es doch noch nicht vorbei, vielleicht würde er doch noch eine weitere Chance bekommen. Wurzeln rissen seine Finger auf. Nur indem er um sie herum grub und sich zwischen ihren Strängen emporzog, konnte er weiterkommen. Er arbeitete mit der wütenden Kraft des Zorns. Er durfte jetzt nicht scheitern. Wenn er in den Körpern seiner Opfer diese gleiche Kraft aufwallen spürte, wußte er, daß sie nicht mehr ein noch aus wußten.

Dann war da plötzlich ein grelles Licht. John wich zurück. Hatte er vielleicht an irgendeinem vergrabenen Elektrokabel einen Kurzschluß ausgelöst? Als seine Augen sich an die Helligkeit gewöhnt hatten, stellte er fest, daß er selbst mit den dünnen Flocken eines rosafarbenen Materials übersät war. Einen Augenblick lang war er völlig verwirrt, dann konnte er die Blumen riechen. Er schob seinen Kopf in Miriams Garten hinauf, mitten zwischen ihre heißgeliebten Rosen. Es waren ihre eigenen speziellen Hybriden, entstanden in unzähligen Jahren geduldigen Aufpfropfens. Manche Blüten waren von gewaltiger Größe, andere winzig. Einige Pflanzen wiesen Dornen auf, andere keine. Und ihr Farbspektrum reichte vom zarten Rosa bis zum tiefen Dunkelrot. Die meisten Dornen hatten reine Zierfunktion; wenn man sie berührte, waren sie weich. Mit fünf der größeren Blüten konnte man im Hochsommer eine große Vase füllen, und ihr Duft durchzog ein Dutzend Zimmer.

Bisher hatte er nur sein Gesicht und einen Arm aus dem Erdreich geschoben. Das Haus lag unsichtbar hinter ihm, doch er spürte seine drohende Gegenwart. Er hoffte, daß sie nicht einmal zufällig aus dem Fenster blicken würde – Miriam besaß die Augen eines Falken.

Die Wurzeln zerrten an ihm, hemmten jede Bewegung. Nun, da der Panikanfall beendet war, ermüdete er schnell. Sein Herz klopfte abgehackt, und seine Lungen schlugen Blasen.

Es war ihm ein Triumph, als er beide Arme um die Rosensträucher schlingen und sich gegen den Boden pressen konnte. Zentimeter um Zentimeter befreite er sich. Endlich schoben sich seine Hüften über das letzte Hindernis, und er riß sich hinaus. Er lag unter dem Morgenhimmel, spürte, wie der Hunger wieder in ihm aufstieg, war kaum fähig, sich zu bewegen, konnte lediglich noch Blüten von ihren Zweigen reißen. Als er damit fertig war, ruhte er sich aus, dann erhob er sich. Das Haus stand in seinem Garten, in Johns Augen wirkte es düster. Er blickte hoch hinauf auf das Dach, zu dem winzigen Fenster des Zimmers, wo Miriam ihre Toten aufbewahrte.

Es gab etwas, was er dort tun konnte, sofern er es wagte, sofern er es ertrug. Das Haus war still. Verlockend. Ihn herausfordernd einzutreten. Das würde er tun, wenn die richtige Zeit gekommen war. Wenn sie ihn vorher gefangennahm, würde ihm auf alle Zeiten die Möglichkeit zur Rache entgehen. Und wenn sie es nicht tat? Dann würde es keine Rolle spielen.

Die ganze Klinik war in Aufruhr wegen der Nachricht von Miriam Blaylock. Um 6.30 Uhr stand eine gelähmte, hohläugige Menge um Tom und Sarah herum und beobachtete die Monitore. Um sieben drückte Sarah auf einen Knopf, der in der Schlafkabine eine Glocke ertönen ließ. Miriam war seit zwei Stunden wach, aber reglos; ihr Schlaf hatte genau sechs Stunden gedauert. Sie rührte sich, streckte sich wohlig und öffnete die Augen. Sie blickte direkt in den Monitor. Sarah war überrascht; es war der sanfteste, schönste Gesichtsausdruck, den sie jemals gesehen hatte. »Ich bin wach«, sagte die wohltönende Stimme.

Die ganze Gruppe geriet in Bewegung. Sarah wußte, daß die anderen sich genauso fühlten wie sie. »Werd mich mal ans Sprechhorn begeben«, sagte Tom. »Sollte wohl einiges in Bewegung setzen.« Er ging in sein Büro, um Spezialisten anzurufen. Einen Genetiker, einen Physiologen, eine Zellbiologin, einen Psychiater und ein halbes Dutzend anderer.

Es hatte nicht lange gedauert, bis sie erkannt hatten, daß sie vor einer möglicherweise wunderbaren Entdeckung standen. Die eindeutige Anomalie des Blutes und die völlig fremdartigen Muster der Gehirnfunktionen ließen keinen Zweifel: Miriam Blaylock war kein Mitglied der Spezies *Homo sapiens*.

Das erklärte also zumindest teilweise Sarahs heftige Reaktion auf sie. Auf unbewußter Ebene mußte sie etwas gespürt haben, und so war es zu Kompensationsversuchen gekommen. Die unbewußten Reaktionen auf ein lebendes, intelligentes Wesen einer unbekannten Art waren noch unerforscht. Nun, da die Fremdartigkeit aufgedeckt war, wirkte die Frau – das weibliche Wesen – plötzlich weniger bedrohlich. Unbekannte Faktoren waren eine der Grundlagen von Sarahs Arbeit, und Miriam war ein schieres Bündel von Unbekannten. Obwohl sich ein außerirdischer Ursprung nicht ausschließen ließ, erschien er angesichts der physischen Ähnlichkeit zwischen Miriam und den Menschen doch unwahrscheinlich. Trotz ihrer Stellung als Wissenschaftlerin vermochte Sarah das Gefühl nicht abzuschütteln, daß sie sich im Griff eines gewaltigen Schicksalsmechanismus befand, daß irgend etwas sie einem Fatum entgegenzog und daß dieses Etwas überhaupt nicht blind war, sondern sogar ihre winzigsten Reaktionen bewußt wahrnahm.

»Guten Morgen, Mrs. Blaylock«, sagte sie in die Wechselsprechanlage. »Möchten Sie etwas zum Frühstück?«

»Nein, danke, ich werde später essen.«

»Kaffee vielleicht?«

Sie setzte sich im Bett auf und schüttelte den Kopf. »Kommen Sie her, Doktor, und erzählen Sie mir, was Sie festgestellt haben. Können Sie mir helfen?« Plötzlich wirkten die Augen selbst durch den Filter des Fernsehmonitors heftig.

Sarah zögerte nicht mehr. Sie marschierte direkt in die Kabine. Dort war es warm und duftete nach Miriams Lieblichkeit. »Darf ich Sie Miriam nennen?« Sarah setzte sich auf die Bettkante und versuchte, sich in sich selbst völlig geborgen zu fühlen. »Wir haben sehr viel in Erfahrung gebracht. Sie sind eine einzigartige Person.«

Miriam erwiderte nichts. Ein winziger Zweifel kroch durch Sarahs Geist. Natürlich wußte Miriam selbst, was sie war. Das mußte sie einfach wissen. Davon waren sie alle ausgegangen.

»Haben Sie gut geschlafen?«

Sie wirkte überrascht. »Wissen Sie das nicht?«

Beide lachten sie. »Es tut mir leid. Sie erinnern sich doch sicherlich an einen Traum. An einen besonders lebhaften.«

Miriams Miene wurde ernst. Sie kauerte sich zusammen, ließ ihre Beine über die Bettkante baumeln. Sie war schön. »Ja, ich hatte einen lebhaften Traum.«

»Darüber wüßte ich gerne mehr. Diese Information wird uns sehr viel weiterhelfen.«

Miriam musterte sie, sagte nichts. Dieser Blick traf Sarah zutiefst. In ihrem eigenen Herzen spürte sie ein Aufblitzen von Miriams Schmerz. Es kam ihr der Gedanke, daß irgend jemand Miriam in den Arm nehmen und diese Einsamkeit fortstreicheln sollte. Das wäre ein edelmütiger Akt, ein Brükkenschlag zwischen Welten.

Sarah breitete die Arme aus, drehte sich einladend Miriam zu, ohne an die glitzernde Linse der Videokamera zu denken, die an einer Ecke der Raumdecke hing. Miriam klammerte sich fest wie ein Kind. »Na, na«, sagte Sarah durch ein Gefühl der Verlegenheit hindurch. Sie war wirklich nicht besonders *gut* in solchen Dingen.

Miriam schluchzte, brach es schnell wieder ab. Sarah streichelte ihr weiches, blondes Haar, machte beruhigende Geräusche in ihr Ohr.

Nun fiel Sarah der Monitor wieder ein. Verlegen zog sie die Hand zurück. »Vielleicht sollten wir uns wieder unterhalten, nachdem Sie sich angezogen haben«, sagte sie so ruhig, wie sie nur konnte. »Ich werde den Summer betätigen, sobald ich die Videoanlage ausgeschaltet habe.« Sie versuchte zu lächeln. »Anziehen dürfen Sie sich ruhig unbeobachtet.«

Miriam wollte etwas sagen, doch Sarah wartete nicht ab, bis sie es tat. Sie war sich völlig unsicher, weshalb die Frau derlei Intimität zu erzwingen schien, doch war dies nicht die Zeit, um der Sache nachzugehen. Sie zog sich in den Kontrollraum zurück, entschlossen, in Zukunft vorsichtiger zu sein. Inzwischen wurden weitere Patienten geweckt, und die Gruppe um Miriams Monitor hatte sich verkleinert. Allerdings waren Phyllis Rockler und Charlie Humphries eingetroffen. Sie debattierten heftig mit Geoff Williams, der beim Sprechen mit seinem inzwischen zerknitterten Computerausdruck der Blutanalyse wedelte. Als Sarah wieder erschien, rief Geoff ihr zu, daß Tom seine Kerngruppe versammelt hatte und daß im Besprechungszimmer eine Zusammenkunft vorgesehen sei.

Sarah ging die Routineprozedur durch, um Miriam Blaylocks Monitor solange auszuschalten, wie sie sich anzog. Mrs. Blaylock würde nun vom internen Personal betreut werden müssen. Sarah und Tom mußten beide an der Zentralkonferenz teilnehmen. »Lassen Sie sie bloß nicht von hier fort«, sagte Sarah zu dem eifrigen Jungen, dem diese Aufgabe zugeteilt worden war. »Sie ist wertvoll. *Wertvoll*. Ich will das übliche Nachuntersuchungsgespräch nach Vorschrift haben. Danach halten Sie sie auf. Sagen Sie ihr, daß wir sie noch vierundzwanzig Stunden hierbehalten müssen.« Als sie sich auf den Weg zur Konferenz begab, machte der Mann Notizen auf einem Klemmbrett. Für einen Augenblick gestattete sie sich das Privileg der Erfolgreichen, genoß die Tatsache, daß er offensichtlich ein paar Jahre älter war als sie. Das schnelle Leben hatte auch seine Vorzüge.

Sarah kam in einen überfüllten Raum. Die Anwesenden sahen zerzaust aus, hatten müde Augen. Sie fragte sich, was Tom wohl gesagt haben mochte, um so viele der führenden Männer so früh aus dem Bett zu holen. Tom spielte mit einer nichtangezündeten Zigarre, die er bei ihrem Eintreten verschwinden ließ. Sie setzte sich auf den Stuhl, den Charlie und Phyllis für sie reserviert hatten. Um den Tisch saßen zwölf Leute im Alter von dreißig bis siebzig. Hutch saß aufrecht da, seine Lippen bildeten einen dünnen Strich, sein Gesicht war in einem gekünstelten Ausdruck der Neugier erstarrt. Darunter spürte Sarah noch etwas anderes. Ihre Blicke trafen sich, und seine Trauer überraschte sie. Toms Vorstoß machte also Fortschritte. Hutch hatte dieses Treffen nicht einberufen, er war lediglich dazu eingeladen worden.

»Okay«, sagte Tom, »vielen Dank, daß Sie sich für diese Konferenz Zeit genommen haben, verehrte Doktoren. Es tut mir sehr leid, Sie so früh am Morgen aus dem Bett holen zu müssen. Ich muß allerdings sagen, daß Sie sehr wahrscheinlich froh darüber sein werden, nachdem ich Ihnen erst einmal einen Bericht zum Stand der Dinge gegeben habe. Kurz zusammengefaßt geht es um eine Person namens Miriam Blaylock. Sie scheint in ausgezeichneter körperlicher Verfassung zu sein, dreißig Jahre alt, und ihre Arbeitsdiagnose lautet auf Nachtangst. Diese Diagnose wurde inzwischen erweitert, und es zählen jetzt auch grob anomale Gehirnfunktionen dazu.«

»Doktor…« Das war Hutch.

Tom hob die Hand. »Doktor Hutchinson wurde noch nicht informiert, weil Eile das oberste Gebot war«, sagte er. Sarah zuckte zusammen. Dieser Hieb war tödlich. Nun mußte Hutch schweigen. Er war als einer der Nichtinformierten bloßgestellt worden. Eine Galionsfigur der Abteilung. Tom nahm sein Blut Tropfen um Tropfen ab, doch jeder einzelne davon zählte. »Unseren ersten Bericht hören wir von Doktor Geoffrey Williams, der bei der Patientin die Blutgruppenbestimmung und die Blutanalyse durchgeführt hat.«

Geoff raschelte mit Papier, schob die Brille auf seiner Nase höher. »Einfach ausgedrückt, ist das Blut dieser Frau völlig mutiert, und zwar in einem solchen Ausmaß, daß sie einer anderen Spezies angehören könnte, ja gar kein Mitglied des *Genus homo* ist.« Die wenigen zerstreuten Gesichter zeigten plötzlich Aufmerksamkeit.

»Es könnte ein genetischer Defekt sein«, meinte Hutch. Er hatte sich in seinem Sessel vorgelehnt, sein Gesichtsausdruck kündete von Interesse und Besorgtheit. Sarah erkannte eine Wahrheit – er betrachtete die Klinik gar nicht als sein Eigentum, sondern sah sich selbst vielmehr als Eigentum der Klinik. Natürlich würde er weiterhin reden, er sah keine Demütigung darin, seiner Führerschaft beraubt zu werden, solange er nur ein Mitglied der Gruppe blieb.

»Das ist kein Defekt, das Blut…«

»Sie haben doch noch gar keine Chromosomenuntersuchung, die können Sie doch noch gar nicht haben. Ich glaube, daß Sie reichlich voreilig...«

»Sei still, Walter«, meldete sich eine tiefe Stimme aus dem hinteren Teil des Raums. Alle Blicke wandten sich um. Sam Rush, Chef des Forschungspersonals am Riverside Medical Center, lehnte an der Tür, die Arme vor sich verschränkt. Sarah hob die Augenbrauen. Er zählte mehr als das gesamte Direktorium zusammen. Erheblich mehr.

Geoff räusperte sich. »Die passende Beschreibung wäre Mutation, möglicherweise Parallelevolution. Der springende Punkt ist der Zellaufbau. Zunächst einmal haben die Erythrozyten die falsche Farbe, sie sind praktisch purpurn. Und doch gibt es keinerlei Hinweis darauf, daß die Patientin Probleme mit der Sauerstoffaufnahme hat. Außerdem sind die Zellen nur halb so groß wie normale. Zum zweiten, und das ist vielleicht das Wichtigste, haben wir hier sieben verschiedene Leukozythenarten anstelle von fünf, wie im menschlichen Körper. Die beiden neuen besitzen die außergewöhnlichste Zellstruktur, die zu beobachten ich bisher die Freude hatte. Als erste Vermutung würde ich sagen, daß der Zweck der Nummer sechs darin besteht, Fremdorganismen verstärkt auszuscheiden. Bisher reagiert sie aktiv auf alle Testkulturen, einschließlich E. Coli und Salmonellen. Und mit Nummer sieben hat sie eine völlig unerwartete Eigenschaft gemein, daß sie nämlich sogar in einer Salzlösung nicht abstirbt.

Nun zu Nummer sieben. Dies ist auch der Grund, weshalb ich die Möglichkeit einer Parallelevolution erwähnte. Es handelt sich dabei um eine richtige Fabrik, die abgestorbene Blutzellen aller Art vertilgt und neue hervorbringt, einschließlich ihres eigenen Typus.«

Eine Weile herrschte Schweigen im Raum. Schließlich ergriff Dr. Weintraub, der Zellularbiologe, das Wort. »Doktor, welche Zersetzungsprozesse kennen wir bereits?«

»Diese Blutprobe ist außergewöhnlich resistent gegen Erkrankungen. Ich vermute, daß sie selbst Erkrankungen wie vireninduzierten Krebs auf selbsteinschränkende und vorübergehende Ereignisse im Leben des Gesamtorganismus reduzieren könnte. Würde dieses Blut nicht in den Adern eines sterblichen Wesens strömen, der Zeit und Unfällen unterworfen, könnte es unsterblich sein.«

»Die strukturalen Details des siebten Leukozyts, bitte?« Weintraubs Augen waren eng geschlossen, er befand sich in tiefer Konzentration.

»Komplexe dreiteilige Kerne. Die Struktur scheint sich zu verändern, je nach Zelltypus, der vertilgt und erzeugt wird. Sie bringen lebendige Versionen der anderen Typen hervor, und zwar im selben Tempo, wie die Originale absterben. Das Blut befindet sich jetzt im Labor, es ist sechs Stunden alt und noch immer so frisch wie im Augenblick der Entnahme.«

»Doktor, das ist doch mit Sicherheit ein Nebeneffekt der Konservierung...«

»Doktor Hutchinson, die Probe, auf die ich mich beziehe, wird im Augenblick bei einer Temperatur von fünfzehn Grad Celsius gelagert. Sie müßte inzwischen schon tot sein und sich zersetzen. Tatsächlich könnten wir sie aber wieder in den Kreislauf der Spenderin eingeben, wenn wir dies wollten. Sie erhält sich durchaus aus eigener Kraft.«

Sarah hörte das Rascheln unterdrückter Bewegungen. Sie ließ den Blick um den Tisch schweifen und war zuerst erstaunt von der einheitlichen Hölzernheit der Mienen. Dann begriff sie, daß alle sich beherrschten und jeden äußerlichen Ausdruck ihrer Erregung unterdrückten. Alle bis auf Hutch, der langsam so aussah wie ein kleiner Junge beim Karneval. Toms Machtspiel wirkte immer überflüssiger. Sarah vermutete, daß Hutchs Typ der gefährlichste Gegner für die Tom Havers dieser Welt war – ein Mann, der sich seiner Sache wahrhaft hingegeben hatte – oder der wahrhaft schlau war – oder beides.

Hinter Dr. Rush erschien ein Gesicht in der Tür. Sarah entschuldigte sich; es war der interne Arzt, dem sie aufgetragen hatte, Mrs. Blaylock aufzuhalten; er sah aufgewühlt aus.

»Sie ist gegangen«, sagte er mit einem Quieken. »Ich habe fünf Minuten abgewartet, damit sie sich anziehen konnte, und als ich in die Kabine kam, war sie fort.«

Sarah unterdrückte ihren ersten Impuls, nämlich ihn durchzuschütteln. »Hat man sie am Empfang fortgehen sehen? Hat man versucht, sie aufzuhalten?«

»Sie ist gar nicht durch den Empfangstrakt gekommen.«

»Wie ist sie dann gegangen?« Er erwiderte nichts. Das Riverside war ein Labyrinth zusammengewürfelter Gebäude aus dem 19. und 20. Jahrhundert. Miriam Blaylock hätte in zahllose Richtungen verschwinden können. Sarah klammerte sich an eine letzte Möglichkeit. »Vielleicht hat sie sich verlaufen.«

»Ihre Sachen sind auch weg. Sie ist mit Absicht fortgegangen.«

Sarah schloß die Augen. Das würde Tom in Verlegenheit bringen. Sie dachte an Hutch und merkte, daß ihr das nicht gerade unlieb war. »Rufen Sie mich, wenn sich irgend etwas Neues ereignet.« Der Mann drehte sich um und eilte davon. Als Sarah auf ihren Sitzplatz zurückkehrte, überlegte sie, ob sie die Besprechung mit dieser schlechten Nachricht unterbrechen sollte oder nicht.

»Meiner Meinung nach ist es das Wichtigste, eine Gewebeprobe zu entnehmen«, sagte Weintraub gerade. »Ohne Zellmaterial komme ich nicht sehr weit, und ich glaube, die Genetik auch nicht.« Plötzlich riß er die Augen weit auf. »Ich denke, daß beide Abteilungen zusammen den größeren Fragen schon recht gründlich nachgehen könnten.«

Bob Hodder, Genetiker und ein weiteres Mitglied der Jungtürken vom Riverside, warf ein: »Eine Chromosomenanalyse wird uns wohl offensichtlich eine definitive Antwort darauf geben können, ob wir es hier mit einem menschlichen Organismus zu tun haben oder nicht.« Er war fast attraktiv, dieser Bob. Sarah konnte sich an seinen großen, gebräunten Körper erinnern, an seine spielenden Muskeln ... er war eine ihrer traurigeren Affären gewesen, vor Tom. Gut im Bett und gut, um mit ihm auszugehen, aber ein Mann, der sich hinter einer Festung von Nichtgefühl verbarrikadierte. Er verstand etwas von Genetik und Sex und davon, wie man im Restaurant Essen bestellte. Doch er war ebenso kalt wie der Tod selbst. Noch nicht einmal das halbe Kaliber des alten Dr. Hott, der sich angespannt in die Konferenz hineinbeugte, die Brille auf der Nase herabgerutscht, die Zigarre nun zwischen den Zähnen eingeklemmt, aber erloschen.

Sie atmete tief durch und gab ihre Neuigkeit preis. »Die Patientin ist fortgegangen.«

Hutch warf sich zurück und packte die Gelegenheit mit einem fast hörbaren Aufatmen beim Schopf. »Das war dumm.«

»Dafür kann niemand etwas«, jammerte Tom. »Wir haben nicht die Möglichkeit, Leute hier festzuhalten. Das hier ist keine geschlossene Anstalt.«

»Wer, zum Teufel, war dafür verantwortlich?« Hutchs Stimme war schrill. Er wollte diesen Fehler ausnutzen, um Tom vor Rush in Verlegenheit zu bringen. Er wußte, wie er zuschlagen konnte, wenn er Gelegenheit dazu hatte. Weder er noch Tom warfen auch nur einen Blick auf das reglose Gesicht von Sam Rush. Wäre der jedoch nicht anwesend gewesen, dachte Sarah, so hätte es zwischen Hutch und Tom höchstwahrscheinlich noch mehr gegeben als nur ein gegenseitiges böses Anfunkeln.

»Darum geht es nicht! Wir haben uns an die Vorschriften gehalten – haben genaugenommen sogar noch mehr getan als das. Aber sie ist ausgewichen. Sie wissen doch, wie das hier ist. Die Schlafforschungsabteilung kann man in einem Dutzend verschiedener Richtungen verlassen. Jeder, der dort hinaus will, schafft das auch, egal wie vorsichtig wir sind.«

»Doktor Haver, Sie werden Ihre Patientin sofort ausfindig machen müssen. Ich halte es wirklich für außerordentlich wichtig, daß wir sie auf der Station behalten.« Toms Blick suchte Sarah. Die Botschaft war eindeutig: ›Du hast sie laufenlassen, also holst *du* sie auch zurück.‹

Sarah schüttelte den Kopf. Diese Verantwortung wollte sie

nicht übernehmen. Ihre eigene Einstellung gegenüber Miriam Blaylock war ihr nun sehr klar: Die Frau – das Ding – war angsterregend und gefährlich verführerisch. Sie hatte die Macht, Verlangen zu wecken, die man besser schlafen ließ. Sarah wollte nichts mit ihr zu tun haben.

»Ich muß dich darum bitten, Sarah. Du kennst sie am besten.«

Sie senkte den Blick auf den Tisch. Eine solche offene Bitte ließ sich nicht abschlagen.

»Ich weiß nicht, wie ich das anstellen soll.«

»Ruf sie an«, meinte Tom.

»Besuchen Sie sie. Riskieren Sie keinen Anruf. Bringen Sie sie zurück.« Hutchs Stimme war voller Ernst und Sorge.

»Ihr Direktor hat recht«, meinte Sam Rush. Tom senkte den Blick auf seine Papiere.

»Ich weiß doch gar nicht, wo sie wohnt«, murmelte Sarah verzweifelt.

»Wir haben ihre Adresse... nicht wahr, Tom?« Hutch hörte sich an, als hoffte er fast, daß *er* sie nicht hätte.

»Natürlich«, fauchte Tom.

Sarah kämpfte um ihre Selbstbeherrschung. Ihre Hände wanden und wanden sich, bis sie sie schließlich vom Tisch riß. Inzwischen hatten sich alle Augen auf sie gerichtet. »Ja«, hörte sie eine kleine, unvertraute Version ihrer selbst sagen, »wir müssen sie zurückholen. Ich werde sofort losgehen.«

Miriam Blaylocks Haus war von unerwartetem Charme. Sarah stieg vor dem kompakten Rotziegel-Reihenhausbau mit seiner weißen Marmorumrandung und den blühenden Blumenkästen aus dem Taxi. Alles war so frisch und licht. Die Fenster standen offen, und dahinter sah man freundliche Räume. Ein Privathaus am Sutton Place, Kleidung von Lanvin – Miriam Blaylocks *Genus* hatte offenbar keinerlei Schwierigkeiten, im menschlichen Milieu zurechtzukommen.

Sarah stieg die Vortreppe hinauf und drückte auf die Türklingel. Im Haus hörte sie ein Läuten. Pfeifend spazierte ein Polizist vorbei. Auf der gegenüberliegenden Straßenseite scharte sich eine Gruppe von Kindern zusammen und unterhielt sich leise.

Die Tür schwang auf und gab Miriam Blaylock frei. Sie trug ein Kleid in Weiß und Rosa. Als sie lächelte, wichen alle Gedanken aus Sarahs Geist außer jenem, daß sie gerade in ein wunderschönes Heim von dessen charmanter Bewohnerin eingeladen wurde.

»Darf ich eintreten?«

Miriam trat beiseite.

»Ach, ich liebe Pomander«, hörte Sarah sich sagen. »Das erinnert mich an meine Kindheit.« Der reiche, altertümliche Geruch beschwor vor ihrem inneren Auge das Bild der Eingangshalle ihrer Großmutter, das Bild von Sonne, die an einem ebensolchen Tag wie diesem, schräg durch die Fenster schien. Sie sog die Luft ein. »Das führt mich wirklich zurück in die Vergangenheit.«

»Möchten Sie Platz nehmen?«

Sarah folgte ihr in ein prächtiges Wohnzimmer. Das Morgenlicht strömte durch die Fenster, die auf einen Garten zeigten. Der Raum war mit antiken Regency-Möbeln ausgestattet, Sessel und Sofas von leichter Anmut. Auf dem Boden lag ein chinesischer Seidenteppich, der viele derselben Blumen wiedergab, die im Garten blühten. Blaue Seidenvorhänge hingen an den Fenstern, und die Decke bestand aus einer täuschend ähnlichen Abbildung des Sommerhimmels. Es war jene Art von Traum, in dem man vor Entzücken beinahe lachte. Sie wußte, daß sie lächelte wie ein kleines Mädchen. Miriam drehte sich um, ihr Blick traf ihren, und sie brach in Gelächter aus. Ihre Augen funkelten von wahrhaftiger, ungezügelter Warmherzigkeit.

Sarah trat ins Zimmer und setzte sich auf einen der beiden einander gegenüberstehenden Sessel.

»Darf ich Ihnen eine Tasse Kaffee anbieten? Ich habe gerade welchen gekocht.«

»Das wäre wunderbar.«

Miriams Stimme schwebte hinter ihr zurück durch den Raum, als sie in die Küche schritt. »Ich wette, Sie haben heute nacht kein Auge zugetan. Ein Glück, daß ich zufällig gerade Kaffee gemacht habe.«

Sie reichte Sarah eine Tasse. Der Kaffee war reichhaltig und weich, ganz und gar außergewöhnlich. Sein Geschmack hielt, was sein Duft versprach. »Der ist gut«, sagte Sarah.

Miriam setzte sich neben Sarah und stellte ihre eigene Tasse auf den mosaikbedeckten Kaffeetisch. Sarahs Blick heftete sich auf die zarte Schönheit des Mosaiks. Es stellte eine Göttin dar, die mit einer Mondsichel über ihrem Kopf auf einem Regenbogen stand. »Lamia«, sagte Miriam, als Sarahs Finger die winzigen Steine streichelten. »Ihre Nahrung ist die Jugend. Ihr Symbol ist der Regenbogen, wegen ihrer Schönheit und Flüchtigkeit. Sie ist eine der Unsterblichen. Das Mosaik stammt aus der verschollenen Stadt Palmyra.«

»Was ist mit ihr passiert?«

»Die Habgier. Wie mit dem Rest des Reichs. Es war eine römische Stadt.«

»Das muß ja unglaublich wertvoll...« Sie hielt verlegen inne. Wie ungehobelt, gleich mit Bemerkungen über den Geldwert von Kunstgegenständen anderer Leute herauszuplatzen!

»Ich würde es niemals verkaufen. Sehen Sie auch, warum?« Mit liebevoller Anmut zog Miriam mit ihrem Finger den Umriß des Gesichts nach.

Die Ähnlichkeit war verblüffend. »Und ob ich das sehe! Es könnte Ihre Zwillingsschwester sein.«

Plötzlich blickte Miriam zu den Fenstern hinüber, anscheinend wurde ihre Aufmerksamkeit von irgend etwas erregt, das außerhalb stattfand. Das Gespräch abbrechend, stand sie auf und schritt zu den Fenstern. Sarah hatte einen sehr gemischten Eindruck von ihr: Zunächst schien Miriam entzückt zu sein, sie wiederzusehen, doch auf einmal hatte sie anscheinend jegliches Interesse an ihr verloren. Sarah wollte die Sache möglichst bald hinter sich bringen. Es war, als würde Miriam auf jemand anderen warten. Dieser Ort hier, der so skrupellos angenehm war, begann plötzlich, eine Andeutung böser Schatten auszustrahlen.

»Ihr Kaffee wird kalt«, sagte Sarah in ihrem fröhlichsten Ton.

»Trinken Sie ihn. Ich hatte schon eine Tasse, bevor Sie kamen.«

»Da werde ich nicht nein sagen. Er schmeckt so unglaublich gut. Ich meine, ich weiß ja, daß es einfach nur Kaffee ist, aber...« Wieder plapperte sie vor sich hin. Beruhige dich, Mädchen. Bring das Thema Riverside zur Sprache und verschwinde. »Hören Sie, wenn Sie beschäftigt sein sollten, will ich gleich zur Sache kommen. Es ist wohl offensichtlich, daß ich aus einem bestimmten Grund gekommen bin. Das Riverside...«

»Es ist so ein schöner Tag. Wenn der Wind nicht vom Fluß herüberweht, haben wir die schönsten Brisen.«

»Der Garten ist wunderbar. Wir am Riverside...«

»Ich habe über zehntausend Pflanzen. Die Rosen sind mein wirklicher Schatz.«

Sarah schritt zu ihr hinüber und stellte sich neben sie. Es war nicht eine einzige Rose zu sehen. »Wo sind sie denn?« Das Riverside würde offensichtlich so lange warten müssen, bis der verdammte Garten gelobt worden war.

»Hinter dem Löwenmaul.« Plötzlich wurde sie sehr still. »Gute Götter, warum können wir sie denn nicht sehen?« Sarah bemerkte, daß Miriam wütend dreinsah, wie die Rhesusaffen, wenn man sie überrascht hatte. Miriam trat durch die Fenstertür hinaus auf die Ziegelveranda. Sarah schritt hinter ihr her. Der ganze Garten war mit Blumen angefüllt. Die unsichtbaren Rosen waren auf jeden Fall deutlich zu riechen. Jenseits des Gartens konnte man das glitzernde Wasser des East River erkennen. Ein Segelboot fuhr vorbei, sein weißes Tuch flatterte in der Sonne. Im Hintergrund war das dumpfe Dröhnen des FDR-Drive zu vernehmen. Miriam eilte einen gewundenen Gartenpfad entlang, vorbei an dem Löwenmaulbeet. Als Sarah sie eingeholt hatte, kauerte sie auf dem Boden und hielt abgerissene Blumen zwischen ihren Fingern. »Meine ROSEN!« kreischte sie. Sarah war erstaunt. Der Garten unmittelbar vor ihr bot einen entsetzlichen Anblick, ein völlig verwüstetes Blumenbeet. Sogar die Blätter der zerstörten Pflanzen waren in den Erdboden gestampft worden. Jemand hatte die Blätter abgepflückt und die Stengel zersplittert. Einige der kleineren Pflanzen waren sogar entwurzelt. Über allem hing ein mächtiger Blütenduft, das Blut der Blumen.

Miriam versteifte sich, richtete sich langsam auf, blickte Sarah an. Irgendwie war es eine grauenerregende Geste, die sie einen Schritt zurückweichen ließ. Dann war Miriam auch schon an ihr vorbeigeschritten, hatte sich erneut niedergekauert und ließ ihre Hände über ein Loch im Erdboden schwirren. Als sie hineinrief, konnte Sarah ein dunkles Echo hören. Langsam stand Miriam wieder auf. Ihre Lippen bewegten sich, und Sarah strengte sich an, um sie zu verstehen.

Sie sagte: *»Er ist draußen!«* und schoß herum wie eine Tigerin im Käfig.

Ihr Kopf ruckte in Richtung Haus hinüber. Mit einem scharfen Einatmen war sie fort, den Gartenweg hinauflaufend, der offenen Verandatür entgegen. »Kommen Sie«, rief sie, *»Beeilung!«*

Ihre offensichtliche Angst steckte Sarah an. Wie in einem Alptraum begann sie, auf die Tür zuzulaufen. Sie schien ihr immer weiter entfernt zu sein, die Blumen davor erstreckten sich kilometer- und kilometerweit.

Miriams Augen waren in einer Furcht hervorgetreten, die nackter war als alles, was man in einem menschlichen Gesicht erkennen konnte. Ihre Arme streckten sich, die Hände öffnend und schließend wie die eines Säuglings, der Hilfe suchte. *»Sarah, beeilen Sie sich!«*

Sarah kam voran wie im Traum. Sie fühlte sich schwer, sie dachte an Schlaf. Jede Einzelheit der Blumenbeete, an denen sie vorbeikam, stach hervor. Da gab es zuckende Margeriten, Zinnien, die sich der Sonne entgegenspreizten, Löwenmaul und viele andere exotische Arten. Sie sah eine Biene, die auf dem Kelch eines Stiefmütterchens stand, die Pollensäcke goldbestäubt. Hinter ihr erhob sich ein gewaltiges Knistern wie von einem nahenden Bären.

Miriams Arme umschlangen sie, und die Verandatür schloß sich mit einem Knall. Mit einem Herumrucken des Handgelenks verriegelte Miriam sie, dann zog sie die Vorhänge vor. Sie öffnete ein Behältnis auf dem Kaffeetisch und begann, Knöpfe zu drücken, die sich darin befanden. Die Reihe aus roten Lichtern, die nun zu blinken begannen, wies auf eine Einbruchsicherung hin.

Zu allem Überfluß merkte Sarah, wie sie immer träger wurde. Trotz des Kaffees traf sie der Schlafmangel plötzlich sehr hart.

Sie ließ es zu, daß Miriam sie festhielt, fasziniert beobachtete sie, wie die Miene der Frau in absolute Ruhe überwechselte. Das war eiserne Selbstbeherrschung, wenn man ihre Furcht bedachte. »Haben Sie ihn gesehen?«

»Wen?«

Miriam wandte den Blick ab, als sei ihr plötzlich etwas Neues klargeworden. »Meine Rosen waren die besten auf der ganzen Welt. Wußten Sie das? Verstehen Sie etwas von Rosen?«

»Es tut mir leid, Miriam. Sie müssen wunderschön gewesen sein.« Sarah wollte die Frau beruhigen, wollte sich zugleich auch hinsetzen. Sie war wirklich sehr müde.

»In dieser Sprache gibt es kein Wort, um sie zu beschreiben. Sie waren... *amoenae*. Das ist lateinisch. Es beschreibt die herzzerbrechende Schönheit der Natur. Virgilius Maro hat es verwendet, um die letzte Vision des Äneas von Ilium zu beschreiben. Solche Blumen sind so. Ein letzter Anblick, die schmerzende Schönheit eines Regenbogens.«

»Ich verstehe.« Sarah konnte etwas Latein, hauptsächlich im Rahmen ihrer ärztlichen Fachsprache. »Warum setzen wir uns nicht? Ich fühle mich ein bißchen daneben.« Sie lächelte. »Die Aufregung.« Nervös berührte sie Miriams Schulter – und riß überrascht die Hand zurück. Um Gottes willen, die Haut war ja hart wie Stein! War das etwa eine Prothese?

»Holen Sie etwas Kaffee«, sagte Miriam. »Er ist in der Küche.« Sarah, die sich wünschte, daß Miriam statt dessen gegangen wäre, die es aber zugleich heftig nach dem Kaffee verlangte, bahnte sich ihren Weg durch ein Eßzimmer, aus dem man ein richtiges Nest gemacht hatte. Die Küche verkündete ihr auch den Grund dafür: Sie war völlig leer. Niemand aß in diesem Haus, niemals. Sarah überprüfte ein paar Schränke. Absolut jungfräulich. Der Herd – uralt, aber von vollkommener Reinheit. Der einzige Abfall befand sich auf der Arbeitsplatte – ein geöffnetes Halbpfundpaket mit Kaffeebohnen, eine Mühle und eine Kanne, in der sich der sich abkühlende Kaffee befand.

Das hier war kein richtiges Zuhause.

Sie hatte keine Gelegenheit, darüber noch nachzudenken, denn sie hatte plötzlich einen Schatten hinter den Vorhängen des Küchenfensters bemerkt. Er entfernte sich, dann erschien er erneut vor der Tür, eine scharfe Silhouette hinter dem weißen Chintz, der das Glas verdeckte. Sarah hörte ein Flüstern, war aber zu erschrocken, um etwas zu erwidern. Als der Türknauf zu klappern begann, fand sie ihre Stimme wieder und schrie.

Sofort war Miriam neben ihr. Sie trat geradewegs auf die Tür zu. »Sie ist abgeschlossen«, rief sie, »abgeschlossen und gesichert!«

Der Schatten verschwand.

Sarah sehnte sich sehr heftig danach, von hier zu verschwinden. Doch sie konnte diese Frau nicht einfach im Stich lassen, nicht so. »Rufen Sie die Polizei«, sagte sie. Sie sprach mit verschwommener Stimme. Trotz der offensichtlichen Gefahr fühlte sie sich merkwürdig ruhig.

»Nein!« Miriam packte sie an den Schultern und schüttelte sie. Die Zähne klapperten ihr, es war, wie von einer wuchtigen Maschine gepackt zu werden.

Vergiß nicht, sie ist kein Mensch. *Kein Mensch!* Was immer hier geschehen mochte, es konnte sich in Wirklichkeit völlig anders verhalten, als es aussah. Sarah durfte das nicht vergessen. Und sie durfte, um Gottes willen, nicht einschlafen! Was war nur los mit ihr?

»Ich... es tut mir leid«, sagte Miriam. In einer Schublade fand sie einen Karton mit Papiertaschentüchern, holte ein paar davon hervor und putzte sich die Nase. »Gehen wir in den vorderen Teil des Hauses. Dort wird er uns nicht belästigen.«

Sarah wurde in eine Bibliothek geführt, die etwas dunkler war, als die anderen Räume. »Geschichte«, sagte Miriam und wies mit beiden Armen ausladend auf Regale über Regale voller Bücher. »Glauben Sie an Geschichte?«

Sarah war nicht mehr fähig, komplizierte Fragen zu beantworten. Mit der Klarheit der Erschöpfung hörte sie draußen eine Hupe. Hier drinnen waren die Schatten dichter. Die Bände sahen uralt aus, und es gab Schränke mit Glastüren, die ganze Stapel von Schriftrollen enthielten. Es war kein angenehmer Raum. Mit seinem modrigen Geruch und den schwarzen alten Büchern war er in gewisser Weise grauenerregend. Sarah wünschte sich, daß Miriam einfach mit ihr von hier verschwinden würde. »Wir würden Sie gerne in die Klinik zurückbringen.«

Miriams Blick wirkte fast scheu. »Warum sollte ich mitkommen? Damit Sie mich in eine Monstershow packen können?«

»Damit wir Ihr Leiden lindern können.«

Miriam kam zu ihr herüber, nahm ihre Hände. Aus dieser Nähe wirkte die Frau beinahe größer, als sie hätte sein dürfen. Verzweifelt wünschte sich Sarah, einen Schritt zurück tun zu können. Doch sie war unfähig sich zu bewegen, sie war einfach zu müde.

Miriams Worte waren wohlbemessen, ihre Augen musterten Sarah eindringlich.

»Sarah, wir haben sehr viel voneinander zu lernen, aber ich habe gerade einen Schock erlitten und brauche etwas Zeit, um mich zusammenzureißen. Bitte verzeihen Sie mir, falls mein Verhalten befremdlich wirken sollte.«

»Ich verstehe immer noch nicht, warum Sie nicht die Polizei rufen. Das würde Ihnen etwas Schutz geben...«

»Für eine Weile. Aber was geschieht, wenn sie wieder fortgehen? Und das werden sie, früher oder später.«

»Also gut, es ist Ihre Entscheidung. Ich würde es allerdings tun. Sie werden belästigt. Wer immer das sein mag, er kann jeden Augenblick hier eindringen.«

Ihre Worte bewirkten, daß Miriam einen blitzartigen Blick in den Gang warf, der zum hinteren Teil des Hauses führte. »Wenn er hier eindringt, wird die Alarmanlage ausgelöst. Ich werde genügend Vorwarnzeit haben.«

»Aber was, wenn er etwas anderes tun sollte... wenn er das Haus anzündet, während Sie schlafen, man weiß doch überhaupt nicht, was so ein Mensch alles tun kann.«

»Er würde nicht... bestimmt nicht!« Sie blickte sich um, als befände sie sich in einer Zelle. »Nein...« Sie wirkte sehr verängstigt.

Sarah nahm die letzten Reserven ihres noch funktionsfähigen Bewußtseins zusammen und versuchte, ihren Vorteil zu nutzen. »Es tut mir zwar leid, wenn ich immer wieder auf das andere Thema zurückkommen muß, aber ich habe den Verdacht, daß es damit zusammenhängt.«

»Ich werde jetzt nicht ins Riverside zurückkehren, Sarah. Sie und ich, wir haben sehr viel zu besprechen, und das können wir auch hier tun.«

»Die Ausrüstung und die Leute sind im Riverside, und im Augenblick ist es noch ein bißchen früh für eine Besprechung. Das kommt später, wenn wir mit Ihrer Therapie beginnen.«

»Und wer wird mich therapieren? Sie?« Miriam machte einen Schritt auf Sarah zu, und diesmal kam die Bedrohung nicht von draußen. »Wir haben sehr viel zu besprechen.«

»Bitte, Miriam.« Also, *das* klang nun wirklich erbärmlich! Reiß dich zusammen, Mädchen! Sie schloß die Augen und öffnete sie wieder überrascht. Einen Augenblick lang war sie im Stehen eingeschlafen.

Miriam grabschte ihr Handgelenk. »Sie sind doch sicherlich bereit, mir etwas von Ihrer Zeit zu schenken.«

Sarah ertrug es nicht, alle ihre vorsichtig gezügelten Emotionen wurden durch die stählerne Kraft dieses Griffs plötzlich freigelegt. »Lassen Sie mich gehen«, murmelte sie, wand sich schwächlich, spürte den spitzen Schmerz in ihrem Handgelenk.

Miriam lachte, ein brüchiges Klingeln. Einen kurzen Moment lang blitzte die Wahrheit in ihren Augen auf. Sarah sah darin niedergeschlagenes, herzzerreißendes Entsetzen, die fürchterliche Angst eines in die Enge getriebenen Tieres.

Miriam schloß sie in ihre kräftigen Arme, drückte sie gegen das hübsche rosa-weiße Kleid. Sarahs schiere Erschöpfung übermannte die Panik, die von ihr verlangte, wild auszutreten und zu schreien. Undeutlich merkte sie, daß Miriam sie vom Boden hochgehoben hatte.

Nur die wiegende, angenehme Bewegung erreichte noch ihr Bewußtsein, als Miriam sie aus dem Raum trug und schnell die Stufen emporschritt.

Kapitel 8

Irgendwo in der Ferne ertönte Gesang. Seine Reinheit riß Sarah aus der gemütlichen warmen Umgebung, in der sie sich versteckt gehalten hatte. Schnell erhob sie sich in rotem Nebel. Jenseits des Nebels war der Ursprung des Liedes. Sarah weinte fast, sie hatte ihre Mutter seit dem fünfzehnten Lebensjahr nicht mehr gesehen.

– ihre Mutter, die gesungen hatte, während sie Sarahs Haarzöpfe flocht.

– singend auf der Reise im Auto zum Yellowstone Park

– die Stimmen im Kirchenchor, die ihrer Mutter deutlich herauszuhören.

– ihre sterbende Mutter, die Erinnerung an ihre Stimme verblassend.

»Öffnen Sie die Augen, Sarah.«

Das Dröhnen löste sich in einem Kopfschmerz auf, der rote Nebel verzog sich. Sarah befand sich in einem großen, hohen alten Bett mit Seidenlaken. Zwischen ihr und der Zimmerdecke hing ein Baldachin aus blauen Spitzen.

Sie hörte das Zischen eines Wasserhahns. Dann reichte Miriam ihr plötzlich ein Glas Wasser. »Danach werden Sie sich besser fühlen.«

Sarah nahm es entgegen. Gern würde sie etwas Sprudelndes trinken. Als die Kühle ihre Lippen berührte, streifte eine kleine Erinnerung an ihr vorbei. »Ich sollte gehen«, sagte sie.

»Ja. Es ist fast mittag.«

Sarah blickte auf ihre Uhr, einen Augenblick zögernd, weil sie im rechten Arm einen dumpfen Schmerz empfand. »Warum liege ich im Bett?« fragte sie.

Miriam warf den Kopf zurück und lachte. Es war beruhigend, so offen und unschuldig, daß Sarah am liebsten mitgelacht hätte. Miriam rutschte näher und legte die Arme um ihre Schultern, blickte mit einem kumpelhaften Lächeln in ihr Gesicht. »Sie sind eingeschlafen, Doktor. Sie sind nicht sonderlich gut darin, die ganze Nacht aufzubleiben.«

Sarah fand nichts in ihrer Erinnerung, womit sie dem hätte widersprechen können. »Eingeschlafen?«

»Sie wollten das Bett ausprobieren. Was soll ich sagen? Sie sind seit eineinhalb Stunden hier.«

Eine Brise blähte den Vorhang und trug den Duft des Gartens mit sich. »Es ist so heiß«, sagte Sarah. Ihre Haut war warm und trocken.

»Nehmen Sie eine Dusche, bevor Sie gehen.«

Als sie den Gedanken gerade verwerfen wollte, dachte Sarah an den langen Tag am Riverside, der noch vor ihr lag, an das Durcheinander der Arbeit, die sie im Labor erwartete, an all die anderen Spannungen und Probleme. Eine weitere Gelegenheit würde sie vor Mitternacht wohl kaum bekommen. Miriam schritt zum Badezimmer hinüber.

»Ich werde sie anstellen. Sie können Ihre Kleider hier drinlassen.«

Sarah erhob sich, packte die Bettkante, als ein milder Schwindel sie überfiel, dann öffnete sie ihr Kleid und warf es auf das Bett. Wenige Augenblicke später war sie nackt und schritt zu der dröhnenden Dusche hinüber. Miriam sah erfreut aus. Sie hatte die Ärmel aufgekrempelt, in ihrer Hand baumelte eine altmodische Badebürste. Der Raum füllte sich mit einem wunderbaren, herbsüßen Duft. Sarah zögerte, als ihr plötzlich klar wurde, was sie da tat, erstaunt über ihre eigene Nacktheit. Doch der Duft war so betörend, daß er sie weiterzuziehen schien. »Ist das Ihre Seife? Die gefällt mir ausnehmend gut.«

»Brehmer und Cross stellen sie für mich her. Ich schicke ihnen meine eigenen Blumen, um das Parfum zu mischen.«

Sarah stieg in die Wanne und schob den Duschkopf beiseite, damit ihr Haar nicht naß wurde.

»Hat das Wasser die richtige Temperatur?«

»Eine Spur zu heiß, vielleicht.«

Miriam drehte den Heißwassergriff ein wenig zurück.

»Wunderbar.«

»Öffnen Sie das Fenster, dann können Sie in den Garten hinausschauen, während ich Ihren Rücken schrubbe.« Als Sarah zögerte, lachte Miriam. »Das ist schon in Ordnung, es ist völlig geschützt.« Sarah schob die Scheibe hoch. Die Brise, die hereinwehte, war köstlich, und man hätte sie nur mit einem Fernrohr von einem Boot auf dem East River aus sehen können. Sie lehnte sich gegen das Sims und blickte hinunter auf die Blumen, während Miriam zuerst ihren Hals und dann die Schultern massierte, um Rücken und Gesäß mit Bergen von leichtem Schaum zu waschen. Die Bürste mit den zarten Borsten kitzelte angenehm. Es war äußerst entspannend. Sie rührte sich nicht, als Miriam ihre Oberschenkel und Waden in Angriff nahm, um sie danach mit Wasser abzuspülen. Ein leises Ziehen an der Schulter, und Sarah drehte sich um. Sie ließ es zu, daß Miriam sie badete, war ein wenig verlegen und mehr als nur ein wenig gerührt. Es war sehr, sehr angenehm, die Bürste auf ihrem Unterleib zu spüren, und auch, wie sie mitten durch diese wunderbare gelbgrüne Seife die Beine hinabfuhr. »Schließen Sie die Augen.« Miriam bearbeitete ihr Gesicht mit einer leichteren Bürste und, mit leichtem Abtupfen eines Tuchs, ihre Brüste. Sarah bewegte sich nicht, bis sie Miriams Stimme wieder hörte und begriff, daß das Duschen vorbei war, daß sie sich abtrocknen mußte.

Miriam rieb sie mit einem großen Handtuch ab, danach nahm sie ein sehr weiches und bewegte es sanft über ihre Haut. »Sie können etwas von meinem Puder verwenden, wenn Sie möchten.«

»Ich dufte doch ohnehin schon wie Ihre Blumen.«

»Mein Puder auch.«

»Ich muß unbedingt einmal zu Brehmer und Cross. Wo sind die denn?«

»Ich fürchte, sie haben kein Verkaufsgeschäft. Aber wenn Sie etwas bestellen wollen, gebe ich Ihnen ihre Adresse.«

»Es ist wahrscheinlich entsetzlich teuer.« Sarah hatte etwas von dem Puder aufgestäubt und zog nun die Lidstriche nach und benutzte ihren Lippenstift.

»Sie verwenden Make-up? Ich finde nicht, daß Sie es nötig haben.«

Sarah lächelte. »Das ist nur eine Angewohnheit. Viel verwende ich sowieso nicht.«

»Früher haben die Leute ihre Gesichter mit Bleifarbe angemalt. Die Frauen sahen aus wie chinesisches Porzellan. Können Sie sich das vorstellen?«

»Das muß vor meiner Zeit gewesen sein. Blei ist giftig.«

Miriam lächelte. »Wie sehr Tom Sie lieben muß.« Sie sagte es mit soviel Gefühl, daß Sarah sich überrascht umdrehte. Der Kuß, der nun folgte, war flüchtig, kaum mehr als ein Pikken, doch er traf ihre Lippen. Sarah entschloß sich, es als Geste der Freundschaft hinzunehmen, und lächelte. »Sie versuchen ja nur, meinen Lippenstift zu verschmieren.«

Miriam sah zu, wie Sarah sich ankleidete. Sarah empfand es als angenehm, so unverblümt bewundert zu werden, und sie merkte, wie sie jeder Bewegung eine Spur mehr Anmut verlieh. Miriam gab ihr das Gefühl, schön zu sein, und, als sie sich in dem matten Spiegel begutachtete, der über dem Schminktisch stand, ein wenig stolz. Immer wieder mußte sie an ihre Mutter denken. Ein solches Gefühl intimer weiblicher Freundschaft hatte sie seit ihrer Kindheit nicht mehr erlebt.

Miriam begleitete sie die Treppe hinunter. »Wenn Sie wieder im Riverside sind, wird man wissen wollen, was Sie erreicht haben. Sagen Sie ihnen, daß ich es mir noch überlege.«

»Sie?« Einen Augenblick lang war Sarah völlig verwirrt, dann fiel ihr wieder der Grund ihres Besuchs ein. »Ach so! Ja. Ich werde es ihnen sagen.«

Sie standen an der Tür. Miriam nahm Sarahs beide Hände in ihre. »Ich habe ein Taxi gerufen. Es wird jeden Augenblick hier sein.«

›Wie aufmerksam‹, dachte Sarah.

Miriam beugte sich lächelnd zu ihr hin. »Sie duften wie eine...«

»Eine Rose?« schlug Sarah vor.

Ein finsterer Blick überzog Miriams Gesicht. »Die verwende ich niemals für Duftmittel.« Ihre Stimme war rauher geworden, beinahe schrill. Doch dann löste sich alles wieder in einem dieser wunderbaren, warmen Lächeln auf.

Auf dem Weg zum Riverside lehnte Sarah sich im Taxi zurück und dachte daran, wie lange es doch schon her war, seit sie das letzte Mal die besondere Freundschaft einer anderen Frau genossen hatte, ach so lang.

Tom hob den Blick, als Sarah langsam in sein Büro trat. Er war damit beschäftigt gewesen, einen Organisationsplan für das Blaylock-Projekt zu entwickeln: Wenn er doch nur eine Möglichkeit fände, es Hutchs Kontrolle zu entziehen. Er hatte Sarah eigentlich begrüßen wollen, doch ihr Zustand ließ ihn verstummen. Ihre Kleidung saß nicht richtig, ihr Haar war wirr, und sie stank wie ein ganzes Freudenhaus. Als sie seinen Ausdruck bemerkte, erwiderte sie ihn mit einem schuldbewußten Blick.

»Ich habe ein Bad genommen«, sagte sie. Er hörte sehr viel Streß in dieser Stimme.

»Fühlst du dich krank?«

Sie schüttelte den Kopf, dann ließ sie sich auf das Sofa fallen. »Mir ist sehr warm. Ist es wirklich heiß hier drin?«

Vielleicht war es das, ein wenig. Er schob das Fenster die zwei Zentimeter auf, die es sich öffnen ließ. »Hast du überhaupt mit Mrs. Blaylock gesprochen, oder bist du einfach nach Hause gegangen?«

Er war erstaunt, als er sie lachen hörte, verbittert und heftig. »Ich habe in ihrem Haus geduscht.«

Nun fehlten ihm die Worte. In ihrem Haus? »Du meinst... in Miriam Blaylocks Haus?«

Sarah lächelte freudlos. In qualvollem Zucken löste sich ihr Lächeln auf. Er wußte, wie sehr sie es verabscheute zu weinen. Mitansehen zu müssen, wie sie es zu vermeiden suchte, war noch schmerzlicher, als wenn sie es getan hätte. Tom trat zu ihr hinüber und nahm neben ihr Platz. Aus dieser Nähe war der Geruch richtig übelkeiterregend. Es war eines jener üblen, alles überdeckenden Parfums, die in jener Zeit beliebt gewesen sein mußten, als die Menschen sich noch nicht wuschen.

»Tut mir leid. Sehr unprofessionell von mir.« Nun brach sie zusammen, packte seine Schultern und vergrub ihr Gesicht an seiner Brust. Er streckte sich, so weit er konnte, und es gelang ihm, mit einem Fußtritt die Tür zu schließen. Er war sich nicht ganz sicher, weshalb sie so aufgewühlt war, doch er versuchte auch nicht, mehr Einzelheiten in Erfahrung zu bringen. Das würde später kommen. Im Augenblick brauchte sie Trost und ein wenig zärtliche Fürsorge. Er hielt sie, streichelte ihr Haar. Er hätte sie geküßt, wäre da nicht dieser abstoßende Geruch gewesen. Er konnte sich nicht helfen; es war ihm einfach unmöglich, näher heranzurücken.

Das Merkwürdige daran war, daß er den Duft früher schon einmal gerochen hatte. Irgendwo in den Nebeln der Vergangenheit. Vielleicht war es das Parfüm, das eine von Oma Havers Freundinnen bevorzugt hatte.

Trotz des Geruchs war es immer noch ein gutes Gefühl, Sarah in den Armen halten zu können. »Ich bin so froh, daß du wieder da bist«, sagte er leise. Sie klammerte sich um so fester an ihn. Die Bitterkeit ihrer Tränen ließ in ihm den Wunsch aufsteigen, daß er sie doch nicht dazu gezwungen hätte, Miriam Blaylock aufzusuchen. Offensichtlich hatte sie das weit überfordert. Doch wem wäre dies unter diesen Umständen nicht so ergangen. »Willst du eine Valium?«

»Ich will keine Valium.«

»Sarah, das hier ist eindeutig ein Streßsyndrom.« Er hielt sie an den Schultern fest. Ihr Gesicht war rot und tränenüberströmt. Sie weigerte sich, sich von ihm derart auf Distanz halten zu lassen und schlang die Arme um seinen Hals, umarmte ihn so fest, daß es schon weh tat. »Ich liebe dich«, sagte er.

»Ach, Tom, ich bin ja so froh.«

Er erwiderte den Druck, wünschend, daß sie seine Worte erwidert hätte, sich fragend, warum sie es nicht getan hatte. »Ich werde das Valium holen gehen. Leg einfach hier die Füße hoch, Liebling.« Er hatte keine Schwierigkeiten, sie dazu zu bringen, sich auf der Couch zurückzulegen, dann eilte er den Gang hinunter zum Dispensarium, um dort gegen Unterschrift die Tablette zu holen. Er hätte sie niemals auf eine solch gefährliche Mission schicken dürfen. Er konnte so verdammt skrupellos sein, wenn er sich bedroht fühlte, und Hutch hatte ihn wirklich in die Enge getrieben. Nun war Sarah verletzt, war schlimm verletzt. Er hatte ein geistiges Bild von Miriam Blaylock: eine fremde, geschlechtslose Kreatur, schön, ohne auch nur im geringsten anziehend zu sein.

Empfand Sarah genauso? Hatte Tom nicht einen merkwürdigen Moment der Intimität zwischen ihnen auf dem Monitor der Schlafkabine beobachtet? Gewiß, es war nicht sexuell gewesen, nicht im üblichen Sinne des Wortes. Doch zwischen ihnen mußte etwas sein, irgendeine Anziehung. Tom erschauerte, als er daran dachte, von diesem ... diesem Ding berührt zu werden.

Aber Sarahs Kleider... hatte sie wirklich nur geduscht? Was, wenn Miriam mit ihren schönen Händen ihre Schenkel entlanggefahren war, Sarah dort berührend, wo sie Berührung liebte? Ja, was, wenn sie das getan hatte?

Arme Sarah! Über allem anderen schätzte sie ihre eigene Professionalität. Wenn sie und Miriam zusammen ins Bett gegangen sein sollten, bedeutete dies, daß Sarah gegen jede Berufsregel im Lehrbuch verstoßen hatte – und das zu allem Überfluß auch noch zu Beginn des wichtigsten Falles, den sie oder irgend jemand vor ihr jemals bekommen hatte.

Kein Wunder, daß sie niedergeschlagen war. Möglicherweise hatte sie allen Grund dazu.

Als er in sein Büro zurückkehrte, lag sie etwas entspannter da, mit geschlossenen Augen, einen Arm locker über das Gesicht gelegt.

»Ich habe das Valium.«

»Nein.«

»Warum nicht?«

»Ich mag keine Schwäche, das weißt du doch.« Sie setzte sich auf, eine einzige, plötzliche Bewegung. »Tom, sie ist sehr schön. Fast magisch. Ein magisches Wesen.« Sie lächelte. »Kannst du das *glauben?*« Die Tränen, die sie wenige Minuten zuvor vergossen hatte, schimmerten noch immer auf ihrem Gesicht. Doch nun lächelte sie.

»Nein. Aber ich habe keine andere Wahl. Die Daten liegen vor.« Tom konnte kaum glauben, daß er noch mit derselben Sarah sprach. Waren die widersprüchlichen Gefühle, die sie dort zur Schau stellte, überhaupt echt? War dies die Art, wie Sarah zusammenbrach – zwischen Extremen pendelnd?

»Das war vielleicht eine Woche«, sagte sie voller Begeisterung. »Erst Methuselah, dann dies. Ich denke immer, es muß eine Verbindung zwischen beiden geben.«

Daran hatte er auch schon gedacht, hatte sich aber geweigert, einer solch verführerischen und unwissenschaftlichen Idee nachzugehen. »Nein, Sarah. Fang nur nicht an, so etwas zu denken.«

»Vielleicht war an dem, was Methuselah zustieß, etwas, das... sie angezogen hat.«

»Die Motten und die Kerzen. Auf welche Weise soll es sie angezogen haben? Über den Geruchssinn?«

»Auf eine Weise, von der wir nichts wissen. Schließlich ist sie eine Unbekannte.«

Sie gab sich kryptisch. Tom wünschte sich, daß er nicht immer das Gefühl hätte, mit ihr im Ring zu stehen. »Also Telepathie. Aber warum? War Methuselah vielleicht ein Verwandter von ihr?« Sarkasmus. Hatte sie ihn verdient? Möglicherweise.

»Komm schon, bleib ernst. Hilf mir.«

»Meine Hilfe willst du ja nicht annehmen.« Er hielt ihr das Valium hin. Sie stand unter extremem Streß. Dieser jüngste Stimmungsumschwung bewies es, oder zumindest zwang er sich, das zu glauben.

»Ich mag keine Sedativa. Ich schaue mir lieber selbst ins Gesicht.«

»Edel. Aber du solltest nicht bei fremden Leuten duschen. Das ist deinem Ruf nicht eben förderlich. Ganz zu schweigen von der Tatsache, daß du dich anscheinend im Kellergeschoß von Kleins hast parfümieren lassen.«

»Kleins ist doch schon lange nicht mehr im Geschäft.«

»Eben.«

Sie griff nach seinen Händen, angespannt, mit einem Anflug von Furcht in ihrer Miene. »Tom, bin ich in Gefahr?«

Die Frage hatte eine unangenehme Wirkung. Er wollte sie beiseite schieben, doch sie hing da, verlangte nach einer Antwort. »Natürlich nicht«, sagte er und verfluchte im selben Augenblick noch seine eigene schuldbewußte Lüge. Wie konnte er sich so sicher sein? Auf paradoxe Weise war er wütend auf sie. Sie hatte ihn verwirrt und durcheinandergebracht. Er wollte seine hart kämpfende Professionelle zurückhaben, nicht diese verschwommene, verträumte Kreatur, die gerade vom Duschen im Heim ihrer Patientin zurückkehrte und es versäumte, den wichtigsten Interessen des Riverside zu dienen. Vor allem da Sam Rush über ihre kollektive Schulter blickte.

»Ich habe das *Gefühl*, in Gefahr zu sein. Ich fühle mich bedroht. Dieser Vorfall bei Miriam war äußerst seltsam, Tom. Ich habe dir nicht einmal die Hälfte erzählt.«

»Soll das eine Eröffnung sein?«

Sie erzählte ihm alles, was geschehen war, wobei ihre Stimme merkwürdig gefühllos wirkte. »Ich schätze, daß du mit deiner Vermutung recht hattest«, sagte Tom, als sie geendet hatte. »Wir haben es hier mit einer Unbekannten zu tun. Im Augenblick gibt es noch keine Möglichkeit, Miriam Blaylock oder ihr Verhalten richtig einzuschätzen.«

»Aber es zielt doch auf mich.«

»Das weißt du nicht.« Warum log er nur so? Damit sie sich besser fühlte, oder vielleicht, um sie dazu zu bewegen, bei der Sache zu bleiben? Ja, das war es. Er brauchte Sarah, damit sie sich weiterhin an Miriam heftete – sie war ihre einzige feste Verbindung. Das war sein wirkliches Motiv. Er fühlte sich schmutzig und grobschlächtig, so etwas in sich selbst zu erkennen. Doch er versuchte nicht, es zu ändern.

Sie verstummte. Er wartete eine ganze Minute lang darauf, daß sie ihm etwas antwortete, doch sie saß nur da, zusammengekauert, beinahe versunken. Er wollte noch mehr Informationen aus ihr herauspressen, zögerte aber, es zu tun. Mit einem Kreuzverhör bekam man aus Sarah nicht sehr viel heraus, das hatte er schon vor langem gelernt.

»Ich *weiß* es aber«, sagte sie schließlich. »Miriams Aktionen sind *tatsächlich* gegen mich gerichtet.«

»Ja«, sagte er in der Hoffnung, ein bißchen mehr aus ihr herauszuholen. Es wurde ihm eine Spannung im Raum bewußt, fast wie eine elektrische Ladung, die Luft war so dick wie vor einem Sturm. Vor seinem geistigen Auge erblickte er kränkliche grüne Wolken, die von Blitzen durchzuckt wurden. Schweiß kitzelte seine Augenbrauen, und er wischte ihn ungeduldig fort. Sie beugte sich auf der Couch nach vorne und schlang die Arme um die Knie.

»Ich habe ein Gefühl, als wäre gerade eine Art Tentakel ausgefahren und hätte mich berührt. Ich sage das nicht gerne, Tom, es ist so subjektiv, daß es schon wieder peinlich ist. Aber ich spüre es tatsächlich.«

»Miriam Blaylock ist dir feindlich gesonnen?«

Ihre Augen weiteten sich, ganz unschuldige Überraschtheit. »Nein, überhaupt nicht. Sie ist Teil davon, aber das ist Methuselah auch. Das ist kein Zufall. Ich habe fast das Gefühl, als wenn Miriam – ich weiß, daß ich das jetzt sehr subjektiv ausdrücke –, daß Miriam mich nach Methuselah auf irgendeine Weise besucht hat. Als wenn es ihr irgendwie sehr wichtig wäre.«

»Ich dachte, die Telepathie hätten wir bereits ausgeschaltet. Bisher wissen nur sehr wenige Leute von Methuselah, und Miriam Blaylock gehört nicht dazu.«

»Tom, was ist sie?«

Nun lächelte er. »Du bist doch das Familiengenie. Erzähl du es mir.«

»Sie stammt nicht von einem anderen Planeten, dazu steht sie den Menschen zu nahe. Eine andere Spezies, die die ganze Zeit hier auf der Erde gelebt hat. Eineiige Zwillinge.«

»Schluckt sich das gut? Fünftausend Jahre Zivilisation, und niemand hat irgend etwas bemerkt?«

»Vielleicht, vielleicht auch nicht. Was war mit den Amazonen? Was waren die denn?«

Er hob die Augenbrauen und dachte an große, dominante Blondinen. »Vielleicht sollte sie sich um das Präsidentenamt bewerben. Würde den Mob in Schach halten.«

»Du bist ein Meister des abwegigen Kommentars, weißt du das? Es ist durchaus möglich, daß eine Zwillingsspezies unbemerkt bliebe. Vielleicht wollen sie nicht bemerkt werden. Wenn ich mich versteckt hielte und du nicht einmal wüßtest, daß du nach mir suchen müßtest, würdest du mich niemals finden – es sei denn, ich wollte es.«

Er küßte sie oben auf den Kopf und kniete neben dem Sofa nieder. Ihr Duft war inzwischen weniger kräftig geworden, vielleicht begehrte er sie auch nur mehr. »Ich liebe dich«, wiederholte er. Die neue Intensität war immer noch sehr wach in ihm. Das Gefühl der Hingabe, das er zu empfinden begann, war ihm sehr neu. Fast geistesabwesend streichelte sie seinen Kopf, zog ihn herab in ihren Schoß. Er blieb dort kauern, brennend von diesem entsetzlichen Verlangen nach ihr, das ihm das Gefühl gab, völlig allein zu sein.

»Tom, ich habe Angst.«

»Es ist auch eine angsterregende Situation.«

»Irgendwas hat sie aus ihrem Versteck herausgetrieben. Irgend etwas an mir.« Die Hand hörte auf, seinen Kopf zu streicheln. Er griff nach oben und packte sie, dann erhob er sich und glitt neben ihr auf die Couch. Sie kuschelte sich an seine Schulter.

»Ich werde es nicht zulassen.«

»Was?«

»Was immer du meinst, daß passieren könnte. Ich bin zwar ein bißchen langsam im Kapieren, aber ich spüre es auch.«

»Jetzt geraten wir bloß nicht beide in Panik!«

»Ich habe keine Angst. Ich bin nur besorgt und schutzwillig. Du hast meine primitiven männlichen Säfte ins Strömen gebracht.«

»Nicht hier im Büro.« Sie krümmte ihren Rücken, ließ die Hand seinen Schenkel entlanggleiten. Er küßte sie. Das Büro war still, der Außenlärm weit entfernt. Jenseits der Fenster segelten kleine weiße Wolken über den Himmel. Tom dehnte den Kuß aus, einen Drang bei sich entdeckend, den er nicht erwartet hatte. Dann folgte ein ausholendes, aggressives Wedeln, und er nahm sie in die Arme. Es war kaum genug Platz für beide. Ihr Gesicht, von braunem lockigen Haar umrahmt, in seiner Armbeuge ruhend, blickte glücklich zu ihm empor. »Nicht hier«, wiederholte sie. »Es könnte jederzeit jemand hereinkommen.«

»Magst du die Gefahr nicht?«

»Dafür bin ich nicht der Typ.«

»Ich finde es aufregend.« Er öffnete seine Hose, ließ sie seine Begierigkeit sehen.

»Tom, wirklich, das ist doch verrückt!«

»Wir brauchen es.«

»Was, wenn Hutch hereinkommt? Dann siehst du aus wie ein Narr.«

Ihr Widerstand trieb ihn an, schuf in ihm den Zwang zum Akt.

»Laß ihn doch hereinkommen. Die Konfrontation mit ein wenig menschlicher Liebe tut ihm gut.« Er ließ die Hände unter ihren Rock gleiten und zog ihr Höschen herunter.

»Tom, das ist doch *verrückt*!«

»Du hörst dich an wie eine kaputte Schallplatte.«

»Na ja, es ist doch... oh...«

Die Unnachgiebigkeit seines Stoßes erregte ihn noch mehr. Ihr Gesicht rötete sich, sie warf den Kopf von einer Seite zur anderen. »Ich liebe dich«, hauchte er und flüsterte ihren Namen im Rhythmus ihrer Körper. Draußen vor der Tür ertönten Stimmen, doch er zog es vor, sie zu ignorieren. Als ihre Augen besorgt flatterten, erstickte er sie mit Küssen. Dann beugte er seine Lippen dicht an ihr Ohr und flüsterte jene Dinge, die sie gerne hörte, Worte, die sie erregten. Vielleicht war es albern, mit Sicherheit kindisch, aber Tom wußte, daß eine gewisse Schmutzigkeit dabeisein mußte, ein Gefühl von Verderbtheit, damit Sarah es wirklich genießen konnte.

Er brachte sie zum Höhepunkt, ihre Schenkel pumpten,

ihr Gesicht war verschwitzt und sah überrascht aus. Er verlor sich in der bebenden Freude seiner eigenen Liebe, kaum merkend, daß die Stimmen im Gang noch nicht verhallt waren. »Um Gottes willen, da draußen sind Charlie und Phyllis! Beeil dich!« Er pumpte heftig. An der Tür ertönte ein Klopfen. Sarah räusperte sich, nahm ihren Tonfall geschäftsmäßiger Präzision an. »Einen Augenblick, bitte«, tönte sie, »er ist gerade am Telefon.«

»Du bist doch kein Telefon.«

»Beeil dich. Du bist ein Mann, du solltest doch eigentlich schnell sein!«

»Flüster nicht so laut, sonst hören sie dich noch.«

Noch nie zuvor hatte er unter solchen Umständen Liebe gemacht. Jede Bewegung, wie gering auch immer, gab ihm das Gefühl gestohlener Freude. Sarah hier auf der Couch zu nehmen, während die Tür gleich aufgehen würde, war köstlicher, als er es sich hätte träumen lassen. ›Das ist ein Stück Exhibitionismus in dir‹, dachte er.

Sie klopften wieder. »Mit wem redet der denn, mit Gott? Wir haben wichtige Dinge zu erledigen.«

»Das weiß ich, Phyllis«, sagte Sarah, und ihre Stimme bebte von seinen Stößen. Inzwischen rieb sie mit aller Kraft gegen ihn, versuchte, die Dinge zu beschleunigen. Die Couch, das ganze Büro zitterte. »Beeil dich, Liebling, beeil dich, Liebling«, hauchte sie im Rhythmus mit ihren Bewegungen, »laß los, laß los...«

Und das tat er, wie explodierende Sonnen, riesig und üppig, von tausend wilden, kitzelnden Freuden. Einen Augenblick lagen sie still da, beide schwer keuchend, ein Augenblick der Ehrfurcht. Er erhob sich von ihr, schloß seine Hose über seinem immer noch gewaltigen Organ. »Ich verstecke mich wohl besser mal hinter dem Schreibtisch, meine Liebe«, sagte er, während sie ihr Kleid glattstrich und zur Tür ging.

»Tut mir leid«, sagte sie und schwang sie weit auf, »kommt rein.«

Charlie und Phyllis blickten einander an. Tom beherrschte sich sorgfältig. Sarah war verschwitzt und rot angelaufen, es war offensichtlich, daß sie versuchte, ihr stoßendes Atmen zu verbergen. »Das muß ja ein tolles Telefongespräch gewesen sein«, sagte Charlie mit nervöser Stimme.

»Los, zum Thema«, knurrte Tom. »Ich habe schließlich nicht den ganzen Tag Zeit.«

»Nein«, murmelte Phyllis, »offensichtlich nicht.«

»Kommt schon, kommt schon.« Er war erfreut, als Sarah ihm einen Kuß zuhauchte, die Augen in einer übertriebenen Pantomime der Ekstase verdrehend. Er begann, recht stolz auf sich zu sein.

»Kurz zusammengefaßt«, sagte Charlie, »wir haben ein paar kleine Vergleichsanalysen für Methuselah und Miriam Blaylock durchgeführt.«

»Warum?« Sarahs Stimme klang scharf. Sie erhob sich und schritt zu dem Schreibtisch hinüber, wo Charlie ein paar glänzende Farbfotografien von verschiedenen Blutzellen ausgebreitet hatte.

»Uns ist aufgefallen, daß Miriam Blaylocks Erythrozyten dieselbe Farbe hatten wie die von Methuselah in seiner Endphase.«

»Will sagen?«

»Die Farbe seiner Blutkörperchen wurde unmittelbar vor dem Ende immer dunkler. Zur gleichen Zeit schien sein Sauerstoffbedarf zu sinken.«

Sarah sprühte förmlich. Vielleicht sollte Tom sie das nächste Mal unter einem Restauranttisch nehmen. Ihr schien die Gefahr des Erwischtwerdens sehr gut zu gefallen. »Worauf willst du hinaus? War in beiden Blutproben derselbe Pigmentfaktor vorhanden?« Da war wieder die brillante Wissenschaftlerin, die Tom kannte und liebte.

»Sieht verdammt danach aus. Aber das ist noch nicht alles.« Charlie holte einige weitere Glanzbilder hervor. »Hier seht ihr Methuselahs Erythrozyten in chronologischer Reihenfolge. Sie werden immer dunkler und dunkler.« Auf der letzten Fotografie waren sie tiefpurpurn und ungestalt. »Erinnert ihr euch noch, daß Geoff eine weitere Blutprobe entnommen hat, nachdem Mrs. Blaylock bereits ein paar Stunden geschlafen hatte? Nun, dann schaut mal her.« Die purpurne Pigmentierung ihrer Blutzellen war einem gesunden hellen Rosa gewichen.

»Schlußfolgerung«, fügte Phyllis hinzu, »Mrs. Blaylock hat etwas im Schlaf verdaut, das ähnlich dem ist, wodurch Methuselah vernichtet wurde.«

Tom ergriff sehr schnell das Wort, versuchte den Anflug von Panik abzuschneiden, der in Sarahs Augen aufgeflackert war. »Das bedeutet immerhin, daß es jetzt gar keine Frage mehr ist, ob der Gerontologieetat beschnitten wird oder nicht. Ich bezweifle, daß wir dafür überhaupt noch eine Direktoriumssitzung brauchen werden.« Niemand lächelte.

»Klatsch, klatsch, klatsch. Ich hätte gedacht, daß ihr entzückt sein würdet.«

»Wir sind nicht überrascht«, sagte Charlie. »Es war offensichtlich, sobald wir die beiden Blutproben miteinander verglichen hatten.«

»Sagt mir, was bedeutet das alles?«

»Woher sollen wir das wissen, Tom?« Sarahs Stimme klang hoch, nervös. »Es deutet auf viele Dinge hin.«

»Aber nicht darauf, weshalb sie hierhergekommen ist«, fügte Phyllis hinzu.

»Schlaues Mädchen«, sagte Tom. »Genau das ist es, was Sarah und ich zu verstehen versucht haben. Es sieht so aus, als hätte sie irgendwie entdeckt, woran Sarah arbeitet, und als sei sie davon angezogen worden – aus irgendeinem Grund, den wir nicht kennen.«

Sarahs Gesicht war wächsern geworden. Verbergend. Sarah versteckte ihre Gefühle. »Was meinen Sie, Dr. Roberts?«

»Das ist eine unfaire Frage, Tom.«

»Du genießt doch unfaire Fragen.«

Sie warf den Kopf zurück, reckte das Kinn hoch vor. Ihre Lippen bildeten eine schmale Linie, ihre Augen funkelten ihn herausfordernd an. Es war erbärmlich mitanzusehen, wie stark sie darum kämpfen mußte, ihre Furcht zu verbergen.

»Ich glaube, wir werden uns wohl alle zusammentun müssen«, meinte Tom. »Ich werde Miriam Blaylock zu einem Spezialprojekt ernennen und mich selbst zum Direktor bestimmen lassen. Wir werden es aus dem Allgemeinetat finanzieren, werden Hutch umgehen.«

»Wozu das? Hutch wird sich voll und ganz kooperativ verhalten. Er ist vielleicht nicht mit allem einverstanden, was wir sagen und tun, aber er ist ein Wissenschaftler, er erkennt, wie wichtig diese Arbeit ist.«

»Danke, Sarah. Darf ich dich daran erinnern, wer um ein Haar dein Gerontologielabor vernichtet hätte? Ich kann die ganze Sache mit einem einzigen Telefonat mit Sam Rush erledigen. Er wird unseren Antrag genehmigen, bevor er überhaupt an Hutch gedacht hat.«

»Hutch hat immerhin dieses Labor gegründet!«

»Er ist so gut wie tot. Es tut mir zwar sehr leid, aber so etwas passiert eben.«

»Ich werde ihm sagen...«

»Nein, Madame. Du hast deinen Job, und ich habe meinen. Wir sollten dafür sorgen, daß sich unsere Aufgabenbereiche nicht gegenseitig in die Quere kommen.« Er streckte die Hand vor. »Von Vorzimmerpolitik verstehst du nicht die Bohne.«

Schweigen setzte ein. »Ich habe den Eindruck, daß dieses Treffen beendet ist«, sagte Charlie in die Stille hinein. Er lachte nervös. »Du kannst auf mich zählen, Boß.«

»Ich werde nicht mit Hutch reden«, murmelte Sarah. »Ich habe auch gar keine Zeit dazu.«

Charlie und Phyllis sammelten ihr Material wieder ein und gingen. Tom saß da und versuchte, sich so unberührt zu fühlen wie ein Buddha. Er erwartete, von Sarah ordentlich in die Mangel genommen zu werden, doch statt dessen schritt sie zum Sofa hinüber und ließ sich einmal mehr mit über die Augen gelegtem Arm hineinplumpsen.

Tom beruhigte sich und zündete eine Zigarre an. Jetzt war eine gute Zeit für den einzigen Sargnagel des Tages. Er griff hinauf und öffnete das Fenster, damit Sarah sich nicht zu lautstark beschwerte.

Doch sie beschwerte sich überhaupt nicht.

Tom war überrascht zu sehen, daß sie schlief. So plötzlich; die arme, liebe Sarah. Er nahm seinen Regenmantel vom Haken an der Tür und bedeckte sie damit. Er würde sie schlafen lassen, würde in etwa einer Stunde anrufen. Es gab keinen Grund zur Eile. Diese jüngste Entdeckung hatte ihn in eine sehr starke Position katapultiert. Es war offensichtlich, daß das Blaylock-Projekt einen Sonderverwalter brauchte. Er hegte keine Illusionen über seine Chancen, Hutch zu einem Rücktritt zu zwingen, aber er war sich sicher, daß er die Leitung dieses Projekts an sich reißen und die ganze Gerontologieabteilung im selben Atemzug mitnehmen könnte. Damit würde für Hutch der Ausbildungssektor übrigbleiben, die Verwaltung der konventionellen Abteilungen der Klinik, jener Abteilungen, die für die Dr. Rushs dieser Welt von keinerlei Interesse waren. Tom sog an seiner Zigarre, inhalierte tief, spürte die Wärme des Rauchs in seinen Lungen. Er atmete wieder aus. Alles verboten, alles gefährlich. Es war typisch für den Zustand des Menschen, daß so etwas Angenehmes wie eine Zigarre so verdammt ungesund sein mußte.

Hauptsächlich, um sich wegen der Zigarre nicht länger schuldig zu fühlen, richtete er seine Aufmerksamkeit auf die verwirrenden Aspekte des Falls Miriam Blaylock. Auf jeden Fall hatte sie auf Sarah eine verdammt große Wirkung.

An Miriam war etwas, das ihn an Oma Haver erinnerte, nachdem ihr Mann und alle ihre Freundinnen gestorben waren. Oma hatte zwar genauso fröhlich und ausgelassen gewirkt wie eh und je, hatte die ganze Zeit gelacht, ihre Blumen gezüchtet, hatte eine Pastete nach der anderen gebacken. Und doch: Wenn man Oma Haver genauer ansah – wenn man hinter die faszinierenden Andeutungen früherer Schönheit und hinter das Wrack der Gegenwart spähte –, jagte es einem einen fürchterlichen Schauer über den Rücken.

In einer späten Winternacht hatte sie plötzlich entsetzlich geschrien. Tom, der aus dem Schlaf fuhr, hatte zunächst an ein Feuer geglaubt. Als sie im oberen Stockwerk ankamen, war sie schon tot, nicht vom Feuer, sondern von etwas anderem. Ihre Augen waren weit aufgerissen, ihre Hände sahen aus wie Krallen. Hatte sie einen Alptraum gehabt, war sie vor Angst gestorben?

Tom hatte seinem Vater dabei geholfen, sie hinunter ins Wohnzimmer zu tragen. Der Wind hatte geheult, und er hatte Wesenheiten gespürt. Ein Nachtmahr – oder ein nächtlicher Besuch?

Danach hatte er immer geglaubt, daß Oma Haver mit irgendeiner verborgenen Schuld auf dem Gewissen gestorben war. Dieser Schrei war ihre letzte Äußerung auf der Erde gewesen, ihre erste in der Hölle.

›Wer bist du, Miriam?‹ fragte er leise und stierte dabei vor sich hin. ›Also gut, Wissenschaftler‹, sagte er, ›jetzt bist du schon bereit zu glauben, daß sie dich hören kann, daß sie deine Gedanken lesen kann.‹

Nun, warum auch nicht?

Was war denn schon ›diese Welt‹? Die Klinik? Dieses Büro? Der warme Geschmack der Zigarre? Was war es schon wirklich?

Tom versicherte sich selbst, daß er mit beiden Beinen auf dem Boden der Praxis stand. Es war möglich, daß dieser Planet tatsächlich zwei Spezies aufwies, die oberflächlich betrachtet einander sehr ähnlich waren. Das vollkommene Raubtier würde von seinem Opfer nicht zu unterscheiden sein. Das wäre sehr schön. Auf dem College hatte jemand mal die Frage gestellt, was denn wäre, wenn die Essenz der Realität der Glaube sei? Das, was geglaubt wurde, war wirklich. Was, wenn wirkliche Hexen im 14. Jahrhundert auf den Schwingen des Glaubens durch die Nächte geflogen und in einer wirklichen Hölle Dämonen beigewohnt hätten? Oder wenn die Götter tatsächlich unter den Griechen einhergeschritten wären?

Oder Miriam Blaylock unter uns?

Sarah glaubte an Miriam, das war die Quelle ihrer Furcht. Vielleicht war Miriam das, was man wollte, daß sie sei – *was immer* man wollte. Vielleicht war das die Definition eines Monsters.

Galizien: 1724 n. Chr.

In der Kutsche ist es eisig kalt. Eine zischende Kerze in einem Halter spendet das einzige Licht. Dichte Nebel ersticken den Weg. Wie schattige Türme ziehen Bäume vorbei, ihr Geäst streift die Seiten des Gefährts.

Miriam gegenüber sitzen ihre drei Schwestern. Ihr Bruder ruht in ihren Armen. Sie hat sie in Paris gefunden, halb verhungert, vom Fleisch kranker Bettler lebend, ständig auf der Flucht. Die Mädchen kauern sich in ihren schwarzen Wollumhängen zusammen, ihre Gesichter haben die Farbe von Stein. Steif lehnt ihr Bruder an ihr. Sie berührt seine Wange, wischt den Tau fort, der sich darauf niedergelassen hat.

Ihre Hand ruckt zurück, plötzlich ist sie ganz wach. Zitternd berührt sie ihn erneut.

Die Haut ist wie eine Maske, die über einen Schädel gespannt wurde. Und der Mund öffnet sich. Sie schreit, doch das Geräusch wird von einem mächtigen Poltern der Kutsche erstickt. Der Kutscher hat dem Pferd die Peitsche gegeben. Wölfe lauern neben der Straße, Dutzende und Aberdutzende von ihnen. Die Pferde werden wild, das Fahrzeug gerät ins Schwanken.

Ohne ein weiteres Wort, mit erstarrter Trauer auf ihren Gesichtern, öffnen Miriams Schwestern die Tür und werfen den Leichnam ihres Bruders hinaus.

Miriam protestiert. Noch sind sie keine Tiere! Sie öffnet ihre eigene Tür und springt aus der Kutsche. Ihre Seidengewänder klatschen in den Schlamm des Wegs. Die Kutsche schlingert davon.

Plötzlich... Stille. Zehn Fuß entfernt liegen seine zusammengekauerten Überreste. Sie kann den wehenden Atem der Wölfe erkennen. In ihren Gesichtern ist soviel Ruhe. Das, und der Tod. Sie kann ihn in der feuchten Luft riechen, die Ausdünstung von Dämonen. Einer von ihnen jagt herbei und steckt die Schnauze in den schmutzigen Gabardineumhang ihres Bruders.

Sie vertreibt ihn, zerrt ihren Bruder aus dem saugenden Schlamm. Sie trägt ihn auf ihren Armen, beginnt, den Weg hinunterzustampfen. Ihr Herz ist dumpf von hoffnungsloser Trauer. Vor ihr ist die Kutsche stehengeblieben, gewaltig erhebt sie sich im Nebel. Sie hört den Fahrer irgendeine Trauerklage seines wilden Karpatenvolkes singen.

Ohne ein weiteres Wort kehrt sie an ihren Platz zurück, die verwelkten Überreste eng an sich drückend. Ihre Schwestern sitzen mit gesenkten Häuptern da; ihre Scham ist zu groß, als daß sie es ertrügen, sie anzusehen.

Kurz vor Mittag treffen sie in einem Dorf ein. Der Fahrer klettert vom Bock und zieht seine schmutzige Mütze. »Zarnesti«, sagt er. Miriam reicht ihm einen Silberflorin, hält ihn zwischen ihren Fingern, damit er ihn entgegenehmen kann, ohne sie zu berühren.

Zarnesti ist ein armer Ort tief in Galizien. Sie sind hierher gekommen, Gerüchten folgend, daß ihre Rasse in diesen wilden Regionen ein gewisses Maß an Sicherheit gefunden habe. Das Dorf stinkt, es ist krank und am Verhungern. Hier und dort gibt es Schilfhäuser und in der Mitte eine Kirche aus Blockholz. Hinter der Kirche liegt ein langgezogenes Gebäude, ein Gasthaus. Um alles herum lauerte der Wald. Im Schatten der näher gelegenen Bäume stehen eingefallene Hütten. Miriams Schwestern überqueren die Lichtung, ihre Mäntel schleifen im Schlamm. Ihnen folgen hungrige Schweine.

Miriam läßt ihren Bruder in der Kutsche zurück und eilt fort, um ihre Schwestern einzuholen. Sie sind so verzweifelt, daß sie schon fürchtet, sie könnten ihren sorgfältig ausgearbeiteten Angriffsplan vergessen.

Sie verhandeln mit dem Besitzer des Gasthauses, ihre hohen Stimmen mischen sich mit dem Geschrei der Vögel im Wald. Der Besitzer wird unterwürfig, nachdem man ihm einen Goldpfennig gegeben hat. Er zieht ein fettiges Tuch beiseite, das den Türeingang verhüllt, und die vier ziehen die Köpfe ein, um einzutreten. Der Geruch zwingt Miriam dazu, nur noch keuchend zu atmen. Sie sieht, daß die Nüstern ihrer Schwestern sich in Richtung einer jungen Frau weiten, die gerade einen Eintopf rührt. Auf den beiden Tischen im Raum tropfen Dochte; die Wände sind feucht von Fett. Als sie sie bemerkt, läßt die junge Frau ihren Löffel fallen und kommt zu ihnen herüber. Sie ist von Geschwüren übersät. Ihr Mund klafft auf, sie kniet vor ihnen nieder und streckt die Arme vor wie eine Bittstellerin. Sie will ihre Umhänge entgegennehmen.

Eine der Schwestern neigt den Kopf, ihre Augen wirken gierig. Miriam furcht wütend die Stirn. Würde sie tatsächlich dieses widerliche Ding nehmen?

Ihre Schwestern ignorieren sie. Wie Schatten bewegen sie sich in der rauchigen Dunkelheit. Schweigend fleht sie sie an. Ihre Herzen fühlen ihre *Berührung* nicht. Sie fahren damit fort, die Dunkelheit nach verborgenen Schätzen abzusuchen. Im flackernden Licht glitzern Messer und Augen und Zähne.

Es ist ein Tanz, wie Miriam sich von einer zur anderen bewegt. Jede von ihnen wendet sich ab.

Ein Schrei entsetzlichen Schmerzes wird plötzlich erstickt. Sie haben den Besitzer genommen. Dann den Kutscher, der es nicht mehr rechtzeitig bis zur Tür geschafft hat. Und schließlich, in einer schmutzigen Ecke, stürzen sie sich auf das Mädchen. Doch irgend etwas verläuft falsch. Ein Kampf beginnt, das Mädchen quiekt und rutscht umher, schleudert einen der Dochte zu Boden, verteilt Kohlen auf dem Erdboden, um sie unter die Röcke ihrer Angreiferinnen zu rollen.

Während sie vor dieser Gefahr zurückweichen, reißt sie ein Loch in die Schilfwand. Ihre graue Gestalt hüpft durch den Farn, als sie in dem Wald hinter dem Gasthaus verschwindet.

Nun müssen sie sich beeilen, bevor sie Alarm schlagen kann. Alle Menschen in diesem Land leben in Angst und Schrecken vor ihrer Rasse. Rudel von ihnen sind durch Galizien geschweift, durch Transsylvanien, durch Ungarn, durch die Slowakei, haben Dörfer überfallen und die ganze Bevölkerung ausgerottet. Sie *schlafen* in Gräbern, um die Abergläubischen abzuschrecken, die sich ohne priesterliche Vorbereitung nachts keinem Kirchhof nähern. Ist ein Dorf entvölkert worden, reißen sie es ab und werfen die Überreste in den Fluß, ziehen zum nächsten Ort weiter, der am Weg liegt.

Die Gerüchte haben sich über das Gebirge ausgebreitet. Die ganze Region ist besessen von ihnen.

Es ist eine schlechte Zeit für ihre Rasse. Sie hatten sich an die Anarchie gewöhnt, die in den Jahrhunderten nach dem Untergang Roms herrschte. Nun, da im westlichen Europa wieder Regierungen entstehen, sind sie dazu gezwungen, sich ins Hinterland zurückzuziehen.

Kein Tag vergeht ohne Nachricht von neuen Katastrophen. Uralte Geschlechter sterben aus, Namen, die Miriam von ihrem Vater lernte: Ranftius, Harenberg, Tullius. Ganz Europa befindet sich in Aufruhr gegen sie. Idioten kriechen mit Kreuzen und Knoblauch umher, miserables Latein hervorspeiend. Doch auch wenn es Idioten sein mögen, die Abergläubischen gewinnen die Oberhand. Östlich der Oder gibt es nicht eine Stadt, die nicht mindestens ein paar von ihnen bereits verbrannt hätte.

Die Kirchenglocke beginnt zu läuten.

An der Tür ertönt ein entsetzlicher Schrei. Miriams Schwestern, inzwischen auf Flucht brennend, werfen das fettige Tuch zurück. Draußen befindet sich eine Masse von dreißig bis vierzig Personen, die um die umgestürzte Kutsche stehen. Ihr Bruder wird herumgereicht, man reißt ihm die Kleider vom Leib.

Plötzlich dringt noch ein Lichtstrahl ins Innere des Gasthauses. Weitere Dorfbewohner haben die hintere Wand durchstoßen. Miriam bewegt sich schnell. Sie vergräbt sich in einem Heuhaufen in einer Ecke. Das Brüllen erregter Stimmen erfüllt den Raum.

Mit wundem Herzen und völlig entsetzt kauert Miriam sich in absoluter Stille nieder. Die Stimmen übertönen das panische Kreischen ihrer Schwestern.

Beschütze sie, hatte ihr Vater gesagt.

Wie kann sie nun noch seinem Angedenken gegenübertreten? Und was ist mit ihrer Mutter, die während der Geburt der Drillinge starb? Soll ihr Tod sinnlos gewesen sein?

Miriam ist kräftiger als alle drei zusammen, weil sie lange Zeit besser ernährt wurde. Doch ist sie stark genug, um sie aus den Händen dieser wildgewordenen Dorfbewohner zu befreien?

Die Stimmen sind fröhlich geworden, als die Dorfbewohner die Kutsche plündern und die gefangengenommenen Schwestern fortführen. Sie finden ein paar erbärmliche Goldpfennige – für sie der Schatz ganzer Königreiche.

Plötzlich schwärmen Männer und Frauen umher und reißen Stücke von Miriams Deckung fort. Sie bereitet sich darauf vor, sich ihnen entgegenzustellen, doch sie eilen schon wieder davon. Mit dem Heu soll ein Feuer entzündet werden. Sie haben sie nicht bemerkt. An einer Wand des Gasthauses lehnt ein eiserner Spieß, der zweifellos in Gebrauch war, als dieses Dorf noch Schweine besessen hatte, die groß genug gewesen waren, um sie zu rösten. Es knistert, als das Stroh um Holzscheite herum entflammt wird.

Als sie begreifen, was geschehen wird, beginnen Miriams Schwestern ihren Namen zu brüllen. »MIRIAM! MIRIAM!« Ein Teil von ihr ist insgeheim froh, daß sie nicht wissen, wo sie sich versteckt hält. Immer und immer wieder sagt sie sich, daß sie sie nicht retten kann, daß sie nichts gegen fünfzig Menschen auszurichten vermag. Sie liegt dort inmitten der Flöhe und Läuse, spürt, wie immer wieder Ratten über sie hinweghuschen, lauscht, wie ihre Schwestern ihre Hilfeschreie hervorstoßen.

Noch nie hat man sie so sehr gebraucht. Wieder erinnert sie sich an ihren Vater. Er war ein Held.

Sie beginnt, das Stroh zu entfernen, sich aufzusetzen. Doch sie erstarrt plötzlich, das Bild vor ihr ist so grauenhaft. Ihre jüngste Schwester ist nackt. Sie schnallen sie an den Spieß. Dann legt man sie über die Flammen.

Sie schreit und schreit, ihr Urin verdampft in den Flammen, ihr Kopf zuckt, ihr Haar raucht und ist rot vom Feuer.

Sie dämpfen das Feuer und beginnen damit, langsam den Spieß zu drehen.

Ihre Schreie hallen noch lange, sehr lange. Nach einer

Stunde versagt ihre Stimme, und alles, was noch zu hören ist, ist das Zischen.

Miriams andere beiden Schwestern liegen zusammengesunken in einer Ecke, so eng miteinander verschnürt wie zwei Gänse am Markttag.

Es ist nacht, bis man alle drei geröstet hat.

Miriam hat sich die Lippen wundgebissen, um nicht zu schreien. Ihr ganzer Körper summt vom Schmerz Tausender von Flohbissen. Bis spät in die Nacht ist der Raum angefüllt vom scharfen Gestank bratenden Fleisches und von den fröhlichen Rufen der Menge. Natürlich sind sie fröhlich, sie haben ja Gold erobert und sich an ihren Schwestern sattgefressen, mehr Fleisch, als sie in Jahren bekommen haben. Als die Dämmerung droht, trinken die Dorfbewohner ihr übles schwarzes Bier und kopulieren. Dann schlafen sie.

Miriam bricht aus ihrem Versteck hervor und rennt. Sie hebt den Körper ihres Bruders aus dem Schlamm, wo man ihn hingeworfen hat, und trägt ihn in den Wald, läuft, so schnell es geht, zwischen den Bäumen dahin, sie will nur noch von diesem entsetzlichen Ort fliehen. Ihr Herz ist wund vom Gedanken an ihre verlorenen Schwestern, aber sie wagt es nicht einmal, sich ihren Knochen zu nähern.

Plötzlich befindet sie sich auf einer Lichtung, es dämmert. Zu ihren Füßen schwanken Blumen, das Karpatenmassiv ragt in den klaren Himmel empor. Angesichts dieses majestätischen Anblicks schreit sie ihre Trauer heraus. Das Geräusch verhallt.

Sie ist durchflutet vom Schmerz der Einsamkeit. Vielleicht sollte sie sich den Dorfbewohnern ausliefern. Doch sie kann nicht umkehren, kann sich nicht den Flammen ausliefern. Die Schönheit des Lebens bleibt. Sollen die Toten ihre eigenen Helden sein.

Mit ihrem Bruder auf den Armen, macht sie sich daran, die Berge zu überqueren, um dahinter ein besseres Land zu suchen.

Kapitel 9

John hatte mit der Rückkehr gewartet, bis Miriam gegangen war. Das war das sicherste. Es war leicht, die elektrische Schranke zu überwinden. Er kam durch den unbenutzten Tunnel, durch den er auch geflohen war. Er hatte eine Mission hier. Er schritt durch die stillen Räume. In der ganzen Bibliothek verteilt lagen Zeitungen, alle mit Sensationsberichten über seine Verbrechen. Er schnitt eine verächtliche Grimasse, als er an ihre Vorsicht dachte. Es war eine große Stadt. Die Polizei würde noch sehr lange brauchen, bevor sie ihn stellte.

Er hielt inne, schloß die Augen. Eine neue Halluzination stellte sich ein. Diesmal trat ein gesundes Mädchen von ungefähr vierzehn Jahren in sein Sichtfeld. John ignorierte diese köstliche Einbildung, er reagierte nur mit Ungeduld auf diesen neuesten Nebeneffekt seines verzweifelten Hungers. Das Bild wurde deutlicher; der Geruch des Mädchens füllte seine Nüstern. Es war zum Wahnsinnigwerden; zornig hieb er auf die leere Luft ein. Der Hunger in seinem Innern drückte ihn zusammen und zerrte an ihm. Schon bald mußte er wieder hinaus auf die Straße.

Er begab sich nach oben, in der Tür zu ihrem Schlafzimmer blieb er stehen. Obwohl er auf dem Weg zum Dachgeschoß war, hatte er es nicht eilig. Es war etwas Genießenswertes daran, wie er ihr zu schaden beabsichtigte.

Nach seinem Gespräch mit Sam Rush hatte Tom Sarah dazu überredet, zur Feier mit ihm auszugehen. Sie hatte bei ihrer Laborgruppe bleiben wollen, doch es war ihm gelungen, sie davon zu überzeugen, daß das Projekt auch ohne ihre Aufsicht in die nächste Phase gehen konnte. Ihr gescheiterter Versuch, Miriam Blaylock dazu zu bewegen, ans Riverside zurückzukehren, hatte ohnehin einen großen Teil der Arbeit blockiert. Ohne ein Beobachtungsobjekt ließ es sich nur schwer weiterarbeiten.

»Du feierst die Vernichtung eines Menschen«, sagte Sarah, als sie sich im Las Palmas auf der Achtundsechzigsten Straße zu einem mexikanischen Essen niedersetzten.

»Ich feiere nichts dergleichen. Hutch hat immer noch seine eigene Nummer.«

»Die größte Entdeckung der Geschichte, und du hast sie ihm direkt aus dem Schoß geklaut. Du.«

Er zuckte zusammen. »Also gut, bin ich eben ein Oger.«

»Ehrgeiziger Bastard.« Sie lächelte. »Ich wünschte, ich könnte dich bestrafen, Tom. Gott weiß, daß du es verdient hast. Aber die Wahrheit ist, daß ich so verdammt erleichtert bin, daß ich nicht einmal geradeaus blicken kann. Zu wissen, daß wir nicht mehr unter Hutchs Fuchtel stehen, ist... na ja, eine Feier ist das schon wert.«

»Ich bin auch nur ein Oger, wenn es darum geht, deine Arbeit zu beschützen.«

»Nun schmink dir mal dieses ernste Feixen vom Gesicht, mein Lieber. Damit siehst du aus wie ein Kartenhai.«

»Ich glaube, das gefällt mir nicht.«

»Du liebst es heiß und innig.« Sie hob ihr Bierglas. »Auf dich, du Bastard.«

»Beschimpf mich nicht. Ich habe es nicht verdient.«

Er erkannte, daß sich daraus ein echter Streit entwickeln könnte, also sagte er nichts mehr. Der Kellner kehrte zurück, und sie gaben ihre Bestellung auf. Zu seiner Überraschung hörte Tom, wie Sarah das üppigste Menü von allen bestellte; normalerweise lebte sie nur von Häppchen und Knabberzeug. Manchmal glaubte er, daß sie am Tag bestenfalls eine Handvoll Vogelfutter brauchte. »Wengistens hast du mal richtigen Hunger. Das ist ein gutes Zeichen.«

»Ich entwickle nur eine Neurose. In ein paar Jahren bin ich dann fett wie ein Kapaun.«

»Und das macht dir gar nichts?«

Ihre Augen funkelten. »Heute abend fühle ich mich nach Essen. Daran ist nichts verkehrt.« Sie hielt inne. »Genaugenommen fühle ich mich sogar richtig gierig. Vor ein paar Sekunden hätte ich am liebsten einen Salat dort von dem Tablett genommen.« Sie zeigte auf einen Kellner, der sich zwischen den Tischen bewegte.

Ihr Essen kam schnell. Fünf Minuten lang schwieg Sarah, machte sich über ihre Enchiladas und Tamales her. »Möchtest du noch mehr?« fragte Tom.

»Jawohl!« Er winkte dem Kellner, und sie bestellte eine weitere Runde. Appetit war ja eine schöne Sache, aber wenn sie bei diesem Pensum bleiben sollte, würde sie noch zu einer Wurst auf Beinen werden. »Hast du Bleistift und Papier parat?« fragte sie. »Ich habe ein paar Eingebungen gehabt.«

»Ich werde sie schon auswendig lernen. Erzähl sie mir.«

»Nummer eins: Wir gehen recht in der Annahme, daß Miriam sich von einem Primatenvorfahr entwickelt hat. Sie ist zu eng mit uns verwandt, als daß dies nicht der Fall sein könnte. Nummer zwei: Wir brauchen folglich Röntgenaufnahmen des Skeletts, damit wir feststellen können, um welche Primatenlinie es sich handelt. Nummer drei: Eines ist sicher, sie und ihre Art befinden sich in einer Art Symbiose mit uns. Weshalb würden sie sich sonst verstecken? Sie nehmen uns etwas, was wir ihnen sonst nicht geben würden.«

»Woraus folgerst du das?«

»Was sollten sie sonst für ein Motiv für ihre Geheimhaltung haben? Und das ist nicht nur eine Frage des Übersehenwerdens. Es ist beabsichtigt. Es muß auch schwierig sein. Es kann nicht einfach gewesen sein, so lange unbemerkt zu bleiben.« Sie machte eine Pause, nahm schnell wie ein Vogel einige Happen zu sich. »Ich frage mich, was sie uns wohl nehmen. Ich frage mich, ob wir es herausbekommen werden.«

Tom beneidete sie um ihre geistige Klarheit. Sie hatte die ganze Geschichte auf zwei wichtige Fragen reduziert.

Plötzlich hörte sie auf zu essen. Sie ließ die Gabel auf den Teller fallen und blickte ihn an, ihr Gesicht war bleich. »Gehen wir.« Gehorsam bezahlte Tom die Rechnung, und sie begaben sich hinaus in die Menschenmengen auf der Achtundsechzigsten Straße. Von den Röstkastanienständen stieg

Rauch empor; aus den Radios unter den Armen von Stutzern dröhnte Discomusik hervor. Sie kamen an einem chinesischen Restaurant vorbei, an einem deutschen Restaurant, an einem griechischen Restaurant. Erst als sie um die Ecke auf die Second Avenue eingebogen waren, wurde die Menschenmenge etwas dünner.

»Ich fürchte, ich werde mein Abendessen wieder los.«

»Also gut, Liebling.« Er war nicht überrascht, nachdem sie soviel würziges Essen vertilgt hatte. »Schaffst du es noch bis...«

Sie erbrach sich in den Rinnstein. Glücklicherweise befand sich ihr Apartmenthaus direkt am anderen Ende des Blocks, und Herb, der Nachtportier, hatte die Sache mitangesehen. Er kam mit einem Handtuch in der Hand herangetrabt. »Dr. Roberts«, sagte er mit knurriger, überraschter Stimme. »Jesus, Sie müssen die Darmgrippe haben, Ma'am.«

Tom hielt ihren Kopf. Er trocknete ihr schwitzendes Gesicht mit dem Handtuch ab. In einem Meter Entfernung jagten Autos vorbei. Auf dem Gehsteig gingen Fußgänger auf und ab. Ein Feuerwehrauto, komplett ausgestattet samt Dalmatinern, fuhr brüllend vorbei. Sarah hustete heftig.

»Ach, ich fühle mich *schrecklich*«, stöhnte sie. »Tom, mir ist so kalt!«

»Komm schon, wir bringen dich ins Bett!«

»Schaffen Sie's, Doc? Soll ich Sie tragen?«

Sarah erhob sich torkelnd. »Nein danke, Herb.« An Toms Arm taumelte sie in die Empfangshalle. Im Geiste ging er die verschiedenen Arten von Lebensmittelvergiftungen durch, um die es sich handeln konnte. Für Botulismus war es zu schnell gekommen. Pilze hatte sie nicht gegessen, das konnte es also auch nicht sein. Wahrscheinlich wieder die guten alten Salmonellen – oder sie hatte sich einfach nur übergessen. Er würde sie ruhig und warm betten, dann würde sie bald wieder gesund.

»Gonzalo«, sagte Herb ins Haustelefon, »komm her und behalt die Tür im Auge. Ich gehe mit den Doktoren nach oben.«

Schweigend fuhren sie hinauf, das einzige Geräusch im Fahrstuhl war Sarahs Atmen. »Tom, es passiert schon wieder!« Ihre Stimme bebte.

Sie waren erst im neunzehnten Stockwerk. »Nur noch eine Sekunde, Liebling.«

Herb blickte niedergeschlagen drein, jetzt würde er einen verdreckten Fahrstuhl bekommen. Doch soweit kam es nicht. Sie schaffte es bis zu ihrem Foyer. Tom war halb wütend auf sie, halb hatte er Mitleid. Schließlich hätte sie ja nicht gleich wie ein Nilpferd fressen müssen. Doch nun litt sie darunter, und er litt mit ihr. »Komm schon, Liebling«, sagte er, »Zeit fürs Bett und einen Eimer.« Alles, was er dafür zur Antwort erhielt, war ein Stöhnen.

Er ließ sie auf dem Bett ausgestreckt zurück, neben ihr den Putzeimer, der auf dem Boden stand, nicht ohne ihr streng einzuschärfen, ihn auch zu benutzen. Dann machte er sich daran, das Foyer sauberzumachen, möglichst ohne sich selbst dabei zu übergeben. Während er sie ins Bett gebracht hatte, hatte Herb sich verzogen. Das konnte man dem Mann wirklich nicht übelnehmen.

Als er ins Schlafzimmer zurückkam, fand er sie zu seiner Überraschung sitzend vor. »Mir geht es besser«, sagte sie. Sie blickte ihn wütend an, als wollte sie ihn herausfordern, sie in Frage zu stellen.

In diesem Augenblick klingelte es an der Tür. »Verdammt, die lassen einen aber auch nie allein... Wer ist da?«

»Herb. Sie haben ein Paket.«

Tom riß die Tür auf. »Ein Fleet-Bote ist gekommen und hat es abgegeben, als Gonzalo an der Tür war, Dr. Haver.« Es war ein kompakter Karton, in schönes blaues Papier eingewickelt und mit einem Band verschnürt. Adressiert war er an Sarah. Achselzuckend brachte Tom ihn ihr.

»Wer schickt mir denn Geschenke?«

»Mach es auf, vielleicht liegt eine Karte drin.«

Sie schüttelte das Paket und horchte.

»Erwartest du vielleicht eine Bombe, meine Süße?«

Ein leises Lächeln spielte um ihre Lippen, als sie es aufriß.

Sofort füllte mächtiges Parfüm den Raum aus. Im Inneren lagen sechs Barren gelbgrüner Seife.

»Ach du liebe Güte, schmeiß es raus, schmeiß es raus!«

»Miriam hat es mir geschickt.«

»Meinst du nicht, daß es ein bißchen süß ist? Genaugenommen...«

»Komm schon, Liebster, das ist doch schön.« Sie hielt ein Stück Seife an die Nase und atmete ein. »Wunderbar. Ich habe ihr gesagt, wie sehr sie mir gefällt, als ich bei ihr zu Hause war. Sie wollte bloß aufmerksam sein.«

»Also gut. Dann wickle es wenigstens für eine Weile in irgend etwas ein. Laß mir ein bißchen Zeit, mich an den Gedanken zu gewöhnen.« Da fiel ihm etwas ein. »Ach du lieber Gott, diese Seife *kenne* ich doch!« Er nahm ein Stück in die Hand. Tatsächlich, darauf war eine Marke gedruckt, *Brehmer and Cross, to the trade*. Tom brach in Gelächter aus und warf die Seife auf das Bett.

»Was soll daran so komisch sein? Sie läßt sie extra für sich herstellen.«

»Na klar! Und wie sie das tut! Weißt du, was das für ein Zeug ist? Seife für Leichenbestatter. Damit wäscht man Leichen. Da habe ich das verdammte Zeug auch gerochen, und deshalb verursacht es bei mir auch Übelkeit. Die hat man bei Oma Haver verwendet, als ich noch ein Kind war. Damit hat man sie daran gehindert, das ganze Wohnzimmer vollzustinken.«

Sarah berührte das Seifenstück und zog die Hand wieder zurück. Tom kam näher. »Sie denkt anders als wir.«

»Aber sie hat doch gesagt...«

»Wer weiß, was sie gesagt hat? Du solltest dir nicht einbilden, daß du ihre Motive verstehst. Vielleicht ist es irgendeine Art Witz.«

Nach langem Schweigen meinte Sarah, daß es das wohl sein mußte. Es gab keinen Streit mehr, als Tom die Seife fortwarf. Ihre Übelkeit schien sich gelegt zu haben, und da sie kein bemerkenswertes Fieber hatte, begnügten sie sich damit, vorläufig nichts zu unternehmen.

»Wahrscheinlich brauchst du nicht einmal eine Ersatzgabe Spurenelemente«, bemerkte Tom.

»Gut. Im Augenblick will ich nicht einmal Wasser haben.«

»Warte nur, bis du dich durstig fühlst. He, schau mal!« Er blätterte gerade in der Fernsehzeitung. »Auf Kanal dreizehn gibt es um neun Uhr ›Große Schauspieler‹. Jetzt ist es neun.«

Während sie fernsahen, bemerkte Tom, daß Sarah ihren rechten Arm rieb. »Bist du in Ordnung?«

»Klar.«

»Vielleicht hast du ihn dir auf der Straße gezerrt.«

»Er tut schon den ganzen Nachmittag weh.«

Mitten in der Show knipste sie ihre Nachtischlampe an. »Tom, schau dir das nur an.« An ihrem Unterarm war ein Nadeleinstich zu erkennen.

»Hast du Blut gespendet?«

»Wann hätte ich wohl Blut spenden sollen? Vielleicht hat mich irgend etwas gestochen. Ich wette, deshalb ist mir auch übel geworden.«

Tom untersuchte die Wunde. Die Schramme, die die Vene entlanglief, die Rötung der Wunde selbst – es sah ganz danach aus, als hätte man Sarah eine Transfusion verpaßt.

»Ein Spinnenbiß«, meinte sie.

Tom bemerkte einen heiseren Unterton in ihrer Stimme. Sarah hatte Angst. Er faßte sie an der Schulter an. »Wenn es das sein sollte, brauchst du dir keine Sorgen zu machen, dann ist es nur ein milder.«

»Na klar. Mild.«

»Allerdings, Liebling. Keine Myalgie, keine Krämpfe. Die hat man aber, wenn es ein schlimmer Spinnenbiß ist.«

Sie seufzte. »Es ist widerlich, aber ich habe schon wieder schrecklichen Hunger.«

Tom wußte nicht, was er sagen sollte. Im Geiste ging er den Katalog ihrer Symptome durch. Er dachte daran, den Vorschlag zu machen, Sarah ins Krankenhaus zu bringen, verwarf die Idee aber wieder sofort. Dazu waren die Symptome zu gering. Tausende von Leuten erlitten leichte Fälle von Lebensmittelvergiftung oder Insektenstiche und gingen auch nicht deswegen gleich ins Krankenhaus. Und doch machte Tom sich Sorgen. Er sah sich ihr Gesicht an. Ihre Gesichtsfarbe war ungesund, und die ungewöhnliche Weichheit wies auf kleine Ödeme hin. Ihre Haut fühlte sich kühl an und ziemlich trocken. »Hungrig oder nicht«, sagte er schließlich, »ich glaube, du solltest erst einmal ein wenig schlafen. Morgen gibt es dann ein großes Frühstück.«

Sie widersprach nicht, hatte aber einen gekränkten Ausdruck in den Augen. Sie zogen sich aus, begaben sich zu Bett. Nachdem er fünf Minuten in *Time* gelesen hatte, drehte Tom das Licht aus. Er tätschelte Sarahs Hintern, dann lauschte er – es kam ihm wie eine lange Zeit vor – ihren unruhigen Bewegungen. Erst als ihre Atmung wieder regelmäßig geworden war und tief, entspannte er sich. Mit einer letzten Berührung überzeugte er sich davon, daß sie kein Fieber hatte. Schließlich holte der Schlaf auch ihn ein.

Donner grollte, und blaue Blitze zuckten an der Decke. Sarah starrte in die Dunkelheit hinaus, die auf die Blitze folgte. War da nicht eine Silhouette im Gang gewesen? Regenströme prasselten herab. Der Wind heulte um das Gebäude. Sie lag völlig still da, atmete kaum, wartete auf weitere Blitze, um sehen zu können.

Als der nächste kam, war der Gang leer. Ihr Herz klopfte etwas langsamer. Sie hatte schon Tom wecken wollen. Nun zog sie die Hand wieder zurück und warf ihren Unterarm über ihre Augen. Ihre Haut prickelte, sie hatte Schmerzen, sie fror. Eine Vision suchte sie heim, von einem Big Mac und einer doppelten Portion Pommes frites mit einer riesigen, eiskalten Coke. Widerlich, sie aß dieses Zeug so gut wie nie! Und doch blieb sie da, eine mächtige Verlockung. Ihr Blick schweifte zur Uhr auf dem Frisiertisch. Es war schwierig, das Zifferblatt von hier aus zu erkennen, aber es schien ungefähr halb drei zu sein.

Eine schlechte Zeit, um in New York City noch auszugehen. Sie stellte sich das McDonald's auf der Achtundsechzigsten Straße vor; ein paar Leute, die sich über ihrem Kaffee zusammenkauerten, vielleicht ein paar Polizisten auf Streife. Sie konnte den Ort fast riechen, es war ein himmlischer Duft.

Sarah glitt langsam und sehr vorsichtig aus dem Bett. Wenn sie Tom aufweckte, würde sie ganz bestimmt nicht tun können, was sie vorhatte. Das McDonald's war nicht weit. Es würde schon gehen. Sie zog Jeans an und ein Sweatshirt, dann verschnürte sie ihre Joggingschuhe. Als sie das Apartment verließ, fiel ihr auf, daß Tom vergessen hatte abzuschließen. Typisch. Sie blieb stehen, um sowohl das normale als auch das Steckschloß mit dem Schlüssel abzuschließen, dann schritt sie zum Fahrstuhl hinüber. Für einen angeblich skrupellosen Intriganten war Tom überraschend zerstreut.

Die Tür des Fahrstuhls öffnete sich auf eine leere Empfangshalle. Ein Stentorrasseln: Herb, auf seinem Posten eingeschlafen. Von der Straßenseite aus war die Eingangstür abgeschlossen, so daß sich Sarah nach ihrer Rückkehr selbst würde aufschließen müssen.

Draußen war die Luft sturmfrisch, roch feucht und grün. Bis auf das Stöhnen des Windes war die Straße still. Sarah empfand die Leere als richtig wunderbar. Sie hatte das Gefühl, als hätte sie allein dadurch eine geheime Kraft erworben, daß sie um diese Stunde ausgegangen war. Sie ging zwei Blocks, um dann auf der Achtundsechzigsten nach Ost abzubiegen. Das McDonald's war offen, genau wie erwartet. Drinnen waren allerdings viel mehr Leute, als sie vor ihrem geistigen Auge gesehen hatte. Tatsächlich war es richtig laut. Sie mußte fünf Minuten Schlange stehen, wobei sie schließlich vor Hunger unentwegt von einem Bein aufs andere hüpfte.

Sie bestellte zwei Big Mac, eine doppelte Portion Pommes frites, eine Pastete und eine Jumbo Coke. Ihr Essen eng umschließend, fand sie einen Sitzplatz gegenüber einem großen jungen Mann, der sie ignorierte. Nach einigem verärgerten Schnalzen stand er auf und schlenderte zu einem anderen Tisch hinüber. Zum ersten Mal sah Sarah sich richtig um. Beinahe hätte sie gelacht. Alle hier außer ihr waren schwul. Es gab Transvestiten, die sich über Milchshakes beugten, Lederjungen, die Steakburger vertilgten, Männer in allen Varianten normaler und in Tuntenkleidung, alle mit einem trägen Tanz um die Tische beschäftigt.

Sarah wurde in Ruhe gelassen, was ihr nur recht war. Die Hamburger schmeckten ungewöhnlich gut; sie waren aromatisch, gerade richtig gebraten. Viel besser als ein Big Mac es sonst war, sehr viel besser. Selbst die Coke und die Pommes frites schmeckten wunderbar. Was machten die hier nur – servierten die etwa nach Monduntergang Junkfood für Gourmets?

Das einzige, was sie daran hinderte, sich zwei weitere Hamburger zu holen, war die Erinnerung an das, was am Abend passiert war. Sie war zwar noch nicht satt, aber die Vernunft riet ihr, nicht zu viel zu essen. Wenigstens hatte Tom ihr ein großes Frühstück versprochen. Sie stellte sich Eier vor und scharfe, würzige Würstchen und einen Berg gebutterten Toast, vielleicht auch noch ein paar Pfannkuchen dabei. Das Wasser lief ihr im Mund zusammen. Die große Uhr über dem Straßenverkaufsschalter zeigte drei. Es würde noch mindestens vier Stunden dauern, bis sie dieses Frühstück genießen konnte. Sie stand auf, zwang sich dazu, das Restaurant zu verlassen. Sie würde die Stunden mit Spazierengehen totschlagen, sie hegte jedenfalls keine Absicht, sich bis zur Morgendämmerung in ihrem Schlafzimmer einzunisten.

Ihre Indisponiertheit vom Vorabend schien verschwunden. Es sah so aus, als würde es noch mehr regnen, doch das kümmerte sie nicht. Die erfrischende Kälte sollte ihr willkommen sein. Der Hunger war noch immer da, doch er intensivierte nur das glorreiche Gefühl, das sie empfand. Sie merkte, wie sie an leeren Geschäften und dunklen Apartmenthäusern vorbei gen Osten ging und mit noch schnellerem Schritt in das ruhige Stück zwischen der York und der East End Avenue einbog. Dort waren die Gebäude älter, die Laternen matter. Auf der gegenüberliegenden Seite der East End lag der Carl Shurz Park. Mit seinen wenigen alten Straßenlaternen, die die Wege beleuchteten, und dem Nebel, der unter den hohen Bäumen hing, erinnerte der Park sie an eine Szene aus ihrer Kindheit, aus ihren Jahren als Teenager in Savannah. Sie hatte eine lebhafte Erinnerung an Bobby Dewart, an den lieblichen Geruch seiner Haut und an die wunderschönen Stunden als Heranwachsende, die sie damit verbracht hatten, einander unter den Grabsteinen auf dem alten Friedhof von Savannah City zu berühren. Danach waren sie die Docks entlanggeschlendert, hatten die salzige Brise gerochen, die in der Nacht den Savannah River emporwehte, hatten zugesehen, wie die letzten Touristen das Pirate House Restaurant verließen, und hatten einander ewige Liebe geschworen.

Da sie erst vierzehn gewesen war, hatte sie nichts vom Lauf der Zeit gewußt. Schon bald war ihr Vater vom International Paper versetzt worden, der nächste Posten war Des Moines gewesen. Und Bobby Dewart? Sie hatte keine Ahnung.

In diesem Augenblick, da sie die East End überquerte, angezogen von der Sinnlichkeit des nächtlichen Parks, erinnerte sie sich an diese Liebe in all ihrem zaghaften Eifer. Sie war jung gewesen und zum Scheitern verurteilt – und war sie nicht in gewissem Sinne doch ewig gewesen?

In ihrem Herzen entstand ein schmerzhaftes Sehnen nach all ihren verborgenen Orten: nächtliche und leere Bänke und verlassene Pfade. Langsam schritt sie den Asphaltgehsteig entlang, erinnerte sich zusammen mit diesem köstlichen Schmerz an ihre großen Lieben, an Bobby und die anderen und, ja, auch an Tom. Er zählte zu den großen Lieben, das konnte sie nicht leugnen. Sie ging durch den Park, bis sie zu der Esplanade kam, die sich dahinter erstreckte, an einer Seite von Gebäuden eingegrenzt und auf der anderen vom East River. Die immer recht schnelle Strömung zischte unten in der Dunkelheit. Weit draußen auf dem Fluß war ein kleines Boot, zu erkennen an seinen zuckenden Lichtern. Auf der Esplanade glitzerten die Bänke, sie waren immer noch feucht vom Regen. Unmittelbar dahinter erhoben sich die Apartmentgebäude. Die Terrassen der unteren Stockwerke ragten vielleicht drei Meter über den Weg hinaus. In ihrer Dunkelheit entstand diesen Gebäuden etwas, was sie im Tageslicht nicht besaßen. Sarah wußte es nicht genau zu definieren. Mit Sicherheit war es nichts Bedrohliches. Eher etwas Geheimnisvolles.

Ihre leeren Fenster waren... interessant. So, wie sie sich zu fühlen begonnen hatte, erschien es ihr nicht unmöglich, eine dieser Terrassen zu erklimmen.

Und was würde sie dann tun?

Sie konnte es schmecken, wie ein Pfirsich in ihrem Mund brach, wie seine saftige Süße sie mit Entzücken erfüllte.

In diesen Gebäuden lagen schlafende Menschen, Tausende von ihnen, alle in eigenen Träumen gefangen, verwundbar und still.

Sarah schritt leise vor sich hin, von einem vagen und tiefen Sehnen erfüllt. Sie spürte eine Lust nach allen schönen Dingen, dachte daran, daß es kein häßliches Menschenwesen gab.

Sie wollte in eines ihrer Apartments eindringen, wollte ihre Besitztümer berühren, ihrem sanften Atmen lauschen.

Plötzlich fand sie sich wieder, wie sie auf einer der Bänke stand. Mit gänzlich ausgestreckten Armen hing der niedrigste Balkon noch einen Meter über ihr. Sie kauerte sich auf der Bank nieder. Wenn sie gerade emporsprang, würde es ihr knapp gelingen, die Balkonkante zu fassen zu bekommen.

Was würde ihr gelingen? Das war ja absurd! Anomales Verhalten. Psychopathisch. Und dennoch – ihre Muskeln spannten sich an, ihre Hände streckten sich zum Griff, ihre Augen maßen die Distanz. In ihrer Persönlichkeit gab es nicht die Spur eines psychopathischen Verhaltens. Wenn überhaupt, war sie allenfalls viel zu zivilisiert.

Dann hing sie schon am Rand der Terrasse, mit greifenden Fingern, freischwingenden Beinen. Es war unmöglich, und doch hatte sie es getan.

Ihre Arme und Finger schmerzten nicht, wie sie es eigentlich hätten tun müssen. Statt dessen fühlten sie sich wie Stahl an. Sie hievte sich empor und blickte auf die Terrasse selbst.

Dort war ein Grill, ein paar Segeltuchstühle, ein Dreirad. Ihre Rechte packte einen der Eisenstäbe, die das Terrassengeländer bildeten.

Sie begann, eine fremdartige, aggressive Wut zu spüren, einen Drang, dort einzudringen und ...

Sie ließ sich zu Boden fallen, der Aufprall hallte die Esplanade hinauf und hinunter. Das Bild, das sie dazu bewegt hatte, ihren Griff zu lösen, ließ sie nun die Schultern zusammenziehen und die Arme um sich schlingen, sich selbst wider seine Häßlichkeit umarmend.

Solche Dinge empfand sie doch gar nicht wirklich! Sie liebte die Menschheit, das war der Urgrund ihres Lebens. Wie konnte sie nur, und sei es auch nur für einen Augenblick, gewollt haben, unschuldige Menschen zu töten, sie aufzubrechen wie ... wie sie es sich vorgestellt hatte.

Es war, als ob ein anderer in ihrem Körper lebte, irgendein wildes Wesen, von Verlangen angetrieben, die sie selbst nicht kannte.

›Ist das schon immer in mir gewesen, tief hinter dem Ich, das ich kenne?‹

Ja. Verborgen, aber anwesend.

Eben erst erhaltenes Leben. Etwas Enormes regte sich und erwachte in ihr, das spürte sie. Es war vielleicht so alt wie das Leben, aber auch neu. Das war es, was sie mitten in der Nacht hier hinausgetrieben hatte, was eine solch einfache Sache wie Hunger in eine Lust der Völlerei verwandelt hatte, wodurch sie sich auf so abnorme Weise für die Menschen in den Apartments interessierte.

Sie fing an, schnell die Esplanade entlangzugehen, eine weitere Stelle zu suchen, einen Ort, wo sie weniger in Versuchung zu solchem Verhalten geriet.

Während sie sich bewegte, hatte sie das gespenstische Gefühl, daß jemand oder etwas sich mit ihr zusammen bewegte, ging, während sie ging, atmete, wie sie atmete.

Etwas, das nicht ganz von dieser Welt war.

Es war groß und fahl und schnell wie ein Falke.

Sie begann zu rennen. Ihre Schritte flüsterten auf dem Pflaster; die Turnschuhe erstickten das Geräusch – aber nicht die Furcht. Sie verschlang die Hände über dem Kopf und duckte sich nieder.

Große Schwingen schienen sich am Himmel zu erheben.

Halluzination.

Plötzlich fiel ihr der Nadeleinstich ein. Natürlich, das war es gewesen. Kein Insektenstich und auch keine andere harmlose Wunde. Miriam hatte ihr irgend etwas mit einer Nadel verabreicht.

Das fahle Ding, das sich bewegte, Gummischläuche, rotes Blut...

Dunkelrotes Blut, wie das eines Reptils.

Wild rannte Sarah durch den Park, kam an den reglosen Orten vorbei, wo Kinder tagsüber Ball spielten, an den Schaukeln, den Rutschbahnen, den Sandkästen, den hohen, triefenden Bäumen.

›Ich habe eine Infusion bekommen. Sie hat mir Blut gegeben. Ihr Blut.‹ Erinnerung: Miriam, wie sie mit einem primitiven Katheter Blut aus ihrer eigenen Vene zieht.

Sarah, unfähig, sich zu bewegen. Eine Stimme, Miriams Stimme, die immer und immer wieder sagt, du kannst dich nicht bewegen, du wirst dich nicht erinnern, du kannst nicht, wirst nicht.

Doch die Stimme kam nicht von Miriam. Sie kam von dieser seltsamen nichtmenschlichen Kreatur, der Statue mit dem Katheter im Arm, dem Katheter, der zu einem Blutbeutel führte.

Als der von schwarzem Blut schier platzte, war er an Sarahs Arm appliziert worden. Sie hatte mitangesehen, wie es hineinträufelte, das allerwärmste, köstlichste Gefühl, was es ihr unmöglich machte, es aufzuhalten, unmöglich, die Nadel herauszureißen.

Hilfe!

Nun befand sie sich auf den Straßen, lief über vertraute Kreuzungen, vorbei an Geschäften, die sie gut kannte, aber zugleich auch durch eine fremde und unvertraute Welt, über einen Planeten der Toten, der auch dieser Planet war.

Sie hielt an, plötzlich hatte sie keine Lust mehr. Ihr Herz klopfte, ihr Atem ging abgehackt. ›Ich soll das alles gar nicht wissen‹, dachte sie. ›Das ist unglaublich. Aber es ist wahr, es muß wahr sein.‹ Sie befühlte ihren Arm, spürte den harten Gewebeknoten, wo die Nadel eingedrungen war. Als sie darauf drückte, tat es weh.

Es war wirklich.

In eben diesem Augenblick befand sich Miriams Blut in ihren Adern, mischte sich mit ihrem eigenen.

Schwarzes Blut? Ein widerliches Ding mit Miriams Stimme? Ein Nachtmahr? Irgendein Trick?

Es gab hundert verzweifelte Fragen und im Augenblick nicht eine einzige klare Antwort.

So konnte es beispielsweise sein, daß ihr Geist durch einen hypnotischen Block gebrochen worden war. Es konnte aber auch sein, daß der Block zusammenbrechen *sollte*.

Sie versuchte, sich selbst zu beruhigen: ›Tief durchatmen, erinnere dich an deine eigenen Stärken.‹ Sie konnte denken, sie konnte die Situation mit Vernunft und Wissenschaft angehen. Sie konnte sich mit ihrem eigenen Wissen retten.

Ihr erster Impuls war es, so schnell wie möglich nach Hause zu laufen, Tom zu holen und mit ihm zum Riverside zu gehen, um ein paar Tests durchzuführen. Statt dessen jedoch setzte sie sich auf den Rinnstein. Um die Sache richtig durchzuführen, mußte sie ihre Gedanken sammeln, ihren Geist ordnen. Wenn sie nicht vorsichtig war, würde den anderen alles nur wie eine irrationale Einbildung erscheinen.

Hier auf der leeren Straße war Frieden. Die Bewohner eines nahe gelegenen Gebäudes hatten Tulpen gepflanzt, und die leuchteten im Licht der Straßenlaternen. Über ihr breiteten die Bäume frisches Laubwerk aus. Diese kleine Ecke von New York hätte eine Kleinstadt sein können, so ruhig schlief sie, so lieblich roch sie.

Sarah hob den Blick. Wolken zogen vorbei, leuchteten gelbrot von den Lichtern der Stadt. Hier und dort schimmerte ein Stern hindurch. Im Westen hing der Mond an einem dahineilenden Himmel.

Überall um sie herum regte es sich in der Luft, wie das Geräusch gewaltiger Schwingen.

Wieder Halluzinationsphänomene.

Es kehrte zurück, so als würde ein großer Vogel rastlos direkt über ihr hin und her fliegen. Plötzlich hatte Sarah einen lebhaften Eindruck von Miriam, mit völlig ruhigem Gesicht...

Sie sprang auf, unterdrückte einen Schrei. Dieses Gesicht war *wirklich* gewesen. Doch es war nicht hier. Sarah war allein. Es war nur ein weiteres Symptom und würde als solches akzeptiert werden müssen.

Methuselahs Sterbegeheul erfüllte die Luft.

Sarah legte die Hände auf die Ohren, fühlte in ihrem rechten Arm den scharfen Schmerz des Nadelstichs. Ein weiteres Symptom. Tatsächlich waren alle Erfahrungen dieser Nacht nichts als Symptome, vom Erbrechen bis zu den Halluzinationen und dem zehrenden Hunger. Und alle ließen sich behandeln, wenn erst einmal die Parameter des Problems bekannt waren.

Sie setzte sich in Bewegung, diesmal mit einem entschlossenen Vorsatz. Sie würde die Sache wie ein Profi angehen und sie mit Hilfe eines der besten Forschungsinstitute der Welt meistern.

Miriams Motive – wie immer sie in Gottes Namen auch aussehen mochten – konnten warten bis später.

Sie mußte sorgfältig behandelt werden. Sie war gefährlich, sie brauchte genaue Beobachtung. Schön, für solche Gelegenheiten gab es auch Möglichkeiten der gewaltsamen Einvernahme.

Als sie Excelsior Towers erreichte, hatte sie ihre Fassung mehr oder weniger wiedergefunden. Sie tastete nach ihren Schlüsseln, anstatt den armen Herb um eine solche Uhrzeit zu wecken. Der saß, ein schnarchendes Bündel, zusammengekauert auf einem der Sofas im Empfangssaal. Der arme Kerl hatte wahrscheinlich zwei oder drei Jobs.

Trotz des Drängens, das sie antrieb, fand sie Herb merkwürdig interessant. Er sah so hilflos aus. Doch als sie näher kam, erschien ihr sein Geruch überwältigend, wie faules Fleisch. Sie begab sich zu den Fahrstuhlschächten und fuhr nach oben in ihre Etage.

Das Apartment war still. Aus dem Schlafzimmer ertönte das Geräusch von Atmen. Offensichtlich hatte Tom sie nicht vermißt. Sarah begab sich ins Badezimmer und schaltete das Licht ein.

Es war eindeutig ein Nadeleinstich, dazu leicht infiziert. Als erstes mußte ein Test auf Typeninkompatibilität durchgeführt werden. Wenn Miriams Blut mit ihrem eigenen nicht normal interagierte, konnte sie leicht einen irreversiblen Schock erleiden.

Sie würden schnell handeln müssen. Die Tatsache, daß in den vergangenen acht oder zehn Stunden nichts passiert war, bot zwar Grund zur Hoffnung, bewies aber nichts. Ein Schock konnte jederzeit eintreten.

»Tom!«

Er verlagerte seine Stellung im Bett, stöhnte. Sie legte die Hand auf seine Schulter, um ihn zu rütteln.

Es war wie ein elektrischer Schock. Lichter blitzten vor ihren Augen auf, ein schmerzhafter Schauder durchlief ihren Körper. Sie torkelte zurück, erstaunt von dem heftigen Zusammenprall der Empfindungen.

Seine Haut fühlte sich so gut an. Ein fremdartiges, böses Kitzeln verursachte ihr Gänsehaut. Ihre Brustwarzen drückten gegen ihren Pullover. Sie hatte ein Gefühl nicht unähnlich jenem, das sie erlebt hatte, als sie an der Terrassenbalustrade hing, eine Art aggressives Sehnen, etwas, das mit ihrem neuen, gierigen Appetit zusammenhing.

Sie bemerkte einen kräftigen – durch und durch wunderbaren – Geruch. Es war keine Nahrung, zu gleicher Zeit war es aber doch welche. War er etwa aufgestanden und hatte sich etwas zu essen mit ins Bett genommen? Das würde ihm ähnlich sehen, für einen Imbiß aufzustehen und nicht einmal zu bemerken, daß sie fort war.

Tom erwachte von dem Geräusch erregten Atmens. Erschrocken schoß er hoch. Zuerst fürchtete er sich. Seine Augen konnten die Dunkelheit nicht durchdringen.

»Sarah?«

»Ja.«

»Was, zum Teufel, war hier los? Bist du aufgestanden?«

Sie machte das Badezimmerlicht an. Sie war nicht nur aufgestanden, sie war auch voll angekleidet. Er konnte ihr Gesicht in dem Gegenlicht nicht erkennen, aber ihr Haar sah zerzaust aus.

»Sarah, bist du in Ordnung?«

Als sie nicht antwortete, sprang er aus dem Bett und griff nach ihr. Sie wich, es wirkte äußerst schnell, ins Badezimmer zurück. »Gib mir eine Sekunde Zeit«, sagte sie mit heiserer Stimme.

»Du hörst dich komisch an.« Er fügte nicht hinzu, daß sie auch sehr seltsam aussah, nun, da sie unter der Lampe stand: geweitete Augen und glänzendes, verschmiertes Gesicht, verschmiertes Sweatshirt, schlammige Turnschuhe. »Was, zum Teufel, hast du getan?«

Als er auf sie zukam, schien sie davonlaufen zu wollen. Er ging ins Badezimmer und streckte ihr die Hände entgegen.

Plötzlich sank sie zu Boden, legte das Gesicht in die Hände und wand sich nach hinten. Ein unterdrücktes Schluchzen. Er kniete neben ihr nieder.

»Darling, hast du Schmerzen?«

»Mein Arm!« Aus dem Schluchzen wurde ein Stöhnen, wimmernd und verrückt. Tom berührte den dargebotenen Arm, betrachtete den häßlichen Fleck direkt unterhalb der Ellenbogenbeuge. Eine Nadelspur. Sarahs Augen prüften ihn. »Sie hat mir eine Infusion ihres Bluts verabreicht. Und jetzt halluziniere ich.«

»Fieber. Transfusionsreaktion.«

Sie nickte, hinter ihren fest zusammengepreßten Augen traten Tränen hervor. Er nahm sie bei den Schultern, sein eigenes Herz klopfte. Eine Transfusionsreaktion, die von unverträglichem Blut herrührte, konnte ein Wirkungsspektrum haben, das von einem milden Unwohlsein bis zum Zusammenbruch des Gefäßsystems und sogar bis zum Tod reichte.

»Komm, wir fahren zum Riverside.«

Er ging zum Telefon, rief Geoff zu Hause an. Sie würden den besten verfügbaren Blutexperten brauchen. Geoffs Stimme, zunächst schläfrig und ein bißchen verwirrt, nahm plötzlich Schärfe an, als Tom ihm erzählte, was geschehen war. Sie einigten sich darauf, sich in zehn Minuten im Labor für Blutanalyse zu treffen.

Tom telefonierte, um Herb nach einem Taxi laufen zu lassen. Als er sich angezogen und Sarah in einen Mantel gehüllt hatte, wartete unten bereits ein Fahrzeug.

Sie hasteten durch die Hauptempfangshalle des Riverside, die um diese Uhrzeit leer und still war. Tom winkte der Nachbarin zu und schob Sarah eilig zu den Fahrstühlen hinüber, drückte den Knopf für das elfte Stockwerk.

Geoff erwartete sie schon, sein Gesicht war eingefallen und müde. Als sie ins Labor kamen, erhob sich Phyllis Rockler hinter einem Arbeitstisch, wo sie die erforderlichen Glasutensililien vorbereitet hatte. Sie nahm Sarah bei den Händen. »Jetzt packen wir dich in eine Druckmanschette«, sagte sie mit brechender Stimme.

»Wohnst du etwa neuerdings hier?« fragte Sarah. Tom war beruhigt, ihre Kraft zu hören, ja sogar einen Anflug von bitterem Humor.

»Geoff und ich...«

Sarah lächelte sanft, sah einen Augenblick auf Tom. Phyllis schob den Ärmel von Sarahs Sweatshirt hoch und legte den Blutdruckmesser an, während Geoff den anderen Arm untersuchte. Zu viert warteten sie, während Phyllis die Messung durchführte. »Einhundertzwanzig zu achtzig. Soviel Glück sollten wir alle mal haben.«

»Mein Blutdruck war schon immer in Ordnung.«

Tom schloß die Augen, spürte, wie etwas von der Spannung aus seinem Nacken wich. Hätte ein Zusammenbruch des Gefäßsystems bevorgestanden, wäre der Blutdruck anomal gewesen. Als nächstes nahm Phyllis Sarah den Puls ab und maß ihre Temperatur mit einem Digitalthermometer. »Hier haben wir etwas. Achtunddreißig Komma drei.«

»Da ist eine kleine subkutane Infektion an der Wunde«, bemerkte Geoff. »Das Fieber könnte von dort kommen.«

Sarah schloß die Augen. »Abgesehen vom Fieber und der Wunde sind meine Hauptsymptome eher psychologischer Art. Extreme Ruhelosigkeit. Hunger. Merkwürdige Halluzinationen.«

»Orientierungsprobleme?«

Sie schüttelte den Kopf. »Konsistent mit Fieber und Schlafmangel. Ich bin die ganze Nacht aufgewesen.«

Tom stellte eine Frage, die ihn schon sehr beschäftigt hatte. »Wie hat sie es getan?« Er konnte sich nicht vorstellen, daß Sarah freiwillig bei so etwas stillsitzen würde.

»Als ich in ihr Haus kam, machten wir Kaffee, dann erwachte ich in ihrem Bett in einem ... Zustand der Verwirrung. Ich nahm eine Dusche und ging. Aber heute abend habe ich mich an mehr erinnern können ... an ein ... eine Art Ding, das mit einem Blutbeutel neben mir stand ... sehr seltsam.«

»Hypnose oder Drogen.«

»Einverstanden. Beides entspricht meinen Symptomen.«

»Phyllis, am besten entnimmst du zweihundert Kubik, dann können wir uns an die Arbeit machen.« Phyllis bereitete eine Spritze vor und entnahm das Blut aus Sarahs unverletztem Arm.

»Es sieht gut aus.« Bei schweren Bluterkrankungen kommt es gelegentlich zu einer Veränderung der Farbe oder der Konsistenz. Sarahs Blut hingegen war von üppiger purpurroter Farbe, völlig normal. Tom merkte, wie er zum ersten Mal hoffte, daß es wirklich nichts *Ernstes* war. Bisher waren die Symptome nicht wirklich beunruhigend, wenn man von diesen Halluzinationen absah. Doch in Sarahs Stimme war etwas, das ihm nicht gefiel. Er wurde das Gefühl nicht los, daß sie irgend etwas zurückhielt. »Was für Halluzinationen?«

»Hauptsächlich visuelle. Ich bin ausgegangen, ich hatte

schrecklichen Hunger. Wenn du mir das glauben kannst: Ich bin zu McDonald's auf der Achtundsechzigsten Straße gegangen, um drei Uhr morgens.« Sie seufzte. »Tatsächlich habe ich jetzt schon wieder Hunger.«

»Was für Halluzinationen?«

Sie blickte ihn böse an. »Ich habe es dir doch gesagt! Dieses Wesen mit dem Blutbeutel! Gott, Tom, du kannst wirklich stur sein. Reden wir später darüber. Im Augenblick komme ich damit wirklich nicht zurecht.«

Phyllis hatte Sarahs Blut auf zehn Reagenzgläser verteilt. »Die Nummern eins bis acht werden mit Antikoagulans behandelt«, sagte sie, »die Nummern neun und zehn werden wir so belassen.«

»Ich würde gern mitmachen. Ich kann nicht einfach hier nur herumsitzen und warten; das jagt mir eine Gänsehaut über den Rücken. Laß mich die Zentrifuge bedienen.« Phyllis reichte Sarah zwei Reagenzgläser mit Blut. Sie gab sie in die Zentrifuge, stellte die Umdrehungszahl ein, schloß sie und betätigte den Schalter.

»Hört mal«, sagte Geoff, »das harmoniert richtig schön mit Mozart.« Wenige Augenblicke zuvor hatte er sein Radio angeschaltet. Tom hätte ihn fast angeschrien, daß er sich gefälligst beeilen solle, doch dann zwang er sich zur Selbstbeherrschung. Geoff hatte recht, die Situation auf die leichte Schulter zu nehmen. Panik und professionelle Vorgehensweise gaben eine schlechte Mischung ab. Er blickte auf Sarah, wie sie sich über die Zentrifuge beugte, immer noch ein bißchen bleich, vielleicht ein wenig angeschwollen, ihre Miene angespannt von der Konzentration auf ihre Arbeit.

Phyllis bereitete Objektträger vor, indem sie auf jeden davon einen Tropfen Blut gab und ihn zu einem dünnen Film verschmierte. Die Träger wurden numeriert und neben Geoffs Mikroskop in einen Ständer gegeben. »Ich werde zunächst einmal die Retikulozyten bestimmen«, sagte er. Das leuchtete Tom ein, denn dadurch würden sie erfahren, ob es innere Blutungen gab. Handelte es sich nämlich um eine Bluttypusunverträglichkeit, lagen Blutungen durchaus im Bereich des Möglichen.

»Bereite ein Westergrenglas vor«, sagte Sarah. »Wir brauchen eine Blutsenkung.«

Als Phyllis das Reagenzglas vorbereitete, ging Tom im Geiste eine Liste der Gründe für eine solche Blutsenkung durch. Er begriff nicht, weshalb Sarah ausgerechnet jetzt eine mögliche Infektion und Entzündung feststellen wollte. »Das dauert mindestens eine Stunde«, sagte er, »und dafür brauchen wir wieder zweihundert Kubik. Ich glaube, wir würden schon pathogene Erscheinungen feststellen, wenn sich die Infektion über den Arm hinaus ausbreitet.« Der schöne Arm.

»Methuselah hat kurz vor dem Ende eine erhöhte Sedimentationsreaktion aufgewiesen.«

Das war es also. Sie hatte die Verbindung zwischen Miriam Blaylock und dem toten Affen noch nicht vergessen. Sie mußte glauben, daß sie sich auf demselben Weg befand wie Methuselah, die arme Frau. Er wünschte sich nichts eindringlicher, als sie irgendwie beruhigen zu können. Doch bei Sarah wäre das Zeitverschwendung gewesen. Wenn sie sich erst einmal etwas in den Kopf gesetzt hatte, brauchte man erheblich viel mehr als nur eine Beruhigung, um sie davon zu überzeugen, daß sie sich irrte. Das schlimmste daran war, daß er sich selbst nicht völlig sicher war. Die Physiker hatten schon vor langem mit den allgemeinen Vorstellungen von Koinzidenzen aufgeräumt und sie durch ein eleganteres und richtigeres Modell zum Raumzeitkontinuum als ganzheitlichem Ereignis ersetzt. Im Lichte solcher Vorstellungen war die Beziehung zwischen Miriams Erscheinung und Methuselahs Tod nicht nur rein zufällig, sie war nicht einmal koinzidär. Beides war aufeinander gefolgt wie ein Ziegel dem anderen in einer Mauer oder wie der Ausstoß strahlender Gifte jenseits des Horizonts der kritischen Masse.

Die Zentrifuge kam zum Stillstand, und Sarah entfernte die nun getrennten Blutproben. »Kann sie sich irgendwo hinlegen?« fragte Tom. Mit rasender Geschwindigkeit wurde sie immer bleicher.

»Ich werde es dir schon mitteilen, wenn man mich einweisen muß«, fauchte sie. »Ich weiß selbst, daß es hier Krankenhauseinrichtungen gibt.« Sie stellte die Gläser in einen Ständer und begann damit, die verschiedenen Blutkomponenten mit einer Pipette abzusaugen.

»Zeig mir mal einen Träger mit weißen Blutkörpern«, sagte Geoff, ohne sich von seinem Mikroskop zu bewegen. Sarah richtete schnell einen her und legte ihn unter das Okular. Tom bewunderte die hervorragende Labortechnik, die die drei unter Beweis stellten. Sarah ganz besonders. All seine Sorge und seine Liebe kamen wieder zum Vorschein. Wieviel Mut sie doch hatte. »Ich brauche noch einen Träger«, murmelte Geoff. »Das Wright-Verfahren, bitte.«

Während er den Träger untersuchte, herrschte Schweigen. »Hier sind fremde Leukozyten zu beobachten.« Tom spürte, wie ihn neue Beklemmung erfaßte: Das war eine Bestätigung, häßlich und real. In Sarahs Adern strömte tatsächlich Miriams Blut. »Die eosinophilähnlichen Zellen haben im Augenblick eine Konzentration von ungefähr drei Prozent. Hohe Pseudopodenaktivität. Die Zellen gedeihen.«

»Welche Konzentration haben sie in Miriams eigenem Blut?« fragte Sarah. Ihr Ton war abgehackt. Sie zwang sich zur Gelassenheit.

»Achtzehn Prozent.«

»Du hast von Pseudopodenaktivität gesprochen. Was ist da los?«

Geoff lehnte sich von seinem Mikroskop zurück. Die Leuchtstoffröhre über ihm warf einen Schatten auf sein Gesicht. Seine Stirn glänzte. »Es sieht so aus, als würden sie dein Blut auffressen«, sagte er mit vorsichtiger Betonung, »um eigene Zellen zu reproduzieren.«

Kapitel 10

Miriam erwachte aus dem ersten friedlichen *Schlaf* seit Tagen. Es war neun Uhr vormittags. Sofort erfuhr sie eine *Berührung*, suchte nach Johns Gegenwart. Ihr ganzer Körper zuckte zusammen von der Intensität des Gefühls. Er war da, und zwar in einem emotional höchst angespannten Zustand.

Er war verzückt.

Verwirrt furchte sie die Stirn. Die Klarheit der *Berührung* verriet ihr, daß er in der Nähe war, wahrscheinlich im Haus. Sie wich ans Kopfteil des Betts zurück, blickte sich verzweifelt im Zimmer um. Doch es war leer. Anscheinend lag die Ursache seines Glücks nicht darin, daß er ihre Schutzanlagen überwunden hatte und ins Haus gelangt war. Sie überprüfte das Kontrollpaneel am Fußende des Betts. Alle Alarmanzeigen leuchteten grün. Auch die Elektroschranke war nicht aktiviert worden. Die Bewegungssensoren jedoch erzählten eine andere Geschichte: Um 3.52 Uhr hatten sie Bewegung im Keller entdeckt, zwei Minuten später in der Eingangshalle, um 4.00 im Dachgeschoß. Sie offenbarten ein langsames Fortschreiten vom unteren in den oberen Teil des Hauses. Und von 3.59 bis 5.59 waren die Stahlgitter, die ihr Bett schützten, geschlossen gewesen, hatten auf die unerklärt gebliebene Bewegung im Haus reagiert.

Er befand sich also im Dachgeschoß. Ein praktischer Ort. Wenn die richtige Zeit gekommen war, würde sie keine Schwierigkeiten haben, sich an ihn heranzupirschen. Doch warum jubilierte er so?

Sie entschied sich zu einer erneuten *Berührung*, hoffte, irgendeinen emotionalen Hinweis auf das zu erhalten, was er tat. Natürlich mußte sie dabei vorsichtig vorgehen. John war sensibel für *Berührungen*. Sie wollte ihn nicht darauf hinweisen, daß sie wach war.

Miriam klärte ihren Geist, schloß die Augen, öffnete weit

ihr inneres Auge. Dann suchte sie Johns Platz in ihrem Herzen. Die *Berührung* sprang aus ihr hervor, verband sich mit mächtigen und komplexen Gefühlen. John war überwältigend traurig, zornig, vor allem aber erfüllt von wilder Schadenfreude.

Er genoß die Früchte seines Sieges.

Warum?

Sie ging die möglichen Gründe seines Glücklichseins durch. Es war ihm gelungen, gegen ihren Willen das Haus zu betreten. Nein, das genügte nicht. Er hatte sich ins Dachgeschoß begeben, möglicherweise in den Raum, wo die Kästen aufbewahrt wurden.

Sie hätte beinahe laut losgelacht, als sie begriff, was er anscheinend plante. Sollte er doch soviel Schaden anzurichten versuchen, wie er konnte! Welch Ironie, daß ihr das, was ihm als große Bedrohung erscheinen mußte, in Wirklichkeit helfen würde. Man konnte John, der im Dachgeschoß auf seinen großen Augenblick wartete, getrost vergessen. Und das war auch gut so. Sie mußte sich um dringendere Dinge kümmern.

Es würde ein schwieriger Tag werden.

Sie machte sich daran, die verschiedenen Geräte auszuschalten, die sie im *Schlaf* schützten. In der Vergangenheit war die Suche nach einem sicheren *Schlafplatz* bei allen Mitgliedern ihrer Rasse zu einer Obsession geworden. Während der Periode schlimmster Verfolgungen, als sie von Experten gejagt wurden, verbrannt, garottiert, in Gruften eingemauert, hatten sie begonnen, sich in Gräbern zu verstecken, zwischen Leichnamen ruhend, um der Entdeckung zu entgehen. Doch häufig genug folgte man ihnen sogar dorthin, zerrte sie aus ihren Verstecken hervor, vernichtete sie, indem man ihnen hölzerne Pflöcke ins Herz trieb.

Miriam schaltete die Elektroschranken und die Alarmanlage ab, dann desaktivierte sie die Stahlgitter, die das Bett bei drohender Gefahr umgaben. Ihre Theorie besagte, daß das Sichverstecken eine weitaus schwächere Abschreckung darstellte als die Verbarrikadierung. Vor dem Zeitalter der Elektronik hatte Miriam sich einen Zwinger mit Killerhunden gehalten.

Schnell zog sie sich an, schloß die Schlafzimmertür auf und blickte hinaus. Die Dämmerung erfüllte die oberen Teile des Hauses mit goldenem Licht. Schon begann sie wieder, den Hunger zu spüren, doch dafür hatte sie jetzt keine Zeit. Sie wünschte sich, daß sie bereits bei Sarah wäre. Ohne Miriams Hilfe würde die Frau verrückt werden, unfähig, ihren eigenen Hunger zu befriedigen, unfähig, die Qual auszuhalten.

Nachdem die Transfusion beendet war, hatte der Körper reagiert wie vorgesehen. Vor der Einführung moderner medizinischer Techniken war die Transfusion ein langsamer Prozeß gewesen, dem Zusammenbruch von Adersystemen und Infektionen durch die primitiven, damals erhältlichen Apparaturen ausgesetzt. Nun konnte man alles auf einmal erledigen.

Die körperlichen Auswirkungen würden Sarahs Organismus verwüsten, doch der psychische Druck, der dadurch entstand, daß neue Bedürfnisse und Instinkte ihre menschlichen Gewohnheiten ablösten, würde katastrophal sein.

Miriam hatte viele von ihnen während dieser Qual gepflegt, und sie hatte vor, bei Sarah dasselbe zu tun.

Das bedeutete, daß sie in das Krankenhaus zurückkehren mußte, möglicherweise bedeutete es auch Gefahr. Vielleicht versuchten sie, sie einzufangen, ja sie zu töten. Wenn sie nicht außerordentlich vorsichtig war, wurde sie höchstwahrscheinlich im selben Augenblick zur Gefangenen, sobald sie ins Riverside zurückgekehrt war. Dort würde man reichlich Gründe dafür haben, sie festzuhalten, und mit Sicherheit stand dazu auch ein ausreichender juristischer Apparat zur Verfügung.

Der Gedanke an Gefangennahme war entsetzlich. Sie konnte sich ausmalen, wie sie qualvoll verhungerte, während sie in ihr herumstocherten und Proben entnahmen und sie überprüften. Das Problem war, daß man dabei nicht starb. Man wurde immer nur schwächer und schwächer, bis man endete wie jene dort oben in den Kisten.

Es dauerte Monate zu verhungern. König Karl V. von Frankreich hatte im Mai 1325 zwanzig Kilometer ihrer Rasse in einen Abwasserkanal einmauern lassen, wodurch dieser praktisch zum Verlies geworden war. Noch bis November hatte man auf der Straße darüber letzte erstickte Klagen gehört. Und selbst danach hatten sie noch gelitten.

Ihr war klamm, sie zitterte. Zum ersten Mal seit vielen Jahren war sie richtig entsetzt. Es war immer schwierig gewesen, so etwas durchzuführen, und Sarah Roberts erwies sich als besonders problematisch.

Aber es war die Sache wert. Außerordentlich wert.

Sie schritt die Treppe hinunter. Es war keine Zeit mehr, um eine Limousine zu rufen. Sie würde eine ihrer eigenen Sicherheitsregeln verletzen und ein Taxi nehmen müssen. Während sie durch das Haus ging, überprüfte sie die Räume nach beschädigten Gegenständen. Anscheinend hatte John alles in Ruhe gelassen.

Sorgfältig musterte sie das Mosaikportrait der Lamia. Miriam hatte es stets dabei, um in diese resoluten Augen blikken und sich erinnern zu können. Ihre Mutter war stark gewesen. Sie hatte sich dem unglaublich gefährlichen Prozeß des Kindergebärens verschrieben, zum Wohle der ganzen Rasse. Miriam konnte sich noch immer an die letzte Schwangerschaft erinnern, wie das Blut aus ihrer Mutter hervorschoß und ihr Vater versucht hatte, die Wunde zu verätzen. Ihre Mutter war in einer Wüstennacht in einem Zelt aus Häuten gestorben, als Ägypten noch jung gewesen war.

Miriam öffnete die Haustür, davor erwartete sie ein üppiger Frühlingsmorgen. Sie eilte zur Siebenundfünfzigsten Straße. Die ersten beiden Taxis, die sie erblickte, verwarf sie. Zuviel Geklapper, die Fahrer zu müde. Das dritte war akzeptabel. Sie stieg ein, lehnte sich weit zurück, tastete zwanghaft nach Sitzgurten, von denen sie doch wußte, daß es sie nicht gab. Im Taxi sitzend, überlegte sie, was nun getan werden mußte. Bei ihren früheren *Berührungen* hatte Miriam Sarahs ungestümen Willen ganz direkt zu spüren bekommen. Diese Frau würde nichts unversucht lassen, sich selbst zu retten, bis sie jenseits rationalen Denkens war.

Und doch war es dieser mächtige Wille, der zu wahrem Hunger aufblühen konnte. Etwas Geringeres hätte nicht genügt. Natürlich würde es ein Kampf werden. Miriam tröstete sich damit, daß sie noch nie versagt hatte. Gewiß, einige waren während der Transfusion gestorben, doch keiner, der den Blutkuß überlebt hatte, hatte ihr lange zu widerstehen vermocht. Und doch... Noch nie hatte sie jemanden genommen, der soviel Willen und einen solch scharfen Verstand besaß.

Würde sie diesmal Erfolg haben?

Man mußte Sarah klarmachen, daß sie sich selbst nicht mehr retten konnte. Wenn sie zusammenbrach, konnte Miriam ihr tiefstes Wesen *berühren*, konnte sie anleiten, sie trösten. Es war nicht schwierig, einen Körper zu transformieren, viel schwieriger dagegen war es, ein Herz zu erobern.

Selbst mit der *Berührung* würde es Zeit brauchen. Unruhig rutschte sie auf ihrem Sitz hin und her, sah nervös mit an, wie das Taxi eine umspringende Ampel überfuhr, dachte an all die vielen verschiedenen Gefahren, denen sie sich heute ausgesetzt sehen würde.

Sie hatte schon lange gewußt, daß ihr eigener Geist sich in einem empfindlichen Gleichgewicht befand. Sie war so durch und durch allein. Sie glaubte an ihre eigene Verwundbarkeit durch Unfälle, mußte sich selbst aber auch ständig daran erinnern, daß die Menschheit ebenfalls eine Bedrohung darstellte. Sie hatte einst einen Film gesehen, in dem ein Tiger mit einem Netz gefangen wurde, und das hatte sie zutiefst beeindruckt. Trotz des Ernstes seiner Lage hatte das Raubtier Ruhe und Zuversicht bewahrt. Die Männer, die das Netz ausgelegt hatten, hatten den Tiger kaum interessiert, da er erst in der Nacht zuvor einen von ihnen gefressen hatte. Daß sie es tatsächlich fertigbringen könnten, ihn zu fangen, lag so weit außerhalb seiner Vorstellung, daß es ihnen gelungen war.

Der Tiger verbrachte seine restlichen Jahre in einem Käfig

von der Größe zwei mal drei Meter, als Eigentum eines Zirkus.

Was würde sie selbst tun, wenn man Wachen mit Gewehren holte, um sie festzunehmen?

Ihr Herz begann zu klopfen, als sie ihre Möglichkeiten durchdachte. Im Kugelhagel sterben oder die Gefangennahme hinnehmen.

Wie gerne hätte sie dieses ganze Unternehmen abgebrochen, doch das durfte sie nicht riskieren. Sarah wußte bereits viel zuviel, um frei bleiben zu dürfen.

Gerade kämpfte sie gegen eine Woge nackter Angst an, als das Taxi vor dem Riverside hielt. Sie zahlte ihre dreieinhalb Dollar und stieg aus. Der Eingang, der vor ihr gähnte, war so prosaisch, so menschlich, daß er unmöglich ein Tor zum Tod sein konnte.

Wirklich nicht?

Sie schob sich durch die Schwingtür in eine überfüllte Empfangshalle hinein, und sofort überfiel sie der Geruch großer Mengen Menschenfleisches. Ganz automatisch schätzte sie die Mitglieder der dahineilenden Masse ein: »Der hier war zu kräftig, diese zu klein, ein anderer zu krank. Es war außerordentlich schwierig für sie, sich in eine solche Menge zu begeben, wenn sie auch nur den leisesten Anflug von Hunger hatte. Die vorbeikommenden perfekten Exemplare lenkten sie ständig ab.

Sie schritt zu den Fahrstühlen hinüber, drückte den Knopf des elften Stocks. Kaum hatten die Türen sich geschlossen, als sie eine Agonie der Unruhe durchmachte. Sie stand neben der Schalttafel, von einer festen Masse Menschheit eingezwängt, stand die qualvollen Augenblicke durch, als das Ding in jedem Stockwerk hielt.

Als die Türen sich schließlich im elften Stock öffneten, schoß sie mit erleichtertem Keuchen hinaus. Doch hinter ihr schlossen die Türen sich wie der Eingang zu einer Gruft. Und sie befand sich in ihrem Inneren. Irgendwo läutete eine Glocke, ein Arzt wurde gerufen, zwei interne Mitglieder des Personals kamen an ihr vorbei, ohne ihr auch nur einen Blick zuzuwerfen. Zur Rechten war der Warteraum mit seiner unvermeidlichen Menschenmenge und der fragenstellenden Empfangsdame. Eine schwarze Tür zur Linken führte nach hinten in den Bürotrakt des Verwaltungs- und des medizinischen Personals. Während ihrer Nacht hier hatte Miriam sorgfältig den Grundriß der Klinik auswendig gelernt, und sie nahm diese Tür, anstatt sich am Empfang zu melden.

Vor ihr lag ein typischer grauer Institutsgang mit weiteren Türen. Jeder, der in der Klinik praktizierte, besaß ein eigenes kleines Büro. Am Ende des Ganges lagen die Büros des Verwaltungsstabs. Miriam schritt zu Sarahs Tür hinüber, es war die dritte links. Sie legte die Hand auf den Türknauf, blieb stehen, um sich für die Konfrontation zu rüsten, dann trat sie ein.

Doch das Büro war leer. Allerdings war ein mächtiges Gefühl von Sarah im Raum. Auf dem Schreibtisch lagen hohe Aktenberge und Papierrollen mit Meßkurven. Auf dem Boden befand sich ein halbmeterhoher Stapel Computerausdrucke. Drei verschmutzte Laborkittel hingen an der Tür. Die einzige Dekoration war ein Poster, das einen grinsenden Rhesusaffen zeigte. Das mochte in vielen Augen zweifellos wie eine dumme Wahl aussehen, für Sarah jedoch mußte es ein Symbol des Triumphs ihrer Forschung sein.

Einfach nur im Raum stehend, erkannte Miriam, daß sie bereits im Begriff war, diese Frau zu lieben. Sie wollte nicht, daß Sarah unnötig litt. Schließlich gab Miriam ihr ja ein Geschenk, etwas, das die Menschheit schon immer zu erreichen versucht hatte. Bei allen großen Religionen der Menschheit ging es darum, den Tod zu überwinden. Der Mensch hielt den Tod für eine hilflose Konzession an das Böse, und er wurde allenthalben gefürchtet.

Miriam durfte nicht vergessen, welchen Eindruck dieses Geschenk auf Sarahs Vorgänger gemacht hatte. Im Innersten seines Herzens fürchtete jeder Mensch den Tod und liebte ihn zugleich. Die bloße Befreiung von einem derartigen Widerspruch war schon ein Geschenk von hohem Wert.

Sie berührte Sarahs Stuhl, ihren Schreibtisch, befingerte

die angekauten Bleistifte, ihre Laborkittel, während sie die ganze Zeit versuchte, ihren Gefühlszustand zu erspüren.

Es kam: dünn und entfernt, ein Hauch von Furcht, kaum eine richtige *Berührung*.

Durch eine solch schwache *Berührung* erfuhr man nur wenig. Es gab keinen Ausweg. Sie mußte sich ihr direkt stellen.

›Wenn sie versuchen, mich hierzubehalten, laufe ich weg und hoffe auf das Beste‹, dachte sie, als sie den Gang hinunter zum Sekretariat ging, um Sarah ausfindig zu machen. Körperlich gesehen war sie sehr viel kräftiger als sie. Sie konnte sie alle beim Laufen abhängen, konnte besser klettern und sie ausmanövrieren. Sie besaß auch eine Intelligenz, die größer war als die ihre, vor allem was die Geschwindigkeit anging, mit der sie schnell verändernde Situationen einzuschätzen vermochte.

»Ich versuche, Dr. Roberts zu finden«, sagte sie zu der Sekretärin, die zu ihr aufsah und dabei eine Kaugummiblase platzen ließ.

»Sind Sie Patientin?«

»Ich werde erwartet.« Miriam lächelte. »Ich bin keine Patientin.«

»Sie sind unten in der Laboretage«, sagte sie. »Ich vermute, daß sie inzwischen in der Gerontologieabteilung sind. Kennen Sie die Anlage?«

»Natürlich. Ich bin schon ein paar Mal hier oben gewesen.«

»Na schön. Soll ich Sie melden?«

»Machen Sie sich nicht die Mühe, ich komme ohnehin schon zu spät. Da wollen wir doch nicht noch die Aufmerksamkeit darauf lenken!« Sie lächelte wieder, zurückweichend, drehte sich um, um zu den Fahrstühlen zu schreiten.

»Verstehe«, meinte das Mädchen lächelnd, »Sie wollen sich einfach unbemerkt einschleichen.«

Miriam benutzte die Treppe neben dem Fahrstuhlschacht, um Zeit zu sparen und sicherzugehen, daß es hier keine Türen gab, die ihre Flucht behindern könnten. Große Tafeln wiesen darauf hin, daß alle Stockwerke unterhalb des neunten aus Sicherheitsgründen verschlossen waren. Nützliche, wenn auch nicht hilfreiche Information.

Im Gegensatz zu dem, was sie dem Mädchen gesagt hatte, wußte Miriam nicht, wie die Laboretage geschnitten war. Als sie dort ankam, stellte sie fest, daß die Anordnung hier von der des darüberliegenden Stockwerks abwich. Riverside war ein Durcheinander alter Gebäude, die durch unwahrscheinliche Passagen und verworrene Gänge miteinander verbunden waren. Auf dieser Etage führten vom Fahrstuhlschacht aus Gänge in drei verschiedene Richtungen. Die Beleuchtung war schwach, und die hohen grauen Türen waren unmarkiert. Hinter jeder davon lag ein anderes Labor. Wenn man hier ein bestimmtes Labor suchte, mußte man einfach wissen, wo es sich befand.

Da sie keine andere Wahl hatte, öffnete Miriam die erstbeste Tür. Vor sich erblickte sie eine umfangreiche Anordnung elektronischer Geräte. Die Luft knisterte von Ozon und Motoren summten durch die Stille. »Entschuldigung.«

»Wie?« Eine Stimme, die aus dem Apparatewald ertönte.

»Ich suche die Gerontologie.«

»Sie sind am falschen Ende des falschen Ganges, falls Ihnen das hilft. Hier ist die Gaschromatographie.«

Hinter einer Drahtgewirrmauer, die von einem Arbeitstisch zu einem darüberhängenden Geräteregal führte, erschien ein Gesicht. »Ich versuche, Sarah Roberts zu finden«, sagte Miriam.

Auf dem Gesicht, das von einer Schweißerbrille verdeckt wurde, zeigte sich Erregtheit. Eine Hand schob die Brille empor. »Schweiße gerade eine Zuleitung. Kein Assistent da. Sie suchen also Sarah. Haben Sie mit dem Projekt zu tun?«

»Mit welchem?«

»Im Augenblick gibt es hier nur ein Projekt. Und was für ein Projekt! Unglaublich. Sind Sie Reporterin?«

»Nein.«

»Na, trotzdem werde ich wohl besser nicht zuviel erzählen.«

»Ich bin vom Rockefeller Institut. Dr. Martin. Haben Sie mit dem Blaylock-Projekt zu tun?«

»Hören Sie, ich darf wirklich nicht darüber reden. Wenn Sie Informationen brauchen, gehen Sie zu Sarah oder zu Tom Haver. Die Gerontologie liegt links vom Fahrstuhl, vier Türen weiter. Die werden Sie schon am Geruch der Rhesuskolonie orten können.«

Er machte sich wieder an seine Schweißarbeiten, und Miriam verließ das Labor. Schade, daß er nicht gesprächiger gewesen war. Immerhin war es beruhigend, daß man hier die Einzelheiten geheimhielt. Zweifellos wollten sie nicht, daß Informationen durchsickerten, bevor man Miriam auf Herz und Nieren überprüft hatte.

Türen zählend, schritt sie durch den Gang. ›Also schön‹, dachte sie, ›dann überprüft mich auf Herz und Nieren. Je mehr ihr in mir herumstochert und mich betastet, um so mehr Zeit werde ich mit Sarah haben.‹

Der Techniker hatte recht gehabt, das Gerontologielabor ließ sich tatsächlich riechen. Miriam öffnete die Tür, sie war voll auf eine Konfrontation eingestellt.

Statt dessen fand sie sich in einem kleinen Vorzimmerbüro wieder, nicht unähnlich jenem, das Sarah weiter oben im Gebäude besaß, doch noch überfüllter mit Aufzeichnungen. Auf einem alten Schreibtisch stand ein Computerterminal, es glühte von Zahlen. Miriam verbrachte einen Augenblick damit, die Anzeige zu beobachten, doch das war zwecklos. Sie verstand sie nicht.

Miriam schritt durch das Zimmer in ein weiter innen gelegenes Büro, das aufgerollte Kabel, Fernsehausrüstung und Stapel leerer Käfigen enthielt. Auf der anderen Seite gab es zwei Ausgänge. Miriam nahm einen davon und schritt hindurch.

Donnerndes Getöse – sie war in der Rhesuskolonie. Affen hüpften umher, gestikulierten, warfen sich vor ihr in Pose. Viele von ihnen wiesen kleine Steckkanäle an ihren Schädeln auf, in die die Forscher nach Belieben Elektroden einstöpseln konnten.

Wie es wohl wäre, selbst eine solche Steckführung in ihrem Kopf zu haben? Ob sie wohl so weit gehen würden, wenn man ihnen Gelegenheit dazu ließ?

Ihre Anwesenheit versetzte die Affen in Erregung; die Witterung eines fremden Tiers beunruhigte sie. Sie wich aus dem Raum zurück. Die andere Tür würde mit Sicherheit zu Sarah führen. Wieder rüstete sie sich innerlich darauf, stellte geistige Leere her, öffnete die inneren Augen, um Sarahs Gefühlszustand zu empfangen und abzuschätzen. Sie konnte ihn jetzt schon recht gut wahrnehmen, doch nicht gut genug, um ihn zu verstehen. Es bedurfte eines jahrelangen Trainings, bis das Gefühlsfeld eines Menschen sonderlich weit über seinen eigenen Körper hinausragte, jahrelanges Lieben eines Wesens mit der Gabe der *Berührung*, und Jahre des verzweifelten Verlangens, ihm oder ihr Freude zu bereiten.

Sie drehte am Türknauf und riß die Tür auf. All ihre Zuversicht und Kraft zusammennehmend, unterdrückte sie den Hunger, den ihre Witterung auslöste, und trat in den Raum.

Der warme Gefühlsstrom, der von Sarah Roberts ausging, war nicht, was sie erwartet hatte. Es war die köstlichste *Berührung*, die sie je erlebt hatte, seit jener Zeit, da ihre eigene Familie noch gelebt hatte. Sarahs Herz war voll eifriger Neugier und Liebe zu ihren Mitarbeitern. Zwar war noch immer eine Spur von Furcht da, doch in ihrem Labor, unter ihren Freunden, fühlte sich Sarah offensichtlich sicher trotz des Blutes, das durch ihre Adern strömte.

Miriam hatte gehofft, daß Sarah eine gute Wahl sein würde, war sich dessen sogar sicher geworden, doch nie hätte sie auf so etwas wie dies hier zu hoffen gewagt. Wenn sie diese Gefühle doch nur auf sich selbst umlenken konnte!

Doch nicht in diesem Augenblick. Als Sarah den Kopf hob und Miriam erblickte, verwandelte sich die Gefühlsatmosphäre in Zorn und vorsichtige Furcht. Ihr Gesicht war auch ausgemergelt. Inzwischen hatte Sarah wahrscheinlich schon Phasen großer Schwierigkeiten durchgemacht. Sie hatte die eingefallenen Wangen jener, die den Hunger ignorierten. Von jetzt an würde es mit jedem Mal stärker werden.

»He«, sagte Sarah in das Stimmengewirr hinein, »da ist gerade ein Problem eingetroffen.« Miriam bemerkte, daß sie an einem weiteren Computerterminal arbeitete.

»Mal sehen, was passiert, wenn wir die Grundparameter standardisieren«, sagte Tom Haver zu einer Frau, die daraufhin die Tastatur betätigte. Die Grafiken, die auf dem Monitor leuchteten, vermischten sich und veränderten ihre Form.

Sarah packte seine Schulter, riß ihn herum. »He, Leute«, sagte er mit zitternder Stimme, »wir haben Besuch.«

Ein kleiner, dicker Mann, kahlköpfig und verschwitzt, sagte mit halblauter Stimme zu der Frau, in der Miriam die Computerbedienung vermutete: »Fassen wir die Standardabweichungen an...«

»Charlie, Phyllis – Kopf hoch!«

»Oh.«

Miriam schritt auf sie zu. Sie drängten sich aneinander, vier verschreckte Leute. »Sarah hat gestern gemeint, ich solle zurückkommen.«

Der Computer flackerte und die Frau, die Tom Phyllis genannt hatte, schaltete ihn aus. Wie alle sehr wichtigen Augenblicke in diesem Leben, bescherte auch dieser Miriam einen Erkenntnisblitz. Wenn alles nur ein wenig anders verlaufen wäre, hätte sie Sarah einfach nur sagen müssen, sie solle mitkommen, dann wäre alles gelaufen wie von allein. Sarah hielt sie für schön. Ihr Geist war voll gieriger Faszination schuldbewußter Leidenschaft. Die Furcht mußte auf Sarah wie ein Aphrodisiakum wirken.

Dann war die Furcht also der Schlüssel.

Tom Haver schritt zu einem Telefon hinüber. Miriam sprach, versuchte soviel Autorität aufzubringen, wie sie nur konnte. »Stop! Ich habe einen Vorschlag zu machen. Sie können mich studieren, wenn Sie versprechen, mich am Ende des Tages wieder freizulassen.«

Havers Antwort war glatt. »Wir haben nicht die Absicht, Sie gegen Ihren Willen hier festzuhalten. Und davon abgesehen, haben wir dazu auch gar nicht das Recht.«

Miriam ignorierte diesen Einwurf. Wenn es schon für sie offensichtlich war, daß sie sie hier festhalten konnten, mußten die anderen es ebenfalls wissen. Menschliche Gerichte waren nicht in der Erwartung eingerichtet worden, daß Situationen wie diese hier eintreten könnten. Miriam fühlte sich am sichersten, wenn sie davon ausging, daß man ihr nicht die geringsten Rechte zugestehen würde.

»Warum haben Sie es getan, Miriam?« Sarahs Blick war ruhig, kühl. Miriam konnte zwar dahinter den Widerstreit und den Aufruhr spüren, doch die Oberfläche war bewundernswert gelassen.

»Was getan?«

Zur Antwort streckte Sarah ihren Arm vor, jenen, den Miriam für die Transfusion ausgesucht hatte. Ein purpurner Fleck verunstaltete die weiße Haut. Weil sie dazu gezwungen gewesen war, möglichst schnell einen Maximaleffekt zu erzielen, war es eine sehr große Transfusion geworden. Als sie jedoch das Ergebnis sah, wollte Miriam Sarah helfen, wollte sie retten. Unverlangt stieg eine *Berührung* aus ihrem Herzen empor. Sarah blinzelte und wandte den Blick ab, im Gesicht knallrot. Diese *Berührung* war wie ein Kuß, von jener Art, wie er nach dem ersten Eingeständnis der Liebe folgt. Tom Havers Arm legte sich um Sarah und sie preßte sich an ihn. Miriams ausgestreckte Hand wurde nicht angenommen.

»Mrs. Blaylock, sie hat Ihnen eine Frage gestellt. Ich meine, Sie sollten sie besser beantworten.« In Havers Stimme klang echte Bedrohung mit. Sie verriet Miriam, daß er Sarah sehr liebte. Ob er für seine Liebe wohl sterben würde? Ob er überhaupt begriff, daß es sehr gut dazu kommen konnte?

»Ich bin hierher gekommen, um Ihnen zu helfen«, sagte Miriam sanft. »Ich glaube, Sie wissen, warum.«

Sarah schüttelte den Kopf. »Wir wissen nicht warum. Wir würden es aber sehr gern erfahren.«

Miriam mochte dieses ›Wir‹ nicht. Das war eine Mauer zwischen ihr und Sarah. »Ich möchte mich Ihnen mitteilen.

Ich habe Ihre Arbeit gelesen. Ich habe Grund zu der Annahme, daß der Aufbau meines Organismus Sie interessieren könnte.«

»Ist das Ihr Motiv?« fragte Haver. »Haben Sie sie deshalb mit Ihrem Blut kontaminiert? Ist Ihnen denn nicht klar, wie gefährlich das ist?«

»Sie hätten mich umbringen können, Miriam!«

Sie waren wie zwei krächzende Krähen.

»Ich bin die Letzte meiner Art«, sagte Miriam großspurig. »Was ich Ihnen gegeben habe, war ein großes Geschenk. In diesem Licht sollten Sie die Sache sehen.«

»Die Letzte?«

Miriam nickte. Es stimmte vielleicht nicht, paßte aber im Augenblick gut in ihr Schema. »Ich wußte, daß Sie es niemals freiwillig angenommen hätten, und ich habe unglücklicherweise nur noch sehr wenig Zeit. Das Mindeste, was es tun wird, Sarah, ist, Ihre Lebensspanne zu verdoppeln.«

Haver wirkte schon weniger bedrohlich. Aus Sarahs Miene wich ein Teil der Spannung.

»Wir haben hier eine Testbatterie«, platzte der dicke Mann heraus. »Die würden wir gerne durchführen.«

»Ich bin dazu bereit.« Da war es nun: der Preis und die Bezahlung. Nun mußte sie in ihre langweiligen Kataloge eintreten, um sich wiegen und analysieren zu lassen. Sie, die sich soweit über sie erhob, mußte sich ihren Maschinen unterwerfen. Doch was würden sie schon erfahren? Maschinen sammelten nur Fakten und mußten deshalb lügen.

»Ich werde wohl besser mal die Bürokratie ins Rollen bringen«, sagte Tom. »Womit sollen wir anfangen, Sarah?«

»Röntgenaufnahmen.«

»Ich werde einen Termin machen.«

Sarah nickte. Sie sprach sanft mit Miriam, in einem Ton, wie sie ihn vielleicht bei einem verängstigten Tier angewandt hätte. »Wir würden gern eine epidermische Biopsie durchführen. Dazu brauchen wir nur etwas Oberflächengewebe abzuschaben, eine weitere Blutprobe und verschiedene Elektrogramme. Können Sie das akzeptieren?«

Miriam nickte.

Sarah kam auf sie zu, schien sie berühren zu wollen. »Warum sind Sie die Letzte?«

Miriam zögerte. Als Individuum war sie so mächtig, daß es ihr schwerfiel, sich als Mitglied einer gescheiterten Spezies zu sehen. Und doch – wenn sie schon nicht die Letzte war, war sie mit Sicherheit eine von sehr wenigen. »Ich weiß es nicht«, sagte sie. Die Trauer und die Wahrhaftigkeit in ihrer eigenen Stimme überraschten sie selbst.

»Wir haben eine halbe Stunde in der Röntgenabteilung zur Verfügung«, sagte Tom, den Telefonhörer auflegend. »Gehen wir.«

Miriam folgte ihnen den Gang entlang und fühlte sich schon etwas sicherer. Bisher hatten sie ihr keine Gewalt angetan. Und Sarah befand sich auch nicht in einem Zustand der Panik. Tatsächlich war da sogar etwas Wärme. Ein solcher Riß im Widerstand eines anderen war für Miriam genausogut wie eine Riesenkluft. Wenn sie kühn war und vorsichtig, hatte sie außerordentlich gute Chancen bei Sarah. Sie beobachtete, wie Sarah dahinschritt; ihr Gang war ein bißchen schwerfällig, doch ihr Haar leuchtete sanft in den Schatten des Gangs.

Es würde ein solch schönes Gefühl sein, Sarah in die Arme zu schließen, sie als Liebende zu trösten, sie so zu lehren, wie sie eine Tochter belehren könnte.

Vielleicht lag das Geheimnis des Dahinscheidens ihrer Rasse gerade in solchen Gefühlen. Wenn man die Menschen liebte, wie konnte man sie dann auch töten und immer noch glücklich genug mit sich selbst sein, um die eigene Art zu lieben und Kinder zu gebären?

Sarah ging etwas langsamer, bis sie neben Miriam dahinschritt. Sie sprachen nicht. Miriam *berührte* sie und stellte freundliches Interesse fest.

Ihre Miene gab ihren Triumph nicht preis. Jetzt wußte sie, daß sie beide noch manchen Pfad gemeinsam beschreiten würden, daß sie dem Hunger dienen würden.

Im Laufe des Morgens waren Sarahs frühere Symptome verschwunden. Obwohl sie die ganze Nacht nicht geschlafen hatte, fühlte sie sich mittlerweile außerordentlich wach. Vor einer Stunde hatten sie Geoff verlassen, der an einer Methode arbeitete, Miriams Blut aus Sarahs Körper zu entfernen, doch je mehr Zeit verging, um so weniger schien dies noch erforderlich zu sein. Wenn es irgendwelche Schäden geben sollte, mußte dies doch mit Sicherheit jetzt geschehen.

Sie ging neben Miriam, ihr Geist war beschäftigt mit den Testprotokollen, die sie am Nachmittag zuvor entwickelt hatten. Alles war hier außerordentlich aufgeregt. Sam Rush hatte Miriam als das wichtigste Versuchstier der Geschichte bezeichnet. Das spiegelte das Denken der ganzen Institution wider. Und auch Sarahs Denken.

Natürlich würden sie sie nicht in irgendeinem Käfig halten, doch inzwischen hatte man die Bürokratie in Bewegung gesetzt, um Miriam in das Riverside Psychiatriezentrum zwangseinzuweisen. Das Direktorium machte sich wegen der Detailfragen keine allzu großen Sorgen. Die Rechtsabteilung war der Auffassung, daß Miriam Blaylock ihre Freilassung wohl kaum vor Gericht würde durchsetzen können.

Sie hatten ein nettes Zimmer vorbereitet. Stabil gebaut, gut verschlossen. Auf der Station für gewalttätige Patienten. Sarah hätte am liebsten Blumen bestellt, so entzückt war sie darüber, daß Miriam zurückgekehrt war.

Gott allein wußte, was das bedeuten konnte. Preise, Zuschüsse, außerordentliche Durchbrüche. Eben jene Art unglaublicher Chance, von der Wissenschaftler nicht einmal träumten.

Als sie in den Gängen Leuten begegneten, hoben sich Augenbrauen, Gesichter begannen zu lächeln, drückte man schnell hin und wieder Sarahs Arm. Sobald Tom Marty Rifkind in der Röntgenabteilung angerufen hatte, mußte sich die Nachricht durchs ganze Institut ausgebreitet haben. Die Leute hielten Miriam für den Fund des Jahrhunderts, vielleicht sogar aller Zeiten. Und das zu Recht.

Rifkind fummelte emsig an seinen Geräten herum, machte

umständliche, aufgeregte Vorbereitungen. Die Vorzimmerdame hatte sie in seinen besten Trakt geschickt. Als sie hereinkamen, tanzte er schon fast vor Aufregung. Sarah beobachtete seine Reaktion, als er Miriam das erste Mal erblickte. Plötzlich wurde er sehr ernst, fast mißtrauisch.

Es erinnerte sie an die Art, wie Futtermäuse reagierten, wenn man sie in das Terrarium einer Schlange gab.

»Miriam«, sagte Sarah, »wir möchten, daß Sie sich auf diesen Tisch hier legen.«

»Eigentlich ist er ganz bequem«, plapperte Marty.

»Er wird ziemlich viel herumbewegt, aber Sie werden schon nicht herunterfallen«, fuhr Sarah fort. War sie die einzige hier, die dazu fähig war, mit Miriam umzugehen? Rifkind hastete durch den ganzen Raum, vergaß völlig alle Anforderungen des Berufsimage. Miriam legte sich auf den Tisch. »Tut mir leid«, sagte Sarah, »aber Sie müssen zuerst Ihre Kleidung ablegen.« Miriam gehorchte. »Nicht alles«, fügte Sarah hastig hinzu. »Nur die äußeren Kleider und alle Metallgegenstände.« Miriams Blick traf auf ihren, fröhlich, lachend. Es war ein schrecklicher Moment.

Rifkind beherrschte sich selbst genug, um die Riemen zu befestigen, die Miriam an Ort und Stelle halten würden, wenn man den Tisch von einer Position in die andere bewegte. Sie ließ sich zwar festschnallen, doch Sarah bemerkte die Starre in ihrem Gesicht, den wäßrigen Blick. Miriam hatte Angst. Irgendwie war Sarah gerührt. »Die Riemen hier können Sie selbst wieder öffnen, wenn Sie wollen«, sagte sie. Miriam blickte sie an, es war offensichtlich, daß sie erleichtert war.

Rifkind klebte sich sein gewinnendstes Lächeln an. »Wir machen eine Ganzkörperaufnahme. Je eine Aufnahme pro Körperquadrant, eine für jede Schädelansicht und zwei für die Beine. Dann haben wir ihr Skelett ganz im Kasten.«

»Minimaldosis. Ich mag Röntgen nicht.«

Rifkin grinste, auf seinem Gesicht traten die Schweißperlen hervor. »Minimaldosis soll es sein. Das verspreche ich.« Er winkte der Gruppe im Kontrollraum. Da der Röntgenkopf sich auf einem kalibrierten Gitter befand und der Tisch voll beweglich war, ließen sich alle Aufnahmen vom Kontrollpaneel aus lenken. Wenn der Patient erst einmal in Position gebracht worden war, brauchte kein Radiologe den Raum vor Ende der Aufnahmen zu betreten. So reduzierte man die Strahlenbelastung des Stabs auf ein Minimum und beschleunigte die Sitzungen erheblich.

»Eine Minimaldosis will sie«, sagte Rifkind, als die Tür zum Kontrollraum geschlossen war. »Zu schade, daß wir sie grillen müssen.«

»Wage es bloß nicht, ihr etwas anzutun, Marty!« Sarah hätte ihn am liebsten geohrfeigt, hätte am liebsten sein fettes Gesicht zu Brei gehauen.

»Wie?«

»Tut mir leid. Ich meine, nehmen wir die niedrigste mögliche Dosis. Vergiß nicht, sie ist wertvoll. Keine Risiken, und seien sie noch so gering.«

Ohne etwas zu erwidern, betätigte Rifkind die Schalter, mit denen der Tisch gesteuert wurde, und begann damit, den Röntgenstrahl auszurichten. Sarah staunte über die Heftigkeit ihrer eigenen Gefühle. War es denn wirklich angebracht, daß sie Miriam beschützen wollte? Auf diese Frage wußte sie keine Antwort.

Die Frau verharrte völlig bewegungslos, die Lippen geöffnet, starrte durch das Fenster direkt in den Kontrollraum. Diese Augen schienen Sarah zu suchen, und sie gestattete ihnen den Kontakt. Während der gesamten Schädelaufnahmen ließ Miriam es zu, daß Sarah ihr in die Augen blickte. Es war eine wunderbare, hypnotisierende Erfahrung, als stünde man nackt vor jemandem, den man wahrhaft liebte.

Tom beobachtete Sarah sorgfältig. »Ich bin mir nicht sicher, daß Miriam nicht gefährlich ist«, meinte er. Er glaubte schon, daß Sarah ihn nicht gehört hatte, als sie plötzlich mit gerötetem Gesicht herumwirbelte, die Augen böse blitzend.

»Das ist eine unprofessionelle Behauptung!«

»Erst setzt sie dich unter Drogen, dann verpaßt sie dir eine

Transfusion mit fremdem Blut, und du mußt sie auch noch verteidigen. Ich fürchte, das kann ich nicht richtig verstehen.«

»Sie ist kostbar. Ich gebe zu, daß ihr Verhalten äußerst unberechenbar ist. Aber wir können soviel durch sie erfahren! Denk doch nur einmal an all die Anerkennung, Tom.«

»Danke. Ich bin eigentlich nur froh, daß Miriam Blaylock einen netten, sicheren Ort hat, wo sie die Nacht verbringen kann.«

»Betrachte die Sache doch einmal aus meiner Sicht. Ich möchte, daß du verstehst, was ich ihretwegen empfinde...«

»Möchtest du das?«

»Bei Methuselah habe ich den Alterungsprozeß beinahe angehalten. Und was fällt mir nun plötzlich in den Schoß? Diese... dieses weibliche Wesen, dessen Blut dem seinen kurz vor seinem Tod gleicht. Der einzige Unterschied ist, daß sie vollkommen gesund ist.«

Hinter ihnen war Sam Rush in den Raum getreten. Seine Stimme erschreckte Tom. »Lassen Sie sie nur nicht wieder davonlaufen. Betrachten Sie ihre ständige Gegenwart hier als Ihre wichtigste Verantwortung.«

»Sehr wohl, Doktor.« Tom dachte an den Psychiatrieflügel mit seinen stämmigen Wächtern – die nur mit Schlagstöcken bewaffnet waren. Er machte sich im Geiste eine Notiz, dafür zu sorgen, daß vor Miriams Zelle auch ein Wächter mit Feuerwaffen postiert wurde.

»Werte Doktoren, bitte, seien wir ein wenig leise, damit ich mich konzentrieren kann. Falls es jemanden interessieren sollte, ich mache gerade eine Fluoroskopaufnahme des Schädels.« Rifkin drückte den Knopf der Wechselsprechanlage. »Mrs. Blaylock, drehen Sie den Kopf bitte nach links.« Er stellte einige Knöpfe neu ein, dann schaltete er das Fluoroskop an. »Anomal«, sagte er mit angespannter Stimme. »Wunderbar anomal!« Dann wieder in die Wechselsprechanlage: »Öffnen Sie bitte den Mund. Danke. Schließen Sie ihn wieder. Schlucken Sie bitte.« Vor Aufregung wäre er fast auf und ab gehüpft. »Schaut euch doch nur mal diesen Unterkiefer an! Jack, gib uns mal eine Zusammenfassung«, sagte er zu dem Osteologen, den Tom zuvor herbeigerufen hatte. Er schaltete das Fluoroskop aus. »Wollen ja nicht, daß die noch im Dunkeln leuchtet.«

»Es gibt eine ganze Anzahl größerer Abweichungen«, sagte Jack Gibson. Er gehörte zur Belegschaft der Osteologie, und er war offensichtlich erfreut darüber, zu einem Projekt der Eliteabteilung eingeladen worden zu sein. »Der Winkel des Unterkiefers ist signifikant größer als normal, und die Symphyse ist deutlicher zu erkennen. Die ganze Struktur ist auf einen kräftigeren Kieferbereich ausgerichtet. Man sieht die Kompensation an den kräftigeren Backenknochen und dem viel entwickelteren Jochbein. Mir ist auch eine stärkere Krümmung des Kraniums aufgefallen. Das müssen wir zwar erst ausmessen, ich würde aber schätzen, daß der Gehirnkasten um gut zwanzig Prozent größer ist als normal.«

»Sie würden also eindeutig sagen, daß dies kein menschlicher Schädel ist.« Tom kannte die Antwort zwar, mußte die Frage aber für alle Fälle stellen. Wenn ihm sein Weihnachtskuchen schon weggenommen werden sollte, wollte er es lieber jetzt sofort erfahren.

»Humanoid mit Sicherheit. Ich bin überzeugt, daß wir es hier mit einer Abstammung von einer der Primatenlinien zu tun haben. Aber menschlich im strengen Sinne des Wortes? Nein. Aber es ist eine vollkommen funktionsfähige, intakte Struktur, also nicht etwa das Produkt irgendeiner Deformation.«

Dies gehörte zu jener Art unterstützender Urteile, wie sie schließlich in dem Bericht auftauchen würden, den Sarah über Miriam wahrscheinlich schon plante, ein Bericht, der die Welt der Wissenschaft in Aufruhr versetzen würde, von der restlichen Welt ganz zu schweigen.

Miriams Stimme knisterte in der Wechselsprechanlage. Sie wollte hinaus. Rifkin machte noch eine letzte Reinaufnahme des Schädels und des Nackens. Später würden sie noch detailliertere Arbeiten durchführen müssen. Doch für den Anfang war es ausgezeichnet. »Sie hört sich zornig an«, meinte

Tom. »Sarah, versuche, sie zu beruhigen. Wir wollen nicht, daß sie schon wieder von hier verschwindet.« Sie begab sich in den Röntgenraum. »Es ist fertig, Miriam«, sagte sie in einem, wie Tom hoffte, beruhigenden Ton. »Sie können jetzt aufstehen.« Die Riemen ließen sich zwar ohne Probleme vom Patienten selbst lösen, doch Miriam schien Schwierigkeiten zu haben. Tom sah zu, wie Sarah ihr half. Als sie sich Miriam näherte, bemerkte er, wie diese sie heftig anblickte. Der Blick war tief und persönlich. Intim. Viel zu intim. Sarah nahm eine Haltung an, mit der Tom vertraut war. Sie legte die Hände hinter den Rücken und senkte den Kopf, fast als wollte sie sagen: ›Mach mit mir, was du willst.‹ Tom hatte diese Geste im Schlafzimmer kennengelernt.

Miriams Lippen bewegten sich. Tom drehte die Lautstärke der Wechselsprechanlage höher, konnte aber nur die letzten Worte hören: »... Hilfe brauchen.«

»Was war das?« fragte Charlie Humphries. Tom schüttelte den Kopf. Hatte Miriam Sarah beruhigen wollen?

Tom beschloß, nicht mehr zuzulassen, daß die beiden auch nur zehn Sekunden allein blieben. Am Miriam Blaylock war etwas Hypnotisches, und Sarah war das Opfer. Schon jetzt hatte Miriam ein ausreichend bizarres Verhalten in ihr ausgelöst, um für den Rest ihres Lebens davon zehren zu können. Es war nicht abzusehen, was noch alles geschehen konnte.

Er sah, daß Sarah noch immer an den verdammten Riemen nestelte. Er folgte ihr in den Röntgenraum.

Miriam hatte nichts anderes getan, als Sarahs Arm zu streicheln, doch es war das warmherzigste, beruhigendste Erlebnis in Sarahs ganzem Leben. Sie war ihr so nahe, daß sie die stechende Süße von Miriams Atem riechen konnte. »Ich habe Ihnen die Transfusion um unser beider Willen verabreicht«, sagte Miriam sehr leise, ihre Lippen bewegten sich kaum. »Aber Sie werden Hilfe brauchen.« Dann lächelte sie, und Sarah wollte loslachen, so strahlte sie. Ihr ganzes Wesen schien sich zu immer höheren und höheren Stufen emporzuschwingen, je länger Miriam ihr in die Augen blickte. Es war, als könnte sie Miriams Gefühle in ihrem eigenen Inneren spüren, und diese Gefühle waren rein und liebevoll und gut. Plötzlich wurde ihr der eigene Körper bewußt, und sie hätte wieder fast laut losgelacht, als sie bemerkte, wie sie dastand. Sie verschränkte die Arme und warf den Kopf zurück, unterbrach den Blickkontakt. Miriam erhob sich vom Röntgentisch, und im selben Augenblick erschien Tom.

Sarah fühlte sich wie ein Engel, der gerade irgendwie aus der Gnade gefallen war. Sie hätte Tom erwürgen können!

»Ihr Dr. Rifkind hat sein Versprechen gebrochen«, sagte Miriam zu Tom. Es war eine gut abgepaßte Unterbrechung. Toms Interesse wurde von Sarah abgelenkt. Sie war dankbar für Miriams Aufmerksamkeit.

»Welches Versprechen hat er gebrochen?«

»Er hat, glaube ich, gesagt, daß er mich ›grillen‹ wollte. Eine Minimaldosis war das nicht gerade.«

»Ich kann mich nicht entsinnen...«

»Ich habe es von seinen Lippen abgelesen, Dr. Haver.« Sie lächelte wieder, bösartig. Und schritt hinaus in den Kontrollraum. Tom folgte ihr, und Sarah folgte ihm. Es war etwas Außergewöhnliches an der Art, wie Miriam Situationen zu beherrschen pflegte. Sarah beneidete sie um diese Fähigkeit.

Als sie in den Kontrollraum kamen, wirkte Marty Rifkind durch und durch zurechtgestaucht. Sam Rush sprach gerade, seine Stimme war so glatt wie ein Spiegel. »Es wird keine gefährlichen Tests geben, Mrs. Blaylock. Sie sind schließlich kein Versuchstier. Niemand in diesem Institut möchte Ihnen auch nur ein Haar krümmen. Ich bin davon überzeugt, daß ich damit für sämtliche Mitarbeiter spreche.«

Sarah dachte wieder an das Zimmer, das auf Miriam in der Psychiatrischen Klinik wartete. Sie dachte an die Einweisungsanträge, die soeben bearbeitet wurden. Sie stellte fest, daß sie unfähig war, an Miriam als an eine Gefangene zu denken. Und es gab keine andere Möglichkeit, an sie zu denken, zumindest dann nicht, wenn die Einweisung bestätigt wurde.

Sie sollten Miriam nach Hause lassen. Je länger Sarah darüber nachdachte, um so empörender und arroganter erschien ihr die ganze Sache. Schließlich war Miriam freiwillig zurückgekommen. Diese Tatsache sollten sie respektieren.

»Wir müssen los«, sagte Tom. »Wir haben noch vier weitere Labors vor uns.« Er warf Miriam einen Blick zu. »Wenn es Ihnen recht ist, Mrs. Blaylock.«

Den ganzen Morgen, ja bis in den Nachmittag hinein führten sie Tests durch. Sarah bewegte sich wie in einer traumhaften Faszination. Miriam war so betörend, so geheimnisvoll und so schön wie ein Juwel.

Als sie das Gehirnforschungslabor verließen, bemerkte Sarah im Gang einen Wächter. Im Fahrstuhl waren zwei weitere. Alle außer ihr und Tom und Miriam blieben zurück, als sie in den Fahrstuhl traten. Als sich die Türen schlossen, waren sie zu dritt allein mit den Wächtern. Tom betätigte den Knopf für das fünfzehnte Stockwerk. Im Schloß für die manuelle Bedienung steckte ein Schlüssel, und einer der Wächter griff nach vorne und drehte ihn.

Es sollte also jetzt sein. Miriam war soeben in die Falle gegangen.

Sie sah die Wächter, sah ihre Pistolen. Mit einer gewaltigen Willensanstrengung zwang sie sich dazu, nicht davonzurennen, als sie an der Feuerleiter vorbeikam. Sie vertraute auf ihre Fähigkeit, sich bis zum Dach des Gebäudes durchzuschlagen und über die Dächer zu entkommen, oder zur Not auch eine der unteren Türen einzuschlagen.

Aber das würde nicht nötig sein.

»Wohin bringen Sie mich?« fragte sie, nach wie vor ihre Rolle spielend. »Ich dachte, wir wären fertig.« Sie stellte sich vor, wie es wohl wäre, an Haver ihren Hunger zu stillen.

»Wir dachten, daß Sie gerne über Nacht bleiben würden«, sagte er. Wenn alles so verlief, wie sie hoffte, war ihm ein interessantes Schicksal beschieden. Miriam verabscheute ihn zutiefst.

Die Fahrstuhltüren öffneten sich. Miriam wußte sofort, daß sie sich auf der Psychiatrieetage befinden mußten. Die

Wände waren weiß gestrichen, und an den Fenstern hingen schwere Lamellenvorhänge. Das Ganze verursachte ihr starke Übelkeit. Alles auf dieser Etage würde abgeschlossen sein. Ihre letzte Fluchtmöglichkeit war nun verloren. Jetzt hing alles von Sarah ab. Es war ein solch dünner Faden, der sie miteinander verband. Ob er kräftig genug war?

»Ich will gehen«, sagte sie. Die Wächter traten näher. Hinter einer Tür mit einem winzigen Fenster erschienen weitere Männer. Einer von ihnen nahm sie mit kräftigem Griff am Arm. »Ich habe mich entschieden, nach Hause zu gehen.« Sie legte so viel panische Angst in ihre Stimme, wie sie nur konnte. Sarahs Instinkte mußten mobilisiert werden. »Lassen Sie mich los! Ich will nach Hause!« Sie suchte Sarahs Augen, fing ihren Blick ein, *berührte* sie mit einem solch verzweifelten Flehen, wie sie es nur aufbringen konnte.

Sarah warf die Hände vors Gesicht. Tom Havers Arm schlang sich um sie. Miriam wurde nach vorn gerissen. Sie stöhnte, sank ihren Wärtern in die Arme und ließ es zu, daß man sie schluchzend durch die häßliche kleine Tür und hinaus in den dahinterliegenden Gang zerrte.

Die Zelle war nicht ausgepolstert, aber ein Hotelzimmer war es auch nicht. Sie stank nach Verzweiflung und Wahnsinn. Nun brauchte sie nicht mehr zu schauspielern. Miriam setzte sich auf das erbärmliche kleine Bett. Sie schloß die Augen, suchte durch *Berührung* jeden schwachen Kontakt zu Sarah, den sie nur auffangen konnte.

Sie dachte an den französischen König und sein Verlies und an die Geräusche der Verhungernden.

Sarah war wütend. Tom war einsilbig geworden. Nun zwang er sie ebenso sicher zurück in Geoffs Labor, wie er Miriam in die Psychiatrie gezwungen hatte. »Mir geht es gut, Tom. Genaugenommen fühle ich mich sogar wunderbar.«

»Du siehst schrecklich aus. Du bist ganz grau. Das muß irgendeine beginnende Zyanose sein.«

»Vielleicht bin ich ja nur ein wenig schockiert! Dieser Ort hier verwandelt sich langsam in eine Art KZ. Du hast diese

Frau gerade in eine Zelle geworfen, ohne auch nur die Spur eines Prozesses!«

»Wir brauchen sie. Und außerdem ist die Einweisung völlig legal.«

»Sie ist geistig gesund!«

»Definier erst einmal deine Begriffe! Ich glaube das nämlich nicht. Sam meint es auch nicht. Angesichts der Tatsache, daß sie nicht einmal ein Mensch ist – und wir haben zudem noch Beweise dafür, daß sie einen völlig irrationalen Angriff auf dich verübt hat –, meine ich, daß wir das Richtige tun. Und jetzt komm.«

Als er an ihrem Arm riß, wallte der Zorn in ihr auf. Noch bevor sie etwas anderes denken konnte, hatte sie ihn so heftig geohrfeigt, daß sie um ein Haar das Gleichgewicht verloren hätte. Er keuchte, schüttelte den Kopf. Einen langen Augenblick war er völlig still. Sie dachte erst, daß er sie schlagen würde, doch dann schien er es abgeschüttelt zu haben.

»Wenn dir danach ist, solltest du besser mitkommen.« Sie argumentierte nicht mehr dagegen an. Sie war erstaunt über sich selbst.

Geoff begrüßte sie kaum. Er fing einfach an zu reden, brachte sie auf den neuesten Stand. Seine Augen waren gerötet von den vielen Stunden, die er vor dem Mikroskop verbracht hatte. Er holte ein verschmiertes gelbes Blatt aus einem Papierstapel hervor, der auf seinem Labortisch lag. »Das hier nenne ich die Übertragungskurve. Sie zeigt durch das Blutvolumen an, wie lange es dauern wird, bis das ursprüngliche Blut völlig ersetzt worden ist.«

»Was soll das denn bedeuten?« Toms Stimme klang scharf. Sarah versuchte seine Hand zu nehmen, doch er wich beiseite.

»Das übertragene Material wird das ursprüngliche Blut ersetzen. Daran besteht kein Zweifel mehr. Das körpereigene Blut ist inzwischen nichts anderes mehr als eine Nährflüssigkeit für das neue Gewebe.«

»Der Körper produziert doch selbst Blut. Nach und nach das ganze Volumen.«

»Das neue, frische Blut stellt die Nahrung für dieses Zeug dar. Es ist ein Parasit, bis auf die Tatsache, daß es Nährstoffe überträgt und Gasaustausch durchführt.«

»Nicht besonders gut. Sie sieht aschgrau aus.«

»Es ist noch nicht sonderlich effizient. Aber die Rezeptivität verändert sich bereits. Die Gaschromatographie zeigt, daß die Sauerstoffaufnahme zwar noch unterhalb des Normalen liegt, sich aber bessert.«

Das war ja bizarr. Sarah rieb sich mit den Fingern über das Gesicht. Ihre Haut war glatt und kühl wie Miriams. »Welche Farbe haben die Leukozyten?«

»Purpurn. Dunkel, als wären sie sauerstoffgesättigt.«

»Miriams Leukozyten waren dunkelpurpurn, bevor sie schlief. Methuselahs waren es auch, bevor...« Sie brach ab. Methuselah hatte seine Zellengefährtin in Stücke gerissen.

»Ich glaube, wir müssen es wie einen eingedrungenen Fremdorganismus behandeln. Wie einen Parasiten. Ich sehe keine Möglichkeit, zu einer anderen Schlußfolgerung zu kommen als zu der, daß dieses Zeug irgendwann deinen ganzen Organismus beherrschen wird.«

»Hol es aus ihr raus!«

»Wir könnten es mit einem Blutaustausch versuchen. Wenn wir das sofort tun, könnte es gerade noch klappen.«

»Dann tu es.«

»Das hab' ich auch vor, Tom! Aber wir brauchen erst mehr Blut. Es wird noch ein paar Stunden dauern. Mehr kann ich nicht tun. Ich hoffe, daß es rechtzeitig sein wird. Ich glaube, schon.«

Schweigen setzte ein. Noch ein paar Stunden. Toms Arme legten sich um sie. Sie spürte seinen zitternden Körper, sah die Angst in seinen Augen. »Ich fühle mich völlig in Ordnung«, sagte sie. »Ich bin sicher, daß alles gut werden wird.«

Doch als er sie noch fester umschlang, ließ sie es zu.

Kapitel 11

Miriam stand an dem vergitterten Fenster des schäbigen kleinen Raums. Aus Abend wurde gerade Nacht. Sie wurde immer hungriger. Ihre Finger berührten einmal flüchtig die Gitterstäbe, dann fuhr sie damit das Sims entlang. Wenn doch Sarah nur käme!

Miriam hatte es ihnen gestattet, sie einzusperren, um Sarah die Gelegenheit zu geben, zu kommen und sie zu befreien. Es ging um Sarahs Loyalität. Miriam wollte sie haben, und die beste Methode, sie zu gewinnen, bestand darin, sie dazu zu bewegen, sich freiwillig für sie einzusetzen.

Miriam verließ sich auf den stärksten Aspekt von Sarahs Persönlichkeit, auf ihren Unabhängigkeitssinn. Mit Sicherheit würde Sarah den Gedanken nicht ertragen, daß jemand unschuldig eingesperrt wurde.

Miriam schüttelte das Gitter. Je hungriger sie wurde, um so mehr zählte jede Minute. Sie stellte sich die Jagd vor, das Töten. Ihr Kopf pulsierte, ihr Körper begann sich schwer anzufühlen. Ohne es selbst richtig zu bemerken, hatte sie den ganzen Fensterrahmen untersucht. Die Stäbe waren draußen mit Bolzen an den Ziegeln befestigt. Der Rahmen selbst bestand aus Hartholz.

In ihrer gegenwärtigen Verfassung konnte Miriam die Stäbe wahrscheinlich verbiegen. Doch noch zwei weitere Stunden, und sie würde zu schwach dazu sein. Waren die Opfer von Karl V. auf diese Weise gestorben, weil sie zu lange auf Rettung von außen gewartet hatten? Miriam warf sich aufs Bett, dann sprang sie wieder auf und schritt zur Tür. Alles, was sie durch das vergitterte Guckloch erkennen konnte, war ein Stück der weißen Mauer auf der gegenüberliegenden Seite des Gangs.

Durch die winzigen Ritzen um die Tür herum wehte ein kräftiger, köstlicher Duft in den Raum. Das mußte ein Wächter sein, der gerade außerhalb des Sehfelds postiert war, wahrscheinlich neben der Tür auf einem Stuhl sitzend. Vermutlich wieder so eine Vorsichtsmaßnahme Havers.

Zu Anfang hatte sie Haver als Gefahr für ihre Beziehung zu Sarah abgeschrieben, doch je besser sie ihn verstand, um so mächtiger erschien er ihr. Tief im Inneren dieses Mannes war etwas sehr Starkes. Das war jener Teil, den Sarah an ihm liebte.

Eine solche Liebe war mächtig. Miriam konnte verstehen, warum Sarah den äußeren Menschen mit seiner Arroganz und seiner manipulierenden Art ertrug, solange es noch Hoffnung gab, daß der innere Mensch irgendwann hervorkommen und den Rest beiseite fegen würde.

Sie wünschte sich, daß der Wächter doch nur seinen Posten verlassen und ihr etwas Ruhe gönnen würde! Sie träumte von der Jagd – wohin sie gehen und wen sie nehmen würde. Im obersten Stockwerk auf der westlichen Sechsundsiebzigsten Straße lebte ein Ehepaar in einem Apartment, in das Miriam vor einigen Jahren bereits einmal eingedrungen war. Inzwischen hatte man das letzte Verschwinden aus dieser Wohnung vergessen. Es war Zeit, daß wieder zwei Mieter vor ihren Zahlungen flohen. Es würde keinerlei Vorausplanung bedürfen. Miriam kannte ihre Route bereits und auch die Schlösser, auf die sie treffen würde.

»Bitte, Sarah«, stöhnte sie. Sie suchte *Berührung.*

In der Gefühlsstille entstand eine zornige Regung. Irgendwo im Gebäude wurde Sarah gerade wütend.

Das Dachgeschoß wurde dunkler, als der Abend das letzte Glühen aus den westlich liegenden Schrägfenstern nahm. John hatte am Boden des winzigen Raums gelegen, der die Überreste seiner Vorgänger enthielt, hatte darauf gelauscht, daß Miriam ins Haus zurückkehrte. Er war fast zu schwach, um überhaupt noch stehen zu können. Stundenlang hatte er reglos verharrt.

Dies würde sein letzter Akt werden. Die stählerne Kiste, die ihn enthalten würde, stand klobig und schwarz in der

Raummitte. Langsam hob sich Johns Hand, bis er den Rand der Kiste zu packen bekam. Dann richtete er sich zu voller Größe auf, torkelte, kämpfte um sein Gleichgewicht.

Schwindel überkam ihn. Der Raum wich immer weiter zurück. Nur sein brennender Hunger blieb, wie ein Feuer in der Mitte seines Körpers flackernd.

In langsamen Stufen tauchte der Raum wieder in den Brennpunkt seines Gesichtsfelds zurück. Er fühlte sich wie Stein. Sein Kopf hing herab, als sei sein Genick gebrochen. Seine Knie zitterten, so daß er sich träge gegen die Wand aus versiegelten Kisten lehnen mußte.

Es kostete ihn eine Stunde qualvoller Anstrengung, bis er an fünf von ihnen die Schlösser aufgebrochen hatte. Die anderen waren zu kräftig. Jene, die er hatte aufbrechen können, befanden sich am Boden des Stapels. Es waren die ältesten. Er warf sich gegen die obenauf liegenden Kisten, so daß sie zu Boden fielen und die unteren sich öffneten.

Der Raum war inzwischen pechschwarz und erstickte schier von Staub. Doch es war nicht still. Überall war eine kriechende, zischende Bewegung zu bemerken. John stürzte sich aus der Tür und schloß sie. Mit dem Rücken lehnte er sich dagegen und verriegelte das Schloß. Nach wenigen Minuten begann die Tür zu knarren, dann zu ächzen und zu scheppern, schließlich zu beben.

Sarah blickte auf das Enzephalogram, ohne es zu sehen. Das Gewirr komplexer Linien wollte nicht deutlicher werden. Sie war so müde. Zugleich aber war sie auch entsetzlich zornig. Ihr Geist war in Aufruhr. Immer und immer wieder hatte sie erschrocken den Blick von ihrer Arbeit gehoben, hatte geglaubt, daß Miriam ins Büro träte.

Sie hatten Miriam Unrecht getan. Die fadenscheinige Einweisung war etwas Böses. Sie ließ Sarah den wirklichen Wert ihrer eigenen Arbeit anzweifeln, noch stärker aber die Wahrheit dessen, was sie an Tom liebte. Er hatte die Idee entwikkelt und sie mit der leidenschaftslosen Präzision eines Polizisten ausgeführt.

Die ganze Zeit über war er so kalt gewesen wie der Tod. Und nun saß diese arme Kreatur dort oben, ihrer Würde – ihrer Grundrechte als intelligentes Lebewesen – beraubt.

Sarah blickte zur Uhr empor. Beinahe acht Uhr und Zeit für die sogenannte Blaylock-Gruppe, sich zusammenzufinden und sich über ihre Ergebnisse auszutauschen. Das Cyrogeniklabor bereitete eine Chromosomenanalyse vor. In der Osteologie arbeitete man an der Knochenstruktur, die Kardiologie untersuchte die Herz- und Blutkreislaufwerte.

Sarah versuchte es erneut. Bei der Zusammenkunft mußte sie etwas aufzuweisen haben. Das EEG war grundlegend gestört. Es wies nur wenige echte Übereinstimmungen mit einem menschlichen Enzephalogramm auf.

Sarah konnte nicht aufhören, an Miriam zu denken, noch konnte sie aufhören, nach Nahrung zu verlangen. Es war absurd, aber der Hunger wurde langsam obszön.

Solange Miriam in ihrer Nähe gewesen war, hatte sie sich stark beruhigt gefühlt. Diese Frau hatte etwas Gütiges an sich. Natürlich war es dumm von ihr gewesen, die Transfusion durchzuführen, doch durfte man dabei nicht vergessen, daß Miriams Denkprozesse keine menschlichen waren. In ihrem Verständnis war es wahrscheinlich ein völlig logischer Akt gewesen.

Bisher hatte Sarah es sich nicht gestattet, darüber nachzudenken, ob sie wirklich aufhören würde zu altern oder nicht. War das der Effekt von Miriams Blut?

Wenn dem so sein sollte, so war es ein Geschenk nicht nur an Sarah Roberts, sondern an die ganze Menschheit. Miriam hatte gesagt, daß sie die letzte ihrer Art sei. Je länger Sarah darüber nachdachte, um so deutlicher wurde ihr, wie großherzig diese Tat gewesen war.

Eine großherzige Gefangene. Wie mußte Miriam im Augenblick leiden, vier Stockwerke über ihr!

Zehn Minuten bis zur Besprechung.

Ihr Geist war zu dem unmittelbar vor ihr liegenden Problem zurückgekehrt. Das EEG war ein Durcheinander, erkannte sie, weil Miriams Gehirn mehr als nur eine Voltstufe aufwies, während das des Menschen nur eine kannte. Die Zeiger der EEG-Maschine hatten jeder mindestens zwei Signale aufgefangen, daher der Mischmasch.

Sarah schleuderte die Diagramme von ihrem Schreibtisch. Jetzt hatte sie ihre verdammte Schlußfolgerung. Der größte Teil des menschlichen Gehirns war inaktiv, auf geheimnisvolle Weise abgeschaltet, anscheinend wurde er nicht gebraucht. Anders bei Miriam. Dies war das Abbild eines voll funktionierenden Gehirns, so aktiv, daß es die Aufzeichnungskapazität des Instruments überstieg.

Welch ein ungewöhnlicher Geist das sein mußte. Die Einweisung war mehr als nur moralisch verwerflich, es war die schlimmste aller Sünden, eine Obszönität. Sarah schämte sich für alle.

Der Hutch, der nun Tom gegenübersaß, war ein veränderter Mann. Miriam Blaylock war seiner Kontrolle entzogen worden, und er konnte nicht das geringste dagegen tun. Zu spät erst hatte er die Bedeutung des Falls erkannt. Er hatte nicht nur im Riverside an Ansehen eingebüßt, er hatte auch noch etwas anderes verloren – etwas, das zu verlieren Tom nicht ertragen hätte –, nämlich seine Autorität.

»Ich möchte helfen«, sagte er.

Tom war schockiert. An Hutchs Stelle wäre er sofort zurückgetreten. »In Ordnung«, sagte er, »von mir aus gerne.«

»Wir werden noch ein bißchen länger so tun, als wären wir Teamkameraden, wenn es dir recht ist.«

Was wollte er damit sagen? »Natürlich«, sagte Tom mit einer Sicherheit, die er nicht länger empfand. Er unterschätzte seine Feinde niemals. Das war seine Kardinalregel.

»Ich mache mir Sorgen um Sarah.«

»Das tun wir alle.«

»Warum quartiert sie sich nicht hier zur Beobachtung ein? Wir sollten nicht vergessen, daß wir hier unter anderem auch ein ausgezeichnetes Krankenhaus zur Verfügung haben.«

»Das habe ich schon mit Geoff besprochen, und wir sind

beide der Meinung, daß es besser ist, sie nicht zu beunruhigen. Außerdem würde sie es niemals tun.«

»Dann schalte du dich ein. Du wirst sie überzeugen können.«

»Höchstens mit einem bewaffneten Wärter...«

»Dann hole einen! Sie steckt in Schwierigkeiten. Ich hätte doch erwartet, daß gerade du ihr helfen willst!«

»Was soll denn das heißen?«

»Begreifst du denn nicht, was mit Sarah gerade geschieht?«

»Sarah ist mit ihrer Arbeit beschäftigt. Und sie hat uns keine weiteren Symptome gemeldet.«

»Hast du nicht gesehen, welche Wirkung dieses... Ding auf sie hatte, als sie zusammenbrach?«

»Sie war zutiefst von ihr beeindruckt. Das halte ich für eine ausgesprochen angemessene Reaktion. Miriam Blaylock ist schließlich tatsächlich sehr beeindruckend.«

»Sie ist verführt worden! Das Ding will sie haben, Tom. Das mußt du doch erkennen!«

»Haben?«

»Hast du es nicht gespürt? Sarah wurde hypnotisiert oder irgend etwas Ähnliches. Ich würde Sarah zur Beobachtung ins Krankenhaus einweisen und Wächter postieren...«

»Beide einweisen? Ach komm, das ist doch absurd.«

Hutch beugte sich vor, packte die Kante des Schreibtisches. Noch nie hatte Tom ihn so aufgewühlt gesehen. »Ich würde Wachen postieren, um diese Kreatur von ihr fernzuhalten. Um jeden Preis!«

Tom konnte nur den Kopf schütteln. Er hatte schon immer vermutet, daß Hutch eine paranoide Ader hatte. Und jetzt, da er unter Druck stand, trat seine Schwäche hervor. So ging das immer, wenn Leute unter Druck gerieten. Manche sackten dann in sich zusammen, andere dagegen leisteten gerade dann ihre allerbeste Arbeit.

»Hör zu, ich werde das alles als Beratung buchen. Aber die Projektgruppe soll sich um acht treffen, und ich will sichergehen, daß alle pünktlich sind.«

Das genügte als Entlassung, um Hutch dazu zu bringen hinauszustolzieren. Wunderbar. Die Anrufe in den Labors konnten noch fünf Minuten warten. Tom brauchte etwas Zeit für sich. In seinem Geist bekämpften sich so viele widersprüchliche Gedanken. Es war für ihn eine Sache des Stolzes gewesen, Hutch nichts von seinen Gefühlen zu offenbaren; in Wirklichkeit aber war auch er beängstigt. Sarah hatte weitaus ernstere Probleme, als sie zugeben wollte, das hatten die Tests eindeutig gezeigt. Geoffs Vergleich von Miriams Blut mit einem parasitären Organismus erwies sich als richtig. Schon bald würde Sarah unter allen Auswirkungen eines massiven Parasitenbefalls leiden. Und wenn es soweit kommen sollte, würde sie zum Schluß wahrscheinlich verhungern, würde ihr Körper unter der Freßgier des Parasiten zusammenbrechen.

Doch es war nicht diese Möglichkeit, die ihm am meisten zu schaffen machte. Er hatte fast grenzenloses Vertrauen ins Riverside. Wenn alles andere scheitern sollte, Sarah würden sie schon retten. Was er nicht verstand, war, warum Miriam es getan hatte. Er erinnerte sich daran, daß sie vor zwei Nächten in der Schlafkabine Sarahs Buch gelesen hatte.

Je länger er über die Situation nachdachte, desto offensichtlicher wurde es, daß Miriams Erscheinen hier im Institut genau geplant gewesen war, bis zu der Behauptung, unter Nachtängsten zu leiden, womit sie Sarahs Interesse an ihr geweckt hatte.

Kein Zweifel, dieser Angang war sehr raffiniert gewesen. Doch Tom war auch sehr versiert darin, Pläne zu schmieden, deren Wirkungen oberflächlich betrachtet wie Zufälle aussahen. Das gehörte zur Grundnatur eines politisch denkenden Geistes. Er mußte Miriams Raffinesse bewundern.

Alles hatte nur die Transfusion zum Ziel gehabt. Das war mit Sicherheit nicht irgendein verrückter Tötungsversuch gewesen. Warum hätte sie sich dafür solche Mühe machen müssen? Es gab Tausende von leichteren, weniger einfach nachweisbaren Möglichkeiten, einen Menschen umzubringen. Dieses Blut, das gerade durch Sarahs Adern strömte, war ein noch viel eindeutigeres Identifikationsmittel als jeder Fingerabdruck. Nein, es mußte noch einen anderen Grund geben.

Doch welcher das sein konnte, vermochte Tom sich einfach nicht vorzustellen. Möglicherweise war er ja zu fremdartig, als daß er einem Menschen eingeleuchtet hätte. Sie hatten gerade erst damit begonnen, Miriam zu studieren. Es konnte noch Jahre dauern, bis sie ihren Geist in alle Verästelungen hinein verstanden hatten – sofern sie es überhaupt jemals schaffen würden. Und doch mußten sie versuchen, sich in sie hineinzudenken. Er konnte sich eine Situation in der nahen Zukunft ausmalen – falls Sarah tatsächlich ernsthaft erkranken sollte –, in der ihr Leben selbst von ihren Erkenntnissen abhängen würde.

Er drückte auf den Knopf der Wechselsprechanlage und hoffte, daß seine Sekretärin nicht schon nach Hause gegangen war. Er erhielt keine Antwort. Das war seine eigene Schuld, er hatte sie nicht zum Bleiben aufgefordert. Mit einem matten Seufzen kehrte er an die Routinearbeit zurück und machte sich daran, die verschiedenen Labors anzurufen.

Fröhliche, aufgeregte Stimmen ertönten im Hörer. Was für Idioten! Da stand er nun im Mittelpunkt einer der außergewöhnlichsten Entdeckungen, die jemals gemacht wurden, mitten im Zentrum der Ereignisse, und alles, was er empfand, waren düstere Vorahnungen.

Sarah rief er als letzte an. Sie bat um mehr Zeit. Er mußte ihr mitteilen, daß die anderen alle um acht fertig sein würden.

»Das sagst du wahrscheinlich zu jedem.«

Er vermutete, daß er solches Mißtrauen verdient hatte. »Tue ich nicht, zufällig ist es nämlich wahr.«

»Dann werde ich wohl dasein müssen. Diese EEG's sind ein heilloses Durcheinander. Nicht nur, daß die Alpha- und Lambda-Wellen so gut wie unlesbar sind, auch sonst folgt nichts irgendeinem erkennbaren Muster. Ich fürchte, wir müssen uns noch mal die Gehirnfunktionen von vorne einpauken, bevor wir kapieren können, was hier vorgeht.«

»Fühlst du dich in Ordnung?«

»Ich werde es dir schon sagen, falls und wann meine Symptome mehr Aufmerksamkeit brauchen. Ich will dir nicht weh tun, Tom…«

»Bist du sicher? Wäre das nicht vielleicht ein netter kleiner Spaß?«

»Bemitleidest du dich jetzt selbst? Ich wollte nur nett sein. Laß mich einfach nur meine Arbeit machen. Glaub mir, wenn ich noch weitere Probleme bekommen sollte, werde ich es dir sagen.«

Sarah litt schreckliche Qualen. Sie zwang sich dazu, während der Besprechung interessiert auszusehen, doch alles, woran sie noch denken konnte, war Essen. Bald würde es irgendeine Art Abrechnung geben müssen.

Sie sahen alle so böse aus – oder so blind. »Wir haben hier ein höchst interessantes Bild«, dröhnte der Genetiker. Sarah konnte sich nicht einmal mehr an seinen Namen erinnern. Er fummelte an dem Tageslichtschreiber, um schließlich ein Kardiogramm von Miriams Chromosomen auf die weiße Tafel des Konferenzzimmers zu werfen.

Arme Miriam, jetzt wurde sie auf einen Haufen Tabellen und Kurven reduziert. Doch was wußten sie schon von ihrer Schönheit? Sie war der freieste Geist, dem Sarah jemals begegnet war. Frei und auch tapfer. Sarah war zu dem Schluß gelangt, daß die Transfusion tatsächlich ein Akt der Tapferkeit und Liebe gewesen war. Miriam wollte ihr Geschenk an die Menschheit weitergeben.

Sie hatte Sarah zur Empfängerin auserkoren, weil Sarah soviel über das Altern wußte. Eine solche Wahl war brillant. Sie begingen alle einen großen Fehler, was Miriam betraf. In gewissem Sinne hatten sie ebensowenig das Recht dazu, das Experiment zu stören, wie sie ein Recht darauf hatten, Miriam einzusperren. Sie war ein Genie, möglicherweise noch mehr als das. Sie hatte ihr Vertrauen verdient, nicht ihren Argwohn und die Gewaltanwendung einer Zwangseinweisung.

Die Transfusion war ein Akt des Muts gewesen, ein Versuch, der Menschheit ein großes Geschenk zu machen. War sie da als Empfängerin nicht ebenfalls zur Tapferkeit aufgerufen?

Wie konnten sie es nur wagen, an eine Blutwäsche zu denken!

Ein plötzlicher Hungeranfall ließ Sarah aufkeuchen. Tom und Hutch sahen sie beide an. Es gelang ihr ein Lächeln. ›Miriam wird wissen, wie sie für mich sorgt‹, dachte sie. ›Sie hätte doch sonst niemals so etwas getan.‹

Das Dröhnen des Genetikers traf wieder auf ihre Ohren. »Um die zytogenetische Analyse abzurunden, haben wir die G- und Q-Stränge eingefärbt. Die Probe enthält die längste Chromosomenkette, die bisher bei einem höheren Lebewesen beobachtet wurde: achtundsechzig Chromosomen. Es sind keine Trisomine oder andere identifizierbare Translokationen oder Brüche zu beobachten.«

Sarah konnte kaum noch stillsitzen. Wenn sie ein bißchen entgegenkommender gewesen wären, hätte Miriam ihr wahrscheinlich schon längst beim Umgang mit diesem schrecklichen Gefühl geholfen. Es war größer als einfacher Appetit. Sarah verlangte nicht nach Nahrung. Es fühlte sich eher wie eine Art Sucht an. Hunger. Um Gottes willen.

»Beide ›P‹- und ›Q‹-Stränge sind von gleicher Länge, eine sehr ungewöhnliche Beobachtung. Es liegt eine oberflächliche Ähnlichkeit mit einem menschlichen Chromosom vor, doch nur ganz allgemein gesprochen. Dagegen lassen sich weitgehend Primatencharakteristika beobachten.«

Halt das Maul, du umständlicher Bastard.

»Die sexuelle Komponente stellt uns vor eine andere Art von Problem. Ich bezweifle, daß die Sexualfunktionen dieser Spezies Parallelen zu unseren aufweisen, oder auch zu denen der anderen Primaten, wenn wir schon dabei sind. Die Ambiguität der sechsundsechzig XXY-Dreierstruktur weist mit Sicherheit auf männliche wie weibliche Komponenten in derselben Persönlichkeit hin. Als nächsten Schritt würde ich im Rahmen dieser Forschung eine gründliche Untersuchung der Sexualorgane empfehlen.«

Das gab ihr den Rest. Sie ertrug den Gedanken daran nicht, wie Miriam an irgendeinen Tisch geschnallt wurde, während dieser Bastard ihre Geschlechtsorgane untersuchte. Plötzlich saß sie nicht mehr, sie stand. Tom wollte sich gerade ebenfalls erheben. Einen Augenblick lang war sie verzweifelt, in die Ecke getrieben. Sie mußte nach oben! »Immer mit der Ruhe«, sagte sie so ruhig wie möglich. »Muß denn jedesmal gleich Panik ausbrechen, wenn ich auf die Toilette muß?«

Nur Hutch folgte ihr hinaus. Seite an Seite schritten sie den Gang entlang. Anscheinend wollte er ebenfalls auf die Toilette. Sarah wartete, bis er in der Herrentoilette verschwunden war, dann schritt sie in Richtung Treppe. Am Treppenabsatz blieb sie stehen. Tatsächlich, wenige Augenblicke später erschien Hutch wieder in der Tür. Sie begriff, daß er ein Problem war, das sie loswerden mußte. Sie standen sich von Angesicht zu Angesicht gegenüber. Er streckte die Hand aus. Sie war sich nicht wirklich sicher, ob es funktionieren würde, hatte aber irgendwo einmal gelesen, daß ein Hieb auf die Schläfe den Gegner lähmen konnte.

Mit geballter Faust schlug sie dicht oberhalb der Schläfe zu. Er rollte mit den Augen und sank zu Boden. »Tut mir leid«, sagte sie. Sie verabscheute Gewalt. Stets hatte sie eine tief empfundene, humanistische Ethik vertreten.

Sie nahm drei Stufen auf einmal.

Tom wurde seiner Erregung nicht mehr Herr, als ein Ergebnis dem anderen folgte. Die Resultate waren prächtig. Es würde Anerkennung für alle geben. Außergewöhnliche Entdeckungen. Ruhm. Wie das schönste aller Weihnachten. Nein, noch viel besser.

Nur noch ein paar Wochen intensiver Tests an Miriam, und sie würden alles veröffentlichen können. Die Entdekkung der neuen Spezies konnte zur gleichen Zeit verkündet werden wie das Gegenmittel gegen das Altern. Anscheinend hatte Miriams Körper im Tiefschlaf den gleichen Lipofuskinhemmer ausgeschüttet, der sich kurz vor seinem Zusammenbruch vorübergehend im Methuselahs Blut hatte nachweisen lassen. Der Unterschied war nur, daß Miriam keine Zusammenbrüche erlitt. Es war nur noch eine Frage der Zeit, bevor sie den Grund dafür entdeckt hatten.

Er dachte an die Zelle in der Psychiatrie. Zwangseinweisung. Unangenehm, aber unvermeidlich.

Hutch kam in den Raum getorkelt, Toms Gedanken und die ganze Sitzung zerschmetternd, als die Tür gegen die Wand schlug. Hutch brauchte nichts zu sagen, alle wußten sofort, daß etwas mit Sarah passiert war.

»Wohin ist sie gegangen?« hörte Tom Charlie Humphries fragen.

Tom wartete, bis er Hutch das Wort ›Treppe‹ hauchen hörte, dann war er auch schon davon.

Er jagte in den fünfzehnten Stock hinauf. Als er zum Eingang der Station kam, bewirkte sein Erscheinen bei dem Wärter, daß er mit gezücktem Schlagstock hinter seinem Schreibtisch aufsprang.

»Ist Dr. Roberts hier oben?«

»Mal sehen. Sie hat sich vor zehn Minuten für Raum 14 eingetragen. Drei Minuten später hat sie sich wieder ausgetragen.«

»Gott sei Dank!« Er trug sich ein und wartete, bis der Wärter den Summer betätigte, dann rannte er auf die Station zu Miriams Raum. Der Sonderposten saß auf rückwärts gekipptem Stuhl gegen die Wand gelehnt. »Aufmachen!«

Der Mann hob den Blick, erkannte Tom. »Seit Dr. Roberts gegangen ist, war da drin kein einziges Geräusch mehr zu hören.« Er schloß die Tür auf, ließ sie weit aufschwingen.

Der Raum war kalt vom Nachtwind. Das inzwischen gitterlose Fenster war ein dunkel klaffendes Loch. »Ist Sarah allein gegangen?«

»Ja! Das ist keine fünf Minuten her. Von dieser Sache hier hat sie kein gottverdammtes Wort gesagt.«

Tom schritt zu dem Fenster hinüber. Er hätte von hier aus weder nach oben noch hinunterklettern können. Doch Miriam konnte es offensichtlich, denn sie war verschwunden.

Miriam eilte durch den Central Park in Richtung West Side. Sie war schier außer sich vor Hunger. Bis zu dem Zeitpunkt, da Sarah gekommen war, hatte sie bereits das Gitter aus dem Fenster gedrückt. Das war auch ganz gut so gewesen. Sarah hatte sich nach Umarmung gesehnt. Doch so weit mochte Miriam sich selbst noch nicht vertrauen, nicht in diesem Zustand. Sie hatte der leidenden Frau versichert, daß sie Erleichterung bekommen würde, und hatte ihr aufgetragen, in einer halben Stunde bei ihr zu Hause zu sein. Dann war sie zu dem Gehsteig hinuntergeklettert, während Sarah sich weit aus dem Fenster gebeugt und ihr Vorankommen beobachtet hatte.

Sie rannte durch die Sheep Meadow mit ihren hochaufragenden Gebäudeklippen, die hinter den dunklen Bäumen funkelten. Sie hatte noch sehr viel zu erledigen in dieser halben Stunde.

Erst als sie in den westlichen Teil des Central Park kam, hörte sie auf zu laufen. Nun schritt sie schnell weiter zur Sechsundsiebzigsten Straße und zählte die Häuser bis zu ihrem Ziel.

Sie wählte ein Haus aus, das sich vier Eingänge von ihrem Ziel befand, für den Fall, daß man sie auf der Treppe sehen würde. Vier Stufen auf einmal nehmend, kam sie an den Wohnungstüren vorbei, an den Geräuschen der Fernseher, an dem Geruch bratender Steaks. Als sie oben angelangt war, stieg sie die Leiter hinauf aufs Dach und kletterte ins Freie. Die Bauvorschriften der Stadt New York verlangten, daß Mieter freien Zugang zum Dach hatten. Das machte ihr die Sache sehr viel leichter.

Diese alten Reihenhäuser waren durch gemeinsame Mauern miteinander verbunden. Leise huschte Miriam über die Teerpappedächer, bis sie am Ziel angelangt war. Der Besitzer des Zielhauses war raffiniert gewesen. Er hatte ein zusätzliches Apartment dadurch gewonnen, daß er aufs Dach ein Schlafzimmer hatte bauen lassen. Es war eine Zweizimmerwohnung, mit einer modischen Wendeltreppe ausgestattet, die Schlaf- und Wohnzimmer miteinander verband. Für eine frühabendliche Operation hielt Miriam es für ideal, weil man leicht in das obere Schlafzimmer gelangen und oben auf der Wendeltreppe auf seine Chance warten konnte. Von hier aus hatte man einen idealen Überblick über das ganze darunterliegende Wohn-Eßzimmer...

Das Schlafzimmer besaß eine Tür nach außen, die von einem Schloß mit gefedertem Festbolzen gesichert war. Man konnte sie von innen öffnen, nicht aber vom Dach aus. Jedenfalls hatten die Erbauer das wohl gedacht. Das Schloß war nicht ausgetauscht worden. Es war immer noch derselbe minderwertige Mechanismus wie vor sechs Jahren. Binnen dreißig Sekunden war sie hineingelangt. Zum Fußboden des Schlafzimmers führten drei Stufen.

Als sie von oben aus der Dunkelheit heraus die Wendeltreppe hinunterblickte, schätzte sie die beiden Bewohner ab. Das Mädchen besaß das leichtere Körpergewicht, sie würde sie lebend nehmen. Miriam beobachtete den Mann. Er entsprach ihren persönlichen Bedürfnissen sehr gut. Beim letzten Mal war alles ebenso gewesen wie jetzt: ein junges Ehepaar beim Abendessen. Der einzige Unterschied war der, daß John damals dabeigewesen war und sie ihr Mahl auf dem Schlafzimmerboden geteilt hatten.

Miriam benutzte denselben Köder wie zuvor: Sie zischte. Unten wurde die Mahlzeit unterbrochen. Sie wiederholte es, immer lauter werdend.

»Ist das eine Katze?«

Wieder zischte sie.

»Frank, da oben ist eine Katze.«

»Herrje!«

Sie tat es ein weiteres Mal und stellte sich dabei vor, eine unter Schmerzen leidende Katze zu sein.

»Frank, sieh doch mal nach. Es klingt, als wäre sie verletzt.«

Sein Stuhl scharrte über den Boden. Sofort wich Miriam ins Badezimmer zurück. Im nächsten Augenblick ging das Schlafzimmerlicht an und Franks schwerer Schritt hallte auf den Stufen. Sie beobachtete ihn aus dem Schatten heraus, spannte sich an zum Töten. Er tat genau das gleiche wie sein Vorgänger: Er blickte sich um, und da er nichts fand, beugte er sich vor, um unter das Bett zu spähen.

Miriam brauchte kein Skalpell. Die Natur hatte ihrer Rasse eine Zunge beschert, die ihrem Zweck optimal angepaßt war, und sie durchstach das Fleich sofort. Er saugte die Luft ein, schlug einmal mit den Füßen gegen den Boden und war tot. In zehn Sekunden füllte sie ihren Körper mit dem Feuer seines Lebens.

»Frank? Was ist das für ein Saugen?«

Miriam holte den chloroformierten Lumpen aus einer Reißverschlußtasche und zog sich erneut ins Badezimmer zurück. Dabei nahm sie das schlaffe Kleiderbündel mit, das kurz zuvor noch der Mann gewesen war.

»Frank?«

Wieder gab sie das Zischen der Katze von sich. Dann stampfte sie heftig auf.

»Bringst du dieses Tier etwa um? Frank, das ist wahrscheinlich die Katze von Mrs. Ransom, ist dir das klar!« Ein erneutes, abgewürgtes Zischen. »Frank, nicht!« Stuhlscharren, Fußgetrappel.

Miriam kannte den Typ sehr gut. Sie würde einfach ins Licht hinaustreten und sie durch ihren bloßen Anblick lähmen. Die Frau war oben angekommen und stand an der Treppe. »Fra-ank? Oh!« Sie stand da, den Mund vor Überraschung aufgesperrt, verwirrt um sich blickend.

»Ich bin von der Polizei«, sagte Miriam und durchquerte mit einem einzigen Satz den Raum. »Es ist alles in Ordnung.«

Die junge Frau zuckte und murmelte etwas in den Lumpen hinein, doch schon bald erschlaffte sie. Miriam gab Franks Überreste in den üblichen schwarzen Plastiksack. Das bewußtlose Mädchen stellte schon ein größeres Problem dar, doch Miriam hatte die Sache gut durchdacht. Sie nach Hause zu bringen, war der riskanteste Teil des Unterfangens. Wenn irgend jemand aus einem der anderen Apartments kommen sollte, solange sie sich noch auf der Treppe befanden, würde sie erneut töten müssen.

Schnell lief sie die Treppe hinunter. Es erschien niemand. Auf der Straße waren ein paar Leute, doch da man in der menschlichen Kultur von Frauen keine Gewalt erwartete, machte sie sich nur ganz entfernt darüber Sorgen, daß sie Argwohn erregen konnte, wenn sie die ›angetrunkene Freundin‹ in ein Taxi verfrachtete.

Ohne Zwischenfälle gelangten sie nach Hause, wobei Miriam das halb bewußtlose Mädchen mal beruhigte, mal bedrohte. Doch solange die junge Frau noch nicht im Schlafzimmerschrank eingesperrt war, war Miriam fast außer sich vor Sorge. Erst als sie den Schlüssel im Schloß umdrehte, waren die letzten Vorbereitungen abgeschlossen. Es war jetzt halb zehn. Miriam war gesättigt und einmal mehr fähig, sich unter Menschen aufzuhalten, ohne ständig von den Versuchungen des Hungers gepeinigt zu werden. Und auf Sarah wartete ihr erstes Opfer.

Tom suchte Sarah immer verzweifelter, zunächst in ihrem Büro, dann in ihrem Labor, schließlich in Geoffs Labor, wo die Blutwäsche hätte durchgeführt werden sollen. Geoff war dort und hatte bereits soviel frisches Blut zur Verfügung, wie er brauchte.

Aber Sarah hatte er nicht.

Schließlich mußte Tom sich mit der Wahrheit abfinden: Sie hatte das Riverside trotz ihres Zustands verlassen. »Wieviel Zeit hat sie noch?«

Geoffs Miene sagte alles.

»Das habe ich befürchtet.«

»Ich habe getan, was ich konnte, Tom. Ich mußte praktisch das Rote Kreuz überfallen, um dieses Zeug hier zu bekommen.«

Tom rannte die Gänge entlang, blind vor Trauer und Entsetzen. Wie hatte sie das nur tun können? Kurz kam ihm der Gedanke, daß Miriam sie möglicherweise entführt hatte, doch er verwarf ihn wieder. Nicht einmal Miriam hätte es geschafft, mit Sarah in den Armen aus dem Fenster zu springen.

Er kam ins Konferenzzimmer, sah Hutch zusammengesunken auf einem Stuhl. Phyllis behandelte ihn mit feuchten Papierhandtüchern. »Hutch«, fragte Tom, »hast du die leiseste Ahnung, wo sie hingegangen sein könnte?«

»Nach oben. Mehr weiß ich nicht. Sobald ich sie aufhalten wollte, hat sie mich so heftig geschlagen, daß ich das Bewußtsein verlor.«

Tom stürzte aus dem Raum, hinüber zu den Fahrstühlen, hämmerte auf den Knopf ein. Ihm war übel, er zitterte. Doch jetzt wußte er, wo sie hingegangen war. Es gab nur einen Ort, wo sie hatte hingehen können.

Sarah. Bitte, Liebling. *Bitte!*

Die Nachtluft war feucht und wehte Sarah scharf ins Gesicht, als sie die First Avenue entlanglief. Noch nie hatte sie ein derart ausgelassenes Gefühl von Freiheit erlebt. Ihr Körper fühlte sich unglaublich *fähig.* Sie lief in schnellem Tempo, keuchte nicht einmal, genoß den Wind im Gesicht.

Einen kurzen Augenblick lang hatte sie Miriam in der Psychiatrie umarmt. In diesem Moment hatten Freude und Bewunderung sie durchflutet. Sie hatte Miriams Mysterium geschaut. Wie schwerfällig und verbohrt sie doch alle gewesen waren! Nicht einer von ihnen hatte die Ekstase bemerkt, die sich aus Miriams Blick ziehen ließ, oder die Freude ihrer Berührung.

Solche Gefühle ließen sich nicht durch die Wissenschaft erklären. Die Wirkung, die Miriam auf sie hatte, lag jenseits aller Messungen. Wie sollte man den Unterschied zwischen einem gefangenen und einem freien Geist wiegen?

Ein Prickeln durchzog sie. Zwei Häuserblocks vor ihr trat eine einzelne Gestalt aus einem Café. Sie erhöhte ihr Tempo, ihre Füße trommelten auf dem Pflaster. Sarahs Bewegungen hatten eine feine Empfindung der Präzision bekommen.

Die Figur dort wirkte so köstlich, wie sie vor sich hinschritt. Es wäre, als würde man sich in eine Honigwabe eingraben und ihre heiße, geheime Süße kosten.

Wollte sie diesen Mann schlagen? Nein, es war noch

schlimmer als das: Sie stellte sich vor, wie sein Kopf unter den Rädern eines vorbeifahrenden Busses wie eine Melone davonflog, sah das Blut aus seinem Hals hervorspritzen.

Sie blieb stehen. Das waren doch nicht ihre Gedanken, konnten es nicht sein!

Der Mann blieb an einer Ecke stehen und zündete sich eine Zigarette an. Sarah sah den entblößten weißen Hals, als der Kopf sich vorneigte, dann das Profil im Schein des Zündholzes.

Der Mann richtete sich wieder auf und blickte in ihre Richtung zurück; anscheinend war ihm ihr plötzlicher Schrittwechsel aufgefallen. Sein freundliches, hageres Gesicht musterte sie mit einem Anflug von Neugier, dann ging er wieder seiner Wege.

Seine bloße Sanftheit versetzte sie in Rage. Sie machte ein paar Schritte auf ihn zu, dann bremste sie sich. In einem vorbeifahrenden Wagen dröhnte ein Radio. Zwei Kinder kamen aus der Eingangshalle eines Wohnhauses und huschten davon in die Nacht.

Es gab keinen Grund, auf den alten Mann zornig zu sein.

Miriam. Sie würde es wissen, sie würde verstehen. Dieser Gedanke ließ alle Freude zurückkehren, und Sarah begann wieder zu laufen. Es war wunderbar, sich in den Straßen so frei zu fühlen wie jetzt, so gänzlich ohne Furcht.

Nun kam sie am Carl Shurz Park vorbei. Warum sie so weit nach Osten gelaufen war, konnte sie nicht sagen. Nebel begann zu fallen, wehte im Licht der Straßenlaternen wie Rauch dahin, ließ die Pfade glitzern wie in der Nacht zuvor. Sarah verlangsamte wieder auf Schrittempo.

Der kleine Park hatte alles Geheimnisvolle und Entsetzliche verloren. An einem Torpfosten hing eine Windel, eine traurige Schlaufe Drachenschnur baumelte von einem Baum herab. In der Ferne knurrte der East River von der Flut, und auf dem FDR-Drive zischten Autoreifen.

Dies war die wirkliche Welt. Sarahs Welt. Sie kam zu dem Tor, durch das sie letzte Nacht gegangen war, sah den

Weg, der in die Dunkelheit hineinführte. Was würde sie vorfinden, wenn sie jetzt einträte?

Leere Bänke und Schweigen. Sonst nichts.

Die letzte Nacht war nur ein böser Traum gewesen. Sie ging weiter, bewegte sich etwas langsamer auf Miriams Haus zu. Übrig blieb ihr ein einziger, praktischer Wunsch: herauszufinden, was sie gegen dieses schreckliche Verlangen unternehmen konnte. Es überstieg jeden Appetit.

Als sie die East End Avenue entlangging und nach Westen in die York einbog, kam sie am Abluftventilator eines Restaurants vorbei. Küchendüfte wehten ihr ins Gesicht.

Sie war angewidert. Heutzutage waren die Leute tatsächlich dazu bereit, Abfall zu fressen. Ihr Geist konzentrierte sich auf ein erinnertes Bild, an die Pfirsiche, die sie unten in Savannah von dem Baum in ihrem Hinterhof gepflückt hatten. Die waren saftig gewesen und gelbrot. Sie wünschte, daß sie jetzt einen davon hätte.

»Bitte, Miriam«, sagte sie laut. »Hilf mir.«

Als das Haus endlich vor ihr erschien, pulsierte sie vor Verlangen. Was sie auch versuchen mochte, es gelang ihr nicht festzustellen, was sie wollte. Es war fast so, als wäre das Leben selbst die Nahrung, derer sie bedurfte. Doch welches Nahrungsbedürfnis ließ sich in ein derartiges Verlangen übersetzen?

Sarah betätigte die Türklingel. Sofort klickte das Schloß, und die Tür schwang auf. Miriam stand in der dunklen Empfangshalle. Mit ausgestreckten Armen lief Sarah vor, klammerte sich mit erleichtertem Keuchen an sie. Miriam schloß völlig lautlos die Tür, umarmte ihrerseits Sarah. Miriam konnte so durch und durch zärtlich sein.

Als Sarah sich hinreichend beruhigt hatte, um reden zu können, sprudelte sie ihren Dank hervor, um zu erklären, daß sie nun begriff, was Miriam ihr gegeben hatte, sie wußte, daß es eben diese Langlebigkeit war, die zu erreichen sie sich im Labor so angestrengt bemüht hatte...

»Das ist nicht alles.«

Nein, das stimmte. Trotz ihrer Erleichterung und ihres

Glücks war da noch immer dieses schreckliche, lähmende Verlangen – und damit einhergehend eine Abscheu vor normaler Nahrung. Bisher hatte sie über Miriams Diät nicht nachgedacht. Ihre Verwirrtheit mußte daher rühren, daß sie sich nicht instinktiv nach demselben sehnte, was Miriam aß und was nun wohl ihre eigene Nahrung werden mußte.

»Komm.« Miriam nahm sie am Arm, führte sie die Treppe hinauf. Treppe und Gang waren hell erleuchtet. Miriam öffnete eine Tür zu einem dunklen Raum. »Das ist mein Schlafzimmer«, sagte sie, »da warst du gestern.« Sarah gestattete es Miriam, sie hineinzuführen, die Tür zu schließen. Es herrschte völlige Dunkelheit. Es würde einige Momente dauern, bis Sarahs Augen sich an den schnellen Wechsel der Lichtverhältnisse gewöhnt hatten. Miriam drückte auf ihre Schultern, damit sie sich setzte. »Warte. Ich werde deinen Hunger befriedigen. Sei auf etwas gefaßt, Sarah. Es wird völlig unerwartet sein.« Sarah gehorchte der gelassenen Ruhe der Stimme. Mit kindlicher Freude dachte sie: ›Sie freut sich, mich wiederzusehen!‹ Ein schrilles Geräusch, wie der Schrei eines sterbenden Hasen. »Mach den Mund auf!« Miriams Ton war jetzt herrisch, verlangend, daß Sarah täte, was sie ihr befahl. Ein heißer Strom ergoß sich in ihre Kehle, heiß und pumpend, während der schrille kleine Schrei immer leiser und leiser wurde und schließlich erstarb. Einen schrecklichen Augenblick lang hatte Sarah geglaubt, daß es ein Urinstrahl sei, so heiß und salzig war es, doch die Wirkung, die es auf sie hatte, löste diese Furcht fast sofort zu nichts auf.

Sarah und Tom hatten mal ein wenig Kokain genommen. Beim ersten Mal erhob es einen zu einem Punkt, den man bisher für den Gipfel aller Lust gehalten hatte. Verglichen mit diesem hier war es jedoch nichts gewesen.

Sarah strampelte mit den Beinen, warf den Kopf zurück, verlor den Kontakt zu dem Strom, dann schoß sie im Dunkeln wieder vor, nach mehr heischend. Ein fleischiges Etwas wurde in ihren Mund gepreßt. »Sauge!« Als sie es tat, kam tatsächlich mehr, besser als das von gerade eben. In ihrem Geist schienen Sterne zu explodieren. Um sie herum sangen Engel, sangen die prachtvollsten Euphonien.

Dann wurde die pulsierende Hitze fortgerissen. Sarah ruckte nach vorn, schluchzend, versuchte sie wiederzufinden, Körper und Seele lodernd von einer Freude, die schon jenseits aller Intensität war. Sie spürte in ihrem Geist die kühle Klarheit eines Frühlingsregens, doch die größte Freude ruhte in ihrem Herzen. »Willkommen im Reich«, sagte Miriam. Sie schaltete das Licht ein.

Sarah schrie auf. Das Geräusch war wie explodierende Glocken in ihren eigenen Ohren, kein Schrei der Furcht, sondern einer des wilden Entzückens, für das es keine Worte gab. Miriam sah nicht im geringsten mehr aus wie ein menschliches Wesen, sie war nur noch *schön*! »Ich dachte, ich sollte mal mein Make-up entfernen.« Das war die Göttin Athene, Isis – Sarah fand kein Wort dafür, keinen Namen...

Die Augen waren überhaupt nicht fahlgrau, sondern leuchtend, golden, von durchdringendem Strahlen.

Die Haut war so weiß und glatt wie Marmor. Das Gesicht besaß keine Augenbrauen, war aber so edel, so friedlich, daß schon sein bloßer Anblick in Sarah den Wunsch auslöste, die kleinlichen Passionen ihrer eigenen Menschlichkeit auszuweinen und für immer zu beseitigen.

Das Haar, das sie unter einer Perücke versteckt gehalten hatte, war so golden wie die Augen, sanft, fast wie Rauch, feiner als das eines Säuglings. Engelhaar.

Das majestätische Wesen, das sich selbst ›Miriam‹ nannte, ergriff nun das Wort. »Du sollst Geheimnisse erfahren«, sagte es in einem neuen Ton, mit der Stimme der absoluten Autorität. Sarah mußte den Impuls unterdrücken, vor Entzücken loszuschreien.

Plötzlich schien Miriams Gesicht sie anzuspringen. Sie hörte Worte, bebend, konzentriert vor Anstrengung, im Inneren ihres Kopfes. »Sarah, ich liebe dich.« Dann waren sie verschwunden, als hätte die Sprecherin von einer entsetzlichen schweren Anstrengung wieder abgelassen.

»O mein Gott! Du...«

»Ich habe meine Stimme telepathisch projiziert. Ja, ich kann dein Herz berühren.«

Sarah war sich da nicht so sicher, für telepathische Modelle gab es nur sehr wenige wissenschaftliche Grundlagen.

In diesem Augenblick allerdings kümmerte es sie nicht sonderlich. Während ihr Magen die mysteriöse neue Nahrung verdaute, fanden in ihr außergewöhnliche Wahrnehmungsveränderungen statt. Als erstes bemerkte sie ein neues Körpergefühl, eines, das sie noch nie zuvor empfunden hatte. Es war Kraft, ein tiefes Wohlbefinden, wie es mächtige Tiere haben mußten. Sie stellte fest, daß sie außerdem einen Geruchssinn zur Verfügung hatte, der so sehr verbessert schien, daß er geradezu eine Ergänzung ihres Körpers war. Der Raum war tatsächlich ein einziger Mahlstrom aus Düften. Sie konnte den kühlen Duft der seidenen Tagesdecke auf dem Bett wahrnehmen, die Muffigkeit des Teppichs, den schwachen, scharfsauren Geruch des Bienenwachses, mit dem die Möbel poliert worden waren.

Und da war noch etwas anderes, etwas zugleich Vertrautes und Unvertrautes – ein schrecklicher Geruch, fleischig und kräftig, aber auch bei weitem der erregendste Duft im ganzen Raum. Er strömte unter dem Bett hervor. Sie beugte sich ihm entgegen.

»Noch nicht«, zischte Miriam. Im selben Augenblick stand sie auch schon neben Sarah.

»Es riecht wunderbar.« Wie ein Kind war sie gereizt, weil ihr der Zugang zu dem verwehrt wurde, was dort versteckt zu sein schien, was immer es auch sein mochte. Miriam zog sie an sich, drückte ihr Gesicht gegen ihre weiße Haut. Das lenkte sie ab. Der neue Geruchssinn erfaßte ein Aroma, das den Geist mit Musik erfüllte. Wie es jemandem zukam, der so weit über die betäubte Natur des Menschen hinausreichte, war Miriams Duft mehr als suchterzeugend. Sarah ließ ihren Kopf dort ruhen, schwor sich, daß sie sich im ganzen Leben nicht mehr bewegen würde, daß ihr dieser... dieser Himmel niemals mehr verwehrt bleiben sollte.

Miriam hörte, wie jemand unten gegen die Tür hämmerte. Wenn Sarah jetzt in diese goldenen Augen geblickt hätte, hätte sie dabei bestimmt nicht mehr an Engel gedacht.

Sanft löste Miriam sich von ihr. Offensichtlich hatte Haver die Situation klar genug durchschaut, um hierherzukommen. Sarah stöhnte, als Miriam sie auf das Bett legte. Nach der Erleichterung, die sie soeben erfahren hatte, würde der *Schlaf* Sarah schon bald überwältigen. Es war auch recht gut, daß sie jetzt schlief. Es war nicht nötig, daß sie die Ereignisse mit ansah, die nun geschehen würden. John, der sich oben im Dachstuhl versteckt hielt, würde jeden Schritt gegen sie unternehmen, den Miriam vorausgesehen hatte.

Und Tom Haver würde an ihrer Stelle seine volle Wucht abbekommen.

Kapitel 12

John wartete, bis er sicher war, zwei Stimmen zu hören, dann legte er die Hand aufs Schloß. Er schloß die Augen. Wenn er dieses Schloß öffnete, würde sein Leben enden. Er würde sich niemals mehr aus eigenem, freiem Willen bewegen können.

Doch wenigstens würde er diese großartige Rache mit sich nehmen – so lange, wie er bei Bewußtsein bleiben konnte.

Das Schloß klickte. Die Tür sprang auf, schleuderte John gegen die gegenüberliegende Wand. Er fiel zu Boden, seine trockene Haut riß wie Papier. Dunkle Gestalten stürzten hinaus. Es war ein trockener, alter Geruch wahrzunehmen, wie von uraltem Leder.

Lange Zeit hörte er nur schwache raschelnde Geräusche. John hatte nicht genau gewußt, wie sie sich verhalten würden, hatte aber geglaubt, daß sie sich schneller bewegen würden, als sie es nun taten. Miriam durfte nicht...

Etwas berührte seinen Fuß, glitt an seinen Beinen empor. Er behielt die Augen fest geschlossen, er wollte es nicht sehen. Da war ein leises Geräusch, der Überrest seiner eigenen Stimme, weinend. Sie entdeckten bald, daß er nutzlos für sie war. Er hörte das Scharren, als sie sich der Tür entgegenschleppten, die in den unteren Teil des Hauses führte, hörte das Poltern, als sie sich die Treppe hinunterbewegten.

»Aufmachen!« Tom hämmerte gegen die Eingangstür. Er hatte nicht damit gerechnet, daß man ihn ignorieren würde. Aber das bestätigte ihm nur, daß Sarah dort drinnen war und daß man seine Anwesenheit nicht schätzte. »Ich werde die verdammte Tür eintreten!« Seine Stimme hallte die Straße hinauf und hinunter, doch das war ihm gleichgültig. Sollte doch jemand die Polizei rufen. Die Hilfe würde ihm durchaus willkommen sein. Er trat zurück, verpaßte der Tür einen harten Tritt – und wäre beinahe in den Eingangssaal gestürzt. Die Tür hatte sich von allein geöffnet.

Schwarz klaffte der Eingang vor ihm. Abrupt verstummte ein flüsterndes Geräusch. Tom konnte hinten in den Schatten jemanden erkennen, niedergekauert. »Ich will mit Sarah Roberts sprechen«, sagte er, als er über die Schwelle schritt. Er hatte beabsichtigt, die Tür offen zu lassen, damit etwas Licht von der Straße hineinfiel, doch sobald er im Inneren war, schloß sie sich von selbst. Die Lautlosigkeit dieser Bewegung und das entschiedene *Plock* des Schlosses weckten in ihm den Verdacht, daß sie von einer anderen Stelle aus im Haus gesteuert wurde. »Also gut, Miriam, genug ist genug!« Er hieb um sich, suchte die Wand, dann ließ er die Hände über ihre glatte Oberfläche gleiten, um ein Licht zu suchen. Er drückte auf einen altmodischen Lichtschalter, doch die Lampen gingen nicht an. »Verdammt noch mal!«

Wieder begann das Flüstern, diesmal war es näher. Er wich zurück. Es hatte etwas Entsetzliches an sich, etwas Gieriges. Rückwärts begab er sich wieder zur Haustür zurück. Der Türgriff ließ sich nicht bewegen. »Laßt mich in Ruhe!« Er trat aus, traf nur auf Luft. Das Flüstern wurde lauter und lauter, wurde zu einem heftigen Schnattern. Es war überhaupt keine Stimme, sondern eher das Geräusch von Bewegungen, als würde ein Insektenschwarm den Gang entlanggekrochen kommen.

Tom drehte am Türgriff, schleuderte sich gegen die Tür, hämmerte darauf ein. Sie mochte zwar aussehen wie Holz, fühlte sich aber an wie Stahl.

Zu seiner Linken war ein Türbogen, der in ein Wohnzimmer führte.

Fenster.

Er trat vor. Etwas legte sich um seinen rechten Knöchel. Er riß seinen Fuß frei, doch nun umschlang es den anderen Knöchel. Er stampfte mit den Füßen auf, aber das nützte nichts. Nun wurden seine beiden Fußknöchel umschlungen. *»Sarah!«* Aus Druck wurde Schmerz, brennend, unerträglich, ihn auf die Knie zwingend. Er hieb auf die Dunkelheit vor sich ein, griff nach seinen schmerzenden Knöcheln und stürzte nach vorn in eine verworrene, seilartige Masse hinein. Seine Beine traten aus, seine Arme wirbelten umher. Jede Bewegung schien ihn noch fester mit dem zu verwirren, was hier sein mochte. Dünne Finger griffen in sein Haar, glitten um seinen Hals. Er schrie und schrie, zerrte an der seilähnlichen Substanz, so gut er nur konnte. Ein Fingernagel traf seine Wange und durchschnitt sie bis zum Kinn. Der Schmerz ließ ihn losbrüllen, doch es gelang ihm, sich zu bewegen, so daß der Nagel die lebenswichtigen Blutgefäße hinter dem Kiefer verfehlte. »Sarah!«

Toms Hand berührte etwas Festes – einen Kopf. Mit aller Wucht drückte er dagegen. Ein knisterndes Geräusch, dann ließen die Finger seinen Arm fahren. Immer und immer wieder hieb er auf das Ding ein, spürte, wie es unter seinen Schlägen wie Glas zerbrach.

Dann erhob er sich mühsam und stürzte ins Wohnzimmer, rollte sich am Boden ab, bürstete sich so den stinkenden Staub vom Leib, den das Ding auf ihm hinterlassen hatte.

Seine Wange, seine Knöchel und seine Hände schrien förmlich vor Schmerz. Er starrte in die Dunkelheit hinaus. Hatte er es getötet?

Was zum Teufel war es gewesen?

»Sarah, ich bin es! Komm zurück! Du mußt hier raus!«

Er sah einen Schatten am anderen Ende des Hauses stehen, ein hochgewachsenes, hageres Individuum mit zukkendem Kopf. Es sah ebensowenig menschlich aus, wie das angreifende Ding sich menschlich angefühlt hatte. Im Licht der Straße war sein Umriß matt zu erkennen.

Er begriff nicht im geringsten, was hier geschah. Nur daß Sarah hier war – irgendwo. Jede Faser seines Körpers schrie danach, aus einem Fenster zu springen, zu fliehen, fort von welch monströsem Bösem auch immer, das dieses Haus befallen hatte...

Aber Sarah war hier.

»Du! Wo ist sie!« Er machte einen Schritt auf das Ding zu.

Noch einen. Der Kopf hatte aufgehört sich zu bewegen. Ganz unvermittelt stürzte es zu Boden.

Ein weiterer Schatten erschien in einer Tür, die in den hinteren Teil des Hauses führte. Er konnte ihn marschieren sehen wie einen Mann, dessen Kniegelenke aneinandergefesselt worden waren. Dann fiel auch dieses Wesen zu Boden.

Jetzt begann wieder das scharrende Geräusch.

»Sarah Roberts!«

Das Geräusch wurde lauter, als die Dinger über den Boden krochen. Tom fuhr sich mit der Hand an die Wange, berührte die offene Wunde. In diesem Augenblick wußte er, daß er diesen Ort verlassen mußte. Wenn sie ihn noch einmal erreichten, würde er sterben.

Zu seiner Linken war eine Sonnenveranda mit Fenstertüren, die auf einen Garten hinausführten. Er stolperte auf die Türen zu, packte einen Griff und riß daran. Verschlossen.

Er versuchte gar nicht erst, die Tür aufzusperren, statt dessen packte er einen Sessel und schleuderte ihn hindurch.

In wildem Lauf rannte er durch den Garten, hieb auf die Sträucher ein, suchte eine Art Zaun. Endlich hatte er das Ende des Grundstücks erreicht und kletterte über die Ziegelmauer, die er dort vorfand, wobei er sich an den oben eingelassenen Glasscherben tief die Finger einschnitt.

Oben auf der Mauer hielt er inne, blickte zu dem Haus zurück. Es war kein Licht zu sehen. Nicht weit entfernt wogte wild der Garten, als ob sich etwas hindurchschleppe.

Er sprang die zwei Meter auf den Gehsteig hinab.

Zurück in der Welt. Eine Frau kam an ihm vorbei, einen Dackel an der Leine führend. Er jagte an ihr vorbei zur Ecke und rief ein Taxi.

»Zur Unfallstation am Riverside«, keuchte er hervor.

In der hellerleuchteten Unfallambulanz nähten sie seine Wunde und verbanden seine Hände. Er erzählte ihnen, daß in seiner Wohnung ein Fenster herausgefallen sei.

Was tatsächlich geschehen war, wußte er nicht. Vielleicht war es wirklich gewesen, vielleicht auch irgendeine komplizierte Illusion, die ihn hatte erschrecken sollen.

Er ließ ein paar Polizisten aus dem Dreiundzwanzigsten Revier herbeirufen. Eine halbe Stunde später begrüßte er sie in seinem Büro.

»Sie wollen also, daß wir zu diesem Haus fahren und Ihre Freundin rausholen?«

»Ganz genau. Ich habe jeden Grund zu der Annahme, daß sie gegen ihren Willen festgehalten wird.

»Gekidnappt?«

»Psychologisch gekidnappt. Beeinflußt.«

»Hört sich nicht wie ein Verbrechen an. Sie ist nicht minderjährig...«

»Natürlich nicht! Sie wollen mir doch nur sagen, daß Sie mir nicht helfen werden.«

»Dr. Haver, immerhin haben Sie ja keine Straftat angezeigt.«

Er ließ sie wieder gehen. Als die Tür sich geschlossen hatte, konnte er sich nicht mehr beherrschen. In seiner Niederlage und seinem Verlust weinte er, sein Gesicht mit den Händen bedeckend, um das Geräusch zu dämpfen.

Sarah hatte nur Frieden empfunden, bis sie plötzlich hörte, wie jemand ihren Namen rief.

Tom?

Sie trieb gerade auf dem sanftesten aller Wasser, im mondbeschienenen Meer...

Er schrie.

Sie öffnete die Augen. In ihrem Geist war ein lebhaftes Bild von Tom. »Ich liebe dich.« Die Schreie ertönten immer und immer wieder, so heftig, daß Sarah die Hände auf die Ohren preßte.

Plötzlich war es vorbei. Einen Augenblick später schwebte Miriams Stimme durch die Tür. »Alles in Ordnung«, sagte die Stimme, *»schlaf* jetzt.«

»Danke«, erwiderte sie. Aber sie dachte dabei: Bitte laß ihn nicht sterben. Sie mußte zu ihm. Doch dazu hätte sie irgendwie aus diesem Bett gemußt. Als sie sich aufsetzte, geriet sie ins Wanken, zitterte, als sie die Füße auf den Boden stellte, mußte den Bettpfosten packen, um sich festzuhalten, als sie versuchte sich zu bewegen.

Hilflos, vom *Schlaf* fast überwältigt, sank sie zu Boden.

Sie legte den Kopf darauf und wünschte sich, daß sie doch nie das Bett verlassen hätte. Es war ja so kalt! Ihre Augen öffneten sich, sie versuchte genug Kraft zu sammeln, um sich wieder hochzuziehen.

Es dauerte eine Weile, bevor sie merkte, daß sie in ein Gesicht blickte. Irgend jemand lag unter dem Bett, still und stumm. Sarah seufzte, das war alles, was sie als Schrei hervorbrachte. Es war kein friedliches Gesicht, sondern ein trauriges.

Das also war Miriams ›Nahrung‹! Sarah würgte, als sie sich daran erinnerte. Und doch jubilierte es in ihren Adern. Langsam streckte sie die Hand vor. Während sich ihre Augen wie unter dem Einfluß irgendeines Opiats schlossen, streichelte sie die Stirn der Person, deren Leben sie genommen hatte.

Sie *schlief*.

Miriam schritt durchs Haus und kämpfte mit den Überresten ihres Versagens. Der Leichnam von Tom Haver war nirgendwo zu finden. Eigentlich war sie nicht wirklich überrascht über seine Flucht. Seine Angreifer waren zwar heftig gewesen, besaßen aber nur wenig Kraft. Armer Mann. Alles, was seine Rettung ihm eingebracht hatte, war ein noch schwererer Tod. Er durfte nicht am Leben bleiben, nicht nach alledem, was er nun schon wußte. Wenn sie klug war, ließ sich sein Tod auf eine Weise arrangieren, die ihr nützlich sein konnte.

Sie folgte einer Spur niedergetretener Blumen zur Gartenmauer. Da war Eumenes, mit ausgestreckten Armen, der Mund aufklaffend, nach Nahrung gierend, die er niemals verschlingen konnte. Erstaunlich abstoßend.

Sie erinnerte sich daran, wie sie an den Hängen des Hymettus dagelegen war, den Kopf in seinem Schoß.

Sie brachte sie alle in ihre Ruhestätten zurück, zwang ihre Überreste mit Gewalt in die Kisten. Und da endlich war auch

John, an der Wand des Dachstuhls zusammengesunken. Sie nahm ihn auf, hielt mit einer Hand seine beiden Handgelenke zusammen, trug ihn gemeinsam mit den anderen hinüber. »Ich weiß, daß du mich hören kannst, mein Lieber«, sagte sie, als sie ihn in seinen Behälter gab. »Ich werde dir das gleiche Versprechen machen, das ich den anderen gegeben habe. Hör gut zu, denn du mußt es auf alle Zeiten in deinem Gedächtnis behalten. John, ich werde dich bei mir behalten, bis die Zeit selbst ein Ende gefunden hat. Ich werde dich weder verlassen noch vergessen. Ich werde nie aufhören, dich zu lieben.«

Sie drückte ihn in sein Stahlgrab, bis seine Knie an seinem Brustkorb ruhten, und schloß den Deckel. Weinend ließ sie einen Bolzen nach dem anderen zuschnappen.

Tom lag allein in ihrem gemeinsamen Bett. Jedesmal, wenn er weggedämmert war, hatten ihn schreiende Schrecken wieder ins Wachsein zurückgetrieben. Sein Gesicht war ein dumpfer Nebel aus pochendem Schmerz, sein linkes Auge zugeschwollen.

Er versuchte zu begreifen, was mit ihm geschehen war. Doch egal, wie er auch darüber nachdenken mochte, es gab einfach keine befriedigende Erklärung.

Er dachte an Sarah und schrie laut auf. Sie befand sich in den Händen eines Monsters. So einfach war es. Vielleicht würde die Wissenschaft solche Dinge niemals erklären, vielleicht konnte sie es nicht.

Und doch war Miriam wirklich, lebte in der wirklichen Welt, hier und jetzt. Ihr Leben sprach den Gesetzen der Natur Hohn, zumindest so, wie Tom sie verstand.

Langsam kroch der erste Sonnenstrahl über die Wand. Tom stellte sich die Erde vor, ein kleiner grüner Staubfleck, der um die Sonne segelte, verirrt in der gewaltigen Dunkelheit. Das Universum erschien ihm in der Tat wie ein sehr kalter Ort, bösartig und unerklärlich.

War das die Wahrheit des Ganzen?

Irgend etwas kitzelte seine unverletzte Wange. Schon wieder Tränen. Er warf das Laken zurück und stieg aus dem Bett. Plötzlich erstarrte er. Dieses Zimmer war das einzige, in das die Sonne hineinschien, der Rest des Apartments lag noch immer im Dunkeln.

Er war gelähmt vor Entsetzen. Er konnte sich nicht mehr von der Stelle rühren.

Es kam kreischend auf ihn zu, mit seinen langen, klingenartigen Fingernägeln, mit schnappendem Kiefer...

Und war wieder verschwunden.

Er schüttelte den Kopf, ging ins Badezimmer, bespritzte Brust und Nacken mit kaltem Wasser. Er durfte es nicht zulassen, daß sich das Bild dieses Dings wieder in sein Bewußtsein einschlich. Es lag keineswegs außerhalb der Möglichkeit, daß man durch Furcht in die Katatonie getrieben wurde. Davor mußte er auf der Hut sein, wenn es überhaupt noch irgendwelche Hoffnung geben sollte.

Er sah schrecklich aus. Ein Auge war nur noch eine zornig purpurne Fleischmasse, das andere war blau. Er hatte dringend eine Rasur nötig, doch der Verband würde dem im Wege stehen.

Plötzlich unterbrach das Geräusch des Haustelefons seine Gedanken. Wie lange hatte es schon gesummt? Im Gehen die Lichter anschaltend, ging er ins Foyer und an das Telefon.

Drei Minuten später standen Charlie und Phyllis in der Tür. Sie hatten Essen und Kaffee mitgebracht; und sie kauften ihm keine Geschichten über zerschmetterte Fensterscheiben ab. Sie wollten wissen, was Miriam mit Sarah getan hatte.

Miriam stand neben dem Bett und beobachtete Sarah, wartete darauf, daß sie erwachte. Der *Schlaf* zeigte bereits Wirkung. Die Transformation verlief gut. Miriam berührte Sarahs Wange, fühlte die kühle Trockenheit der Haut. Das war ein weiteres gutes Zeichen.

Es war ein glücklicher Augenblick.

Das einzige Hindernis zur Vollendung der Transformation war das emotionale. Wie immer, war auch diesmal die Loyalität das wichtigste. Sarah mußte ihre eigene wahre Situation erkennen. Sie gehörte nun einer neuen Spezies an und mußte die Werte der alten hinter sich zurücklassen.

Miriam richtete ihre Gedanken auf Tom Haver. Sie sah eine gute Möglichkeit, wie sie ihn dazu benutzen konnte, um Sarahs Frontenwechsel zu fördern. Er würde das Medium dafür sein.

Eine leise Veränderung in Sarahs Atemrhythmus machte Miriam darauf aufmerksam, daß der *Schlaf* seinem Ende zuging. Sehr schön. Wenn Sarah erwachte, würde sie die Liebe vorfinden, die sie erwartete.

Ein häßlicher Traum wich von ihr. Sarah öffnete die Augen. Das Ding, das sich über das Bett gebeugt hatte, erschreckte sie für einen Augenblick. Natürlich, Miriam. Ihre Augen loderten, der Blick war gierig. Sarahs erster Impuls war davonzulaufen.

Sie dachte an den Körper unter dem Bett, an die tote Haut, stumpf und trocken.

»Tu es nicht«, sagte Miriam. »Du kannst die Vergangenheit nicht mehr rückgängig machen.«

»Du bist eine Mörderin!«

Miriam setzte sich auf die Bettkante. Sarah erschauerte, als Miriam ihr Gesicht streichelte, sie fürchtete sich aber davor, die Berührung zurückzuweisen. In ihrer Kindheit in Savannah hatte sie einmal einen jungen Hasen gefangen. Sie erinnerte sich daran, wie er sich so still in ihre Hand gekauert hatte und wie sie dachte: Ich habe ihn mit meiner Berührung gezähmt. Aber er war überhaupt nicht gezähmt, er befand sich nur in der Verzückung der Furcht. Sie hatte ihn an ihr Gesicht gelegt und ihn freundlich gestupst, nur um festzustellen, daß er tot war.

Sarah wünschte sich fast, daß ihr etwas Ähnliches widerfahren würde. Doch das tat es nicht. Statt dessen erinnerte sie sich an die vergangene Nacht. »Tom...«

»Es geht ihm recht gut.«

»Ich muß ihn anrufen!« Etwas von ihrem alten Selbst

schien zurückzukehren, als sie sich an Toms Schreie erinnerte. »Wo ist das Telefon?«

Miriams Miene ließ sich nur schwer deuten. Sie schien gleichzeitig zornig und auf merkwürdige Weise ruhig. »Ich glaube nicht, daß du ihn anrufen solltest. Geh doch lieber zu ihm.«

Sarah verbarg ihr Erstaunen. Sie hatte geglaubt, Miriam würde sie einsperren. »Kann ich jetzt gehen?«

»Natürlich. Du bist doch keine Gefangene.«

Sofort sprang Sarah aus dem Bett. Es fiel ihr ganz leicht aufzustehen. Der Hunger, der Schwindel, sie waren fort. Ihr Körper wirkte ungewöhnlich leicht und gesund. Das Gefühl physischen Wohlergehens war bemerkenswert.

Dann driftete wieder das Bild des toten Mädchens in ihr Gedächtnis. Ihre eigenen Erfahrungen verdrängten alles Glück. Sie erinnerte sich an das in ihre Kehle strömende Blut, an die zarte Trauer im Gesicht ihres Opfers. Sie wich von dem Bett zurück.

»Der Raum ist sauber«, sagte Miriam. »Du wirst noch merken, daß wir Beweismaterial immer sehr schnell beseitigen.«

Sarah ertrug es nicht, das mit anzuhören. Sie legte die Hände auf die Ohren.

»Du hast ein Leben genommen. Das ist es, was du im Augenblick in dir spürst. Ihr Leben. Sie war eine gesunde junge Frau von ungefähr fünfundzwanzig Jahren, etwa von deiner Größe und Statur. Sie trug Jeans und ein braunes Sweatshirt, als ich sie einfing.«

»Sei still!«

Sarahs Herz hatte zu klopfen begonnen, ihre Schläfen pochten. Irgendwie sehnte sie sich danach, wieder von sich zu geben, was in ihr war. Doch alles, was sie vermochte, war hinauszugehen. Sie rannte aus dem Raum, den Gang entlang zur Treppe.

Miriams kräftige Hand packte sie an der Schulter und wirbelte sie herum. »Zieh dich erst an«, fauchte sie. »So kannst du nicht ausgehen.«

»Es tut mir leid.«

»Deine Kleider sind im Schlafzimmerschrank.«

Sarah zögerte. Sie wollte nicht wieder in dieses Schlafzimmer zurück. Miriam schob sie vor sich her. »Stell dich den Tatsachen, Sarah. Du hast getötet. *Du.*« Wieder schob sie sie vorwärts. »Und du wirst auch noch andere töten. Du wirst weiterhin töten.« Ein weiterer harter Stoß, und Sarah stolperte durch die Tür. Miriam eilte an ihr vorbei, hinüber zu den Fenstern, und riß die schweren Vorhänge zurück.

Im Osten breitete sich gerade die Dämmerung aus, die rote Sonne leuchtete auf dem East River, sandte einen Lichtspeer durch Miriams Garten. Soviel Schönheit tat weh.

»Du hast keinen Grund zum Weinen«, sagte Miriam. »Du solltest dich freuen.«

»Du hast gesagt, ich könnte gehen.« Wie kleinlaut ihre Stimme doch klang.

Zur Antwort schleuderte Miriam ihre Kleider aus dem Schrank. Sarah zog sie hastig an, sie dachte nur noch an Tom und an die Rettung, die sie in seinen Armen finden würde.

Wenige Minuten später schritt sie in einen prächtigen Frühlingsmorgen hinaus. Hinter ihr hatte sich die Haustür geschlossen. Als Sarah die Straße entlangging, war ihr Miriams Gesicht am Bibliotheksfenster bewußt. Erst nachdem sie um eine Ecke gebogen und aus der Sichtlinie verschwunden war, begann sie sich wieder frei zu fühlen.

Niemals würde sie in dieses Haus zurückkehren, solange sie lebte nicht.

Jetzt ging sie tatsächlich nach Hause. Sie spürte die ganze Freude eines Menschen, der aus einer ungerechten Gefangenschaft entkommen war. Sie würde als Teil der Menschheit nach Hause zurückkehren. Sie war wiederauferstanden.

Tom teilte Charlie und Phyllis soviel von seiner Tragödie mit, wie er wagte. Er konnte ihnen nichts von den Wesen erzählen, die er gesehen hatte. Möglicherweise dachten sie sonst, daß er halluzinierte, was die Angelegenheit nur noch verwirren würde. Phyllis weinte ein bißchen, als Tom ihr erzählte, daß er nicht wußte, was mit Sarah geschehen war. Sie war Sarahs engste Mitarbeiterin und eine gute Freundin und teilte etwas von Toms Qual.

Tom wußte nicht, ob er Sarah jemals wiedersehen würde. Er hegte den Verdacht, daß sie möglicherweise tot sein könnte. Dieser finstere Gedanke beschäftigte gerade seinen Geist, als das Türschloß klickte und Sarah eintrat.

Sie stürzte herein. Tom war erstaunt und froh und fühlte sich doch irgendwie überfallen. Das völlig Überraschende ihres Eintreffens und die Schnelligkeit ihrer Bewegungen erweckte in ihm das Verlangen zurückzuweichen.

Er weigerte sich jedoch, ein solches Gefühl zu dulden. Ihr armer, kleiner Körper bebte voll tränenreicher Freude, und er fürchtete sich vor ihr. Oder war es doch keine Freude, die sie bewegte? Was war das für ein Blick in ihren Augen?

»Sarah!« Phyllis' Stimme hallte durch das Schweigen.

Sarah sah sie lange an. Noch nie hatte Tom auf ihrem Gesicht einen solchen Ausdruck gesehen. Einen Augenblick fürchtete er, daß sie Phyllis schlagen könnte.

»Tom, bitte halt mich fest!« Sie kam auf ihn zu, dann hielt sie inne. Er verstand ihr Zögern nicht. Ihre Miene wirkte plötzlich fast verzweifelt.

»Jetzt bist du wieder zu Hause«, war alles, was ihm einfiel.

»Du hast es nach Hause geschafft.« Seine Gefühle begannen ihn zu überwältigen. Er wollte schluchzen. Nie wieder würde er sie gehen lassen. Sie umkreisten einander in einem langsamen Tanz.

Er erinnerte sich an ihre Vergangenheit: wie sie in Florida an einem Strand gelegen hatten und Sarah in der brennenden heißen Sonne über Altersfaktoren doziert hatte. Er hatte laut über ihren Eifer gelacht. Sarah im Labor, mit angespannter Stimme, die Atmosphäre von ihrer Energie aufgeladen. Sarah im Bett, liebevoll.

Als der Schock ihrer Ankunft nachließ, erschien sie Tom wieder wirklicher. Er küßte sie. Ihr Mund schmeckte säuerlich, und er wich zurück. Tränen erschienen in ihren Augen. »Ich muß etwas beichten...«

»Noch nicht.«

Ihre Augen weiteten sich. Ihre Finger fuhren an seinen Verband. »Sie hat mir weh getan«, sagte er.

»Nenn sie nicht ›sie‹. Miriam ist keine ›Sie‹.«

»Was dann?«

»Ein weibliches Exemplar einer anderen Spezies. Eine Frau ist ein Menschenwesen. Miriam ist eine Verhöhnung der Menschheit. Frauen bedeuten Leben, Miriam bedeutet Tod.«

»Du bist bleich«, sagte er. Im Augenblick wollte er keine Gespräche über Miriam führen. Nicht bevor sie sich beide wieder ein gutes Stück besser fühlten.

Phyllis und Charlie waren näher gekommen, suchten instinktiv den Schutz der Gruppe. Tom konnte es ihnen nicht verübeln. Auch er spürte es: In diesem Raum war plötzlich etwas Schwarzes und Kaltes.

»Ich sehe vielleicht bleich aus, aber ich fühle mich gut«, sagte Sarah. »Ich wünschte, ich würde mich nicht so fühlen.« Tom entdeckte mehr als nur einen Anflug von Verzweiflung in ihrer Stimme. Er begann zu wünschen, daß Phyllis und Charlie gehen würden. Er wollte mit Sarah allein sein.

»Wir wußten nicht, wie gefährlich sie ist«, sagte Phyllis.

Sarah drehte sich zu ihr um. »Ich habe versagt, Phyl. Du hast an mich geglaubt, aber ich habe versagt.« Sie begann zurückzuweichen, als würde ihre Nähe sie stören.

»Wir haben eine Menge Daten, Sarah.«

»Nicht genug. Ihr kennt nicht einmal die Hälfte der Angelegenheit. Sie hat euch nichts von echtem Wert überlassen.«

Noch immer wich Sarah zurück. Tom machte Phyllis und Charlie eine Geste, nickte zur Tür hinüber. »Ja«, sagte Sarah, »es ist besser, wenn sie gehen.«

»Sarah«, sagte Phyllis. »Ich möchte nicht, daß du glaubst, du hättest versagt.«

»Bitte, Phyl.«

»Ich gehe ja schon, aber denk nur nicht, du hättest versagt. Noch ist es nicht vorbei. Vergiß das nicht. Wir haben ja noch nicht einmal angefangen, diese Daten auszuwerten.«

»Ja, Phyl.«

»Ich glaube, ihr solltet die Sache jetzt mal abkürzen«, sagte

Tom schließlich. Sarah sah aus, als würde sie gleich explodieren. Als sich endlich die Tür hinter ihnen schloß, atmete Sarah stoßweise ein. Inzwischen stand sie an der gegenüberliegenden Seite des Raums in der Haltung eines in die Enge getriebenen Tiers.

Im selben Augenblick, da sie die Wohnung betreten hatte, hatte Sarah erkannt, was Miriam mit ihr getan hatte. Wieder ein Trick.

Sie rochen so gut.

Sie wollte sie befingern, ihre warme, feuchte Haut streicheln, sie eng an sich drücken.

Wie zuvorkommend Miriam doch gewesen war. Aber warum auch nicht, wenn sie doch wußte, was dies Sarah antun würde. Sie wollte davonlaufen... andererseits aber auch nicht. Es war etwas sehr Angenehmes an ihnen, besonders an Tom, seine langsame Bewegung und das Vertrauen in seinen Augen. Dieses merkwürdige Gefühl isolierte sie von ihnen, zwang sie in eine Form der Einsamkeit hinein, die sie noch nie zuvor gekannt hatte.

Als sich die Tür hinter Phyllis und Charlie schloß, begriff Sarah, daß Tom in Gefahr war. Er durfte nicht allein bei ihr bleiben. Nicht, wenn sie in diesem Zustand war.

Sie kämpfte um Selbstbeherrschung. »Bleib auf der anderen Seite des Zimmers«, sagte sie.

Er blickte fragend zu ihr hinüber. Unmittelbar hinter ihr war die Wand. Weiter konnte sie sich von dieser wunderbaren Witterung nicht entfernen. Sie brauchte nur die Arme auszubreiten, ihn zu rufen, und er würde kommen. Das durfte sie nicht zulassen.

»Liebling?«

»Tom, komm keinen Schritt näher!«

»Du machst wohl Witze.«

»Mache ich nicht.«

»Bist du nicht hierhergekommen, um bei mir zu sein?«

Es schwang soviel Verletztheit in seiner Stimme mit. Sie wollte auf ihn zugehen, wagte es jedoch nicht. Er trat einen

Schritt näher. Sie bekam eine Gänsehaut, hob aber die Arme. Eine andere Sarah, heimtückisch und böse, lächelte, eine andere Stimme hieß ihn willkommen. Sie konnte seinen Puls hören, als er näher kam, das Wispern seines Atems, das leise, feuchte Geräusch, als seine Lippen sich teilten.

»Wir haben einmal schöne Zeiten miteinander verbracht. Erinnerst du dich nicht mehr?« Sie erinnerte sich sehr wohl, so, wie er es zweifellos auch beabsichtigt hatte. Schweißtriefende Stunden des unentwegten Stoßens. Soviel Unschuld und Vergnügen.

»Tom, *bleib stehen!*«

Gott sei Dank hatte sie es endlich hervorgepreßt. Der Schrei lähmte ihn. Er blieb stehen, sein Lächeln verschwand. »Warum?«

»Tu es einfach. Komm keinen Schritt näher. Nicht einen einzigen!«

Er senkte den Kopf und verharrte regungslos.

»Geh ins Schlafzimmer und schließ die Tür. Ich habe einen großen Fehler gemacht, hierher zu kommen. Ich muß raus, und ich kann mich einfach nicht dazu zwingen, es sei denn, du verläßt vorher den Raum.«

»Wovon redest du da?«

»Tom, ich halte es nicht mehr sehr viel länger aus! Bitte tu, was ich sage, auch wenn du es nicht verstehst.«

»Ich meine, wir sollten darüber reden.«

»Nein! Geh weg!«

Wieder kam er näher. Noch einen Augenblick, und sie würde die Arme einmal mehr ausbreiten, und dieses Mal würde sie nicht mehr fähig sein aufzuhören.

Miriam nannte es Hunger. Ein sehr mildes Wort.

»Bitte!« Sie senkte den Blick, spürte, wie ihre Muskeln sich zum Töten anspannten. Ihr Körper bereitete sich darauf vor, ihn anzuspringen. Heiße, qualvolle Tränen strömten aus ihren Augen. Ganz leise flehte sie ein letztes Mal: »Berühr mich nicht.«

»Du meinst es ja ernst. Du meinst es ja völlig ernst!«

Sie blickte zu ihm hoch. Er war kaum einen Meter entfernt. Noch einmal konnte sie ihn nicht warnen."

»In Ordnung, ich habe verstanden. Aber warum, Sarah?«

»Tu einfach, was ich sage. Sofort.«

Endlich bewegte er sich auf das Schlafzimmer zu. Einen schrecklichen Augenblick lang dachte sie, daß sie ihm folgen würde, doch es gelang ihr, statt dessen durch die Wohnungstür zu schlüpfen. Ihre Bewegungen waren sehnig und schnell. Sie erinnerten sie an die einer Ratte, die sich ihren Weg durch ein Labyrinth suchte. Da war eine andere Person in ihr, mächtig und böse, und sie war dabei, die Beherrschung zu verlieren.

Der Gang war leer. Das war an sich schon ein kleines Wunder, und Sarah war dankbar. Überall um sich herum konnte sie sie wittern, hinter den Türen ihrer Wohnungen. Das verlangende Stöhnen, das aus ihrem Mund kam, war kaum noch menschlich.

Sarah wußte, wohin sie gehen mußte, wohin sie gehen sollte. Es gab nur einen einzigen Ort, der nicht nach Menschen roch, nur ein Lebewesen, das den Hunger nicht herausforderte. Miriam hatte die Sache also eindeutig klargemacht. Für Sarah gab es nur noch eins, was wichtig war, nämlich in dieses Haus zurückzukehren. Es würde die Hölle sein, durch die überfüllten Straßen von Manhattan zu laufen. Sie klammerte sich an den Gedanken, daß sie keinen weiteren Menschen töten würde.

Während der Fahrstuhl hinunterfuhr, versuchte sie, sich auf ihre qualvolle Prüfung vorzubereiten. Schließlich war sie ja schon einmal durch die Straßen gelaufen, und das letzte Mal hatte sie zuvor nichts gegessen. Sie erinnerte sich an den Mann auf dem Gehsteig, den sie beinahe umgebracht, an den Balkon, den sie erklommen hatte.

Da waren die Straßen leer gewesen. Nun würden sie dicht bevölkert sein. ›Ich bin ein Mensch‹, dachte sie. ›Ich werde meinen Mitmenschen keinen Schaden zufügen.‹ Mit aller Willenskraft, die ihr noch blieb, entschied sie, Mensch zu bleiben. Der Hunger, den sie empfand, war schließlich nicht der ihre.

Er gehörte zu dem Blut des Wesens. Das Bedürfnis zu töten war nicht ihr Bedürfnis, es war Miriams. Sie beschloß, sich das selbst immer wieder zu sagen. Dann öffnete sich die Fahrstuhltür, und sie erblickte Alex auf seinem Posten. ›Miriams‹, wiederholte sie, ›nicht meins.‹

Es gelang ihr, an ihm vorbeizuschlüpfen, hinaus durch die Eingangstür auf den Gehsteig.

Wahnsinn. Überall Leute, noch mehr, als sie sich vorgestellt hatte. Unwillkürlich schoß sie auf einen vorbeigehenden Geschäftsmann zu, schaffte es gerade noch, an ihm vorbeizujagen, mitten auf die Straße. Bremsen quietschten, Hupen ertönten. Ein Taxi schlingerte und kam schlingernd zum Halten. Der Fahrer fluchte, entsetzt starrte der Passagier vom Rücksitz aus hinaus.

Es galt, keine Zeit zu verlieren, keine Gelegenheit ungenutzt verstreichen zu lassen. Sie stieg ein. »Was ist denn mit Ihnen los? Ich habe eine gottverdammte Fahrt zu machen!«

»Notfall!«

»Dann rufen Sie einen Bullen, Lady. Sie wären fast überfahren worden. Und jetzt raus hier.«

»Jemand liegt im Sterben. Ich bin Ärztin.«

Der Fahrer rollte die Augen. »Okay«, sagte er, »wohin?«

Sarah nannte ihm Miriams Adresse und öffnete das Fenster. Die Straßendämpfe würden vielleicht einige der Gerüche im Inneren des Taxis übertönen. Sie hörte zu, wie der Fahrer seinem Fahrgast mitteilte, daß alles in Ordnung sei, daß der Umweg nicht lange dauern würde. Viele Fahrer hätten sich geweigert, darauf einzugehen, das wußte sie. Aber sie hatte Glück gehabt. Dieser Bursche hier hatte noch Herz.

Sobald das Haus vor ihr erschien, sprang Sarah aus dem Taxi, jagte die Stufen hinauf und hämmerte mit dem Türklopfer, drückte auf den Summerknopf und rüttelte an der Tür.

Sie konnte es fühlen, wie Miriam direkt hinter der Tür stand. »Bitte«, sagte sie leise, »bitte mach auf.« Sie wollte nicht schreien. Es war gefährlich, die Aufmerksamkeit der Nachbarn zu erwecken. Nach den längsten dreißig Sekunden ihres Lebens klickte die Tür und schwang auf. Sie taumelte hindurch und schob sie hinter sich zu, hinter all dem emsigen Getue und der Schönheit und der entsetzlichen Versuchung der Menschenwelt.

Miriam wußte sofort, daß Sarahs Wille stärker gewesen war als ihr Verlangen. Sie seufzte vor Unzufriedenheit, ließ das arme Ding ins Haus, wartete auf die unausbleiblichen Vorwürfe.

Sarahs Hunger würde ihren Willen irgendwann brechen, doch bis er das getan hatte, mußte Miriam diese ärgerliche Unabhängigkeit ertragen. Sie hörte Sarahs qualvolles Jammern kaum, ihre tobende Wut, spürte kaum das Kratzen und die Hiebe, während sie die Frau die Stufen hinauf zurück in ihr Schlafzimmer zerrte.

»Ich komme wieder, wenn du vernünftiger geworden bist«, sagte sie. »Versuche, dich zu beruhigen.« Es hatte wenig Zweck, mehr zu sagen. Sarah war stärker als die anderen, sehr viel stärker. Schade. Um so schwieriger würde alles für sie werden. Sarah hatte eine romantische Sicht von sich selbst als Heilerin. Eine törichte Sicht. Die Welt hatte vergessen, daß die Romantik zwei Aspekte besaß, jenen der Liebe und jenen des Todes. Sarah wußte es zwar nicht, doch sie war inzwischen auf die Seite des Todes übergewechselt.

Die Wände des Apartments schlossen sich immer enger um Tom. Er stand im Foyer, von Unentschlossenheit gepeinigt. Er mußte Sarah folgen, mußte wieder in jenes Haus hinein.

Doch er konnte nicht. Dieses hübsche kleine Haus barg für ihn nichts als Grauen. Das rosa Ziegelwerk, die Blumenkästen an den Fenstern, die romantischen weißen Fensterläden – alle schienen sie ihm bösartig und grotesk zu sein, wie die auf ein höhnisch grinsendes Gesicht geschmierte Schminke. Die himmelschreienden Grauen der letzten Nacht schienen sich anzuschleichen. Seine Hand berührte die Verbände in seinem Gesicht. Waren es Dämonen gewesen? Gab es solche Dinge denn wirklich? Sein Glaube an die Wissenschaft war verpufft. Die ganze großartige Prozession des Wissens erschien ihm nun als bloße Selbstzufriedenheit und Ignoranz.

Hatte der Mensch angesichts eines solchen Dings, wie Miriam es war, überhaupt irgendwelche Macht? Es gab keinen Ort, an den er sich hätte wenden können. Gebet bedeutete ihm nichts. Auf seine Gebete in der Kindheit hatte er stets nur Schweigen zur Antwort erhalten.

Wenn dieses Schweigen heilig gewesen sein sollte, so hatte er davon bis heute nichts gewußt, und er hatte das Gefühl, daß es zu spät sei, um am Fels seines Unglaubens noch rütteln zu wollen. Er konnte sich nicht mehr kraftsuchend an Gott wenden.

Es schien nichts mehr zu geben, wohin er sich wenden konnte. Er hatte einfach nicht den Mut, Miriams Zauber zu brechen. Oder doch? Er stellte sich vor, wie er Sarah in seine Arme schloß und seine Liebe so laut hervorschrie, daß sie bis in die tiefsten Tiefen ihrer Seele hindurchdrang.

Diese Liebe, das war Wahrheit.

Das war seine Waffe.

Er machte einen Schritt auf die Tür zu. Einen Schritt, nicht mehr. Er erinnerte sich an Sarahs Gesichtsausdruck, als sie ihn angefleht hatte, nicht näherzutreten. »Ich liebe dich, Sarah! Ich liebe dich!« Seine Stimme hallte wider. Sonnenlicht ergoß sich durchs Wohnzimmer. Er erblickte kleine Wolken jenseits des Fensters, weiß und flauschig. Er schrie – den Schrei des Alptraums.

Miriam beschloß, noch eine Weile zu warten, bevor sie das Opfer anrief. Es wäre das beste, wenn er genug Mut fassen könnte, um aus eigenem Antrieb zu kommen. Auf diese Weise könnte sie dafür sorgen, daß er sich bis zu Sarah vorkämpfte, daß er dort Erfolg hatte, wo er letzte Nacht gescheitert war. Doch das war zweifelhaft. Der menschliche Mut hatte seine Grenzen.

Sie ging in den Garten, um Blumen zu pflücken. Es war eine beruhigende Freizeitbeschäftigung, und es wäre das beste, wenn das Haus so fröhlich und lieblich wie möglich aussähe. Die Fenster mußten geöffnet, die Vorhänge aufgezogen werden. Die Stereoanlage sollte Musik spielen, etwas Beruhigendes, vielleicht Delius' *Florida Suite* oder die Ouvertüre aus dem *Land des Lächelns*. Vielleicht sollte sie etwas Obst und Wein auftragen. Nein, nur Wein. Obst war zuviel Mühe. Sie wußte nicht einmal mehr, ob noch immer natürliches Obst verkauft wurde, es war so lange her, seit sie das letzte Mal darauf geachtet hatte.

Vorsichtig jeden Blick auf ihr verwüstetes Rosenbeet vermeidend, schnitt Miriam und schnitt, bis ihr Korb voll war mit Butterblumen, Löwenmaul, Iris, mit allem Reichtum ihres Gartens. Sie liebte das strotzende Leben der Blumen. Die Natur verlangte nichts weiter von ihnen, als daß sie sich jeden Morgen der Sonne öffneten. Miriams Gattung hatte nicht soviel Glück. Von ihr und den Mitgliedern ihrer Art wurde sehr viel mehr verlangt. Nicht daß die Natur von ihren Kindern stets nur Unschuldiges verlangte.

Sie trug die geschnittenen Blumen auf die Sonnenterrasse, legte sie auf den Tisch, der das Porträt der Lamia enthielt. Sie blickte in die Augen ihrer Mutter, die der Künstler blaßblau dargestellt hatte. Vor der Erfindung der Kontaktlinse und der Sonnenbrille war Miriams Gattung für den Bösen Blick berüchtigt gewesen. Der Künstler hatte seine Klientin nicht verärgern wollen, indem er ihre Augen in ihrer wirklichen Farbe darstellte.

Das Porträt war Miriam eine Quelle des Friedens und der Beruhigung. Die Augen sagten zu ihr: ›Mache weiter, höre niemals auf. Sei unsterblich – für mich.‹

Tom hatte es bis zu Miriams Haustür geschafft. Vor ihm stand das Haus, das Zentrum eines tödlichen Strudels. Er erinnerte sich an jene Blumen, die Fliegen vertilgten, die ihren Nektar und ihre Schönheit als Köder benutzten. Am meisten haßte Tom die Schönheit dieses Orts. Diese Schönheit hätte doch irgendwie eine Vorahnung von der Gefahr in ihrem Inneren offenbaren müssen. Mußte Miriam denn immer lächeln?

Es war ein sonniger Morgen; der Himmel war inzwischen hellblau und klar. Vor ihm leuchtete das Haus im Sonnenlicht, das scheckig durch das Laub knospender Bäume fiel. Die weißen Läden standen offen. Hinter ihnen blähten sich seidene Vorhänge in der frischen Brise. Er vernahm Musik und sah eine schattenhafte Bewegung im Wohnzimmer.

Einen Augenblick lang war er bereit davonzulaufen, doch die Musik schien nur schlecht zu einer Gefahr zu passen. Es war eine fröhliche, reiche und üppige Musik, von jener Sorte, wie er sie in einer Sommernacht seiner Jugend vielleicht von einem Musikpavillon herüberhallen gehört hatte. Er vermutete, daß man ihn gesehen hatte und daß die Musik den Zweck verfolgte, daß er sich ebenso fühlte, wie er es gerade tat.

Er hatte sich ausgemalt, wie das Leben ohne Sarah sein würde, und er war hier geendet, hatte sich gesagt, wie sehr er sie liebte. Und doch würde es außerordentlich schwierig sein, bis zu dieser Haustür dort vorzutreten, um zu läuten. Der musikalische Beruhigungsversuch versetzte ihn eher in noch größere Unruhe.

Entweder er betrat jetzt dieses Haus, oder er mußte sich mit der Tatsache abfinden, daß er Sarah niemals wiedersehen würde.

Wie verzweifelt sie ihn doch brauchte. Wenn ein Mensch, den man liebte, nicht mehr aus noch ein wußte, dann half man ihm doch. Wenn es so etwas wie einen Pakt zwischen Menschen gab, so gehörte das dazu.

Sarah mußte hier herausgeholt und mit Gewalt zum Riverside gebracht werden. Und was Miriam betraf – die gehörte in einen Käfig für zoologische Monster.

An einem Fenster im Erdgeschoß erschien ein Gesicht. Miriam lächelte ihn an.

Im nächsten Augenblick hatte sie auch schon die Tür geöffnet. Er stieg die Stufen hinauf und trat ein. So einfach war das. Sie stand vor ihm, blond und schön, nach altmodischem, blumigem Parfüm riechend; ihr Gesichtsausdruck verhieß Willkommen. Während sich die Tür schloß, musterte sie ihn besorgt. »Ich bin ja so froh, daß Sie gekommen sind. Ich wollte Sie gerade anrufen. Sarah braucht Hilfe.«

»Das ist mir klar. Ich bin gekommen, um sie zu holen.«

»Ich hatte gehofft, daß Sie heute morgen bei Ihnen bleiben würde. Als sie zurückkam, wußte ich einfach nicht, was ich tun sollte.«

»Ich will sie ins Riverside bringen.«

»Das wäre das beste. Tom, ich fürchte, ich bin mit meinem Latein am Ende. Sarahs Reaktionen sind völlig verkehrt. Ich... ich wollte ihr doch niemals Schaden zufügen.« In einem Auge glitzerte eine Träne. »Jetzt ist sie oben in diesem Schlafzimmer und will nicht einmal mehr die Tür aufsperren!«

»Oben? In welchem Zimmer?«

»Vom Treppenabsatz aus die erste Tür rechts.«

»Gehen Sie vor!« Tom hatte nicht die leiseste Absicht, allein in diesem Haus umherzuwandern. Miriam ging vor, durch eben jenen Eingangssaal, wo er in der Nacht zuvor angegriffen worden war. Jetzt war alles nur schön hier, Blumen standen auf den Tischen, und an einer Wand hing ein Druck mit einer fröhlichen Kutschenszene. Die harmlose Erscheinung des Raums verstärkte seinen Argwohn nur.

Miriam schien seine Gefühle zu spüren, ganz so, als wäre der Austausch im Erdgeschoß nicht mehr gewesen als eine bloße Formalität. »Sarah«, sagte sie, »bitte laß mich herein. Ich habe eine Überraschung für dich.« Sie wandte sich an Tom. »Ich habe zwar auch einen Schlüssel, aber ich verabscheue es, Türen zu öffnen, die ein anderer verschlossen hat.«

»Ich kann sie ja auch einfach eintreten«, bemerkte er ätzend.

Sie benutzte ihren Schlüssel. Es war der schönste Raum, den Tom jemals gesehen hatte. Die Fenster zeigten auf einen wundervollen Garten. Er konnte Tausende von Blumen erkennen, und auf dem Schreibtisch und den Nachttischen standen weitere Schnittblumenarrangements. Diese üppige Blumenpracht hatte fast etwas Obszönes an sich. Es war eine Art Überbetonung einer Unschuld, die nicht existierte, und Tom begann, in ihnen langsam das genaue Gegenteil dessen zu sehen, was sie offensichtlich andeuten sollten. Sie schienen ihm Miriams Schuld nur zu bestätigen.

Die Brise fuhr durch schillernd rosa Vorhänge; Sonnenlicht ergoß sich durch die Fenster. Tom merkte, wie er den Abstand zum Boden abschätzte, dann erblickte er etwas im Garten, das ihn erschreckte. Ein Pfad aus zertrampelten Sträuchern und aufgewühlter Erde führte bis zu der gegenüberliegenden Ziegelmauer am Ende des Gartens. Selbst von hier oben aus konnte er noch die braunen Spuren erkennen, die seine Schuhe an der Mauer hinterlassen hatten.

Sarah lag in einem prächtigen großen Holzbett. Sie schlief nicht, befand sich aber in einer Art Trancezustand. Unter halb geschlossenen Lidern folgten ihm ihre Blicke. Sie sah träge aus, doch er hatte den Eindruck, daß sie alles andere war als das. Die Augen zuckten kaum.

Eine Fliege kam durchs Fenster, voller Energie summend. Tom sah ihr zu, wie sie im Spiralflug bis zur Decke emporflog. Einen Augenblick lang war er benommen. Es war ihm noch nicht aufgefallen, daß die Decke prachtvoll bemalt war und einen blauen, wolkengefleckten Himmel darstellte. An diesem magischen, unaussprechlich romantischen Himmel blähten sich Wolken und schwangen sich Lerchen in die Lüfte. Die Fliege, die nun über die gemalten Vögel und Wolken kroch, war das einzige, was die Vollkommenheit der Illusion störte.

Sarah stöhnte. Tom schritt ans Bett. Verklungen alle Proteste, die er im Apartment noch zu hören bekommen hatte. Ihr Gesicht, auf dem sich Schweißperlen gebildet hatten, wirkte beinahe sexuell erregt. Ihre Augen waren verträumt, weich von Verlangen. Weit öffnete sie die Arme. Er beugte sich dicht über sie, küßte die Tränen, die ihre Wangen befleckten.

Plötzlich hatten sich ihre Arme um ihn geschlungen, und er lag neben ihr auf dem Bett, zog die feinen Seidenlaken von ihrem Körper. Jetzt war sie schöner, als er sie jemals in seiner Erinnerung gesehen hatte.

Vage bemerkte er, daß Miriam sich in den Gang zurückgezogen und hinter sich die Tür geschlossen hatte. Er genoß den Anblick von Sarahs Körper. Er war glatter, weicher geworden. Er berührte ihre kühle Brust, spürte das darin klopfende Herz unter dem festen Fleisch. Nur ihre Augen verrieten ihm, daß sie sich seiner Berührung bewußt war. Welche Aufgewühltheit doch in diesen Augen war. Sie wirkten zugleich entzückt, gierig von Verlangen und so stark beunruhigt, wie er es noch nie in ihren Augen gesehen hatte. Er versuchte, sie mit leisen Geräuschen zu trösten, mit beruhigendem Streicheln. Dies war es, wonach er sich zu Hause gesehnt hatte. Dies war die Wahrheit der Liebe. Bestimmt würde es bis zu ihr durchdringen.

Sarah litt Qualen. Sie konnte nicht einmal sprechen, schon gar nicht losschreien. Ihr Körper kreischte schier vor stummem Verlangen, ihr Geist summte von Entschuldigungen und Rechtfertigungen.

Sie hatte beschlossen, so lange hier liegenzubleiben, bis sie tot war. Dann war Tom erschienen. Zuerst hatte sie gehofft, daß es eine Halluzination wäre. Doch dann hatten sich ihre Blicke getroffen und, sie hatte gewußt, daß er wirklich war.

Wie konnte man nur so töricht sein.

Sie besaß nicht genug Kraft für beide, besaß sie nicht mehr. Jede Zelle ihres Körpers verlangte nach der Tat. Dieser Hunger war nicht die langsame Verzweiflung der Unterernährung, er war etwas viel Schlimmeres. Wo das Verhungern verträumt war und traurig, war das hier schnell und raffiniert und frenetisch.

»Sarah, gemeinsam können wir diese Sache in den Griff bekommen.«

Er lag dicht bei ihr, unerträglich dicht. Sie ließ es zu, daß ihre Arme ihn umschlangen. Es fühlte sich so gut an nachzugeben. Ach so gut. »Ja«, sagte sie, »wir werden es gemeinsam tun.«

Sein Körper spannte sich an von Leidenschaft. Sie bemerkte, wie sein Blick zur Tür hinüberhuschte.

»Miriam wird uns nicht stören«, sagte sie. »Dies hier ist genau das, was sie will.« Sie fuhr mit den Händen unter sein Hemd. Sie wußte genau, was Tom gefiel. Tief in ihrem Inneren schrie eine Stimme ihr zu, sie solle ihn warnen, solle ihn einmal mehr vertreiben. Sie schnurrte und dehnte den Rükken, bot sich ihm dar.

Sie wußte genau, wie sie ihn erregen konnte, und er reagierte leidenschaftlicher auf sie als jemals zuvor. Die Schönheit der Umgebung, die Ruhe, das warme Sonnenlicht verbanden sich miteinander, um ihn dazu zu ermutigen, die schrecklichen Probleme zu vergessen, mit denen sie zu kämpfen hatten, sie wenigstens für ein paar Minuten zu vergessen. Er streichelte ihre Brüste, ihre Waden, suchte ihre Lippen mit seinen. ›Das wird helfen‹, sagte er sich, ›es ist gesund und normal und bejahend.‹

Sie knöpfte sein Hemd auf, berührte seine Brustwarzen mit ihren geschickten kleinen Händen. Ihre Zartheit hatte ihn stets entzückt, und er küßte sie nun. Er spürte die wachsende Erektion und lenkte die Hände zu seinem Reißverschluß hinunter.

»Ja, Tom«, sagte sie. Sie lächelte jetzt. Er platzte aus seiner geöffneten Hose hervor.

Er umarmte sie. »Wir werden wieder frei sein«, sagte er, »du wirst schon sehen.«

»Ach, Tom, ich hoffe es so sehr!«

Er drang in sie ein. Selbst die winzigste Bewegung brachte intensive Lust. Dies war es, was ihnen beiden gefehlt hatte. Sie hätte mehr auf die Liebe vertrauen sollen.

Tom schloß die Augen, hörte sie im Rhythmus mit ihren gemeinsamen Bewegungen seinen Namen flüstern. Ihre Stimme verschmolz mit dem hypnotischen Summen der Fliege an der Decke. Er preßte die Nase dicht hinter ihr Ohr und vergrub sein Gesicht in ihrem Haar, das so weich war wie das Fell eines Hasen.

Ein neues Gefühl drang in ihn, eines das schmerzte wie die Betrachtung großer Schönheit. Er preßte sie an sich, ritt sie.

Mit allem, was ihr an Konzentration noch geblieben war, widerstand Sarah ihrem Verlangen. In seiner zerknitterten Kleidung lag er auf ihr, schwitzte sich seine Leidenschaft heraus. Schweißperlen glitzerten auf seiner Stirn. Seine Wangen waren rot, als wäre er gelaufen.

Die Hoffnung wich von ihr.

Toms Leidenschaft steigerte sich. Sie liebte ihn, so erkannte sie, wie sie ein Kind hätte lieben können. In den letzten paar Tagen war seine sexuelle Bedeutung auf ein Nichts zusammengeschrumpft.

Klatschend schlug sein Körper gegen ihren. Sie spürte seine Hitze, roch seinen Atem, schmeckte das Salz seines heißen Fleisches, während sie wartete.

Sie wußte ganz genau, was Miriam wollte. Und das würde sie nicht tun. Sie konnte es nicht einmal, selbst wenn sie gewollt hätte. Denn Miriam hatte eine Kleinigkeit vergessen. Im Zimmer gab es keine Waffe, und ohne eine solche konnte sie Toms Blut nicht zum Strömen bringen.

Beinahe hätte sie Miriam zugerufen, sie solle eine bringen. Doch nun war sie sich sicher, daß sie es nicht tun würde. Ihre Qual wurde zu einer Art Meditation. Sie hatte sich darin verloren, als ihr ein Lichtblitz ins Gesicht stach und sie die Augen öffnen ließ.

Miriam stand am Fußende, einen Gegenstand emporhaltend, der so hell war, daß er Sarah blendete.

Tom fuhr fort, Liebe zu machen, seine menschlichen Sinnesorgane bemerkten das stumme Drama nicht, das um ihn herum aufgeführt wurde.

Miriam war näher gekommen. Der Gegenstand in ihrer Hand war ein glitzerndes Messer.

Ein Skalpell.

Miriam legte es auf den Nachttisch und verschwand sofort wieder.

Sarah berührte mit den Fingern seine Schneide.

»Ach, Tom, Tom!«

»*Sarah!* Ich liebe dich, liebe dich! Ach, *Gott*!«

Sein Pumpen erschütterte sie. Das Skalpell glitzerte in ihrer Hand. So leicht, so kräftig.

Sein Gesicht, zerfließend von Liebe, blickte von oben in ihres. Sie schloß die Augen, hielt den Atem an. ›Nein, ich werde es nicht tun‹, dachte sie, es war ein Singsang in ihr. ›Nein nein, neinnein, nein, nein.‹

Es kam aus den Tiefen emporgewogt, das *Ding* in ihrem Inneren.

Ihm gehörte das Skalpell. Hatte ihm immer gehört.

Nein, nein, nein, nein.

Dies war ihre Wahrheit. Sie stieß es in ihn hinein.

»SARAAAAAH!«

Sie zog es heraus, stieß es noch einmal hinein. Es durchflüsterte sein Fleisch, und mit einem Mal ergoß sich das purpurne Wunder seines Lebens in sie.

Wieder lebendig. Sie hörte einen Gesang, der schmerzte wie eine Erinnerung. Irgend jemand schluchzte. *Sie* schluchzte.

Warum? Sie war glücklich.

Sein Kopf bebte, seine Kinnlade wurde schlaff. Um seinem zusammensackenden Gewicht zu entgehen, schob sie sich zappelnd unter ihm hervor, glitt aus dem Bett. Er bebte so entsetzlich, kauerte sich in die Laken. Blut verteilte sich. Dann berührte sie ihn, beugte sich zu ihm vor, tat so, als würde sie ihn küssen. Sie nahm das Leben aus ihm.

Langsam drehte sie sich herum und herum, ihr ganzer Körper entzückt von einer köstlichen Freude. Sie spreizte die Arme in der warmen Luft. Die Welt war traumgolden geworden, von aller Schönheit berührt, die sie jemals gekannt hatte. Sie konnte alles fühlen – die sanfte Bewegung der Luft, die an ihrem Körper vorbeistrich, die langsame Wärme der Sonnen, das geheime Pumpen ihres eigenen Körpers.

Sie konnte Tom fühlen.

Konnte ihn *fühlen*!

Ihr Blick schweifte zu seinem toten Körper hinüber. Etwas Außergewöhnliches war im Gange. Wie ein Heilwasser schienen Gefühle aus ihm hervorzuströmen: Trauer, Mitleid, Frieden.

Solcher Friede...

Sie hörte seine Stimme in der Luft um sich, wie sie ihren Namen im Rhythmus ihres Liebemachens aussprach. Sie wurde matter und matter. Mehr als alles, was sie je gewollt hatte, wollte sie den Klang dieser Stimme hören.

Sie war niedergeschlagen von Trauer.

Miriam zuckte zusammen, als der Schrei in ihren Ohren hallte. Es war ein Aufschäumen der Qual. Sie konnte sich nicht daran erinnern, jemals soviel Trauer gespürt zu haben. Die Intensität war zu groß, viel zu groß.

Miriam begab sich zu Sarah. Als sie durch die stummen Gänge zum Schlafzimmer eilte, spürte sie plötzlich einen Anflug von Sorge um ihre eigene Sicherheit. Eine solche Qual wie Sarahs konnte sich leicht in Wut verwandeln. In tödliche Wut. Miriam könnte in Gefahr geraten. An der Schlafzimmertür blieb sie stehen, lauschte, um Sarahs Position zu bestimmen. Die langgezogenen, abgehackten Geräusche ihres Atmens entstanden am anderen Ende des Raums. Miriam schob den Schlüssel ins Schloß. Kurz darauf gab der Mechanismus ein leises Klicken von sich, und die Tür sprang auf. Ihr mit gewöhnlichen Holzpaneelen beschichtetes Stahlgewicht war vollkommen ausbalanciert und bewegte sich völlig lautlos.

Eine gleißende Säule aus Sonnenlicht blendete Miriams Augen. Sarah stand neben dem Fenster, starrte in den dämmerungsbeschienenen Garten hinaus. Die Überreste ihres Liebhabers lagen zwischen den zerknautschten Laken des Betts.

Miriam legte all ihre Zuneigung in ihre Stimme, als sie Sarah rief, versuchte, wie eine Mutter zu einem Kind zu sprechen, als Geliebte zu einer Geliebten, als Freundin zu einer Freundin und alles zugleich. Sarah gab ihr keinen Hinweis darauf, daß sie sie gehört hatte. Miriam begann sich langsam zu nähern; es war ihr bewußt, daß Sarah sie jeden Augenblick anspringen konnte.

»Sarah, ich weiß genau, wie du dich fühlst.«

»Du hast nicht die leiseste Vorstellung davon.«

»Vielleicht glaubst du mir das jetzt im Augenblick nicht, aber du hast mehr, für das es sich zu leben lohnt, als jemals zuvor.«

»Miriam, ich habe gerade den Mann getötet, den ich liebe! Das scheinst du nicht zu begreifen. Ich habe nichts mehr, für das es sich zu leben lohnt. Ich habe nichts, für das ich leben kann.«

»Sag so etwas nicht! Du hast mich, Sarah.«

Sarah sah sie an, dann neigte sie den Kopf. Ihre Schultern zitterten. Sie weinte stumm.

»Alles, was du getan hast, ist, eine Lebensweise gegen eine andere auszutauschen.«

»Du bist obszön, weißt du das eigentlich? Obszön!«

»Du bist das Mitglied einer neuen Rasse geworden. Wir haben auch unsere Rechte. Und wir töten nie mehr, als wir müssen.«

Sarah schleuderte das Skalpell beiseite, als hätte sie sich daran verbrannt. Miriam nutzte die Gelegenheit, um näher heranzutreten. Sie brauchte körperlichen Kontakt.

»Bleib bloß weg!« Sarah wandte sich von ihr fort. »Wage es nicht, mich anzurühren.« Ihr Ton klang warnend. Sarah war zwar jetzt unbewaffnet, aber immer noch fähig, ihr Verletzungen zuzufügen.

Miriam umkreiste sie, versuchte, mit ihren Augen Kontakt zu halten. »Du bist jetzt mehr als ein Mensch. Du hast jetzt das Recht, über Leben und Tod der Menschen zu bestimmen.«

»Du widerst mich an!«

Immer näher und näher kam Miriam. Sie war sich sicher, daß aus der Tiefe einer solchen Verzweiflung schon bald eine neue Sarah hervortreten würde. Zärtlich sprach Miriam wieder. »Ohne mich bist du allein. Ganz allein. Komm zu mir.«

Der Ausruck des Abscheus, der Sarahs Gesicht überzog, tat Miriam weher als jeder Schlag. Sorgsam bewahrte sie eine gütige Miene. Sarah würde gleich zerbrechen. Wie immer sie auch fühlen mochte, der Instinkt würde sie in liebevolle Arme treiben.

Bis jetzt war Sarah überhaupt nicht aufgefallen, wie unangenehm Miriam roch. Sie war abstoßend, süßlich und von Fäulnis berührt. Sarah wich ihr unentwegt aus und dachte nur daran, welch eine Närrin sie gewesen war, dieses Skalpell davonzuschleudern, wünschte sich, daß sie Miriam auf genau dieselbe Weise aufschlitzen könnte, wie sie es mit Tom getan hatte.

Miriam kam immer näher, ihre Bewegungen waren schnell und wie besessen. Ihr Gesicht trug einen Ausdruck, der in Sarah das Verlangen weckte, hineinzutreten, zu spüren, wie ihr Fuß in dieses herablassende Lächeln traf.

Obwohl sie versuchte, ihn nicht anzuschauen, kehrten Sarahs Blicke immer und immer wieder zu Tom zurück. Sein Gesicht wurde von den Laken halb verhüllt, doch sie konnte die starren Augen sehen, noch immer erfüllt von Überraschung und Trauer.

Er war im Schmerz gestorben. Ihr Herz klopfte von Haß gegenüber der, die sie so korrumpiert hatte, daß sie ihm so etwas hatte antun können.

»Du hast es nicht verdient zu leben, Miriam.«

»Aber ich *werde* leben. Und du auch.«

Sarah erwiderte nichts. ›O nein, das werden wir nicht‹, dachte sie. ›Nein, das werden wir nicht.‹ Mit den Augen suchte sie nach dem Skalpell. Miriam versteifte sich etwas, hörte auf, auf sie zuzukommen.

»Sarah, bitte versuch, mich zu verstehen. Ich habe dir ein neues Leben geschenkt, und das ist sehr lebenswert. Glaub mir, wenn ich dir das sage. Es ist ein besseres Leben, als du es dir jemals vorstellen könntest.«

Sarah unterdrückte den Drang, Beschimpfungen hervorzuschreien, heulend ihre Wut auszustoßen. Ihre ganze Seele konzentrierte sich auf einen einzigen Gedanken: wie gut es doch wäre, in dieses böse Wesen hineinzuschneiden, das Messer tief hineinzustoßen und zu spüren, wie das Herz die Klinge zum Beben brachte.

»Ich liebe dich«, sagte Miriam. »Für die Liebe ist kein Preis zu hoch.«

Das war zuviel. Angesichts einer derartigen Anmaßung konnte Sarah sich nicht länger beherrschen. »Du liebst doch nur dich selbst! Du bist schlimmer als ein Ungeheuer. Viel schlimmer!« Ihre Worte hallten in dem kleinen Raum wider. »Du kannst weder mich lieben noch sonst jemanden. Du bist völlig unfähig dazu.!«

Miriam breitete die Arme aus und trat erneut näher. Sarah schlug wild nach ihr, traf Miriams Wange. Wie angeschossen sprang Miriam vor. Ihr Gesicht war eine einzige Miene nackter Furcht.

Dann setzte sich ihre Selbstbeherrschung wieder durch. Sie blieb in der Nähe der Tür stehen, betastete dabei ihre Wange. »Du hast mich überrumpelt«, sagte sie. »Du weißt überhaupt nicht, wie gefährlich es ist, das zu tun.«

Doch es war Sarah gleichgültig. Sie wußte nur, daß sie tot sein würde, bevor der Hunger sie wieder überkam. Und Miriam auch. Das schwor sie sich selbst und Toms Angedenken.

Der Schlag hatte weh getan. Miriams Wange brannte. Es war sehr lange her, daß es einem Menschen gelungen war, sie zu schlagen. Niemand hatte das bisher getan und es überlebt.

Wieviel Kampfgeist diese Frau doch hatte. Das Leben mit einer solchen Person würde wunderbar werden. Sarah würde ihr in jeder Hinsicht ebenbürtig sein. Um dies zu werden, besaß sie alle erforderlichen Eigenschaften. Bei der nächsten Fütterung würde Miriam genauestens darauf achten, daß alles Leben aufgenommen wurde. Denn wenn sie das nicht tat, würde Sarah nicht genug Energie erhalten, um das Wunder ihres neuen Lebens wahrhaft zu spüren. Sarah mußte diese Pracht zu spüren bekommen.

»Man muß den Hunger sehr sorgfältig bedienen, Sarah. Du mußt die Technik lernen...«

»Technik! Du redest darüber, als wäre es ein Sport oder so etwas. Du bist barbarisch.« Sie warf den Kopf zurück, stolz, mit unangreifbarer Überzeugung. Miriam bewunderte solche Beherrschung, doch es war an der Zeit, daß Sarah zusammenbrach und ihrem Zorn freien Lauf ließ. Das würde es ihnen beiden erheblich leichter machen.

»In gewissem Sinne ist es auch eine Art von Sport.« Sie versuchte, fröhlich zu klingen. »Und dazu gehört tatsächlich auch eine Technik.«

»Ich will nichts davon hören!«

»Aber das mußt du! Verstehst du denn nicht, daß du diesen Prozeß wieder durchlaufen wirst? Du wirst *schlafen*, und dann wirst du dich ernähren. Es gibt keinen Ausweg, Sarah. So wird es geschehen.«

Das entschied alles. Sarah bedeckte die Ohren mit den Händen, wie um den Klang der Wahrheit zu ersticken. Ein leises Stöhnen entstand in ihrer Kehle und schwoll an zu einem Heulen der Qual. Außer sich, griff sie nach Miriam, versuchte sie zu zerkratzen. Doch Miriam ließ sich nicht noch einmal überrumpeln. Sie packte Sarahs Handgelenke mit einer Hand und riß ihren Kopf mit der anderen zurück, indem sie ihr Haar packte.

Sarahs Augen hatten einen wilden Ausdruck, Schaum stand vor ihrem Mund. Ihr Heulen brach und wurde zu einem heiseren Knurren. Sie stieß und wand sich und versuchte immer und immer wieder, an Miriam heranzukommen. Miriam behielt die Arme gestreckt, mühelos ertrug sie Sarahs Gewicht, ließ den Zorn sich selbst verbrauchen. Jedesmal, wenn Sarah verstummte, sprach Miriam leise mit ihr. »Ich liebe dich«, sagte sie, »ich liebe dich.«

Schließlich hing Sarah erschlafft in ihren Armen, Schluchzen durchbebte ihren Körper, ihr Kopf war gesenkt. Langsam, vorsichtig, zog Miriam sie an sich heran. *»Schlaf«*, sagte sie und streichelte die braunen Locken. *»Schlaf«*, dann wird alles gut werden.«

Sie trug Sarah durch den Gang hinüber zu einem nur wenig benutzten Schlafzimmer. Die Tür war stabil genug, um

Sarah aufzuhalten, wenn sie erwachte, und das Fenster war vergittert.

Sarah hatte nicht gemerkt, daß sie das Bewußtsein verlor, bis sie spürte, wie Miriam sie aufhob. Sie versuchte, sich loszureißen, spürte aber nur eine Woge aus schwindelnder Lähmung. Entfernt vernahm sie Miriams tröstende Worte. Obwohl ihr Herz sich dagegen auflehnte, nahm ihr Körper Miriams Umarmung hin.

Sie versuchte, die Augen offenzuhalten, war sich nur vage bewußt, daß sie auf ein sauberes Bett gelegt wurde.

Sie stürzte in eine neue Wirklichkeit hinab. Es war schlimmer als der schlimmste Alptraum, realistischer als der vollkommenste Traum. Tom saß am Fußende des Betts. Seine Miene war starr vor Zorn. Mit einem Kopfrucken drehte er sich um und starrte Sarah ins Gesicht. »DU HAST MICH UMGEBRACHT! UMGEBRACHT! UMGEBRACHT!« Seine Stimme kratzte hohe und verzweifelte Töne hervor. Er schlug die Hände vors Gesicht.

Dann blickte er sie mit solcher Trauer an, daß sie am liebsten auf der Stelle gestorben wäre. »Ich verzeihe dir«, sagte er.

Plötzlich war es Hochsommer. Sie waren zusammen in Vermont. Es war wieder der letzte Sommerurlaub. Sarah lag im Gras. Sie war so glücklich. Sie wußte, daß diese Erinnerung ein Geschenk Toms war. So durch und durch glücklich.

Als sie die Augen öffnete, sah sie in das funkelnde Laub des Baums, unter dem sie saßen. Neben ihrem Ohr ließ eine Brise das Gras rascheln. Es gab einen plötzlichen Knall und Champagnerschaum spritzte auf sie. Lachend setzte sie sich auf. »Das hast du mit Absicht gemacht.«

»Natürlich. Das Mittagessen ist serviert.«

Sie aßen, vergnügten sich sehr. Sarah sah zu, wie der Tag weicher wurde und entlang des fernen Gebirgszugs der Green Mountains verblaßte. Schon bald machten sie Liebe und lagen nackt in der üppigen Sommerluft.

Sie waren Zeugen, wie die Sonne gen Westen marschierte,

wie die ersten Sterne erschienen, dann kuschelten sie sich eng im Nachtwind aneinander.

»DU HAST MICH UMGEBRACHT!«

Sie rannte. Der sommerliche Hügel wurde dunkel und kalt, das Gras verwandelte sich in Steine.

Seine Stimme hallte und hallte hinter ihr wider, verloren und weit entfernt.

Miriam sah zu, wie Sarah schlief, schätzte ihren Zustand ein. Sie nahm ihr den Puls ab, dann öffnete sie ein Auge und musterte lange die Pupille. Als letzten Test ließ sie ihre Fingerspitzen vorsichtig Sarahs Wangenhaut entlanggleiten. Es war richtiger *Schlaf*.

Sarah war transformiert.

»Willkommen«, sagte Miriam, »willkommen zu Hause.«

Als das Bewußtsein zurückkehrte, war alles verändert. Sarah setzte sich auf. Sie befand sich auf einem Bett in einem dunklen Raum. Während sie geschlafen hatte, war aus Tag Nacht geworden. Durch das Fenster sah sie eine Mondsichel über dem East River glitzern.

Sie war nicht allein.

Miriam stand am Fußende, ein schimmerndes Wesen. Sarah konnte den Blick nicht von dieser seltsamen, strahlenden Gestalt abwenden. Miriam war außerordentlich schön ohne ihre Verkleidung. Das Mondlicht ließ ihre Haut weiß erscheinen, ließ die Augen golden leuchten. Einen Moment lang schimmerten sie wie die eines Tieres, dann wandte sie den Kopf.

»Du hast acht Stunden *geschlafen*«, sagte Miriam. Ihre Stimme war wie ein Lied.

In Sarahs Magen bewegte sich etwas. Anscheinend hatte sie gejapst, denn Miriam lächelte. Ein kitzelndes Gefühl in der Kehle verursachte Sarah kurz Übelkeit. Dann begann ihr ganzer Körper zu prickeln.

Der Hunger traf sie mit einer Wucht, die sie laut aufschreien ließ. Sein feuriger Schmerz ließ sie vom Bett springen. Sie brauchte Hilfe! Von seiner Plötzlichkeit aus dem Gleichgewicht gebracht, brüllte sie ihr Verlangen hervor, schlug sie in die Luft. Miriam wich ihr leichtfüßig aus, war sofort an der Tür.

Mit einem schweren Schnappen des Stahls schloß sich die Tür, und Sarah war allein. Sie lief zu ihr hinüber, packte den Knauf, rüttelte mit aller Macht daran. Er war so kräftig, daß er nicht einmal schepperte.

Verzweiflung überschwemmte sie.

Gerade, als sie glaubte, daß sie vor Verlangen nach Nahrung den Verstand verlieren würde, klickte das Schloß wieder. Miriam betrat das Zimmer, eine schlaffe Menschengestalt tragend.

Sarah bemerkte kaum das Geschlecht des Opfers. Noch nie zuvor hatte es sie so sehr danach verlangt, etwas zu berühren, feuchte Haut zu streicheln, zu besitzen.

Miriam legte den Körper auf dem Bett aus. »Beherrsch dich«, sagte sie in barschem Ton. »Und hör mir zu. Du mußt noch ein paar Dinge lernen, bevor du anfangen kannst.«

Sarah sah zu, wie eine Hand vom Bett glitt und herabbaumelte. Sie sah das Gesicht im Mondlicht, ernst und hübsch, ein durchschnittliches junges Frauengesicht. Die Lippen hatten einen fast humorvollen Zug.

Sarah konnte sich vorstellen, wie dieses Mädchen tanzte.

»Sie ist betäubt und wird in ein paar Minuten wieder zu sich kommen. Dann mußt du bereit für sie sein.« In sachlichem Tonfall sprach Miriam davon, wie das Skalpell eingeführt und die Schlagader zum Platzen gebracht wurde, wie man den eigenen Mund über der Wunde öffnete, damit der Körper alles Leben aufnehmen konnte. »Und zwar alles«, sagte sie. »Dann brauchst du nämlich höchstens einmal die Woche eine Fütterung.«

Jedes von Miriams Worten war eine Harmonie für sich, jede Geste vollkommenste Anmut. Welch schöne Gestalt das Böse angenommen hatte. Wie sie dastand, verrückt vor Hunger, dachte Sarah, daß es keinen Haß geben konnte, der größer war als jener, den sie für Miriam empfand. Er war ein weißglühendes Feuer.

Das Mädchen stöhnte, dann keuchte sie und erwachte von ihrem eigenen Husten. Ihre Augen öffneten sich, blickten sehnsuchtsvoll zum Mond empor, dann wandte sie ihren Blick den beiden Gestalten zu, die am Bett standen. Miriam trat zurück, wahrscheinlich wollte sie das Mädchen nicht mit ihrem ungetarnten Aussehen erschrecken, vermutete Sarah.

›Du hast mich umgebracht‹, hatte Tom in einer anderen Welt gesagt.

In dieser Welt stand Sarah im Begriff, Miriam zu töten. »Gib mir mein Skalpell«, sagte Sarah.

»Es liegt auf dem Nachttisch.«

Wie raffiniert. Um an den Nachttisch zu gelangen, mußte Sarah um das Bett gehen, so daß dieses zwischen ihr und Miriam stand.

Sie mußte diese Klinge in Miriam hineinstoßen, mußte sie tief in ihrem Inneren spüren können. Sie stellte sich vor, wie sie sie mit dem Handballen vollends einschlug.

Leicht ruhte das Skalpell zwischen Sarahs Fingern. Welch ein feines Instrument. Aus der Kehle des Mädchens entwich ein verängstigtes leises Geräusch, sie packte die Laken.

»Keine Bewegung«, sagte Miriam zu ihr. »Wag es nicht.« Sarah spürte, wie Miriams Blick auf ihr selbst ruhte. »Setz dich auf sie und paß auf, daß du mit den Knien die Arme festdrückst.« Das Mädchen stöhnte jämmerlich auf, als Sarah auf das Bett zukam. Sie verfolgte das Messer mit ihren Augen.

Sarah dachte nur an Miriam. Jetzt war sie nur noch einen knappen Meter entfernt. Sarah hob das Skalpell. Miriam beugte sich vor. »Nicht stechen, einfach nur einführen.« Das Mädchen begann den Kopf zu schütteln. »Beeil dich, Sarah!« fauchte Miriam. Das Mädchen schrie. Inzwischen traten ihre Augen hervor, klaffte ihr Mund weit offen.

Mit einer einzigen Bewegung hieb Sarah nach rechts, Miriam entgegen. Auf dem sich windenden Mädchen verlor sie das Gleichgewicht und stürzte zu Boden. Das Skalpell hatte sein Ziel verfehlt. Miriam war schon am andern Ende des

Zimmers. Sarahs Mut sank. Es fiel ihr schwer zu begreifen, warum sie ihr Opfer verfehlt hatte. Miriam war ja so schnell.

Das Mädchen sprang auf, kletterte aus dem Bett und rannte auf die Tür zu. Mit einer beinahe achtlosen Gebärde schleuderte Miriam sie so hart gegen die Wand, daß das ganze Haus erbebte. Das Mädchen glitt zu Boden.

»Du mußt noch sehr viel lernen«, sagte Miriam zu Sarah. »Vielleicht solltest du noch ein paar Stunden hungern.« Sie hob das Mädchen auf und bewegte sich schnell auf die Tür zu. Sarah kam ihr entgegen, wollte es noch einmal mit dem Skalpell versuchen.

Noch bevor Sarah drei schnelle Schritte gemacht hatte, war Miriam durch die Tür geschlüpft und hatte sie von außen geschlossen. Wenn man Miriam nicht völlig überrumpelte, gab es keine Hoffnung.

Sarah schleuderte das Skalpell gegen die Tür und knurrte den Zorn hervor, der sie verzehrte. Sie packte den Türknauf, riß zornig daran, schon im voraus wissend, daß Miriams Türen ausnahmslos Stahl waren.

Ihr Herz war schwer vor Enttäuschung, als Miriam das Opfer durch den Gang trug und in ihrem eigenen Schlafzimmer im Schrank einschloß. Der Schädel des Mädchens war eingeschlagen, so daß keine Vorsicht mehr erforderlich war. Das Koma würde vielleicht drei Stunden andauern. Sarah mußte vor Einsetzen des Todes gefüttert werden, sonst war das Mädchen vergeudet.

Von ihrer eigenen Sorge um die arme Sarah getrieben, ging Miriam zu der verschlossenen Tür zurück und horchte. Die Geräusche erinnerten entsetzlich an jene ihrer eigenen Rasse in den Gewölben von Paris. Sarahs Willenskraft war völlig außergewöhnlich. Hinter dieser Tür war Geheul und Geschrei zu hören, doch nicht einmal der Hauch eines Flehens. Das war jemand, dessen Willenskraft groß genug war, um gegen den Hunger anzukämpfen.

Doch nicht für immer.

Sarah kreischte ihr Leid heraus. Miriam war untötbar! So schnell und so kräftig. Wenn es in diesem verdammten Zimmer doch wenigstens ein Telefon gäbe, ja auch nur ein Tonbandgerät.

Sie öffnete Schubladen, durchsuchte den Schrank. Es gab hier nichts außer uralten, verfaulenden Kleidern und einem Stapel Theaterprogramme aus dem letzten Jahrhundert.

Der Raum begann sie zu ersticken. Sarahs ganzer Körper schmerzte. Sie hatte ein Gefühl wie bei einer Blutinfektion, was in gewissem Sinne ja auch der Fall war. Ihre Zunge war hart und trocken, ihre Augen tränten. Ihre Eingeweide drehten sich um, und sie krümmte sich vor Schmerz zusammen.

Ihr medizinisches Wissen sagte ihr, daß Miriams Blut, da es keine andere Nahrung fand, sich nun von seinem Wirtskörper zu ernähren begann. Sie wurde buchstäblich bei lebendigem Leibe von innen zerfressen. Ihr Mund riß auf. Ein Spasmus würgte sie, bis umherflitzende schwarze Schatten ihre Augen ausfüllten und der Raum nur noch weit, weit entfernt zu sein schien.

Als der Krampf vorüber war, fand sie sich auf dem Boden liegend wieder, das Gewebe des Teppichs unter ihr wimmelte, als läge sie in einem Haufen Würmer.

Es gelang ihr aufzustehen. Irgendwie mußte sie an Miriam herankommen. Ihr Geist schrie ihr zu: ›Eine letzte Chance, *eine letzte Chance!*‹

Wenn sie es Tom doch nur gesagt hätte. Im Apartment wäre noch Zeit dazu gewesen. Nur ein paar Worte, und er hätte die ganze Wahrheit erfahren.

Dann wäre er niemals hierher gekommen, nicht ohne Hilfe. Vielleicht hätte Geoffs Blutwäsche sogar zu diesem späten Zeitpunkt noch etwas bewirken können.

Sarah hätte sich selbst retten können, das sah sie nun ganz deutlich.

›Warum nicht, du Närrin?‹

Sogar heute morgen war sie noch immer halb davon überzeugt gewesen, daß sie Miriams ›Geschenk‹ haben wollte. Sie erinnerte sich noch sehr gut an den Gedanken, der ihre wahre Empfindung enthüllt hatte: ›Ich könnte ewig leben. Tatsächlich ewig leben.‹ Und sie hatte versucht, es sich vorzustellen. ›Ich. In tausend Jahren immer noch am Leben.‹

Oder in zweitausend.

Was war der Tod denn anderes als eine Krankheit, hatte sie sich selbst gefragt. Und sie hatte sich auch selbst gesagt, daß sie dem Tod das Geheimnis der Unsterblichkeit entreißen und es der Menschheit geben würde. Welch eine Lüge das gewesen war!

Das war, bevor sie Tom getötet hatte. Erst als jemand ihr Opfer geworden war, den sie wirklich liebte, hatte ihr dies endlich die Augen dafür geöffnet, wie böse das Ganze war.

Sie verlangte nach heißem Leben in der Kehle, danach, daß das Salz der Erlösung ihren Bauch füllte. Wartend glitzerte das Skalpell in ihren Fingern.

Erschrocken ließ sie es fallen. »Mein Gott, sieh doch mal meine *Hand* an!«

Es war eine Kralle, die unter ihren Augen welkte. »O mein Gott!« Sie rannte zum Frisiertisch hinüber, starrte in den Spiegel. Im Mondlicht erblickte sie ein eingefallenes Ding, mit Augen, die nur noch schwarze Höhlen waren, Wangenknochen, die hager aus einem verhungerten Gesicht hervorstachen, hervortretende Zähne hinter schrumpfenden Lippen.

Unterernährung – in einer Beschleunigung, wie sie im schlimmsten Alptraum nicht vorkommen konnte. »MIRIAM! BRING SIE HER! BRING SIE HER!!« Sie verschränkte die Hände über ihrem Kopf, warf diesen zurück und schrie: »UM GOTTES WILLEN!«

Das Skalpell. Das Skalpell. Wild blickte sie über den Boden hinweg, sah es glitzern, stürzte sich darauf.

Die Tür klickte.

Nein.

›In allem anderen bist du gescheitert. Aber füttere nicht noch einmal den Hunger.‹

Sie zog das Skalpell über ihr Handgelenk, zog es tief bis

zum Knochen. Grellrotes Blut strömte hervor. Sofort überkam sie eine unüberwindliche Schwäche wie ein Schlag.

Als die Tür aufschwang, stürzte sie seitlich zu Boden. ›Tom, ich liebe dich.‹ Ihr Herz rasselte und ließ den ganzen Körper erzittern, dann hörte es auf zu schlagen.

Stille.

Miriam hatte sich dicht über sie gebeugt. »Du kannst nicht sterben!« sagte sie mit einer schrillen, hysterischen Stimme. »Und jetzt, da du dein Blut gelassen hast, kannst du auch nicht mehr leben!«

Kann nicht sterben! Ich muß sterben. Ich bin schon tot!

Miriam legte ihren Kopf in ihren Schoß, weinte bittere Tränen. »Du bist direkt bis ans Ende meiner Welt vorgestoßen«, sagte sie, »und hast all die Schönheit verpaßt, die ihm vorausgeht.« Wieder und wieder streichelte sie Sarahs Kopf, eine Geste voller Trauer. »Meine arme, liebe Sarah.« Sie atmete scharf, als versuchte sie nicht zu weinen. »Welch eine böse Ironie.«

Sarah merkte, daß Miriam sie aufgehoben hatte. Mit langsamen Schritten trug Miriam sie eine Treppe hinauf, hinauf in ein Dachgeschoß.

Miriam brachte sie in einen winzigen Raum, an einer Wand standen aufgestapelt Kästen und Truhen verschiedenen Alters. Sarah wand sich, als sie erkannte, daß sie in eine ähnliche Truhe gelegt wurde, die offen mitten im Raum stand. In ihrem Geist hallte Flehen wider, doch sie merkte, daß sie nicht sprechen konnte. Der Deckel der Truhe senkte sich, und ein schwerer Bolzen wurde vorgeschoben.

Sarah befand sich in völliger Dunkelheit.

»Es war sinnlos, mein Liebling. Du warst schon zu sehr transformiert für den sterblichen Tod, und jetzt hast du einen ewigen Tod. Sarah, du hast alles verpaßt! Es ist so schön, und du hast alles verpaßt. Du arme Frau. Ich werde dir dasselbe versprechen, was ich all den anderen versprochen habe. Ich werde dich immer bei mir behalten. Ich werde dich niemals verlassen, und du wirst immer einen Platz in meinem Herzen haben.«

›Gott helfe mir.‹

Sogar der Hunger war noch da, quälte sie. Die leiseste Bewegung führte zu minutenlanger Schwäche.

Die Zeit begann zu vergehen, doch auf andere Weise als im Leben. Sie wußte nur, daß sie verstrich, aber sie wußte nicht, wieviel es war.

Leises Rascheln und Seufzen erfüllte die Luft um sie herum, es kam von den anderen Truhen. Miriam hatte dies also schon mehrmals getan. Der Gedanke daran, was in den anderen Kästen sein mußte, entsetzte Sarah. Wie viele waren es wohl?

Einige von ihnen mußten Hunderte von Jahren alt sein. Andere Tausende.

Tausende von Jahren in diesem Zustand.

Nein. Unmöglich.

So fest sie konnte, drückte sie gegen den Deckel der Truhe. Sie kratzte an ihren Seiten. ›Ich muß hier raus. Ich habe solchen Hunger.‹

Die Truhe gab nicht nach.

Sie erinnerte sich daran, was sie Tom angetan hatte und was sie tun würde, wenn sie tatsächlich hinausgelangen sollte. Sie war froh, daß sie hier war. Wenigstens konnte sie sich noch immer einen Menschen nennen. Was immer sie auch erleiden mußte, dies war immer noch besser, als Miriams Geschöpf zu sein.

Es war um so viel gegangen. Sie stellte fest, daß sie in sich hineinblicken und sogar in dieser Hölle noch Reichtümer des Friedens und der Liebe entdecken konnte, von deren Existenz sie nie gewußt hatte. Sie war erfüllt von großartigen Erinnerungen, und sie besaß auch eine große Liebe. Tom war im Geiste bei ihr. Wie lange sie hier auch verbleiben mußte, es wurde ihr klar, daß es am Ende sogar für sie einen Ort geben würde, dort, wohin Tom bereits gegangen war, auf der anderen Seite des Lebensstroms, wo die Verlorenen dieser Welt zu finden sind.

Epilog

Miriam verließ New York. Sie wagte es nicht, ihr altes Haus und ihre alte Identität beizubehalten. Das Verschwinden der beiden Ärzte würde eine Untersuchung nach sich ziehen.

Sie weinte um Sarah. Die arme Frau hatte die Freuden ihres neuen Zustands nie kennengelernt, nur den Schmerz. Vor dieser Erfahrung hatte Miriam sich nicht vorstellen können, welche Höhen ein Mensch zu erklimmen fähig war, der nach der Wahrheit der Liebe suchte.

Sie suchte Sarah häufig auf. Die Kisten und Truhen wurden im Kohlenkeller ihres neuen Hauses aufbewahrt, und sie pflegte in der Kühle und der Dunkelheit leise mit ihrer verlorenen Freundin zu sprechen.

Eine solche Person wäre eine großartige Gefährtin gewesen, mehr als ihrer nur würdig. Doch Miriam erkannte nun, daß das Geschenk, das sie zu geben imstande war, für ein Wesen wie Sarah nicht zu groß, sondern zu gering gewesen war.

»Du fehlst mir«, sagte sie in die Dunkelheit hinein. Es war die Stunde nach dem Abend, und die Schatten in ihrem neuen Wohnzimmer waren tief. Draußen auf der Bay stieg Nebel auf, und sie hörte die Heulbojen. Sie genoß die Schönheit und die Sicherheit des Nebels von San Francisco.

»Hast du etwas gesagt, meine Liebe?«

Miriam lächelte ihren neuen Gefährten an, der mit Gläsern voll Madeirawein für beide erschienen war. »Nur, daß ich dich liebe. Ich habe nie jemanden geliebt außer dir.«

Er setzte sich, nippte ehrfurchtsvoll an seinem Glas.

»Das ist ein Madeira, Jahrgang 1844«, sagte Miriam. »Ich hoffe, er gefällt dir.«

Er küßte sie, stellte sein Glas neben das Porträt der Lamia, das vor ihnen eingerahmt auf dem Tisch lag. Es war typisch von ihm, daß er es nicht bedeckte. Seine Hingabe war total – an Miriam und an alles, was sie ihm von sich offenbart hatte.

Sie hatte ihn sorgfältig ausgesucht, nach Loyalität und Intelligenz und dem alten Lebenshunger Ausschau haltend, den sie so gut verstand. Sie schloß die Augen, hieß seine erregten Küsse willkommen.

Immer würde sie Sarahs Tapferkeit vermissen und ihren Edelmut. Doch er würde ihr Zufriedenheit bringen, und sie bezweifelte, daß Sarah ihr dies jemals hätte bieten können. Wie in der Vergangenheit, würde sie auch diesmal ihren Traum von seiner Unsterblichkeit träumen und sich sagen, daß dies endlich ihr ewiger Gefährte war.

Die Zeit würde vergehen, und die Natur würde wieder ihr Recht fordern und den Traum zerschmettern. Also würde sie sich einen neuen Gefährten suchen. Und noch einen. Und so weiter, bis die Zeit selbst entschwunden war.

Doch wie sehr ihre Einsamkeit sie auch in Versuchung führen würde, jemanden zu suchen, der für immer bei ihr bliebe, entschied sie doch, niemals mehr die Transformation einer anderen wie Sarah zu versuchen, nicht dieses Mal oder beim nächsten, niemals, in allen Zeiten nicht.

Dean R. Koontz

»Er bringt den Leser dazu, die ganze Nacht lang weiterzulesen ... das Zimmer hell erleuchtet und sämtliche Türen verriegelt.« NEWSWEEK

Unheil über der Stadt 01/6667
Wenn die Dunkelheit kommt 01/6833
Das Haus der Angst 01/6913
Die Maske 01/6951
Die Augen der Dunkelheit 01/7707
Schattenfeuer 01/7810
Schwarzer Mond 01/7903
Tür ins Dunkel 01/7992
Todesdämmerung 01/8041
Brandzeichen 01/8063
In der Kälte der Nacht 01/8251
Schutzengel 01/8340
Mitternacht 01/8444
Das Haus der Angst/ Wenn die Dunkelheit kommt 01/8519

HEYNE JUMBOS
Mitternacht 41/21
Zwielicht 41/29
Die Kälte des Feuers 41/32
Schlüssel der Dunkelheit 41/40

Wilhelm Heyne Verlag
München